SALE TEMPS POUR LES BRAVES

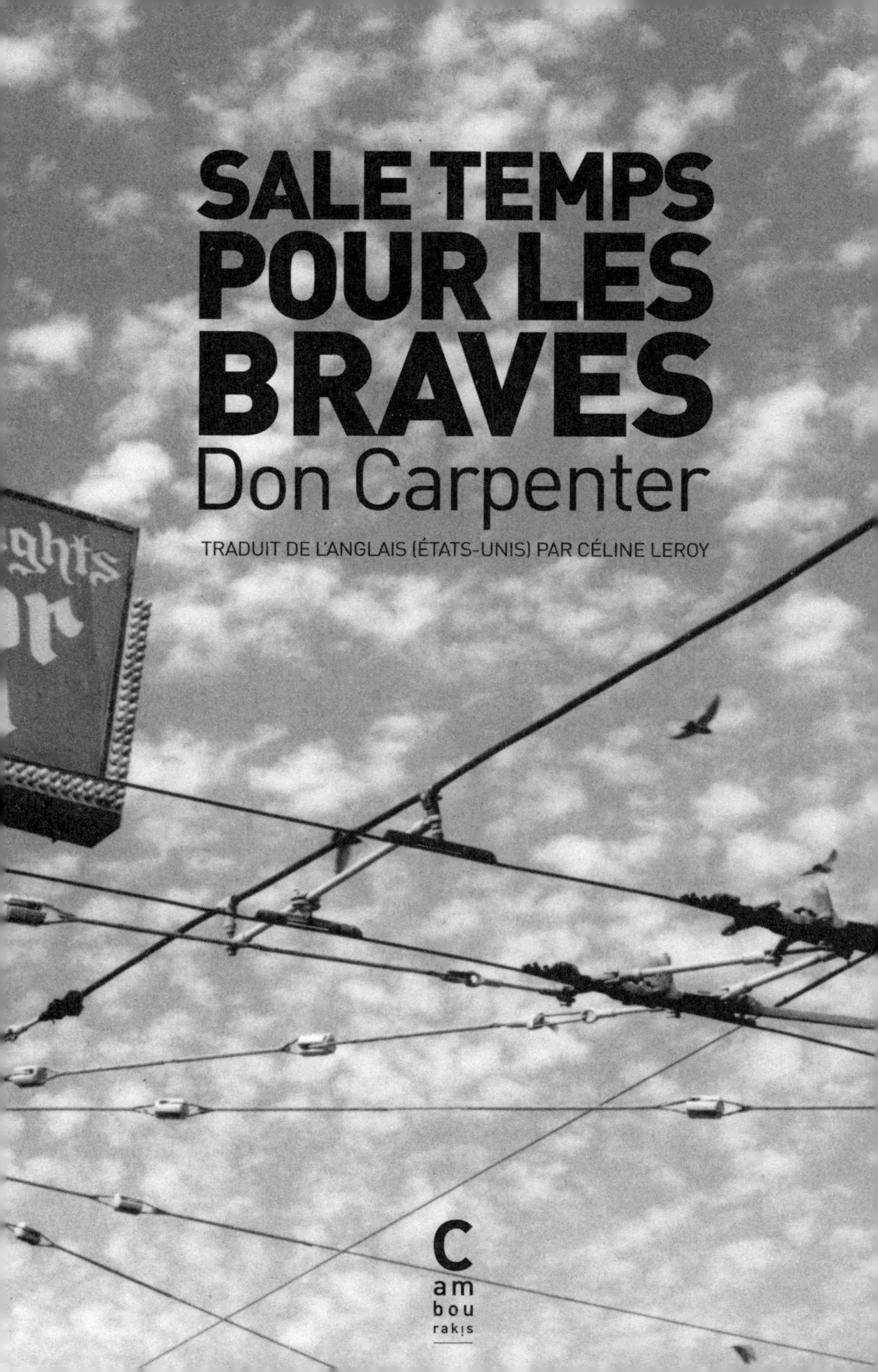

SALE TEMPS POUR LES BRAVES

Don Carpenter

TRADUIT DE L'ANGLAIS (ÉTATS-UNIS) PAR CÉLINE LEROY

c am bou rakis

Ce livre est dédié à ma femme
et à Bob Miller.

« Ils peuvent te tuer, mais pas te manger. »
Croyance populaire.

Publié avec le concours de
la région Île-de-France.

PROLOGUE

Incidents dans l'est de l'Oregon

1929-1936

Trois Indiens faisaient le pied de grue devant la poste en cette chaude matinée d'été quand la moto descendit Walnut Street en trombe, obligeant Mel Weatherwax à reculer son pick-up et renversant du même coup le cow-boy qui y chargeait des sacs de chaux. L'homme et la femme sur la moto ne remarquèrent sans doute même pas l'accident qu'ils avaient provoqué tant ils roulaient vite. Tous deux portaient des lunettes de protection à larges bords ; Mel ne vit que la moto rouge, les lunettes et leurs deux crinières, noire pour lui, blonde pour elle. Mais on les oublia aussitôt ; gravement blessé, le cow-boy était allongé dans la poussière virant au rouge et il jurait, le visage blême à cause de la douleur. Les Indiens ne bougèrent pas du trottoir en planches et regardèrent Mel Weatherwax transporter le cow-boy mal en point avec un de ses aides dans l'allée ombragée le long du magasin.

Le médecin finit par arriver, s'agenouilla et se mit à jurer lui aussi en palpant le corps de l'homme du bout des doigts. Un attroupement s'était formé entre-temps pour observer le médecin et il y avait là des femmes, ce qui ne l'empêcha pas de jurer tant et plus. Il s'avéra que le cow-boy avait des côtes brisées, et que des éclats d'os lui avaient perforé les poumons, sans doute au moment où il avait été déplacé. Il mourut moins d'une heure plus tard, encore étendu dans l'allée, alors que le soleil avait eu le temps de parcourir assez de distance pour l'exposer de nouveau à sa chaleur. L'une des femmes avait brandi une ombrelle au-dessus de lui pour tenter de l'abriter, mais, trop occupée à discuter avec une amie, elle avait agité l'ombrelle en tous sens, ce qui n'avait pas beaucoup soulagé le cow-boy. Il fallut un bon moment à la femme pour s'apercevoir que le cow-boy était mort, et alors elle fit un bond en arrière, poussa un petit cri et s'éloigna, honteuse.

Même après que le corps fut emmené, l'attroupement autour de Mel Weatherwax ne se dispersa pas, et ce dernier déroulait une fois de plus l'enchaînement des événements quand le jeune motard et sa copine revinrent en ville, à pied. Il avait remonté ses lunettes dans ses cheveux pleins de poussière alors qu'elle portait les siennes autour du cou et avait un petit bleu violacé sur la joue. Tous deux étaient sales et semblaient fatigués, mais le jeune homme joua des coudes dans la foule et lança à Mel Weatherwax :

« Bon sang, j'ai démoli ma bécane. Il y a un garage dans le coin ?

– Fiston, répondit Mel, à cause de toi, un de mes cow-boys est mort. Personne dans ce bled va réparer ta foutue moto. »

C'était en 1929 et la Dépression sévissait depuis déjà deux ans dans ce coin de l'est de l'Oregon, Mel savait donc qu'il n'aurait aucun mal à trouver une nouvelle paire de bras. Mais il était content de rejeter la responsabilité de l'accident sur le gamin, et quand il en prit conscience, il se mit dans une colère noire et frappa le jeune homme au visage, la force du coup l'envoyant tituber à travers la foule jusqu'à ce qu'il tombe aux pieds d'un des Indiens. Du dos de la main, le jeune homme essuya la poussière et la sueur de son visage et leva les yeux vers l'Indien, sourire aux lèvres. Un beau jeune homme, avec des dents blanches que sa peau tannée par le soleil rendait plus blanches encore. « Je suis maudit, dit-il, un maudit Indien. » Une fois relevé, il se rua sur Mel Weatherwax, et bientôt, plusieurs hommes durent l'éloigner de force. Pendant tout ce temps, la fille resta en retrait à l'ombre et observa la scène. Elle était très jeune, mince, crasseuse, avec des yeux bleus et l'air fatigué, mais il y avait aussi un éclat dans son regard tandis qu'elle assistait à la bagarre, comme si elle aimait ce qu'elle voyait. De ce jour, dès que quelqu'un reconnaissait ce regard, on savait qu'il allait y avoir du grabuge.

Après cette empoignade, le calme revint et Mel, vaincu, offrit un coup à boire au jeune homme et tout le monde prit la direction du Wagon Wheel. Avec cette place à pourvoir, il n'était pas question pour les chômeurs des environs de quitter Mel Weatherwax d'une semelle avant qu'il n'ait fait son choix. En fin de compte, ce fut le jeune homme qui obtint le boulot, et Mel, l'autre aide et lui quittèrent la ville en pick-up, laissant la fille toute seule à l'hôtel. Sur la route qui conduisait au ranch, ils récupérèrent la moto qu'ils hissèrent sur le plateau du pick-up et essayèrent de réparer en arrivant, mais certaines pièces étaient cassées et le cadre était voilé. Harmon Wilder, le jeune homme, expliqua à tous ceux qui voulaient bien l'entendre qu'il l'avait volée à Oakland, en Californie, et qu'il se foutait de ce qui pouvait bien lui arriver.

Il n'y eut pas de cérémonie pour l'enterrement du cow-boy ; il n'avait pas de famille et comme c'était le début de l'été, les hommes embauchés dans les ranchs étaient très occupés. On déposa son cadavre dans un cercueil en bois qu'on transporta au ranch pour le mettre en terre.

Quand les Indiens revirent la fille, elle était serveuse au restaurant de l'hôtel. Aucun d'eux n'entra dans l'hôtel ; ils l'aperçurent à travers la grande fenêtre qui donnait sur Walnut Street. À cette époque-là, ils n'avaient pas de travail ; ils vivaient grâce aux chèques du gouvernement fédéral qu'ils allaient chercher à la poste. Ces chèques affluèrent jusqu'à la fin des années trente, au moment où l'industrie du bois connut un tel pic d'activité que les scieries commencèrent à embaucher des Indiens. Mais en 1929, certains d'entre eux venaient en ville presque tous les jours et se plantaient devant la poste, discutaient et observaient ce qu'il se passait autour d'eux. Dès qu'ils en avaient la possibilité, ils se procuraient du whisky qu'ils allaient boire dans un coin. C'est ainsi qu'ils en arrivèrent à bien connaître Harmon Wilder, parce que, contrairement à la plupart des autres cow-boys, cela ne le dérangeait pas d'acheter du whisky aux Indiens. À une ou deux reprises, il les accompagna même dans leurs beuveries. Et le jour où deux agents fédéraux de Portland se présentèrent en ville pour fermer le Wagon Wheel, Harmon et deux autres gars roulèrent jusqu'à Bend où ils achetèrent une caisse de Canadian Club, et Harmon en vendit trois bouteilles aux Indiens. Cette nuit-là, on aurait cru que toute la ville était soûle alors qu'il ne s'agissait que d'ouvriers des scieries, des cow-boys et cinq ou six Indiens. Les fédéraux se retrouvèrent impliqués dans une rixe en essayant de découvrir d'où provenait l'alcool, et il fallut parcourir plus de soixante kilomètres jusqu'à l'hôpital quand l'un d'eux se prit un tesson de bouteille sur la tête.

Peu de temps après, la police de l'État vint chercher la fille. Elle s'appelait Annemarie Levitt et, à seize ans à peine, avait fugué de Portland où vivait sa famille. En tout, elle disparut six semaines, puis revint en ville par le bus, se paya une chambre à l'hôtel et reprit son boulot au restaurant. Il fut clair pour tout le monde qu'elle était enceinte. Avant qu'on ne la renvoie à Portland, Harmon avait l'habitude de lui rendre une petite visite le samedi soir avant d'aller au Wagon Wheel, mais après, il ne lui adressa même plus la parole quand il la croisait dans la rue.

Alors que tombaient les premières neiges, fin octobre, les habitants de la ville se doutaient que les parents d'Annemarie ne renverraient pas la police chercher leur fille une fois de plus et qu'elle, d'un autre côté, n'était pas décidée à rentrer à Portland. À cette période de l'année, les cow-boys qui en avaient les moyens passaient toutes leurs soirées en ville ; Harmon avait de la chance aux cartes, si bien qu'il était souvent dans les parages. Il n'avait pas changé ; il était toujours intrépide, buvait toujours trop, mais à l'occasion, il faisait un crochet par l'hôtel pour voir Annemarie et il y eut au moins une fois où elle monta au ranch en stop.

Annemarie Levitt ne s'installa avec les Indiens qu'à la fin du printemps suivant, en 1930, après être allée accoucher dans une institution pour filles-mères à Bend. Elle revint à Iona sans le bébé. Personne ne sut ce qui enragea le plus Harmon, de ne pas savoir où était son gamin ni de quel sexe il était, ou de voir la mère de son enfant vivre avec les Indiens. Peut-être que ce n'était ni l'un ni l'autre ; peut-être que c'était à cause de ce qu'elle lui avait fait au visage.

Elle n'aimait plus Harmon ; elle le lui prouva un jour, quelques semaines à peine après son retour sans l'enfant, quand Harmon l'arrêta dans la rue. Il avait une bouteille de whisky à la main et était déjà soûl, alors que cette journée hivernale et grise n'avait même pas encore basculé dans l'après-midi ; il l'arrêta, donc, lui dit quelque chose que personne n'entendit, puis il éclata de rire et lui tendit la bouteille pour qu'elle boive une gorgée d'alcool et elle la lui prit des mains et son bras décrivit un grand arc en la soulevant, un geste violent, et la fracassa contre le visage de Harmon qui tomba à la renverse. La neige qui avait été déblayée de la rue et grattée du trottoir de planches s'élevait en congères sales dont la croûte fut maculée de sang, puis Harmon s'effondra tête la première sur le sol verglacé ; Annemarie, qui tenait la bouteille par le goulot, ne bougea pas d'un iota, se moqua de lui, le frappa de nouveau au visage et partit, l'abandonnant dans la rue avec la mâchoire cassée, une joue ouverte, son sang chaud coulant à flots avant de coaguler sur la glace. Quelques personnes assistèrent à la scène depuis le trottoir d'en face, mais aucune d'elles n'alla porter secours à Harmon ; il avait déjà trop mauvaise réputation en ville pour escompter de l'aide, alors il se releva comme il put et chancela jusqu'au Wagon Wheel. Des ouvriers finirent par l'emmener chez le médecin et de là le conduisirent à l'hôpital. Pas de doute, elle ne l'aimait plus. Peut-être qu'elle le détestait. Peut-être que le sentiment était assez puissant pour la faire revenir. Et puis, quand elle le blessa avec cette bouteille de whisky et rit de le voir vulnérable, son sang gelé dans la rue, elle cessa de le détester et se détesta elle-même.

Portland l'avait rendue folle. Même à seize ans, elle détestait cette ville ; elle faisait le désespoir de sa famille, elle, leur unique enfant ; intenable, elle avait déjà eu des problèmes avec la police à une ou deux reprises avant de rencontrer Harmon, avec qui elle s'enfuit sur un coup de tête ; elle restait dans sa chambre à l'étage quand ses parents l'envoyaient se coucher, attendait qu'ils s'endorment, se rhabillait puis se glissait par la fenêtre et attrapait un tram en direction du centre-ville ; quand elle rentrait, elle passait simplement par la porte, et si elle trouvait ses parents en train de l'attendre, elle piquait une crise et leur disait de se mêler de leurs oignons ; et si son père essayait de lui donner une taloche ou une fessée, elle le frappait et lui hurlait dessus jusqu'à ce qu'il perde l'envie de la punir, et alors elle montait s'enfermer dans sa chambre. Elle dut rencontrer Harmon lors d'une de ses expéditions en ville, parce qu'un soir elle ne rentra pas.

Harmon était défiguré ; il perdit toutes ses dents du côté gauche, et une balafre lui courait de l'œil aux lèvres et jusqu'au menton ; à présent, l'effondrement se lisait sur son visage, ses yeux bleus ne pétillaient plus, et de ce jour jusqu'à sa mort, il devint méchant comme une teigne ; il mena l'existence d'un bon cow-boy travailleur, et si ce n'était peut-être pas celle dont il avait rêvé à Oakland, en Californie, elle lui convenait tout de même : dix-huit heures par jour à trimer quand le bétail était au pâturage, la moitié de sa colère asséchée par le soleil, la poussière et l'odeur de son cheval, âcre et puissante ; durant l'hiver, le travail se poursuivait et le millier de corvées obligatoires liées au bétail vidait ses bras et ses jambes de leur surplus d'énergie pour ne lui laisser qu'à peine un samedi turbulent par mois, une nuit pour boire et briser des vitrines et réduire en bouillie le premier visage qui se présentait.

Pendant un temps, il écrivit des lettres, et se rendit à la poste dès qu'il en avait l'opportunité pour voir si on lui avait répondu. Il ne fallut pas longtemps aux uns et aux autres pour savoir ce qu'il voulait. Il envoyait des lettres aux orphelinats et aux foyers de l'Oregon à la recherche d'un enfant du nom de Wilder ou Levitt ; quand il sortait de la poste et s'asseyait sur un banc, qu'il ouvrait son courrier et le roulait en boule après l'avoir lu, le visage noir de rage, alors tout le monde savait qu'il n'avait pas encore trouvé l'enfant. Peut-être bien qu'à force l'échec finit par consumer ou éteindre son désir de le trouver ; au bout d'un moment, il abandonna sa quête, et les gens oublièrent son existence parce qu'il arrêta de venir en ville et ne quitta plus le ranch. Les cow-boys se déplacent beaucoup, changent de boulot, mais pas Harmon. Il resta chez Mel Weatherwax jusqu'à sa mort. Plus tard, Mel dit de lui que c'était un bon cow-boy, du genre taiseux, et que si on lui fichait la paix, il ne causait pas d'ennuis. Quelle que soit la raison qui l'ait poussé à fuir Oakland pour le Far West, il semblait plus ou moins avoir résolu le problème. Peut-être que ce qu'il voulait, c'était la liberté. Peut-être qu'en regardant autour de lui il ne voyait que des gens prisonniers d'Oakland, de leurs petits quartiers ; tout le monde respirait le même air, héritait des mêmes places à l'école, faisait le même boulot chiant que son père et vivait dans les mêmes maisons miteuses en stuc. Peut-être qu'à ses yeux tout ça ressemblait à une prison ou à un piège, cette façon qu'avaient les gens de s'attendre à ce qu'il fasse certaines choses parce qu'elles avaient toujours été faites d'une certaine manière, de s'attendre à ce qu'il soit doué pour faire ces tâches étranges, vaines, solitaires ; et peut-être qu'il avait peur – des immeubles, de la fumée, de la puanteur de la baie, de cette grise mine que tous arboraient. Peut-être qu'il avait peur de devenir l'un de ces adultes à l'expression vide qui transpirait la solitude, de devoir à son tour se satisfaire d'une maison dans le quartier, d'une des filles de son lycée et d'un boulot en usine, et de mener cette existence jusqu'à ce que mort s'ensuive. Il s'enfuit donc vers la seule frontière dont il eût jamais entendu parler et devint cow-boy. Mais bien sûr, il emporta tout avec lui dans sa fuite et ce passé le poursuivit, l'éperonna, opéra un travail de sape et de meurtre jusqu'à ce que sa personne disparaisse et qu'il ne reste plus que le corps d'un homme à la besogne. Puis, ce corps mourut à son tour. Un accident. Un cheval lui donna un coup de sabot et il décéda le lendemain d'une hémorragie cérébrale ; en voulant retirer la glace de sous le sabot, il avait glissé et tordu la jambe du cheval qui l'avait atteint en pleine tempe ; c'en fut fini de lui. L'accident se produisit en 1936, il avait vingt-six ans, presque vingt-sept. Il n'eut jamais l'occasion de voir son fils.

Annemarie non plus. Elle vivait depuis longtemps avec les Indiens et avait l'air de bien s'en tirer, mais quand elle apprit la mort de Harmon, quelque chose céda en elle – quelque chose que la haine des Blancs de la ville amassée depuis tout ce temps n'avait pas réussi à amoindrir – et, quelques semaines plus tard, elle se tua avec un fusil de calibre 10. Elle avait vingt-quatre ans. Les Indiens l'enterrèrent.

PREMIÈRE PARTIE

Les délinquants

1947

UN

Il y avait pire que d'être dans la dèche, mais là tout de suite, Jack Levitt ne voyait pas quoi. Il se tenait sur la Quatrième avenue dans le centre de Portland et contemplait la vitrine d'un magasin de farces et attrapes, les mains dans les poches, ses lourdes épaules voûtées. Deux articles l'accaparaient : une petite flaque de vomi en plastique pas très convaincante d'un jaune bilieux avec des bouts d'aliments flottant à la surface ; et une merde de chien réaliste, sans doute en plâtre et de couleur marron. Quelqu'un fabriquait ces objets dans le but de les vendre. Quelque part, il y avait une usine où les ouvriers fabriquaient ces objets à la chaîne, et pour ça, ils recevaient un salaire. Jack aurait aimé gagner sa croûte en ayant ce genre d'idées. Mais il savait qu'il n'avait ni l'imagination ni l'énergie pour être inventeur. Il sourit intérieurement. Quand vous êtes dans la dèche, les idées qui vous viennent à l'esprit pour vous faire du blé sont toutes plus dingues les unes que les autres. Arnaquer des poivrots. Entrer dans un magasin (comme celui-ci par exemple, désert, à l'exception d'un vieil homme en train de lire le journal à l'arrière de la boutique), attraper le type par le col, lui foutre un ou deux pains à la mâchoire, et vider la caisse… Ou bien passer à l'agence de placement sur la Troisième avenue, un peu après la boîte de strip-tease, et tenter de se dégoter un job. Sauf que tout du long de cette cour des miracles qu'était Burnside, il y avait déjà pas mal de types qui traînaient sur le trottoir ou tenaient les murs des immeubles, et d'autres encore agglutinés autour de l'agence de placement pour tenter d'obtenir un travail. À son arrivée à Portland quelques mois plus tôt, Jack les avait pris pour des clochards, mais il s'était trompé. Ce n'étaient que des ouvriers au chômage. Des pêcheurs, des dockers, des bûcherons, des pros de la friture, des diplômés en coiffure pour hommes et quelques rares poivrots. Il y avait des Gitans, aussi, par familles entières, assis devant les magasins qui leur servaient de maison ; et Jack connaissait les jeunes Gitanes, les plus jolies en costume qui vous souriaient, vous faisaient de l'œil et vous attiraient chez elles en vous proposant ce qu'aucune Gitane ne donnait jamais, et, une fois à l'intérieur, réclamaient de l'argent « pour la bénédiction », et c'est alors que des hommes sortaient sans bruit de l'ombre des rideaux… La plupart de ces hommes revendaient des voitures d'occasion, sillonnaient la ville à tombeau ouvert dans de vieilles guimbardes poussiéreuses, arrêtant les gens pour leur demander s'ils ne voulaient pas se faire du cash en vendant leur voiture, ou leur offrir de réparer des ailes enfoncées. Chaque fois, ils promettaient d'enlever « cette vilaine bosse » pour trois dollars, et si vous étiez partant, cinq ou six gars armés de marteaux se désentassaient de la guimbarde et se mettaient à cogner sur votre aile, et transformaient votre unique grosse bosse en douze petites, après quoi ils exigeaient d'être payés trois dollars *par bosse* et vous encerclaient en rappelant furieusement qu'un contrat était sacré et qu'ils étaient tous témoins de l'accord passé ; si vous freiniez des quatre fers et refusiez de débourser le moindre cent, ils proposaient d'acheter la voiture. Si vous ne vouliez pas vendre, ils finissaient par partir, mais pas avant quelques tractations supplémentaires. Encore une belle façon de se faire de l'argent. L'ennui, c'était que Jack n'était pas gitan.

À vrai dire, Jack était un jeune homme qui avait du mal à trouver du travail. Non pas qu'il eût voulu travailler, mais il voulait de l'argent, et à cet instant, en pleine journée, il ne semblait pas y avoir d'autre solution pour en gagner. À dix-sept ans, il n'avait pas l'air commode. Son regard bleu, pénétrant et froid, que le pékin ordinaire avait du mal à soutenir, n'était pas loin de rappeler celui d'un serpent, sa tête semblait trop grosse pour son corps, impression renforcée par la crinière de boucles blondes indomptables qu'il peignait rarement. Il avait l'air méchant sans avoir l'air en colère, et ses énormes poings paraissaient en mesure de broyer des crânes, à croire qu'ils avaient été modelés dans ce seul but. Jack ne correspondait pas à l'image de l'employé modèle, et, même quand il souriait, son expression affichait trop de férocité pour mettre à l'aise qui que ce soit.

Pourtant, ce n'était qu'un gamin, et une grande partie de cette dureté n'était qu'un masque façonné depuis une douzaine d'années, du jour où il avait découvert que personne ne le protégerait si ce n'était lui-même. Sur un garçon plus petit, plus frêle et d'allure moins puissante, son expression aurait pu passer pour de l'indépendance et être admirée.

Il se détourna de la vitrine, sortit les mains de ses poches et commença à remonter la rue. Les gens qui le voyaient approcher s'écartaient de son chemin. C'était une journée gris Portland, ce qui l'aida à s'apitoyer sur son sort. Il n'avait plus que quelques dollars sur lui et on lui avait fermé l'accès à sa chambre d'hôtel. Il avait démissionné de son boulot et ne savait pas où trouver de l'argent. Légalement, il était considéré comme fugueur depuis qu'il avait quitté l'orphelinat, et pour cela, il était donc « recherché ». Il n'avait pas l'impression qu'on le « recherchait » – il se sentait plutôt abandonné. Il avait des désirs, et personne ne tomberait du ciel pour venir les satisfaire. Il essaya de tirer un peu plus de mécontentement de cette idée, sans y parvenir : il fut bien obligé de s'avouer qu'il préférait sa singularité, sa liberté. Dans ce cas, très bien. Il savait ce qu'il voulait. Il voulait de l'argent. Il voulait une fille. Il voulait un repas nourrissant avec toutes les garnitures au menu. Il voulait une bouteille de whisky. Il voulait une voiture pour pouvoir rouler à cent soixante à l'heure (il savait conduire depuis peu et adorait les sensations de vitesse et de contrôle, l'acuité du danger). Il voulait des vêtements neufs et des chaussures à trente dollars. Il voulait un automatique calibre 45. Il voulait un tourne-disques dans la grande chambre d'hôtel qu'il convoitait pour pouvoir traîner au lit avec la fille et le whisky tout en écoutant *How High the Moon* et *Artistry Jumps*. C'était ça qu'il voulait. Il ne lui restait plus qu'à se procurer toutes ces choses. Il se sentait déjà mieux, rien qu'à inventorier ses désirs. Ça posait les limites. Il savait que chacun de ses désirs pouvait être satisfait par l'argent. Donc, ce qu'il voulait le plus, c'était un gros paquet de fric. Disons dix mille dollars.

Il était d'excellente humeur en arrivant à la salle de billard, l'un de ses trois lieux de prédilection (les deux autres étaient un coin de rue et une autre salle de billard), il descendit gaiement les marches quatre à quatre et, en apercevant son ami Denny Mellon, il lança :

« Hé, vieux, t'aurais pas dix mille dollars à me prêter ? »

Denny fronça les sourcils. « Pour quoi faire ?

– Investir dans l'immobilier, chantonna Jack.

– Alors ok. J'ai cru que tu voulais les gaspiller pour des titres d'emprunts de guerre ou un truc dans le genre. »

Quelques minutes plus tard, Jack se concentrait sur un jeu de la neuf à dix cents et avait oublié tous ses problèmes.

Jack ne manquait pas d'amis. Peu après son arrivée à Portland, il découvrit où se trouvaient les petits voyous du coin, se joignit à eux, et dans le gang, on le considéra comme faisant partie de ceux que rien n'arrêtait, de ces gamins vraiment durs comme Clancy Phipps et son frère Dale, un meneur parce que (du moins c'est ainsi que l'envisageaient les autres garçons et filles) rien n'était jamais trop dangereux pour lui. À Portland, cette bande de gamins coriaces était surnommée « le gang de Broadway », parce qu'ils traînaient à l'angle de Broadway et Yamhill. Le gang, qui s'était formé durant la Seconde Guerre mondiale, perdurait. Il était composé de gamins qui n'étaient pas aimés, pas assez désirés dans leur lycée, ou qui détestaient l'école et recherchaient les émotions fortes que promettait le centre-ville; d'autres avaient des ennuis avec l'école, la police, leurs parents – presque tout le monde –, et atterrissaient donc dans ce gang à géométrie variable. Ils étaient environ une cinquantaine, garçons et filles confondus, et la constitution du groupe changeait en permanence; certains membres s'évaporaient pour rejoindre l'armée, se trouvaient un job ou se mariaient, se faisaient des amis à l'école ou étaient envoyés en maison de correction à Woodburn, quittaient l'État et filaient à New York ou San Francisco; de nouveaux membres ne cessaient d'apparaître, dont beaucoup comme Jack, qui étaient acceptés et admis dans le groupe sur des critères de dureté, d'absence de morale conventionnelle, de méfiance à l'égard des adultes et de haine de la police.

La plupart d'entre eux ressemblaient à Jack Levitt en ce sens qu'ils voulaient beaucoup d'argent et voulaient être libres de faire ce qui leur chantait, au moins pendant quelque temps; mais la plupart d'entre eux ne portaient pas le même regard que lui sur leur situation; ils voulaient s'amuser *maintenant*, parce qu'au fond d'eux ils savaient que tôt ou tard ils trouveraient un travail, se marieraient et fonderaient une famille (comme leurs parents), et qu'à ce moment-là ils pourraient faire une croix sur leur vie d'insouciance. S'ils semblaient trop bruyants, trop turbulents, trop rebelles, peut-être était-ce un peu par désespoir, parce que s'étendaient devant eux des années interminables d'une existence morne, de boulots merdiques, d'épouses sans charme, et de marmots sans plus d'avenir qu'eux-mêmes. Jack ne voyait pas les choses de la sorte, et n'avait aucune raison de le faire. N'ayant jamais connu ses parents, il ne s'attendait pas à ce que l'avenir soit une répétition d'un passé qu'il ne pouvait pas se représenter – lui au moins avait une vision de l'avenir qui comprenait une sauvagerie gratuite, un enchaînement de plaisirs allant grandissant, d'amour et de joies, et s'il fallait lutter pour l'obtenir, cela ne lui posait pas de problème ; il savait se battre pour avoir ce qu'il voulait. À vrai dire, c'était quasiment la seule façon de procéder qu'il connaissait. Il y avait des terreurs enfouies, aussi ; mais il espérait en avoir terminé avec cette partie de sa vie. Il entrait donc dans cette catégorie étrange et contradictoire de l'optimiste cynique. Ses espoirs étaient vagues et même puérils, mais au moins, il s'agissait d'espoirs, et leur caractère imprécis était une bénédiction ; il y en avait tant pour qui l'avenir paraissait beaucoup trop clair.

À peu près au même moment où Jack Levitt descendait l'escalier qui menait à la salle de billard, un autre garçon à l'avenir incertain, mais qui, lui, le croyait plein de promesses, descendait du bus en provenance de Seattle. Il s'appelait Billy Lancing et fut le dernier à sortir du car ; c'était un garçon de seize ans, mince, des épaules aux os saillants, un visage de faucon avec un regard vif, calculateur et trop vieux pour son âge. Il avait la peau jaune malaria, et entre cette couleur et ses cheveux frisés d'un brun qui tirait sur le roux, il ne faisait aucun doute qu'il était nègre. Il portait un coupe-vent blanc et traînait un petit sac de voyage en toile bleue qu'il déposa pour dix cents dans un casier de la consigne à l'intérieur du dépôt Greyhound ; puis il descendit aux toilettes payantes, glissa un nickel dans la fente d'une des portes et entra. Quand il en ressortit, la clé du casier était dans l'une de ses chaussettes, calée sous la plante de son pied droit. C'était important : à l'intérieur du sac, avec ses vêtements se trouvaient quinze billets de dix dollars, roulés serrés et maintenus par un double élastique – sa cagnotte, l'argent qu'il avait gagné, épargné, économisé pour pouvoir partir de chez lui.

La clé en sécurité, il se dirigea vers l'un des éviers, fit couler de l'eau froide dans ses mains en coupe et s'aspergea le visage. Ces toilettes étaient pleines de marins dont les conversations et les rires se réverbéraient étrangement sur les murs carrelés, un déluge insensé de bruits fragmentaires. Pour Billy, en dehors de cet effet d'écho, on aurait dit sa famille à Seattle, le fracas et le jacassement continuels de ceux qui habitaient l'appartement de leur cité-dortoir : son père et sa mère, ses frères et ses sœurs, sa vieille tante du Sud, ses trois grands-parents; un foyer où il y avait toujours quelqu'un de réveillé, des repas toujours en cours de préparation, quelqu'un sur le point de partir travailler et un autre tout juste rentré qui buvait un verre de whisky; la radio branchée, un enfant en pleurs, un autre qui hurle de rire; sa tante dans le coin près de la cuisinière avec sa voix comme un petit bouillon qui ne retombe jamais et qui parle de sa vie dans le Sud et du froid et de la pluie; son père et son grand-père qui s'empoignent parce que Boeing ceci ou Boeing cela. Quand Billy pensait à la maison il pensait au bruit, et voilà qu'à Portland, dans les toilettes de ce dépôt Greyhound, à plus de trois cents kilomètres de sa cité, il retrouvait cette vieille terreur d'être étouffé, étranglé par le bruit, il sentait ses entrailles se nouer et ses paumes devenir moites. Portland me fait peur, c'est tout, se dit-il. Rien de plus. Comme à n'importe quel gamin. Il remonta l'escalier et sortit dans la rue.

D'énormes nuages gris gonflés de pluie couvraient le sommet des immeubles du centre, mais il ne pleuvait pas encore et le trottoir était sec. Billy leva les yeux vers les panneaux indicateurs bleu et blanc : croisement de Fifth et Taylor. D'après ce qu'on lui avait dit au Two-Eleven de Seattle, il savait que Portland possédait trois salles de billard : le Rialto, sur Park, entre Morrison et Alder; Ben Fenne sur la Sixième entre Washington et Stark; et une troisième que tout le monde surnommait « le Trou à rats », sur Washington entre la Quatrième et la Cinquième. Apparemment, les vrais joueurs se donnaient rendez-vous au Rialto, mais Billy voulut commencer par tenter sa chance dans les deux autres salles. Il s'approcha d'un chauffeur de taxi appuyé contre son véhicule, lui demanda son chemin et descendit la colline de Washington Street.

« Le Trou à rats » était facile à trouver : le néon rouge qui surmontait l'entrée, coincée entre une cantine du midi large comme un distributeur de billets et une agence immobilière, indiquait « Pool-Snooker-Billard » au-dessus d'un escalier. Alors que Billy descendait les premières marches, deux hommes d'affaires les remontaient en riant. L'un d'eux lui lança un regard de travers et pivota pour le laisser passer. L'escalier était d'une saleté incroyable, et en bas, le palier en béton était couvert de taches, jonché de détritus et puait le vieux vomi et l'urine. Dans un coin, il y avait une petite bouteille de vin verte tombée sur le côté ainsi qu'un sac en papier d'où dépassait le goulot d'une autre bouteille. Billy prit à droite, poussa les portes battantes et dévala une autre volée de trois marches avant d'atteindre la salle de billard.

À sa droite, une vitrine à cigares sur laquelle étaient posés quelques sandwichs qui paraissaient à moitié rassis dans leur emballage, un flipper et son joueur attitré penché au-dessus, une cabine téléphonique et un homme en chemise blanche, le propriétaire, sans doute, appuyé contre le comptoir pendant qu'il donnait des conseils au joueur de flipper ; à sa gauche, une rangée de six tables, toutes prévues pour du billard américain. Des parties se jouaient sur trois d'entre elles, et des groupes de flâneurs les observaient depuis des fauteuils de cinéma installés le long du mur. Derrière la vitrine à cigares, Billy vit une ouverture conduisant à l'arrière-salle ; à l'intérieur, il aperçut le coin d'une table de snooker, et au-delà, d'autres fauteuils de cinéma. L'arrière-salle était très bruyante et, les mains enfoncées dans les poches de son coupe-vent, Billy alla se poster à l'entrée de la pièce. Des parties étaient engagées sur les trois tables de snooker ; des hommes d'affaires débarrassés de leur manteau et qui devaient miser quelque chose comme quatre pièces par bille empochée tout en déjeunant, qui riaient, dans l'attitude des amis qui se réunissent le midi pour jouer. Billy remarqua que l'un d'eux était policier, un homme gras aux traits mous qui mâchait un sandwich. Billy allait filer quand il sentit une main sur son épaule.

Il se tourna et se retrouva nez à nez avec le taulier. Les lèvres étaient pincées, les mots coupants, mais derrière les lunettes à monture dorée, les yeux gris avaient l'air tourmenté, comme s'ils essayaient de dire à Billy de ne pas écouter, de ne pas en vouloir au taulier. Mais en remontant l'escalier, Billy se dit que, après tout, peut-être que ce vieux con n'avait fait que s'excuser. Billy n'avait pas prêté attention aux mots exacts ; qu'il lui ai dit « Casse-toi sale nègre », ou « Dégage, sale nègre », ou simplement : « Bla, bla, bla, sale nègre », cela n'avait aucune importance pour Billy, il ne s'en souvenait pas ; ça ne comptait pas ; « le Trou à rats » n'était pas le genre d'endroit qu'il cherchait. C'était un rade de merde dégueulasse où se retrouvaient les joueurs du dimanche et les parieurs à la manque ; il n'y avait là rien d'intéressant pour Billy.

Le Ben Fenne était très différent ; cela sautait aux yeux. Cette salle occupait elle aussi un entresol, mais l'escalier était plus large et balayé ; en bas, sur la gauche, elle jouxtait un barbier, et la salle de billard en elle-même était plus vaste, plus haute de plafond, abritait plus de tables, et l'activité y était plus intense ; en lieu et place du comptoir à cigares se trouvait un long bar de bois sombre derrière lequel travaillaient des hommes en chemise blanche qui tiraient de la bière ou cuisinaient sur une plaque en fonte. Un rapide regard circulaire à la pièce suffit à Billy pour constater qu'il était le seul nègre présent, mais ce n'était pas une surprise ; au Two-Eleven de Seattle, il n'y avait pas non plus de nègre, du moins pas jusqu'au jour où, à force d'insistance, on finit par autoriser Billy à y traîner ses guêtres. D'ailleurs, il avait même acquis un début de réputation à Seattle en tant que « p'tit nègre » qui offrait toujours son meilleur jeu et manifestait un véritable talent pour le 14.1 continu ou le *one-pocket*.

La première table à droite était un billard français où se déroulait une partie de *skittle*. Sentant la tension de la compétition lui nouer les entrailles et tous les muscles, Billy s'avança vers le comptoir derrière le billard, se percha sur un tabouret dans un coin et s'installa dos au mur pour regarder la partie. Le frisson du défi lui parcourut tout le corps, presque comme s'il allait se lancer illico dans une partie à cent dollars. C'était une sensation agréable, ses mains n'étaient plus moites et il pouvait déglutir normalement. Il se sentait tellement bien qu'il en rit presque.

Peu après, le serveur s'approcha en s'essuyant les mains sur son torchon blanc plein de taches : un homme de petite taille, visage de singe, air fatigué, avant-bras épais et poilus.

« Qu'est-ce que je te sers ? » demanda-t-il à Billy.

Billy sentit le rire lui monter dans la gorge parce qu'il savait ce qui allait arriver, il savait ce qui était déjà arrivé. Le serveur s'était dégonflé ; il était venu dire à Billy de déguerpir et il s'était dégonflé.

« Je vais prendre un hot dog et un crème », lui répondit Billy.

Le serveur avait les mains sur le bar, ses doigts martelèrent la surface une fois puis il laissa échapper un soupir.

« Ça marche. »

Lorsqu'il apporta le sandwich, une grosse saucisse à la peau caoutchouteuse coupée en deux et glissée entre deux fines tranches de pain blanc, il dut tapoter Billy dans le dos pour attirer son attention.

« V'là ton hot dog, gamin. En tout, ça fait trente cents avec le café. Tu manges et tu dégages, compris ?

– Vous pensiez que j'avais l'intention de *dormir* ici ? » rétorqua Billy innocemment.

Il enchaîna avec son grand sourire frimeur et pointa un long doigt osseux en direction du pot à moutarde à l'autre bout du comptoir. Dans un geste automatique, le serveur attrapa le pot et le glissa vers Billy.

« T'as très bien compris ce que je voulais dire, gamin », dit-il.

Billy mangea son hot dog et sirota son café en faisant semblant de regarder la partie en cours, au lieu de quoi il était en repérage, observait les différentes tables à la recherche des flambeurs et prenait la température des lieux. À sa droite se trouvait une autre table de billard, si ce n'est que celle-ci était équipée pour le keno – une plate-forme en bois munie d'une bande de cuivre à un bout de la table et perforée de trous numérotés pour accueillir les billes.

Le keno était un jeu pensé essentiellement pour les flambeurs, et un panneau suspendu au-dessus de la lampe billard indiquait : « Partie ouverte, dix cents par joueur », ce qui voulait dire que n'importe qui (enfin, presque, pensa Billy) pouvait s'inscrire. Il s'interrogea pour savoir s'il allait faire ses débuts à cette table, puis renonça. Un jeu de la neuf était en cours à l'une des tables centrales et les joueurs qui s'affrontaient n'étaient pas beaucoup plus vieux que Billy, quant aux spectateurs, ils étaient en nombre, assis ou appuyés contre les autres tables, faisant des messes basses, lançant des paris annexes. Ce serait là.

Son repas terminé, il se tamponna délicatement les lèvres avec une serviette en papier et traversa la pièce jusqu'aux toilettes où il se lava les mains. Ensuite, il alla se poster près de la table centrale où se jouait la partie de la neuf. Il s'installa confortablement dans une chaise en bois à dossier haut, coinça ses pieds derrière les barreaux, croisa les mains sur le ventre, mourant d'envie de rire, de pousser un cri de joie, et d'une petite voix enfantine de nègre, mais qui portait loin pour que tout le monde entende, il lança :

« Avant qu'vous m'foutiez dehors, qui veut me prendre mon argent ? Qui veut l'argent durement gagné par un p'tit Noir ? »

Il y eut un silence de mort tandis que tout un chacun cessait son activité et se tournait vers lui. Puis, lentement, d'aucuns gênés, d'autres indifférents, ils reprirent le fil de leurs parties, de leurs conversations, et le bruit envahit de nouveau la salle. Billy s'y était préparé ; il savait que parmi ceux qui jouaient à la neuf ou au keno, certains se demandaient quel genre de jeu il préférait et s'il était doué ; ils se demandaient aussi s'ils ne pouvaient pas lui prendre son fric avant que le patron ne le jette dehors. Billy savait par ailleurs que le taulier, peu importe la salle, se pointerait sous peu, justement pour faire ce qu'on attendait de lui, à moins qu'un des habitués ne le supplie de ne pas le faire tout de suite, pas avant d'avoir tondu Billy.

La proposition vint finalement du patron lui-même. C'était un homme de taille moyenne, bien bâti, la trentaine, et qui portait un tablier en cuir. Il s'approcha de Billy par-derrière et dit :

« Tu veux jouer à quoi, gamin ? »

Billy se tourna et le regarda.

« N'importe.

– Pourquoi tu ne restes pas sur Williams avenue, avec les tiens ?

– Je suis de Seattle. Jamais entendu parler de Williams avenue.

– Le quartier des gens de couleur », expliqua le patron.

Patient, il ne bougea pas, les mains enfoncées dans ses poches revolver.

« Ah oui, je vois le genre. Queues voilées, drap déchiré, billes entaillées, et des parties de neuf à dix cents. Qu'est-ce que j'irais faire dans un endroit pareil ? Alors que j'ai un avenir dans le billard.

– Personne n'a d'avenir dans le billard. Mais j'accepte de jouer contre toi, histoire de voir ce que t'as dans le ventre. 14.1 continu, ça ta va ?

– Très bien.

– Deux dollars la partie ? Cinquante points ?

– Parfait.

– Et si tu me laissais voir ton argent ? »

Billy rit doucement et sortit un rouleau avec un billet de dix sur le dessus.

« Et si vous me montriez le vôtre ?

– T'es un p'tit malin, toi, pas vrai ?

– Vous voulez que je vous supplie pour pouvoir jouer ici ? »

Le patron réfléchit et fut obligé de sourire.

« Ben, j'imagine que non. »

Je te fais marrer, hein, pensa Billy, et pendant une fraction de seconde, il éprouva un pincement de dégoût envers lui-même ; il savait qu'il ne faisait que rejouer la vieille histoire de l'Oncle Tom. Mais merde, après tout ; si ça lui permettait d'obtenir ce qu'il voulait. Peut-être qu'ils ne feraient que le tolérer au début, mais ils finiraient par le respecter, parce que la seule chose qui compte dans une salle de billard, c'est un jeu de qualité.

« Allez, montrez-moi l'argent », dit Billy.

Il regretta aussitôt ses paroles ; elles lui avaient échappé. Mais le patron ne s'énerva pas ; il rit et sortit une liasse de billets.

« Un nouveau battant est en ville, lança-t-il à la foule qui commençait à se former.

– Et c'est le p'tit *négro*, chantonna Billy tandis qu'il revenait avec une queue, qui va ramasser l'gros lot ! »

Cela provoqua quelques rires, et Billy sentit la tension retomber dans la salle. Il pria pour que le patron compte parmi les meilleurs joueurs, et bien sûr, il pria pour pouvoir le battre. Ce qui l'aiderait.

À seize ans, Billy Lancing était un joueur de billard déjà très accompli. Il avait une tactique élégante que seuls les débutants et les génies possèdent, un œil jeune et aiguisé, mais par-dessus tout, son talent tenait au besoin impérieux de gagner de l'argent ; parce que l'argent était ce qu'il y avait de plus précieux pour Billy. Il avait appris à jouer au *YMCA*, et une fois surmontées les difficultés de base que posaient le chevalet, les différentes tactiques et l'œil, il constata que pour une raison ou une autre, personne à l'association ne pouvait le battre. Il découvrit qu'il avait un don. Et il savait qu'à la salle de billard destinée aux Noirs à trois rues de chez lui les hommes jouaient pour de l'argent. À l'âge de quatorze ans, il fit ses débuts dans cette même salle, et quand les adultes cessèrent de se moquer du tableau qu'il offrait, penché sur la table, une queue de billard trop grande pour lui entre les mains, ils constatèrent qu'il remportait toutes les parties et empochait tout l'argent, alors mignon ou pas, il devint une menace. Le patron régla le problème en lui interdisant l'entrée sous prétexte qu'il était mineur. Billy se rendit donc au Two-Eleven en centre-ville, la peur au ventre. Sans surprise, on le mit dehors ; ce qui le fit enrager. Il revint, et une fois de plus, on le jeta dehors, mais il paria avec l'un des hommes qui lui fit prendre l'ascenseur qu'il pouvait le battre au *bank pool*, alors ils remontèrent aussitôt, tout aussi énervés, tout aussi silencieux, et jouèrent à la table numéro un avec le reste des clients pour public, et Billy prit tant d'avance durant la première manche (une rage froide lui rendant tous les coups faciles) qu'il fit ses trois dernières américaines d'une seule main en affichant un air hautain ; dès lors, il devint la mascotte officielle des clients du Two-Eleven, et au bout du compte, le meilleur d'entre eux. Quelqu'un le qualifia de vrai petit prodige.

Le patron remporta le tirage au sort et Billy cassa sans prendre de risque, mais ce n'était pas un bon début et le patron commença à empocher six, dix, quatorze billes que Billy replaça dans le triangle, et le patron rentra les billes restantes en un tournemain, puis cassa, éparpillant les billes à l'autre bout de la table, et en empocha encore dix avant de rater. Un total de vingt-cinq points ; la moitié de la partie. Mais Billy ne se tracassait pas pour ça ; il était dans la compétition, et la compétition était ce qu'il aimait le plus. Si le patron avait marqué cinquante points et remporté la partie, cela ne l'aurait pas dérangé, tant qu'il avait de l'argent dans la poche pour payer ce qu'il devait et du moment qu'il avait son bras droit. Il s'appuya contre la table et regarda le patron jouer, observa le vert pomme du drap tout neuf, la façon dont la lampe billard faisait reluire les billes, et au-delà de la table, l'apparente obscurité dans laquelle était plongé le reste de la salle, et il éprouva une sensation de parfaite sécurité parce qu'il savait où il se trouvait et savait qu'il y avait sa place. Le patron finit par rater une bille et inscrivit son score. Billy s'approcha, passa du bleu sur sa queue tout en évaluant la disposition des billes.

« Nom de Dieu, John, t'as jamais empoché autant de billes de ta vie, lança un des spectateurs.

– Et si t'allais voir ailleurs si j'y suis, la grande gueule, rétorqua le patron avec un grand sourire.

– Tu vises trop haut. »

Une voix plus jeune intervint :

« Moi j'vous parie à tous, deux contre un que John bat le nègre. »

Billy fit volte-face et jeta un regard interrogateur vers l'obscurité :

« Qui a dit ça ?

– Moi. »

Celui qui avait parlé était un jeune homme affichant un large sourire, cheveux roux foncé et taches de rousseur, une fossette au milieu du menton. Il sortit une liasse de billets de sa poche de chemise et l'agita sous le nez de Billy.

« Tu veux y goûter ?

– Je prends cinq pour dix, dit Billy.

– C'est confirmé, le môme est un gagneur ! Pari pris, ça roule. »

Billy empocha trente-huit billes avant de rater, sentit la pression monter au fur et à mesure que les billes tombaient dans les poches et s'entrechoquaient dans un bruit creux le long des glissières de récupération sous la table, puis, la pression étant trop forte, il rata ce qui aurait dû être un coup facile le long de la bande et laissa la bille de choc à découvert. John, le patron, les traits tirés par la concentration, penché sur la table alors qu'il empochait les billes à la chaîne, rata finalement la casse suivante et laissa le champ grand ouvert à Billy. John soupira, posa sa queue sur une table inoccupée, passa dans l'arrière-salle faire payer leur temps aux joueurs de snooker qui avaient terminé leurs parties, et quand il revint à la sienne, elle était terminée : Billy avait tout empoché.

« Qui t'a dit que tu pouvais jouer quand j'avais le dos tourné ? s'énerva-t-il.

– Vous avez rien dit du tout. Je vous ai même pas vu partir.

– Sois pas con, John, il a gagné à la loyale », dit l'un des spectateurs.

Le petit roux tendit un billet de cinq dollars et cinq de un à Billy, l'air écœuré, et John lui paya ses deux dollars.

« Une autre partie ? proposa Billy.

– T'es trop bon pour moi, gamin. »

Quelqu'un hurla :

« Triangle ! » et John s'éloigna pour répondre à l'appel.

Billy remit quelques billes sur la table et joua en attendant que quelqu'un relève le défi. Mais autour de lui, l'agitation était retombée et il se demanda s'il n'allait pas être foutu dehors malgré tout. Le frisson du jeu le quittait et il rata les coups les plus simples. Il arrêta peu après, exaspéré, rangea les billes dans le triangle, remisa la queue et alla trouver John.

« Combien je vous dois ? »

John se passa une main sur le visage.

« Rien, c'est gratuit quand on gagne.

– Pour le temps d'entraînement, je voulais dire, insista Billy.

– Ça par exemple ! T'es resté, quoi, deux minutes ? Ben, disons deux cents, alors.

– Je veux avoir de compte à rendre à personne. »

J'en fais trop, pensa-t-il. Bon sang, qu'est-ce qui me prend ? Mais il fouilla dans sa poche de pantalon et en sortit un nickel. Il le tendit à John qui regarda fixement la pièce avec une perplexité qui frôlait le dégoût.

« Ça alors ! C'est qu'avec ça j'vais pouvoir me payer un p'tit Coca. Merci, gamin. »

Il alla au bar, et Billy attendit un moment, s'assit pour regarder un jeu de la neuf. Il n'y avait rien d'autre à faire. Il avait passé les huit heures du trajet en bus à se préparer pour son entrée dans Portland, son triomphe, mais tout s'était déroulé si vite qu'il avait l'impression que rien ne s'était passé. Tout aurait dû être plus dramatique ; quelqu'un aurait dû hurler au scandale de voir un nègre dans la salle, les gens auraient dû choisir leur camp, et lui aurait dû les réduire au silence par la seule excellence de son jeu. Mais rien de tout cela n'arriva et il se retrouvait désormais planté là, douze dollars de plus en poche, délaissé, un observateur passif parmi d'autres. À croire qu'il était déjà intégré.

Le gamin à la tignasse rousse se laissa tomber dans le fauteuil d'à côté, croisa les jambes et entreprit de se curer les dents tout en regardant la partie qui se jouait devant eux.

« Tu pourrais battre tous ces types, dit-il à Billy. T'arrives de Seattle ?

– Je descends tout juste du bus. »

Le roux avait des yeux verts alanguis accompagnés d'un sourire amène; Billy l'apprécia aussitôt. Il sortit ses cigarettes et lui en offrit une.

« Merci. T'as déjà joué au Two-Eleven, là-bas ?

– Ouais. Tout le temps. Tu connais Seattle ?

– J'y suis allé une ou deux fois avec mon vieux. Tu jouais sur leur grosse table de snooker ? T'es bon au snooker ?

– Plutôt. Je peux tout jouer.

– Tu veux te faire du blé ?

– Est-ce qu'il faut perdre ? Parce que je me couche jamais. »

Le roux gloussa.

« Tu joues, rien de plus. Ils ont des amateurs de snooker au Rialto ; pas besoin de te coucher ni de retenir tes coups, rien de tout ça. Tu te pointes et tu joues. Pas la peine de monter une arnaque ; c'est *toi* qu'ils arnaqueront. »

Après-coup, il ajouta :

« Je m'appelle Denny. »

Ils échangèrent une poignée de main.

Billy réfléchit un instant.

« C'est comment, le Rialto ? J'en ai beaucoup entendu parler à Seattle. Est-ce qu'il y a des joueurs qui pourraient me battre ? »

Denny éclata de rire.

« Mec, t'es doué, mais pas à ce point-là. Des gars qui pourraient te battre, il y en a un paquet. C'est quoi ton meilleur score ?

– Cinquante-cinq.

– Cinquante-cinq. Tu connais Joe Cannon ? C'est le roi du Rialto. Tu crois que c'est avec ton cinquante-cinq que tu vas le battre ? Et il est pas tout seul. Reuben Menashe ? Bobby Case ? Bobby, il a quoi, quatorze ans, et il serait capable de te lessiver. Il y a un mois, à peu près, il est descendu à Frisco et il s'est fait mille huit cents billets au jeu de la neuf au Corcoran, et c'est *eux* qui annonçaient la sept et la huit pour lui tellement il avait l'air jeune. Tu penses que tu peux battre des types de ce calibre ? Tu ferais mieux de t'en tenir au snooker. Là-bas, il y a quelques mordus qui se croient les maîtres du monde ; ça leur prendra un mois pour piger que t'es trop fort pour eux, et d'ici là t'auras empoché le pactole.

– Je veux pas jouer au snooker. »

Il ne savait pas pourquoi ; quelque part, son talent lui posait problème, mais il n'avait pas envie de se l'avouer. Parce que ce n'est pas vrai, se disait-il. Je ne veux pas être le meilleur. Je ne suis pas le meilleur. Je ne le serai jamais. Il ne voulait pas jouer au snooker et dépouiller de mauvais joueurs pendant que les vrais cracks se foutaient de lui. En fait, il avait complètement oublié Joe Cannon ; il ne comprenait pas comment c'était possible. Tout le monde le connaissait. C'était un excellent joueur, un des rares exemples à avoir gagné assez d'argent pour s'acheter sa propre salle de billard et sa salle de jeux. Billy prit peur rien qu'à l'idée de l'affronter ; il savait que ses mains deviendraient lourdes, il perdrait son naturel dans le maniement de la queue, les billes paraîtraient lointaines. Et Joe Cannon n'était même pas le meilleur. Sa réputation ne s'étendait pas au-delà du nord de la côte Pacifique, et déjà les gens le disaient trop vieux, trop occupé à jouer au poker, et racontaient aussi que ces derniers temps, ses coups manquaient de précision. Ce qui n'empêchait pas Billy d'avoir peur de jouer contre lui. Je n'ai que *seize ans*, s'énerva-t-il. *C'est quoi le problème ?*

« Je le trouve où, ce Rialto ? demanda-t-il.

– On y va, dit Denny. Je t'emmène. De toute façon, j'ai envie d'un hamburger. Y en a pas dans ce rade. » Il appela :

« Hé, Levitt, je vais à l'autre. »

Jack leva à peine les yeux. Il commençait à déprimer sérieux ; il avait enchaîné les parties et, résultat des courses, il ne faisait que perdre de l'argent. Ce matin-là, il était sorti prendre son petit déjeuner et le temps qu'il revienne, on avait posé un cadenas sur la porte de sa chambre d'hôtel. Il savait qu'il ne pourrait pas récupérer ses affaires tant qu'il n'aurait pas payé les quelques cinquante dollars qu'il devait, mais au lieu de prendre le temps de réfléchir à la façon de régler le problème, il s'était lancé dans une partie de billard américain. À présent, il se demandait pourquoi il était si bête. Il manqua un coup facile et jura de rage en jetant sa queue par terre. Le patron s'approcha :

« Fous pas en l'air l'équipement, fiston.

– J'arrête, de toute manière. Et si on mettait le temps sur mon ardoise ? »

John l'observa attentivement et dit :

« Ok. Pour cette fois. »

Jack sourit.

« Comment tu sais que je vais te payer ?

– T'inquiète que tu vas payer. C'est ça ou t'auras plus le droit de traîner ici. »

Toujours souriant, Jack haussa les épaules :

« Ben faut croire que tu me tiens par les couilles, alors.

– Faut croire. »

Jack sortit. Dehors, une petite bruine tombait et il sentit avec plaisir cette humidité froide sur son visage. Il remonta vers le Corner, sur la Sixième avenue, et s'arrêta chez un disquaire pour écouter le nouveau Stan Kenton. C'était une de ces choses que l'on pouvait faire quand on n'avait pas d'argent. Mais il finit par se lasser et reprit sa route. Tout semblait aller de travers. Ce n'était pas comme ça à l'orphelinat ; là-bas, vous étiez toujours censé avoir quelque chose à faire. Il n'aurait pas imaginé qu'un jour ça lui manquerait. Mais c'était le cas. Il fallait bien l'admettre. Il passa devant l'Orpheum, le cinéma sur Broadway. Un film de guerre était à l'affiche et il se demanda s'il avait envie de le voir. Il avait une combine pour entrer sans payer ; il suffisait de se pointer devant le guichetier, dire : « Je dois récupérer ma petite sœur », et entrer. Si le type avait du cran, il vous foutait dehors, mais ça n'arrivait quasiment jamais. Deux semaines plus tôt, Jack et environ sept autres gamins qui traînaient au Corner à s'emmerder ferme à force de misère avaient pris d'assaut le United Artists et s'étaient précipités à l'intérieur en fil indienne sous le nez du guichetier, et sans dire un mot, ils avaient monté les marches quatre à quatre jusqu'au balcon et s'étaient éparpillés dans la salle. Aucun d'eux ne s'était fait pincer, et plus tard, en plein milieu du film, Denny, qui était assis devant, avait hurlé : « Comptage ! » et Jack avait crié : « Un ! » puis un autre : « Deux ! » pendant que les ouvreuses couraient dans tous les sens pour essayer de les déloger de là. Ils avaient bien ri, mais c'était idiot. Il ne voulait pas voir le film de guerre. Ça promettait d'être nul. Jack remonta à pied jusqu'au drugstore sur le Corner, but un Coca et attendit que quelque chose d'intéressant se présente.

DEUX

Son ami Denny Mellon, le rouquin, le rejoignit au drugstore environ une heure plus tard, pile au moment où Jack s'ennuyait tellement qu'il avait l'impression de devenir dingue. Il n'était pas l'unique membre du gang de Broadway dans les parages, mais il préférait rester seul dans son coin pour avoir de quoi alimenter son ennui ; il n'aimait pas le groupe agglutiné autour de Clancy Phipps à l'autre bout du comptoir. Clancy venait de tirer six mois à la prison du comté pour avoir volé une radio portable dans une voiture, et tout le monde l'écoutait jouer les gros durs ironiques en parlant de la taule.

« Putain ! lança Denny en prenant place à côté de Jack.

– Quoi de neuf ?

– Des embrouilles. J'ai emmené le petit nègre au Rialto, je pensais lui souffler tout son oseille. J'avais un super plan. J'avais prévu de le mettre au snooker avec Hatch et la bande de vieux cons à la table du milieu, histoire qu'il prenne confiance, tu vois, et là, tu te ramenais, on le lançait sur un jeu de la neuf entre toi et, genre, Bobby Case, et là on le taillait en pièces. Tu sais, tu l'aurais jouée pas trop risquée, et Case aurait fait son numéro. Le plus beau dans ce plan, c'est que le gamin, il aurait fait qu'une bouchée de Hatch et compagnie, tu piges, si bien qu'après non seulement on aurait récupéré son blé, mais aussi celui des autres. Sauf que t'es jamais arrivé et que Case a débarqué avec ce taré de Kol Mano, et c'est eux qui ont raflé la mise.

– Ils lui ont pris combien ?

– Ben pas loin de cinquante billets. Putain de bordel de merde, j'te jure ! »

Jack rit.

« C'était pas ton fric.

– Ç'aurait dû.

– Bref, toi aussi t'es fauché. »

Denny lui adressa un sourire irlandais toutes dents dehors.

« Nan. J'ai gratté dix dollars.

– File-m'en cinq.

– Nan. Dans plus ou moins dix minutes, je vais me diriger vers le Model Hotel et me payer un beau petit cul bien juteux. J'y pense depuis ce matin. J'ai pas baisé depuis une semaine.

– T'es un vrai pote. »

Soudain, Jack aussi voulait une fille plus que tout. Il avait déjà fréquenté le Model et le Rex ainsi qu'un ou deux autres bordels, seul ou avec Denny, et soudain, il ne semblait pas y avoir de perspective plus délicieuse que celle-ci. C'était un lieu si agréable et professionnel, les filles y sentaient si bon, semblaient si attirantes…

« Écoute, t'as dix dollars, avec cinq chacun on peut entrer tous les deux. Tu peux pas me laisser sur le carreau comme ça.

– Pourquoi pas ? sourit Denny. Je vais te dire : quand je serai assis sur ce lit à mater la fille en train de se désaper, j'aurai au moins une *pensée* pour toi. T'es content ?

– Salaud, va », répliqua Jack, mais il savait que Denny l'emmènerait.

C'était l'une des qualités qu'il aimait chez lui. Il ne comprenait pas pourquoi Denny était gentil à ce point, si ouvert et si généreux avec son argent quand il en avait, mais peu importait. Et Jack n'avait pas non plus le moindre scrupule à délester Denny de ses cinq derniers dollars. Il se persuadait que si Denny n'avait pas envie de partager, il ne le ferait pas. Personne ne le forçait.

« On y va, lança Jack.

– Non, il est trop tôt. Faut qu'on essaye d'attendre. Même si c'est clair que je suis surexcité, pas toi ? » Puis d'un coup, il changea de sujet : « Le petit nègre s'est cassé de chez lui. Tu verrais, vieux, il est sacrément bon, mais c'est un bleu. N'importe quel pékin qui aurait un peu l'arnaque dans le sang aurait deviné vu la façon dont ces types l'ont anéanti que l'affaire puait à plein nez. Mais lui non, il était blême, et plus il était blême mieux il jouait, ce qui l'a pas du tout aidé. Même avec la meilleure queue du monde, on vient pas à bout d'une combine pareille.

– Tu peux me croire que si un mec essayait de m'embobiner comme ça, je lui exploserais la tête.

– Ça j'en doute pas, mais lui, c'est un gringalet, qu'est-ce qu'il pouvait faire ?

– On les emmerde, les gringalets. Allez, on bouge ! »

Denny éclata de rire.

« Ouais… sens-moi cette douce odeur de femelle ! Il se leva de son tabouret.

– On fait la course sur Broadway ? »

Il sortit du drugstore en courant et Jack lui emboîta le pas.

Ils cavalèrent sur toute la longueur de l'artère principale de Portland, se frayant un chemin dans la foule dense du début de soirée et se heurtant à plus d'un quidam courroucé. Le feu était rouge quand ils atteignirent Burnside, ce qui ne les empêcha pas de traverser, mais obligea les voitures à piler et les conducteurs à klaxonner de rage et de frustration. Jack, dansant au milieu du trafic à la suite de Denny, leva les mains et leur adressa l'habituel geste de mépris, majeurs dressés. Parvenus sur le trottoir d'en face au milieu des hordes de clochards, les deux amis ralentirent le pas pour tenter de reprendre leur souffle. Au-dessus d'eux, sous les nuages rouges, deux énormes enseignes au néon déversaient leur lumière colorée sur les rues humides : l'une clamait “JÉSUS EST

LA LUMIÈRE DU MONDE", et un message biblique clignotait en dessous ; l'autre, également composée d'ampoules clignotantes, représentait un verre gigantesque qu'un robinet tout aussi gigantesque remplissait de bière : "BIÈRES BLITZ-BLITZWEINHARD".

Le Model Hotel était situé au coin de la Sixième rue et de Couch Street, au-dessus d'une épicerie, et possédait deux entrées. Les garçons montèrent à toute vitesse l'escalier de l'entrée latérale, qui n'était pas éclairée, et avant même d'arriver en haut ils sentaient déjà l'odeur étrange et excitante des femmes parfumées du bordel.

« Nom de Dieu ! » s'exclama Denny. Il envoya un sourire plein d'impatience à Jack dont la pose masculine, à peine adoptée, disparut aussitôt dans un éclat de rire.

La demoiselle de l'accueil surgit au bout du couloir et leur sourit :

« Bonsoir, les garçons. Vous êtes majeurs ?

– J'ai trente-six ans, déclara Denny.

– Moi quarante-deux », affirma Jack.

La jeune femme rit et les conduisit vers le salon.

Moins d'une heure plus tard, ils se tenaient de nouveau au coin de la Sixième et de Burnside à se demander ce qu'ils allaient faire de leur peau. Ayant dépensé leurs derniers dollars, ils avaient comparé les filles avec qui ils avaient couché jusqu'à épuiser le sujet du sexe. Jack avait la bougeotte et s'en voulait sans savoir pourquoi, il se demandait comment il allait s'y prendre pour gratter quelques dollars. Sans avoir de destination précise en tête, ils remontèrent Burnside vers le quartier du stade. Denny n'ouvrit pas la bouche de tout le trajet, mais Jack n'arrivait pas à garder ses idées pour lui :

« Bordel, j'ai besoin de *pognon*. Il nous faut un plan pour nous faire du pognon. Il est même pas 20 heures, putain.

– Qu'est-ce qui t'énerve comme ça ? Moi aussi je suis fauché.

– Oui, sauf que t'as toujours la possibilité de rentrer chez toi retrouver ton pieu après t'être fait nourrir. Moi je suis saigné à blanc, mec. »

Denny posa une main sur l'épaule de Jack.

« Écoute, t'as qu'à venir crécher chez mes vieux un jour ou deux. Je t'ai déjà dit que tu pouvais.

– Mais *putain* ! C'est de l'argent que je veux ! »

Ils s'arrêtèrent. Ils étaient dans un secteur de concessionnaires automobiles et de parkings déserts où s'alignaient des voitures d'occasion. Jack crevait d'envie de casser la gueule au premier imbécile venu, de le traîner à l'arrière d'un de ces parkings et de lui tirer son portefeuille. Mais il n'y avait pas un seul pékin à l'horizon. Et la circulation était quasi inexistante.

Il observa le parc de voitures d'occasion. Au fond, il apercevait une baraque blanche éclairée à l'intérieur par une veilleuse dont la lumière se déversait par l'ouverture pratiquée dans la porte.

– On n'a qu'à entrer là-dedans voir s'ils ont laissé du fric », proposa Jack.

Denny eut l'air surpris.

« Ok. »

Il avança derrière Jack sur le sol gravillonné du parking, le regarda prendre un bout de tissu qu'il s'enroula autour du poing et casser la porte vitrée. Jack tendit la main à l'intérieur, tourna la poignée et ils entrèrent, Denny jetant un coup d'œil en direction de la rue.

Il y avait deux tables couvertes de papiers avec juste assez de place entre elles pour passer ; quelques calendriers sur les murs, et un grand panneau où des clés étaient accrochées à des clous. Jack se mit à fouiller les tiroirs de l'un des bureaux, et après un moment d'hésitation, Denny inspecta l'autre. Ils ne trouvèrent que des formulaires vierges, un fatras de dossiers remplis pour des locations ou des changements de propriétaires ainsi qu'une demi-pomme que Denny jeta dans la corbeille.

« Merde, lâcha-t-il. On a laissé des empreintes dans toute cette putain de baraque.

– Et alors ? Personne n'a mes empreintes. Les tiennes sont quelque part ?

– Je veux que non ! Fais chier, y a pas de fric. On se casse.
– T'as les foies ou quoi ?
– T'es dingue ? Évidemment que j'ai les foies. Tirons-nous. »

Jack regarda le panneau avec les clés.

« On va leur piquer une de leurs putains de bagnoles histoire de voir ce qu'elle a dans le ventre. »

Ils prirent les clés d'une Cadillac de 1946, trouvèrent la voiture, foncèrent sur la chaîne qui gardait l'accès au parking et entendirent plier les poteaux qui la tenaient. Ils roulèrent en direction de Burnside, Jack au volant. Il ne lui traversa jamais l'esprit qu'il venait de commettre un vol qualifié, entre autres délits majeurs et mineurs. Tout ce qu'il savait, c'était qu'enfin il conduisait une belle voiture, que le réservoir était plein et qu'ils avaient la soirée devant eux. Il oublia l'argent pendant près d'une heure.

Après un tour sur l'autoroute où ils firent rugir le moteur à quelques reprises, Jack et Denny revinrent à Portland et roulèrent à travers les rues sinueuses du quartier chic de Council Crest. Filer à toute vitesse à bord de cette grosse voiture puissante les avait terriblement excités ; ils se calmaient à présent, n'échangeaient plus un mot et contemplaient au passage les maisons luxueuses. L'idée était d'abandonner la voiture quelque part dans le quartier et de regagner le centre à pied.

« Hé, mais je la connais, cette maison », dit Denny en la pointant du doigt.

La demeure dont il parlait s'élevait en retrait derrière une haie et des arbres, et le premier étage qu'ils apercevaient depuis leur point d'observation était plongé dans l'obscurité, apparemment désert.

« Tu te souviens du gamin Weinfeld ? demanda Denny. C'est chez lui. Je suis déjà venu et j'y ai même *déjeuné*. Il me devait huit dollars au snooker et on est venus ici les chercher. Bon sang, c'te palace ! T'as jamais vu ça. Ils ont une pièce pour chaque putain de truc imaginable ; le vieux a son propre bar, ce genre de conneries. Ils doivent plus ou moins être millionnaires.

Jack leva les yeux vers les fenêtres aveugles de la maison, encadrées par les sapins détrempés, sous un toit qui semblait accueillir une dizaine de cheminées.

« La vache.

– Des salauds de rupins, je te dis. Et même qu'ils vont en vacances au Mexique. Weinfeld est passé la semaine dernière pour demander si on voulait qu'il nous rapporte des photos cochonnes.

– Et la baraque est vide, donc ? »

Denny jeta un coup d'œil à Jack. Il ébaucha un sourire.

« Plus vide, tu meurs, vieux. Qu'est-ce qu'on attend ? On se débarrasse de la bagnole et on se fait un *casse* !

– Ils doivent bien garder du cash quelque part. Ça serait trop bon ! »

Les Weinfeld n'étaient pas riches et la maison n'avait rien d'un « palace », mais les garçons ignoraient ce qu'était la vraie richesse et n'avaient donc pas de point de comparaison. Le père Weinfeld possédait un petit magasin spécialisé dans les chaussures de chantier et de grandes tailles. Il avait des revenus confortables et sa maison était elle aussi confortable ; en 1947, sa valeur s'élevait à environ vingt mille dollars. Elle était entourée d'une haie, d'une pelouse, d'arbres, et toutes les pièces abritaient de lourds meubles ornementés ; une moquette moelleuse couvrait presque tout le rez-de-chaussée, moquette à laquelle venait s'ajouter, dans le salon, un tapis persan aussi gigantesque que magnifique dont les bords étaient décorés de motifs blanc, bordeaux, bleu et doré. Les garçons se postèrent au milieu du tapis, et de là observèrent la plus belle maison qu'ils aient jamais vue en dehors de celles du cinéma. Jack remarqua que la plupart des fenêtres étaient dotées de doubles rideaux épais capables de faire le noir complet, alors il les tira puis alluma les lumières. Il y avait une grande cheminée dont le manteau était agrémenté d'une série de petites figurines délicates en verre représentant des animaux ; au-dessus était accroché un tableau – une peinture à l'huile – d'une belle femme à l'air aimable en robe blanche et large ceinture bleue. Le tableau était surmonté de sa propre petite lampe qui s'était allumée en même temps que les appliques quand Jack avait appuyé sur l'interrupteur. (L'interrupteur le gênait ; sans émettre le moindre son, pas même un *clic*, la lumière s'était répandue.)

« Nom de Dieu, dit Jack.

– Qu'est-ce que je t'avais dit ? demanda fièrement Denny. C'est pas un palace ? On a déjeuné dans cette pièce. Il a une chambre pour lui tout seul à l'étage, avec un bureau à lui et un tas de conneries aux murs. Il doit trop se faire chier, sinon pourquoi il se ramènerait à la salle de billard ? »

Pendant un moment, ils oublièrent le but de leur effraction et se contentèrent d'explorer les lieux.

« Foutre Dieu ! s'exclama Jack. T'as vu un peu la douche ? Un jet d'eau en haut et *quatre* sur les côtés. Vieux, ils doivent grimper au septième ciel chaque fois qu'ils se foutent là-dessous. Et au lieu d'avoir deux robinets, y en a qu'un qui va du chaud au froid. »

La chambre des parents était située à l'étage, et au centre de la pièce se trouvait un grand lit double à baldaquin doré et tête de lit blanche. Les meubles de la chambre étaient assortis et un diptyque ornait l'un des murs. Le lit était recouvert d'une courtepointe en satin doré, et Jack ne put résister à l'envie de se jeter dessus. « J'y crois pas ! » fut tout ce qu'il parvint à dire. Il s'allongea sur le dos et regarda le lustre en cristal au plafond.

Denny finit par inspecter les tiroirs de la grande commode.

« Ce mec doit avoir cinquante paires de chaussettes », commenta-t-il.

Dans un tiroir du haut, il trouva des boutons de manchette, une vieille alliance en or défraîchi (que Denny s'appropria), et des breloques assorties, mais pas de liquide. Jack se leva et l'aida à fouiller la coiffeuse de l'épouse. Puis ils firent les poches des costumes du mari dans la penderie, mais ne dénichèrent que les talons de divers tickets et quelques cents.

« Où est le bar ? voulut savoir Jack. Il y a peut-être de la bibine. J'aurais bien besoin d'un remontant.

– C'est au sous-sol. On y va. »

La salle de jeux était carrelée de rouge, possédait une cheminée (encore une ! pensa Jack, stupéfié), des coussins aux couleurs vives étaient posés sur du mobilier en fer, et au fond de la pièce se trouvait un bar en bois poli équipé de trois tabourets couverts de similicuir. Jack s'assit au bar et Denny prit place de l'autre côté. Plusieurs bouteilles d'alcool étaient visibles derrière lui et Denny découvrit un petit réfrigérateur qui se révéla à moitié rempli de bières. Denny brandit une des bouteilles luisantes et dit :

« Vise-moi ça. De la West Coast. Les radins. Qu'est-ce que vous prendrez, m'sieur ?

– Un *boilermaker*, mon brave.

– Voyons voyons, dit Denny en examinant les bouteilles sur l'étagère. Scotch, bourbon, whisky, à moins que vous ne préfériez du gin ? »

Jack gloussa.

« Faites-moi donc un mélange scotch whisky. Je ne connais ni l'un ni l'autre. »

Denny prit deux verres à bière qu'il posa sur le bar, les remplit à moitié de la mixture, puis y ajouta le fond de bière d'une des bouteilles. Jack et lui trinquèrent et burent.

« Wow. Ça décoiffe ! » dit Denny au bout d'un moment.

Jack lui sourit, impatient.

« Sers m'en un autre.

– Tu sais, vieux, on vient de se faire une sacrément belle soirée. La baise, le tour en Cadillac, et maintenant, le sifflage d'alcool hyper cher. À ton avis, ils vivent tous comme ça, les riches ?

– Si seulement on avait de l'argent, dit Jack. Je me demande bien où ils cachent leur blé.

– Prends donc un autre verre, vieux.

– Je me demande quand est-ce qu'ils vont rentrer chez eux.

– Ben, j'ai dû voir le gamin mercredi ou jeudi. Ils vont pas revenir avant une semaine. Mais attends, du coup on pourrait passer la nuit ici.

– J'y pensais. On se boit encore un ou deux verres, on trouve l'argent, on dort et on se taille juste avant l'aube.

– Et si on trouvait, je sais pas, deux mille dollars ! Nous aussi on pourrait se payer une virée au Mexique !

– Laisse-moi d'abord tester ce gin. Encore un truc que j'ai jamais goûté. »

TROIS

Billy était à son hôtel sur Couch Street, allongé sur son lit, il écoutait d'une oreille distraite la conversation étouffée et fragmentaire du couple qui occupait la chambre d'à côté. Le sujet de leur discussion lui était familier ; il l'avait entendu mille fois chez lui. La guerre était terminée, on retirait aux nègres l'opportunité de se faire de l'argent facile sur la côte ouest, les prix flambaient, les compagnies financières se montraient de nouveau sans pitié… Billy sourit amèrement. À croire qu'ils voulaient le retour de la guerre pour pouvoir se faire plus d'argent.

L'homme de la chambre voisine essayait de convaincre la femme de déménager à Détroit où il était sûr de trouver du travail ; de son côté, elle ne voulait pas quitter la famille de sa mère. L'échange d'amabilités se poursuivit mollement et Billy cessa de les écouter. Lui aussi avait des problèmes.

Il se leva, retira son caleçon et fit couler de l'eau chaude dans l'évier installé dans le coin de la pièce. Le robinet cracha un filet à peine tiède et Billy sortit son gant de toilette de son sac et entreprit de se laver, debout sur la serviette de l'hôtel, avant de se sécher avec sa serviette à lui, épaisse et douce. Il se sentait toujours mieux après s'être lavé, avait l'esprit plus affûté, concentré, aussi il s'adressa un sourire dans la glace, puis, pour rire, montra les dents comme un chimpanzé. Toujours nu, il se brossa les dents. Elles étaient petites, régulières et merveilleusement blanches, ce qui lui procurait une certaine fierté, tout comme il était fier des muscles sinueux de ses bras et de ses jambes. La maigreur de Billy, ses épaules aux os saillants, était trompeuse. Il regarda jouer les muscles de ses avant-bras tandis qu'il frottait ses chaussettes l'une contre l'autre et les rinçait ; il avait développé sa musculature à l'école en faisant des pompes et en grimpant à la corde ; le temps d'un instant, il regretta d'avoir quitté l'école. Cela ne dura pas ; si le confort facile de l'école lui manquait, il possédait autre chose de bien plus précieux : sa liberté d'agir. Elle comptait plus que tous ces livres sur le monde des Blancs, si mensongers que même *lui* le voyait. C'était bien mieux comme ça.

Mais restait ce qui l'avait réveillé en sursaut, la prise de conscience soudaine et brutale d'avoir été arnaqué la veille au soir. Ça lui était tombé dessus avec la force d'un coup en pleine poitrine : ces deux types du Rialto qui l'avaient écrasé, et facilement, en plus. Mais ce qui l'avait fait se redresser dans son lit, les yeux grands ouverts et fou de rage, était qu'il les avait laissés faire. Il n'avait pourtant rien d'un bleu. Comment cela avait-il pu se produire ? Où avait-il la tête ?

« *Imbécile !* » siffla-t-il à sa propre adresse en s'habillant.

L'exemple même de la fièvre de la gagne, l'excitation de jouer dans cette salle, contre les meilleurs joueurs de Portland, au point qu'il en avait oublié de se méfier, s'était tout bonnement comporté comme si tout le monde était aussi honnête que lui et ne cherchait qu'à jouer le mieux possible, pour sa satisfaction personnelle. Il les imaginait très bien, dans les toilettes ou ailleurs, qui se partageaient les gains. Qui riaient à ses dépens. Et ils avaient le droit de se moquer ; il avait été stupide.

La voix de l'homme dans la chambre voisine résonna soudain d'une colère à faire trembler les murs : « Et qu'est-ce qu'on fera quand Colly Chill y s'pointera ? »

Billy grimaça. Cette façon de parler du Sud, si marquée ; Billy pouvait l'imiter sans problème. Le type était sans doute venu dans l'Ouest en pensant profiter de l'argent de la guerre et maintenant, il se demandait avec angoisse ce qu'il ferait l'hiver venu. Pas de bol ; il rentrerait chez lui ramasser du coton et bouffer des joues de porc, ou l'un de ces autres trucs qu'ils faisaient dans le Sud.

« Tu te rends compte à quel point tu es seul ? »

Billy tressaillit ; pas vraiment une voix, mais plus fort qu'une pensée. « Comment ça, se dit-il, seul ? Mais j'ai été seul toute ma vie. Tu veux dire que j'ai le mal du pays, plutôt. » Il rit tout haut, mais c'était un rire malade, artificiel et peu convaincant.

Il était au Ben Fenne depuis une heure à s'entraîner au 14.1 continu quand Denny et Jack Levitt entrèrent. En apercevant le visage d'Irlandais falot de Denny, Billy se demanda s'il avait bien participé à l'arnaque de la veille. Il avait l'air mal en point et pas rasé, comme s'il avait fait des folies toute la nuit avec l'argent d'un autre, et cela suffit pour éveiller sa méfiance alors que Denny s'approchait en riant, le saluait et lui présentait son ami, Jack Levitt. Ce gars-là, c'était une tout autre affaire, le gamin le plus hargneux que Billy ait jamais vu, avec ses yeux d'un bleu froid et sans expression, sa tête trop grosse pour son corps déjà très musclé, ses cheveux aux boucles blondes, sa peau rose – hargneux, il n'y avait pas d'autre mot. Billy lui serra la main et sentit les doigts courtauds de Jack comprimer les siens alors qu'il ne serrait même pas comme un homme essayant d'impressionner son interlocuteur. Billy se dit que Jack Levitt lui faisait peur et que dorénavant, il l'éviterait autant que possible.

« Quoi de neuf ? demanda Denny. Tu veux passer au Rialto te faire du blé ?

– Je vais t'affronter ici et maintenant.

– Chuis dans la dèche, dit Denny, et de toute façon, t'es trop bon pour moi.

– Je vais pas me repointer au Rialto avant un bail, dit Billy de manière définitive. Tu sais ce qui s'est passé hier, non ?

– Bien sûr, sourit Denny, tu t'es fait plumer. Et alors ? Il reste un tas de mecs que tu pourrais battre, là-bas.

– Qu'est-ce que tu y gagnes ? Pourquoi t'es tellement *sympa* avec moi ?

– On a parié sur toi, mec. Tu gagnes, on gagne. »

Billy fut bien obligé de rire.

« Juste sur une impression ? Contre tes propres *amis* ?

– L'argent c'est l'argent, mon vieux. On gratte où on peut.

– Mais tu vois, j'me sens chez moi, ici. Alors je vais y traîner encore un p'tit moment et voir si je peux me trouver un moyen honnête de jouer.

– T'es qu'un dégonflé », résuma Levitt.

Bill se remit à son entraînement, dos tourné aux deux autres. Il en avait les poils de la nuque qui se dressaient, mais il n'avait pas le choix. Il tira avec précaution et dut se concentrer pour empêcher ses doigts de trembler. Il les entendit discuter derrière lui, et enfin, ils s'en allèrent.

C'était samedi, et vers midi, la salle commença à se remplir. La clientèle se composait en majorité d'adolescents qui s'agglutinaient autour des deux tables de snooker à l'arrière, jouaient au *pink-wild* ou s'asseyaient dans les fauteuils de cinéma d'où ils lançaient des paris quand ils ne se contentaient pas de regarder. Le keno occupait quatre joueurs, des hommes d'âge moyen, et les tables restantes ainsi que le bar étaient pris d'assaut. Un cercle de curieux s'était également formé autour des deux flippers situés au fond du bar, derrière les cabines téléphoniques. La radio diffusait les commentaires d'un match de base-ball, se mêlant aux bavardages, aux billes qui s'entrechoquaient, au bruit électrico-métallique des flippers et au ronron du ventilateur. La salle obscure tout en longueur était bleue de fumée et moite d'humidité. Billy vit que les nouveaux arrivants étaient trempés alors qu'il ne pleuvait pas une heure plus tôt. La pluie, voilà une chose à laquelle il n'avait pas réussi à échapper ; il pleuvait presque autant à Portland qu'à Seattle. Bien sûr, l'intérêt de Billy pour la pluie était très limité :

l'humidité ralentissait les coups en imprégnant le drap, obligeant le joueur à frapper plus fort pour obtenir les effets escomptés.

Au bout d'un moment, John le patron vint dire à Billy :

« Il faut que tu libères la table maintenant. »

La peur étreignit Billy, immédiatement suivie d'un sentiment de honte et de colère ; il savait qu'on ne lui retirait pas la table pour des raisons raciales, mais parce que des joueurs attendaient, et que la règle voulait que ceux qui s'entraînaient cèdent la place quand des parties à deux ou trois étaient en attente. Mais il eut du mal à étouffer sa première réaction et quand il se tourna vers John et haussa les épaules, il vit dans les yeux de l'autre une expression de compréhension, de méfiance, presque.

« Y a des joueurs qu'attendent, lâcha John très vite.

– Ouais », dit Billy.

Il paya son temps, remisa sa queue, et puis, n'ayant rien d'autre à faire, alla regarder une partie de keno.

Le keno se joue sur une table de billard standard ; d'un côté se trouve une plate-forme en bois surélevée de deux centimètres et demi au dessus du drap avec une rampe en cuivre sur le devant. La plate-forme est percée de quatre rangées de trous, en alternance, portant chacun un numéro. Celui du centre est marqué d'une étoile. Tout joueur positionnant sa bille sur ce trou obtient un keno auquel on ajoute la valeur de la bille. La ou les billes s'arrêtant sur n'importe quel autre trou prennent la valeur du trou, et si le numéro de la bille correspond à celui du trou, le joueur obtient un keno supplémentaire. Le jeu se pratique avec les quinze billes habituelles que l'on place dans le triangle à l'autre extrémité de la table. Dans la partie à laquelle assistait Billy, chaque keno valait quinze cents par joueur, et le joueur avec le score le plus élevé, une fois toutes les billes sur la plate-forme, récupérait un dollar de chacun de ses adversaires, moins les kenos. Chaque partie se terminait par des calculs savants et des engueulades au sujet du score, mais Billy remarqua aussitôt que d'importantes sommes changeaient de mains. Ça pouvait valoir le coup de tenter sa chance.

Le keno ressemble à un jeu de hasard, et c'est ce qui attire tant les mauvais joueurs, mais pendant qu'il observait le déroulement des parties, Billy, qui s'était pris un Coca-Cola, nota que les joueurs capables de coups habiles s'en sortaient toujours mieux. Ce jeu était plus intéressant qu'il n'y paraissait ; il ne suffisait pas d'envoyer la blanche heurter n'importe quelle bille pour qu'elle aille valdinguer à travers la table contre les bandes et qu'elle termine sur la plate-forme, même si c'était exactement ce que faisaient la plupart des joueurs. Ces derniers allaient et venaient ; à un moment donné, ils étaient six, plus un septième au visage aussi placide que celui d'un demeuré, qui restait planté à côté du tableau noir pour inscrire les scores et commenter la partie à la manière d'un journaliste sportif. Mais, sans en avoir l'air, les plus doués se débrouillaient à chaque fois pour coincer la blanche dans un endroit gênant pour le joueur suivant, et au lieu de chercher à tout prix à mettre une bille sur la plate-forme, ils faisaient en sorte de toucher d'autres billes, réagençaient la disposition de l'ensemble et marquaient donc plus de points. Par ailleurs, ils semblaient savoir quelle force imprimer à leur coup pour mettre une bille sur le keno en évitant qu'elle rebondisse ou qu'elle reparte aussitôt vers l'autre bout de la table. À part ça, le jeu semblait relativement simple, et Billy avait très envie de se lancer.

Il trépigna pendant trois ou quatre parties jusqu'à ce qu'on l'inclue finalement dans le jeu sans même qu'il ait eu besoin de demander quoi que ce soit. Un homme de grande taille au visage rougeaud qui ne cessait de perdre, maugréant qu'il n'avait pas de chance alors qu'il accumulait les coups manqués et les stratégies inefficaces, se retira quand il dut payer huit kenos et une partie.

« Merde, faut croire que j'ai pas d'veine aujourd'hui », annonça-t-il. Il se dirigea vers le râtelier pour remiser sa queue, au lieu de quoi il la tendit à Billy. « Tiens, vas-y toi, essaye. »

Billy s'avança vers la table, prit un morceau de bleu qu'il passa sur le procédé de sa queue et personne ne broncha. L'un des joueurs lui dit : « T'es après moi », c'était parti. Apparemment, son argent valait autant que celui des autres. L'excitation du jeu l'envahit, s'épaissit dans sa gorge, il se sentait bien, et du fond de ses entrailles monta une impatience presque sexuelle. Quand son tour arriva, il se pencha lentement sur la table et savoura la sensation. Il envoya la six contre la bande latérale à la vitesse et selon une trajectoire qui, d'après lui, lui permettraient ensuite d'atteindre le haut de la plate-forme, de toucher la douze qui était sur le keno, de la déloger ainsi que la dix juste derrière et de s'offrir un score d'au moins vingt-huit points, plus le keno qui pouvait se transformer en double keno si la dix poursuivait sa route jusqu'au trou numéro dix sur la dernière rangée. Mais la six accéléra une fois sur la plate-forme, heurta la douze sans la déloger, sauta par-dessus la dix, tomba de la table et vint cogner contre le bar dans un craquement.

Le demeuré au tableau noir chantonna :

« ... et l'argent frais *rate* la rampe et tire à *blanc* ! Joueur suivant, M. Frank Bartholomew, *après vous !* »

Cinq personnes étaient engagées dans la partie, et Billy dut attendre un long moment avant de pouvoir rejouer. Mais il ne vit pas le temps passer tant il était occupé à observer les joueurs. Quand son tour arriva, son adversaire précédent avait accumulé trente-deux points et deux kenos étaient inscrits au tableau. Il étudia la disposition des billes avec soin. « Tu vas l'tirer, ton coup ! » beugla quelqu'un, mais il n'y prêta pas attention. Cette fois, il avait une ouverture et n'avait pas besoin de la bande. Il devait viser la cinq dont le trou était à l'arrière de la plate-forme ; il pouvait tenter un keno plus cinq points, mais il ne faisait plus trop confiance à sa précision dans ce jeu et il soupçonnait que s'il tirait droit, il manquerait son coup une fois de plus. Il y avait une concentration de billes au centre de la plate-forme, dont deux qui n'étaient pas dans des trous, mais au contact d'autres. L'idée était de pousser la cinq à heurter le paquet ; mais s'il faisait ça, la blanche irait aussi sur la plate-forme et annulerait son score.

Billy était assez doué pour frapper la cinq sur la gauche, sous la ligne médiane, et lui imprimer un effet qui la ferait aller et venir sur la table, mais pour ça, il lui faudrait également frapper trop fort. Il pouvait frapper d'autres billes, mais aucune n'était idéalement placée. Restait une seule autre solution ; donner un effet massé à la blanche pour qu'elle contourne la cinq par l'arrière et la pousse droit sur le paquet plutôt que de biais ; après quoi la bille repartirait dans l'autre sens. Mais c'était un coup spectaculaire, extrêmement difficile et qui le ferait passer pour un frimeur et un imbécile, qu'il le réussisse ou non.

Mais c'était le seul coup pouvant lui permettre de rattraper son retard. Après une estimation attentive, il appuya la queue sur le chevalet formé par ses doigts et tira. La blanche partit dans un sens, puis vira brutalement derrière la cinq, la heurta et revint vers la bande du fond où elle toucha deux autres billes et s'arrêta. La cinq passa la rampe en cuivre, propulsée par le mouvement de la blanche, frappa le paquet, transmit l'effet aux autres billes et les libéra ; elles vacillèrent et se placèrent dans d'autres trous. La cinq finit sa course dans le trou numéro deux, mais Billy pouvait compter sur le score accumulé par quatre autres billes : au total, quarante-quatre points.

« Jésus Marie Joseph, marmonna quelqu'un.

– Quoi, pas de keno ? hurla l'idiot, quarante-quatre points pour l'monsieur, qui prend la tête… »

Billy se sentit mieux.

Une heure ou deux plus tard, alors qu'il levait les yeux vers l'entrée, il vit apparaître Denny et Jack Levitt. Mais il s'en moquait ; ça ne l'intéressait même pas. Il pouvait se faire beaucoup d'argent là où il se trouvait ; il avait déjà ramassé autour de vingt dollars et aucun de ses adversaires n'avait le niveau pour le battre. Il savait qu'il bénéficiait aussi de la chance du débutant, mais il n'allait pas cracher dessus ; il prenait tout ce qui se présentait à lui.

Au bout d'un moment, Denny s'approcha et lança :

« Dis voir, et si tu m'avançais un petit billet ? »

Billy porta automatiquement la main à sa poche de chemise et en tira un dollar tout fripé qu'il lui tendit.

« Ne mets pas tout dans le même panier.

– Merci, vieux. Je te rembourse ce soir. »

Il alla au bar et hurla :

« Vingt nickels ! »

Plus tard, Billy le vit au flipper, le corps raide, frappant les flancs de la machine des paumes, alternant jurons et prières. Billy rit tout bas. Quel idiot ! Jouer contre une *machine* ! À ses yeux, autant jeter l'argent par les fenêtres. Mais ça lui était égal ; lui s'en faisait, de l'argent.

Jack Levitt était assis sur un tabouret haut entre la table de billard numéro un et celle du keno où il regardait Billy. Le jeu devenait tout de suite plus intéressant quand vous aviez un favori ou une tête de turc, et Jack voulait voir Billy gagner. Il savait déjà que Billy était un phénomène, un type au talent inné de la même trempe que Bobby Case. C'était un plaisir rien que de le regarder jouer, même dans une partie de keno surtout rythmée par les temps morts, la malchance et les cris. Jack aurait aimé être doué dans quelque chose, posséder un don ou un talent qui l'aurait occupé. Il était doué pour la bagarre – personne de son gabarit ne l'avait jamais mis au tapis, à l'orphelinat ou ailleurs –, mais c'était différent, car tout homme devrait être capable de se défendre, que ce soit avec ses poings, un couteau, un pistolet ou ce qui lui tombe sous la main. C'était la base. Non, il aurait aimé avoir du *talent*, comme Billy en avait pour le billard, un talent qui l'aurait distrait autant que Billy semblait l'être. Sans parler que le don de Billy valait de l'or ; c'était la conséquence du talent, on gagnait de l'argent face aux moins talentueux. Bref, cela le ramenait au point de départ, à cette vieille nécessité : l'argent.

La nuit précédente avait été un fiasco. Ils s'étaient bien marrés, d'accord ; mais ils avaient fouillé la maison de fond en comble et n'avaient pas déniché le moindre cent. Bien sûr, ils auraient pu voler un tas de choses et les revendre ensuite : vêtements, radios, phonographes, caisses d'alcool (dont aucune ne portait les timbres fiscaux de l'Oregon, ainsi que l'avait remarqué Denny avec admiration), et plus de conserves et d'aliments lyophilisés que Jack n'en avait vus depuis l'orphelinat, comme si les Weinfeld s'attendaient à ce qu'une nouvelle guerre éclate et ne voulaient pas être pris au dépourvu. Mais Jack et Denny avaient abandonné la Cadillac et n'avaient pas l'intention de s'en approcher de nouveau. Ils avaient même essuyé leurs empreintes, se sentant aussi bêtes qu'affranchis. Ils ne pouvaient pas déambuler dans ce quartier résidentiel en trimbalant un tas d'objets, même avant l'aube. Si bien qu'ils avaient continué de se soûler, avaient écouté la radio, fait les imbéciles, avaient cuisiné, et finalement, dormi. Ils avaient joué à pierre-papier-ciseaux pour savoir qui pioncerait dans le grand lit à l'étage et Denny avait gagné, mais s'était endormi avec un des gros cigares cubains de Weinfeld à la main, ce qui avait salement cramé le dessus de lit jusqu'au moment où la fumée l'avait réveillé. Il y avait trois chambres en haut, dont deux qui appartenaient sans aucun doute à des filles, alors Jack s'installa dans celle du fils, tellement ivre qu'il ne prit même pas la peine d'enlever ses chaussures.

Mais pas d'argent ! Un jour et une nuit s'étaient écoulés, une autre journée avait débuté et rien n'avait changé. Il n'avait même pas assez pour se payer à déjeuner. Bien sûr, ce n'était pas à la salle de billard qu'il allait mourir de faim ; il pouvait toujours taper vingt cents pour un hot dog, mais ça ne suffisait pas. Ses affaires étaient encore enfermées dans sa chambre d'hôtel, les vêtements qu'il portait commençaient à schlinguer (il avait pris un plaisir fou à utiliser l'incroyable douche carrelée à cinq jets des Weinfeld, mais en remettant ses vêtements, il avait senti leur odeur et ils lui avaient paru humides contre sa peau, répugnants)… En fait, depuis qu'il avait quitté son deuxième boulot deux semaines plus tôt, sa vie tout entière s'était soudain retrouvée sur une mauvaise pente.

Il travaillait comme coursier pour une entreprise qui tirait des plans et avait démissionné après une altercation avec le patron. Ce dernier, un homme terne dont le blanc des yeux était presque jaune, avait accusé Jack de garder une partie de la monnaie qu'on lui rendait. C'était vrai, Jack s'était effectivement servi – comme tous les coursiers, en fait –, mais il savait que cela ne pouvait pas être prouvé et il nia. Voyant que le patron continuait de se méfier, Jack lui dit que son job, il pouvait se le garder et se le mettre au cul. Il réclama sa paye et partit. Il avait détesté ce boulot, de toute façon ; il cavalait d'un bout à l'autre de Portland avec des rouleaux de plans énormes et difficiles à transporter, courant sans cesse, sans jamais pouvoir se permettre de marcher, et puis il devait passer le balai, et se farcir l'autoritarisme des imprimeurs qui compensaient leur absence de véritable autorité en s'en prenant aux gamins qui bossaient là. Par ailleurs, le bâtiment puait la chaleur et les produits chimiques, et ça lui soulevait le cœur. Il ne comprenait pas comment les gens pouvaient travailler là et même prétendre qu'ils aimaient ça.

Depuis, il vivait d'expédients et ne s'en sortait pas si bien. À présent, pour la première fois de sa vie, il était vraiment dans le pétrin ; au point qu'il lui faudrait bientôt décider s'il allait *les* laisser diriger sa vie à sa place (comme *ils* l'avaient toujours fait par le passé) ou si *lui-même* allait enfin se prendre en main. Pour l'instant, depuis sa fuite romantique vers la « liberté », il avait surtout gâché toutes ses chances. Comme il serait simple de baisser les bras et *les* laisser reprendre le contrôle. Retourner à l'orphelinat où il était logé, nourri, blanchi, où il travaillait parce qu'ils lui disaient de le faire, allait à l'école parce qu'ils lui disaient d'y aller… Mais cela ne durerait qu'à peine une année, jusqu'à ses dix-huit ans. Alors, même l'orphelinat le jetterait dehors. Ou bien il pouvait faire comme tant d'autres, s'engager dans l'armée. On racontait que l'armée prendrait soin d'eux ; trois mètres carrés, une paillasse, restait plus qu'à obéir aux ordres ; pas de guerre en cours, donc aucun danger de se faire trucider ; restait une petite existence bien peinarde, des uniformes, des baraquements, la *boustifaille*, et des défilés fusil à l'épaule.

À cette seule pensée, il fut pris de nausée. Il savait que cette vie n'était pas pour lui. Il s'était enfui de l'orphelinat en premier lieu parce que là-bas, il était le gamin le plus dur, qu'il n'avait donc aucun défi à relever et qu'il s'ennuyait à mourir. Voilà plus ou moins pourquoi. Il se passerait la même chose à l'armée ; il sentirait cette lente montée de haine dès qu'on lui dirait de faire quelque chose et tôt ou tard, il en tabasserait un et on le mettrait au bloc.

Bon, il pouvait *toujours* trouver un job. Exécuter les ordres. Se tenir à carreau. Se dessécher et tomber en poussière. Ffft. Quelle différence ?

Il regardait les billets verts disparaître dans la poche de Billy Lancing à la fin de chaque partie ou presque. Ça devait représenter un sacré paquet. Jack sentit l'envie irrépressible de posséder cet argent. Il voulait tout bonnement l'arracher à Billy. Pourquoi pas ? Pourquoi ne pas attendre qu'il parte, le suivre, le surprendre dans un endroit désert, le coincer, lui piquer son fric et puis c'est tout. Jack sentit une émotion indéfinissable le titiller, un sentiment lié au *talent* du nègre, qu'il serait peut-être injuste (quel drôle de mot !) de lui voler son argent… Mais cette impression lui passa et il se dit que s'il en avait l'opportunité, il agirait. Tout en espérant que le gamin ne lui en voudrait pas trop. Qu'est-ce que ça changerait, en même temps ? Le môme et lui n'étaient pas amis ; chaque fois que le gamin coulait un regard vers lui, ses yeux se voilaient de ce que Jack savait être de la peur ; bon sang, il y avait toutes les chances pour que Billy le déteste, lui et tous les grands Blancs à l'air redoutable.

Denny revint s'asseoir à côté de Jack, grognant de dégoût.

« Putain, cette saloperie de machine est *truquée*, tu savais ? » Il palpa ses poches.

« T'aurais une sèche ? »

Levitt sortit son paquet, prit deux cigarettes et en tendit une à Denny.

« Il te reste du blé ? Je commence à avoir les crocs.

– Je me demande comment ça se fait que l'autre nabab n'ait même pas eu de cartouche qui traîne. Des cigares, oui, mais pas de cigarettes. Quel connard ! Il alluma sa cigarette et recracha la fumée. Euh, du fric ? Non, j'en ai pas. Peut-être que je pourrais soutirer un autre hot dog au p'tit nègre. » Il écarquilla les yeux de surprise. « Hé, j'ai une idée !

– Sans blague ?

– Non, vraiment. Écoute, vieux, les parents de Weinfeld ne rentreront sans doute pas avant une semaine. On y retourne cette nuit, on ramène des filles et on s'organise une petite fête ! On va quand même pas leur *laisser* tout cet alcool ! On se fait une petite fête, ensuite on embarque ce qui reste des bouteilles dans la voiture de quelqu'un et on leur trouve une planque. Mec, on aurait un an de cuite devant nous !

– Ou on pourrait en vendre une partie.

– Ouais, mais d'abord, on s'organise une belle petite soirée fournie en chattes et en potes, relaxe, tu vois, qu'on en profite, quoi.

– Une fête me ferait pas de mal, admit Jack.

– Il faut que j'essaye d'emprunter encore un dollar au négro. Je crois que je vais l'inviter à la fête », dit Denny, et il s'empressa de rejoindre Billy.

Jack observa leur visage, vit la perplexité frôlant la colère de Billy, puis il le vit rire juste avant de se pencher sur la table pour jouer. Denny revint s'asseoir.

« Tu l'as invité à la fête ? demanda Jack. Pourquoi tu veux qu'il se ramène ?

– Évidemment, pourquoi je lui aurais pas demandé ? On pourrait peut-être aussi prévoir une partie de poker et lui tirer son fric. » Denny se gratta la fossette du menton. « Tu sais, c'est un sacré petit malin ; j'lui ai dit : "Et si tu venais à une fête avec nous ce soir ?" et lui il a répondu : "C'est quoi le piège ?" alors j'lui fais : "Y a pas de piège", et il me dit : "Pourquoi tu veux que je vienne à ta fête ?" et il ajoute : "J'ai pigé, c'est mes jolis billets verts, que tu veux !" et je dis : "Ben ouais, mec, y a de ça, mais qu'est-ce que t'en as à foutre ? T'as pas d'amis à Portland et tu dois en chercher des qui sont blancs sinon tu traînerais pas dans les quartiers blancs de la ville, alors qu'est-ce t'en as à foutre ? Tu viens ?..." et il a réfléchi pendant une minute – je devinais que, sur le coup, ça le tentait pas des masses, mais que merde, après tout – bref, il m'a dit : "T'as pas tort, qu'est-ce que j'en ai à foutre." Donc il vient.

– Je comprends toujours pas pourquoi fallait que tu l'invites. C'est un nègre. Pour tout te dire, je pensais le suivre à sa sortie et lui voler son fric. »

Denny fronça les sourcils.

« Nan, attends, déconne pas, c'est pas la bonne solution. Je veux dire, il vient ici... Enfin, ok, c'est un nègre, et alors ? »

Jack réfléchit. Oui, et alors ? On lui avait toujours dit qu'il fallait se méfier des nègres, mais personne ne lui avait jamais dit *pourquoi*. *Ils* le lui avaient dit. Ça suffisait pour en faire un mensonge.

« Ouais, dit-il vaguement. J'imagine que t'as raison.

– Oups ! J'ai oublié de lui taxer un dollar ! » s'exclama Denny.

Il se releva d'un bond et retourna voir Billy. Ce dernier éclata de rire et parla assez fort pour que tout le monde l'entende :

« Depuis quand je t'ai autorisé à faire monter les enchères ? » mais sa main alla à sa poche malgré tout et en sortit un dollar.

Denny fit un signe en direction de Jack et ils s'installèrent au comptoir où ils commandèrent des hot dogs et du café ainsi qu'un paquet de cigarettes chacun.

« Tu sais, ce nègre est un type bien.

– C'est un gogo.

– Mais nan, insista Denny. Il est *honnête*. C'est pas pareil. Et de toute façon, je l'ai pas arnaqué puisque j'y ai demandé.

– Je vois pas la différence.

– Eh ben c'est que je vais le rembourser. »

Jack réfléchit et demanda :

« Tu veux dire que tu vas lui refiler ses deux dollars ou le blé qu'on va lui tirer ce soir ?

– Les deux dollars bien sûr. »

Jack rit :

« Je vois.

– Pourquoi je devrais lui rendre de l'argent que j'*gagne* ? »

« Salut, le gros dur », lança une voix rauque. Jack se tourna et vit Kol Mano suivi de Bobby Case, tous deux portant une veste d'aviateur en cuir sur un pull et un pantalon en cachemire et des chaussures en cuir de Cordoue reluisantes.

Mano et Jack échangèrent une poignée de main formelle. Mano était de ces gens qui serraient des mains comme s'il s'agissait d'une sorte de jeu. Jack l'aimait bien ; lui aussi avait du talent. Rien d'aussi spécifique que le billard, mais un don général pour se faire de l'argent et vivre sa vie. Kol Mano avait la vingtaine et quand il parlait, il posait un doigt sur un trou pratiqué dans sa gorge. Il s'était battu pendant la Seconde Guerre mondiale et avait fini dans un hôpital anglais après avoir été blessé en France. Il n'était pas sorti de l'hôpital qu'il était déjà impliqué dans des rackets pour le marché noir, vendait des montres et autres équipements puisés dans les magasins de l'armée, y compris du matériel médical. On lui attribua la Silver Star, l'autorisa à quitter l'hôpital, puis la police militaire l'arrêta et le fit passer devant un tribunal, le tout en dix jours. Pendant un temps, il fut exclu de l'armée pour conduite déshonorante, avant d'être réformé pour raison médicale, et depuis, il profitait d'une pension d'invalidité à 100 %. Il avait le regard rêveur d'un poivrot et les doigts délicats d'un tricheur aux cartes, ce qu'il était tout à la fois. Tout le monde le pensait un peu fou.

Mais il n'était pas fou ; Jack n'avait jamais vu personne garder à ce point la tête froide. Quand il ne flambait pas dans le tripot à l'arrière du Rialto ou qu'il n'arnaquait pas quelqu'un au billard dans la salle principale, on le trouvait généralement dans sa chambre d'hôtel sur le trottoir d'en face, dans son lit, tout à fait réveillé. Il lui arrivait de passer des semaines à l'hôpital des vétérans de Vancouver, de l'autre côté du fleuve, où il se faisait soigner la gorge. En maintenant un doigt sur l'orifice, il pouvait parler dans un murmure rauque ; sans cela, un sifflement léger obscurcissait tout ce qu'il disait. Quand il jouait au poker, il coinçait souvent une cigarette allumée entre ses lèvres et recrachait la fumée par le trou. « Ça déstabilise l'adversaire », expliquait-il.

« Quoi de neuf, Levitt ? » demanda-t-il à Jack.

Il traitait la plupart des habitués avec un mépris silencieux, mais se montrait amical avec Jack et se comportait comme s'ils se connaissaient depuis toujours, à croire qu'ils avaient un passé commun, un secret qu'ils partageaient, quelque chose qu'ils étaient les seuls à comprendre. Jack ignorait la raison d'un tel comportement et s'en moquait. Il aimait bien Kol Mano, et aimait l'impression d'avoir sa confiance.

« Voilà ton pigeon, dit Denny en pointant Billy du doigt, mais il sait que vous l'avez blousé hier.

– Pas besoin de le blouser, rectifia Bobby Case. Je peux le battre. »

Bobby avait quatorze ans mais avait l'air d'en avoir douze à cause de sa peau de bébé et de sa minceur ; il avait cependant déjà de la dureté aux commissures des lèvres et de la méfiance dans le regard. Il arborait un air maussade et passionné, et détestait tous ceux qui osaient mentionner son âge, comme s'il devait en avoir honte. Le corps avachi, ses cheveux blonds lui cachant presque les yeux, il avança jusqu'à Billy :

« Ça te dirait une partie ? »

Billy l'observa de près :

« Juste tous les deux ?

– Évidemment. Quel jeu tu préfères ?

– Deux secondes, tu permets. »

Il joua et ne prêta plus attention à Bobby Case jusqu'à la fin de la partie ; il paya ce qu'il avait perdu et s'éloigna avec Case.

L'un des joueurs de keno se plaignit :

« Il ramasse tout le fric !

– Qu'est-ce que tu veux qu'il fasse d'autre, siffla Mano, qu'il le rende, p't-être ? »

Il lança un clin d'œil à Jack qui sourit.

Denny, Jack et Kol Mano suivirent les deux autres vers une des tables de billard américain, et le patron les rejoignit à son tour. Jack pouvait déjà sentir l'électricité dans l'air : le spectacle allait valoir le coup d'œil – une compétition entre le génie local et le nouveau venu. La jeunesse des deux « génies » en question ne changeait rien à l'affaire. Jack aurait aimé plus que tout posséder *une qualité* qui puisse rendre l'atmosphère d'un lieu électrique.

Mains posées sur les billes dans le triangle, John, le patron, attendait que les jeunes décident à quoi ils allaient jouer.

« Dans quoi t'es le meilleur ? demanda Case.

– Je peux tout jouer.

– *One-pocket* ?

– C'est ton jeu ? »

Case avait presque l'air en colère.

« Ouais, c'est mon jeu. Tu marches ?

– Tu proposes quoi, comme handicap ? » demanda-t-il d'un air narquois.

Case s'écarta, écœuré, puis revint.

« L'égalité, lança-t-il.

– Ok. Mais si t'es trop bon, j'remballe.

– Putain, mais Bobby ferait mieux de lui donner un peu d'avance avec un huit-cinq, non ? C'est pas du jeu, sinon ! »

Il se tut quand Billy demanda :

« Tu veux mettre combien, vingt dollars ?

– *One-pocket* », annonça John avec dégoût avant d'arranger les billes dans le triangle et de remplir une carte de temps qu'il glissa dans le lustre en verre au-dessus de la table.

Énervé pour de bon, Case dévisagea Billy.

« D'accord, vingt billets.

– Mais bon sang, pourquoi ils sont tous aussi remontés ? voulut savoir Denny.

– Qu'est-ce qu'on attend, putain ? » lança Case en repoussant les cheveux qui lui tombaient dans les yeux. Sa bouche de petite fille était blanche aux commissures.

Denny s'affala dans un fauteuil.

« Et vas-y pour la partie de poker, souffla-t-il.

– Il y a une partie de poker ? demanda poliment Kol Mano.

– Il devait. Passe-moi une sèche, tu veux ? Nan, attends, j'ai un paquet. Au fait, les mecs, vous voulez venir ? On organise une fête. Vous avez une bagnole ?

– Bien sûr que j'ai une voiture, dit Mano. Pour qui tu me prends, un clodo dans ton genre ? »

Denny lança un clin d'œil à Jack, et dit à Mano :

« T'as pratiqué ça, le marché noir. T'es le mec qu'il nous faut pour cette affaire.

– Quelle affaire ? »

Denny lui expliqua et Mano l'écouta attentivement.

« Ça m'va », dit-il.

Jack fut un peu surpris. À vrai dire, les projets de Denny lui avaient paru légèrement excessifs.

« Ça te va, vraiment ?

– Pourquoi pas ? dit Mano. On fait une petite fête, et ensuite, on embarque la marchandise. Où est le problème ?

– Et les flics ? » dit Jack bêtement, regrettant aussitôt de l'avoir ouverte.

Il voulait rester dans les petits papiers de Mano.

« Les flics. Rien à foutre. Si je commençais à m'inquiéter pour les flics, je m'enfermerais dans ma chambre et je ferais plus rien. Les flics, on les emmerde. »

À regarder les coups lents du *one-pocket* qui ressemblaient à ceux d'un jeu d'échecs, Jack décida que Billy allait gagner, et pour ça, il l'apprécia. Bobby Case avait beau être meilleur, il se laissait déconcentrer ; il jouait avec colère, mépris, comme pour montrer qu'il pouvait battre ce nègre sans le moindre effort.

Ses mouvements se faisaient plus rapides, moins prudents, et il tirait avant d'avoir évalué correctement la disposition des billes ; il avait les traits figés, s'évertuant à masquer la colère dans ses yeux. Chaque fois que Bobby essayait un coup qui aurait été stupéfiant s'il l'avait réussi, mais qui le faisait passer pour un idiot quand il le manquait, Billy Lancing, à l'inverse, montait en puissance, prenait son temps, tournait autour de la table – avec tranquillité, sang-froid, calme –, décidait de la stratégie, puis, soit il jouait un coup sûr d'une propreté frustrante, soit il empochait une bille. Même quand il jouait pour empocher, il gardait toujours un grand contrôle sur la blanche, sans se préoccuper de savoir s'il y avait un autre bon coup à faire ou non ; et Bobby Case – parce qu'il avait eu de la veine en début de partie – avait beau mener cinq points à deux, Jack devinait avec une certitude absolue que Billy allait gagner. Il pointa Kol Mano du doigt et dit :

« Dix dollars sur Billy. »

Billy était de l'autre côté de la table en train de passer du bleu sur son procédé et il leva les yeux vers Jack avec une surprise non feinte.

« Tu paries sur moi ?

– Je veux. Tu vas gagner, non ? »

Ils continuèrent de se regarder, et Jack sentit quelque chose d'indescriptible passer entre eux, une chaleur inattendue, un lien qui se créait – lien qu'il se sentit obligé de briser en baissant le regard. Il se tourna vers Mano.

« Qu'est-ce que t'en penses ?

– Je suis », dit Mano.

Il retira le doigt de sa gorge et émit un son qui s'apparentait à un pet.

Bien sûr, Jack n'avait pas dix dollars sur lui. Il pariait sur son instinct. Mais cela ne faisait aucune différence ; en cas de problème, Mano ne paierait tout simplement pas. Personne n'y perdrait. Soudain, Jack fut certain que Billy allait gagner.

Il gagna. Il n'empochait jamais deux billes d'affilée, mais ce n'était jamais par hasard, alors que si Bobby Case faisait des séries, c'était souvent dû à la chance, laissant de grandes ouvertures à Billy. Le jeu s'acheva à huit contre sept et Case, exaspéré, s'empressa de remettre les billes dans le triangle pour la revanche. Billy resta debout et attendit, le billet de vingt tout neuf au fond de sa poche.

Mano tendit deux billets de cinq à Jack.

« Une autre ?

– Je veux, mon n'veu. »

Denny lâcha un : « Hum ! » et Jack lui adressa son regard secret qui disait : "Attends un peu et on aura des bénéfices à partager." Denny répondit par une expression d'incrédulité totale.

« Bobby a fait le con, dit Mano. Cette fois, il va gagner. » Mano circulait au milieu de la foule, prenait les paris, et maintenant que Billy avait remporté la première manche, il se trouva d'autres gens prêts à lui prendre son fric.

Mais une fois de plus, Billy sortit vainqueur. Il cassa sans prendre de risque, Bobby vit l'opportunité d'épater la galerie, tenta le coup, le manqua, après quoi Billy empocha huit billes lentement mais sûrement, et avec soin, et s'offrit la victoire en moins de cinq minutes.

« Impressionnant, dit-il. Est-ce que tu vas enfin me montrer ce que t'as dans le ventre, augmenter la mise et me régler mon compte ? »

Bobby s'essuya la bouche, rejeta ses cheveux en arrière et acquiesça sans regarder son adversaire.

« Cinquante, dit-il tout bas.

– Je veux d'abord voir de quelle couleur ils sont, tes cinquante », dit Billy.

Jack se retint d'éclater de rire. La réplique qui tombe à pic ! L'injure qui tue !

Case coula un regard vers Kol Mano, qui secoua la tête.

« Bon ben dix, alors », dit Case.

Il sortit une poignée de billets, tous de un dollar, qu'il étala sur la table.

« Tu veux dire *huit*, plutôt ? demanda Billy innocemment en faisant glisser les billets du bout du doigt.

– Allez, putain ! Ouais, huit. Tu joues ou pas ? Tu vas laisser tomber, faire ta poule mouillée ? »

Billy avait l'air déçu, mais Jack devina qu'en dessous il était excité et tendu, peut-être même effrayé.

« Tu m'insultes, maintenant ? Moi qui croyais qu'on jouait entre amis. »

Il fit semblant de s'énerver.

« Tout ça pour huit dollars ? Tu délires ? »

Denny chantonna :

« Le *jeu*… est… *terminé* ! »

John le patron apparut au milieu des spectateurs, prit la carte de temps de jeu, jeta un coup d'œil à la pendule de l'entrée et griffonna quelque chose.

« Ça fera un dollar tout rond.

– T'as perdu, la terreur ! lança Billy à Bobby Case. Je te laisse payer le temps de jeu. »

Il s'éloigna de la table, remisa sa queue sur le râtelier et se rendit aux toilettes. Bobby paya John et s'approcha de Mano. Il sourit comme un gosse, un gamin de dix ans surpris en train de voler dans un bazar.

« T'as tout foiré, dit Mano.

– Billy a bouffé de la bille, dit Denny. T'avais aucune chance. »

Jack se sentit abattu. Il avait gagné vingt dollars, dont il devait honorablement la moitié à Denny. Il avait les billets dans la poche, mais savait que ça ne lui paierait pas grand-chose, même en gardant tout pour lui. Ça suffisait pour s'amuser, mais ce n'était pas assez pour le sortir du pétrin.

« Peau de balle, dit-il distinctement.

– Qu'est-ce tu fais chier, là ? dit Mano, le doigt sur la gorge. T'as ramassé vingt dollars, et je te parie les vingt que c'est tout ce que t'as. »

Jack se pencha au-dessus de Mano, les mains dans les poches.

« Je prends pas de pari contre toi. Chuis sûr que t'as pas un rond. »

Même Mano éclata de rire.

« Quelqu'un a parlé d'une fête ? demanda Case. Si on bougeait.

– C'est ce soir », dit Denny.

Il pointa la pendule du doigt. Il était 14 h 45.

« Qu'est-ce qu'on va faire cet aprèm ?

– Seulement 15 heures ? dit Case. Merde, j'étais sûr qu'il était au moins 20 heures. Chuis debout depuis l'aube.

– T'aurais dû rester au pieu, dit Mano sèchement. Tu m'as coûté quatre-vingts hot dogs.

– Excuse, la chance m'a lâché », dit Case.

Il avait l'air jeune et timide, son ancienne colère envolée.

« C'est ton cerveau qui t'a lâché, surtout », corrigea Mano.

Billy revint des toilettes.

« Je suis toujours invité à cette fête ?

– J'pense bien, dit Denny. Mais c'est ce soir. Qu'est-ce qu'on va faire en attendant ? Je respire plus, ici.

– J'ai un truc à régler, dit Billy. On n'a qu'à se retrouver ici vers 19 ou 20 heures ?

– Nan, attends, on n'a qu'à se faire une toile, plutôt », proposa Denny maladroitement.

Jack et Kol échangèrent un regard entendu : ils savaient que Billy voulait être seul pour mettre une partie de l'argent à l'abri, Denny le savait aussi et ne voulait pas lui laisser cette opportunité.

« Une partie de poker ? lança Mano à la cantonade.

– Ah ouais, tiens, dit Denny. T'es partant ? demanda-t-il à Billy.

– Chais pas jouer », répondit Billy.

À son ton, tout le monde comprit qu'il mentait comme un arracheur de dents.

« Je vous retrouve ce soir, ok ? »

Il sortit, petit et enjoué, son coupe-vent aussi blanc qu'un drapeau de la victoire.

« Y a de quoi l'admirer, ce p'tit con, quand même, dit Mano. Non seulement il a du talent, mais il a assez de cervelle pour garder son fric. Je parie que plus personne pourra l'arnaquer comme on l'a fait hier. Il était tendu, il voulait faire ses preuves ; il recommencera pas. » À Case, il dit avec une certaine sévérité :

« Retiens la leçon, abruti : tu perds ton sang-froid, tu perds l'oseille.

– Va te faire foutre », dit Case mollement. Il n'avait plus sa queue de billard entre les mains ; il avait l'air perdu.

« J'ai une idée ! dit Denny joyeusement, en levant un doigt. Levitt a vingt billets ; on n'a qu'à se payer une baise au Model Hotel.

– Avec *mes* vingt dollars ? dit Jack.

– Les *miens*, corrigea Mano. Bonne idée. On partage le pactole.

– Allez-y sans moi, les mecs, dit Bobby Case.

– C'est quoi le problème, t'as peur qu'ils te laissent pas entrer ? demanda Denny.

– C'est juste que j'ai pas envie.

– T'as raison, dit Mano. On se tire. »

En remontant l'escalier, il dit à Jack et Denny :

– Je connais un rade où on vous servira de l'alcool ; on garde les cinq qui restent pour s'envoyer quelques bières. »

Jack n'éprouva aucun regret. Après tout, que pouvait-on faire d'autre avec vingt dollars ?

QUATRE

Billy comprit l'ampleur de sa solitude cette nuit-là, de retour au Ben Fenne où il attendit plus ou moins que Denny et les autres viennent le chercher pour aller à la fête. Il n'y avait que quelques parties en cours, rien qui intéresse Billy – à la table du keno, des étudiants jouaient pour dix cents la partie –, si bien qu'il s'installa au bar derrière eux, non loin des flippers, et fit durer sa tasse de café tout en essayant de faire croire qu'il n'attendait rien ; en essayant de prétendre qu'il préférait avoir ces garçons comme adversaires plutôt que comme amis. Il se sentit bête.

Il était retourné à sa chambre d'hôtel pour mettre une partie de ses gains en sécurité et se reposer un peu, allongé sur son lit, et bizarrement, il avait rêvé de toute cette histoire. Il gardait une image très nette de certains passages du rêve : il avait donné vingt dollars à Denny pour s'assurer qu'il l'attendrait ; le ton sur lequel il avait dit à quelqu'un – qui n'était pas vraiment Denny, en fait, Billy pensait qu'il s'agissait plutôt d'un jeune nègre – dans les mêmes termes que ceux qu'il avait utilisés avec Denny : « Comme ça, plus obligé de me tirer mon blé. » Si ce n'est que dans le rêve, tout avait été mélangé. Il avait joué au billard, oui, mais dans un grand champ verdoyant, avec des nuages blancs dans le ciel. L'herbe était aussi verte qu'un terrain de golf, et il était allongé sur le ventre pour jouer. Il sentait le soleil lui brûler le dos, voyait qu'il y avait d'autres gamins avec lui. Ils semblaient tous avoir autour de dix ans, et peut-être que, dans ce rêve, lui aussi était jeune, pensa-t-il. Il était le seul à jouer au billard ; les autres ramassaient des fleurs en bordure du champ. Ensuite, il s'y perdait un peu. L'un des gamins s'approcha, un bouquet de fleurs devant le visage – Billy l'apercevait entre les fleurs, tout sourire – et pour une raison ou une autre, Billy lui tendit de l'argent et dit : « Comme ça, plus obligé de me tirer mon blé. »

Il sirota son café puis jeta un coup d'œil à la pendule. Il était 19 h 20. Il haussa les épaules comme pour lui-même. Quelque chose le turlupinait, et il était persuadé que ce n'était pas seulement Denny. Quelque chose dans le rêve. À cause de l'argent qu'il avait donné au gamin ? Il essaya de se concentrer sur l'image qui tournait dans son esprit. Il y avait quelque chose… Enfin, tout s'éclaircit. Mais l'explication était encore plus folle que le reste. Ce n'était pas son argent mais son bras droit qu'avait pris le gamin. Billy se souvenait à présent d'avoir pensé avec un léger étonnement que ça n'était pas si douloureux, de s'arracher le bras droit. Le droit prime sur la force, pensa-t-il ; foutaises, oui. Et ce qu'il avait dit : « Comme ça, je peux plus me tirer. » À la maison, sa tante avait un ou deux livres sur l'interprétation des rêves qu'elle consultait régulièrement ; peut-être qu'elle pourrait le lui expliquer. Il essaya de rire, mais le souvenir de ces images le mettait encore mal à l'aise. Ce grand champ, il y était déjà allé quand il était petit. Sans doute un terrain de football américain. Des nuages, ça évidemment, on s'attend toujours à ce que le ciel de Seattle soit couvert ; le plus drôle était cette chaleur dans le dos, qu'il pouvait presque encore sentir. Dans son souvenir, ce devait être : « Comme ça, je peux plus *me* tirer », parce qu'une fois les fleurs ramassées les autres gamins se précipitaient dans la rue ; mais ils ne rentraient pas chez eux. C'était lui qui devait rentrer à la maison, gravir toutes ces collines ; eux, ils allaient en centre-ville vendre leurs fleurs, ou quelque chose comme ça.

« Tu t'appelles Billy, c'est ça ? »

Billy, surpris, leva les yeux vers le visage blanc, et dit :

« Exact. »

Il ne faisait aucun doute que cet homme était un flic en civil ; gros, costaud, lèvres pincées. Mais il semblait relativement amical.

« On pourrait causer en privé ? demanda-t-il.

– Bien sûr. »

Soudain, Billy prit peur et il suivit le flic dans l'arrière-salle où ils s'assirent côte à côte. Billy se penchait en avant, les mains pendant entre les jambes. Il voulait les presser l'une contre l'autre pour qu'elles arrêtent de trembler, mais se retint.

« Qu'est-ce qui se passe ? » demanda-t-il.

Il sourit faiblement au flic.

« T'as mauvaise conscience ?

– Comme tout le monde, non ? »

Ça ne fit pas rire le flic. Billy remarqua que quelque chose n'était pas normal dans son champ de vision ; il voyait le visage du flic nettement, mais entouré d'une aura arc-en-ciel et tout le reste était flou et brumeux. Le visage, ce visage blanc aux traits grossiers avait pris un air légèrement revêche à la remarque de Billy.

« Non. Pas tout le monde. T'es nouveau dans le coin, pas vrai ?

– Oui, m'sieur. Je suis descendu de Seattle pour rendre visite à ma tante.

– Tu as gagné beaucoup d'argent cet après-midi, Billy. Mais tu en avais aussi beaucoup en arrivant. D'où est-ce que tu le sors ?

– C'était l'argent de mon voyage, m'sieur.

– Quand est-ce que tu retournes à Seattle ?

– Dimanche soir, m'sieur. Par le train.

– C'est bien, dit le flic. Il se leva. C'était pour parler, gamin. Ça peut pas faire de mal. Tu te débrouilles bien.

– Oui, m'sieur. Merci, m'sieur. »

Espèce d'enculé !

Billy se leva, tremblant de rage et de soulagement, et regarda le flic retourner d'un pas tranquille vers le bar où il termina un verre de bière à moitié vide. *Va te faire foutre*, pensa Billy, *espèce de gros salopard de putain de flic de merde !* Billy savait qu'il avait été serré juste parce que le flic l'avait repéré et n'avait rien d'autre à faire ; il avait sûrement cru que Billy perdrait ses moyens face à l'interrogatoire et qu'il confesserait un ou deux viols, quelques vols de poulets et autres délits imaginaires ; il l'avait serré par habitude, avait su que Billy lui avait menti et s'en fichait ; il avait du temps à tuer ; sans doute qu'il n'était pas en service et descendait une bière avant de rentrer chez lui ou d'entamer son service. Frissonnant des pieds à la tête, Billy se rendit aux toilettes pour s'asperger le visage d'eau froide, puis s'essuya avec une serviette en papier. Il se tint devant un grand urinoir puant et tenta de se soulager, mais rien ne vint. Il restait là, à trembler, attendre, se secouant de temps en temps avec colère. « Allez, pisse, bordel ! » dit-il entre ses dents. Mais il savait que toute cette rage n'était pas dirigée contre le flic ; elle cachait quelque chose d'autre ; l'idée qu'après tout ils n'avaient pas envoyé la police à sa recherche.

Pourquoi ? Pourquoi est-ce que vous n'avez pas essayé de me retrouver ?

Il voulait éclater en sanglots. Toutes ces pensées pesaient sur lui : il était seul, personne ne voulait de lui, personne ne le cherchait, la police ne le traquait pas, il était inutile, noir. Mais même ça, ça n'avait pas d'importance ; sa noirceur. Il n'était même pas noir, seulement jaune. Ça ne comptait pas ; il pouvait se poudrer le visage de farine – il l'avait fait une fois quand il était petit – et ils continueraient de ne pas lui prêter la moindre attention ou de se moquer de lui ; c'était *lui*, le problème, pas sa peau noire ; lui dont ils ne voulaient pas et qu'ils avaient laissé s'enfuir, et dont ils se fichaient bien qu'il moisisse dans une prison inconnue. Avec la terrifiante lucidité qu'entraînait ce genre de complainte, il se vit comme en plein jour, un bébé apeuré qui n'avait pas assez de cran pour affronter l'accident qu'avait été sa naissance, qui n'avait pas la force de caractère suffisante pour que le monde l'aime ou ne fasse qu'une bouchée de lui. Il n'était qu'un trouillard, un imbécile qui ventilait son fric en espérant que les gens prendraient pitié de lui.

« Putain, j'ai cru que tu nous avais laissés tomber », dit Denny en souriant. Il s'approcha de l'autre urinoir, sortit son pénis, et se mit à pisser bruyamment.

« Vieux, t'es tout gris ; ce flic t'as foutu les jetons ? »

Billy fit semblant d'avoir terminé et se dirigea vers l'évier.

« C'est clair.

– Ce mec est un trou du cul. Vous prenez des coups de soleil, vous, les Noirs ? »

Billy leva les yeux vers lui. Le visage de Denny n'affichait aucun sarcasme.

« Évidemment. Comme tout le monde.

– C'que j'veux dire, c'est que t'as les cheveux plus ou moins roux, comme moi. Les roux ont la peau qui crame comme c'est pas permis, pas vrai ?

– C'est pour ça que je préfère passer mon temps dans une petite salle de billard bien fraîche, sourit Billy.

– Ouais, mais du coup t'as les couilles qui se ratatinent. Allez, c'est l'heure d'aller faire la fête. »

Très bien, très bien, pensa Billy. Très bien, très bien.

Il oublia aussitôt qu'il avait été le héros du cauchemar d'un lâche et le temps de remonter l'escalier, de s'entasser dans la voiture, il débordait d'humour, et quand il atterrit sur les genoux de Jack Levitt – le seul endroit où il pouvait s'asseoir –, il lança :

« Je te préviens, pour chaque bosse sur la route, tu me devras un dollar.

– Prends-toi une bière, répondit Levitt.

– Oublie pas de la lui faire payer, dit Bobby Case depuis le siège avant. C'est lui qu'est plein aux as.

– Pas question qu'il paye, dit Denny. À cette fête, c'est moi qui régale. »

Dans la voiture, tout le monde s'esclaffa à l'exception de Kol Mano, qui tenait à retourner sur Broadway dans l'espoir de trouver quelques filles. Au moment de dépasser le Corner, Denny siffla des types appuyés contre une voiture garée devant le drugstore.

« Tu sais, toi et moi, on devrait descendre à Frisco, dit Bobby Case à Billy sur un ton très sérieux. Il y a un paquet de fric à se faire, là-bas, et ils voudront tous te jouer ; on pourrait amasser une fortune sur le dos de ces connards. Je l'ai déjà fait, et ils ont tous cru que c'était juste de la chance.

– C'est une idée, répondit Billy. C'est une idée.

– Bon sang, dit Denny, vous deux ensemble, vous feriez un tabac. »

Il y avait trois garçons que Billy n'avait jamais vus dans la voiture, et l'un d'eux déclara :

« En fait, je ne pense pas que tu aies trompé qui que ce soit à San Francisco, Case. Je crois simplement qu'ils ne *supportaient* pas l'idée que tu les battes.

– Je suis d'accord », dit Billy.

Celui qui avait parlé semblait avoir autour de dix-huit ans, il avait un front haut, un long nez inquisiteur et quasiment pas de menton.

« J'ai vu ça, à Seattle ; des types qui ne peuvent pas blairer qu'un p'tit nègre les batte. Il rit. Je les ai bien baisés !

– Moi aussi, j't'ai bien baisé, rit Denny.

– Celle-là fera *deux* dollars », rit Billy.

Mano quitta la route du regard un instant, l'air impatient, et Billy se dit qu'après tout Mano n'aimait peut-être pas les nègres. Eh bien si c'était le cas, il pouvait aller se faire foutre. Les autres ne paraissaient pas plus gênés que ça. Il s'envoya une rasade de la bière que Levitt avait prise dans la caisse ouverte sur le plancher de la voiture et sentit des aiguilles froides lui descendre dans le gosier. Ce soir, pensa-t-il, je vais faire la fête comme si le monde touchait à sa fin.

CINQ

La fête dégénéra presque aussitôt. L'idée de départ avait été de jouer au poker histoire de tondre Billy Lancing, d'enchaîner avec la fête pour profiter au maximum de l'alcool à disposition, et d'emporter le reste – le tout dans une ambiance calme, bien cachés derrière les épaisses tentures de la grande demeure –, mais la partie de poker tourna court, et pour avoir la compagnie de filles, ils durent inviter beaucoup de gens. La situation évolua très vite en bagarre.

La première chose étrange que remarqua Jack était que Kol Mano disparut quelques minutes à peine après leur arrivée. Il avait garé sa voiture à environ deux pâtés de maison de là, à l'abri d'une rangée d'arbres, et lorsqu'ils arrivèrent sur place, après s'être faufilés par l'arrière, Mano déclara : « Pas cool. » Denny lui montra où étaient entreposées les réserves de whisky, et peu après, Mano se volatilisa ; Jack devina qu'une ou deux caisses d'alcool avaient dû disparaître par la même occasion. Mano avait sans doute prévu dès le début qu'il ne resterait pas, et Jack eut vaguement l'impression de s'être fait avoir. C'est vrai, Mano *était* bizarre ; les gens le soupçonnaient d'être drogué, pédé et bien d'autres choses, mais Jack n'en savait rien ; pour lui, Mano était un type très relax qui semblait toujours être là où se trouvait l'argent. Et voilà qu'il s'était évanoui dans la nature. Jack aurait voulu passer du temps avec lui pour discuter. Il haussa les épaules. La prochaine fois. La fête battait son plein.

Quelqu'un avait passé un coup de fil et ils étaient désormais une quinzaine de personnes courant à travers la maison, ce qui, à vue de nez, devait faire une fille pour deux mecs ; et Jack avait bien l'intention de se dégoter une fille. Ce n'était pas parce qu'il avait été au Model Hotel la veille et qu'il y était retourné dans l'après-midi qu'il avait eu son compte. Il désirait une fille plus que tout. Certaines étaient même jolies, et il décida que la plus jolie serait pour lui.

Il erra à travers les trois étages de la maison, une bouteille de scotch à la main, observant ce qui s'y déroulait. Il y avait des gamins partout. Aucun d'eux n'avait jamais mis les pieds dans une telle demeure. Comme Denny, la plupart vivaient dans des baraques surpeuplées à St. Johns ou Sellwood, ou dans le nord-ouest de Portland, et la vue de toute cette richesse les subjuguait. D'abord, ils visitaient les lieux, presque intimidés par la présence palpable des propriétaires riches et puissants, examinaient l'intérieur des placards, les vêtements coûteux sur les portants, les articles en soie entassés dans les tiroirs des commodes. Mais au bout d'un moment, le whisky et la familiarité atténuèrent leur impression d'être dans un musée, et ils devinrent plus turbulents, comme s'ils étaient à une fête ordinaire dans une maison ordinaire. Seuls Jack, Denny et Billy Lancing étaient conscients qu'ils commettaient un délit en étant là. Ils avaient raconté aux autres qu'ils avaient la permission du jeune Weinfeld. Bobby Case savait, aussi, mais après une exploration d'une demi-heure, il vola des vêtements au gamin Weinfeld (qui lui allaient très bien) et quitta la fête.

Sur un coup de tête, Jack sortit dans le jardin protégé par des haies à l'arrière de la maison. Il y avait une pelouse et les grandes ombres noires des arbres obscurcissaient d'autant plus le fond du jardin. Le ciel était couvert, teinté du rouge des lumières provenant du centre-ville. Des bruits étouffés lui parvenaient de la maison ; pas assez forts, toutefois, pensa-t-il, pour être entendus par les voisins, mais la lumière filtrait par les stores ambrés, et elle était bien visible – il n'y avait des doubles rideaux qu'au rez-de-chaussée et côté rue. Jack commença à se demander si les voisins étaient au courant que les propriétaires étaient en vacances. Il ignorait tout de la façon dont étaient censés se comporter des voisins ; il ignorait que dans les quartiers bourgeois comme celui-ci, il était fréquent que les gens ne se connaissent pas personnellement, ne se saluent pas forcément en se croisant dans la rue ; il ignorait aussi que les Weinfeld étaient juifs et qu'il n'y avait pas d'autres juifs dans ce coin du quartier. Du coup, il eut peur de ce qui arriverait si quelqu'un apercevait la lumière aux fenêtres ou entendait du bruit, un rire ou un cri, et décidait d'appeler la police.

Il but une gorgée de son whisky et toussa. Si les flics débarquaient, ils iraient sans doute d'abord sonner à la porte. Trois ou quatre véhicules étaient garés devant. Les flics les remarqueraient, et les gamins à qui elles appartenaient seraient foutus. Mais pas Jack. Quand les flics entreraient, lui filerait par la porte de derrière. Il observa la haie. Il pouvait passer par-dessus facilement ; elle faisait moins de deux mètres. Il n'aurait aucune difficulté à s'enfuir. Il se détendit.

Mais s'il détalait (en supposant déjà que les flics se pointent), il reviendrait à la case départ : il serait fauché, enfermé dehors, etc. Il frémit de colère, pas parce que la société ne lui donnait pas l'argent dont il avait besoin ni parce qu'il s'en voulait de refuser de travailler, mais il en voulait à sa situation, au simple fait d'exister. Merde ! pensa-t-il. Il but une autre gorgée de whisky. Il ne pouvait rien y changer pour l'instant ; autant se bourrer la gueule, s'amuser et se trouver une fille, il se préoccuperait de son avenir plus tard.

« Alors, dit une voix dans le noir, tu prends l'air ?

– Qui c'est ?

– Billy. »

Ils se rapprochèrent. Billy lui aussi avait une bouteille à la main et ils burent un moment en silence. Puis Jack lui demanda :

« Et toi, qu'est-ce que tu fous dehors ? Toi aussi, tu prends l'air ?

– Ouais. Un peu foirée, comme fête, non ?

– Mouais. »

Plus tard, quand Jack eut beaucoup de temps devant lui pour y repenser, il se demanda pourquoi il n'avait pas profité de cette opportunité en or pour démolir Billy Lancing et lui voler son argent. Il eut tout le loisir d'y réfléchir et fit défiler toutes les raisons possibles et imaginables dans son esprit. Ce n'était pas parce qu'ils étaient amis, et même, dans le cas contraire, Jack ne voyait pas pourquoi il ne l'aurait pas fait ; Billy avait de l'argent, beaucoup, et Jack avait besoin d'argent. Ce n'était pas parce que Billy était plus petit et vulnérable, ou que, d'une certaine façon, il faisait confiance à Jack pour ne pas profiter de cette rencontre fortuite à l'abri des regards ; jusque-là, Jack ne s'était jamais embarrassé de ce genre de raisons. Et ce n'était certainement pas parce qu'il n'y avait pas pensé, ou parce qu'il avait peur, ou parce que cela semblait malhonnête d'inviter quelqu'un à une fête pour mieux le détrousser (après tout, c'était l'idée de départ). En fait, durant tout ce temps qu'eut Jack pour réfléchir, il fut incapable de trouver une réponse logique et sensée à ses interrogations. Ils discutèrent dans le jardin, puis ils retournèrent dans la maison. Ce fut tout. C'était inexplicable.

À l'intérieur, on ne s'ennuyait pas. Au sous-sol, dans la salle de jeux, trois couples dansaient et un garçon essayait différentes combinaisons exotiques d'alcool derrière le bar. Quand Jack s'approcha pour prendre une nouvelle bouteille, le gamin brandit une décoction verdâtre dans un verre à milk-shake, un sourire de savant fou aux lèvres. Jack lui prit le verre des mains et avala une gorgée du liquide ; cela avait le goût d'un bonbon amer. Il lui rendit le verre et prit une bouteille à moitié pleine de Cutty Sark. Il observa les danseurs. Ils semblaient être ailleurs, bougeant lentement au son de *Dream*, qui passait à la radio.

L'atmosphère était si intime. Il revint au rez-de-chaussée. Le salon était vide. Plusieurs animaux de verre qui s'étaient trouvés sur le manteau de la cheminée étaient cassés, tombés par terre ou jetés dans l'âtre. La jolie dame dans sa robe blanche à ceinture bleue observait la pièce de son beau sourire, si plaisant et chaleureux, aveugle à ce qui était arrivé à son environnement. Le magnifique tapis persan portait des brûlures de cigarettes et des taches d'alcool, mais elle ne le voyait pas ; elle fixait l'horizon du regard. Jack la salua en levant sa bouteille et entra dans la cuisine. Denny, Billy Lancing et trois autres garçons parlaient, assis autour de la table. La pièce était complètement enfumée. L'un d'eux avait fait cuire quelque chose qui avait débordé et brûlé. Cela avait laissé de longues traces jaunâtres et noires sur le côté de la cuisinière, et le gaz était encore allumé sous la casserole calcinée. Jack s'approcha mais fut incapable de dire quel plat avait été préparé. Les garçons attablés semblaient discuter d'une autre fête, plus ancienne. Jack n'entendait pas tout ce qu'ils disaient. Soit ils étaient ivres, soit lui l'était. Peut-être étaient-ils tous ivres. Jack avait les oreilles qui bourdonnaient et les jambes en coton, comme si on les lui avait rallongées. L'un des garçons vida sa bouteille et la lança à travers la cuisine. Elle tinta. Jack sourit. En voilà un truc drôle à faire. Il regarda la sienne. Trop pleine.

« Je veux un cigare », dit-il. Personne ne lui répondit. Il sortit de la cuisine. Où étaient les cigares ? Ah oui, dans la « bibliothèque ». Jack savait que la pièce qu'il cherchait s'appelait la « bibliothèque » parce qu'il avait vu des films où les gens possédaient ce genre de pièce. Elle était pleine de livres, petite, c'est vrai, mais pleine de livres quand même. Il y avait aussi un bureau. Denny et lui l'avaient fouillé la nuit précédente quand ils cherchaient de l'argent. Ce fils de pute avait un bureau, mais pas d'argent dedans. Quel connard. Jack erra dans la maison jusqu'à ce qu'il retrouve la pièce en question. La lumière étant éteinte, il appuya sur l'interrupteur au mercure (sans déclic) et surprit un couple sur le canapé en cuir. Jack aperçut un bout de cuisse blanche pendant que la fille se tournait rapidement vers lui et rabaissait sa jupe. Elle avait le visage sale et bouffi, ses lèvres entrouvertes laissant apparaître deux dents de lapin proéminentes. Le garçon se redressa, et ses longs cheveux à la coupe très hollywoodienne lui retombèrent sur le front. Il avait le visage couvert d'acné et portait l'ombre d'une moustache.

« Dégagez, leur dit Jack.

– Ben…, dit la fille.

– Qu'esse qu'y s'passe, bordel », fit le garçon.

Mais ils filèrent et Jack se mit à chercher les cigares. Il y avait un placard sous une vitrine. Ils sont là, se souvint-il en s'accroupissant. Il sortit un cigare, passa la langue dessus, en arracha trois centimètres à l'extrémité et l'alluma. Le cigare était très fort et lui brûla la gorge quand il avala la fumée. Une vie d'opulence ; ces nababs fument ces putains de barreaux de chaise ; et moi aussi, je vais les fumer, même si je dois en crever. Il jeta un regard circulaire à la pièce. Des livres. De l'argent caché derrière les livres. Bien sûr ! Sinon, où ? Il devait forcément y avoir de l'argent dans cette maison, derrière les livres. Il arracha les volumes des étagères pour voir ce qu'ils pouvaient cacher. Il éternua ; il y avait beaucoup de poussière derrière les livres, et la poussière avait une odeur âcre particulière. Il jeta les livres en vrac sur la moquette, les dos craquaient en s'ouvrant, expulsant toujours plus de poussière. Jack ne trouva pas d'argent. La vitrine était fermée à clé. C'était sûrement là qu'était l'argent. Jack prit *Le Réveil de la sorcière rouge* et s'en servit pour briser les deux vitres. Il balança le livre et tendit la main. Faut que je fasse attention à pas me couper. Et il ouvrit chacun des livres au cas où des billets de vingt dollars seraient dissimulés entre les pages. Il sortit un petit livre épais intitulé *Le Jardin parfumé* et le feuilleta. Pas d'argent. Il l'envoya voler à l'autre bout de la pièce. Il sortit d'autres livres, la plupart consacrés à la guerre de Sécession, les parcourut et les laissa tomber sur un tas par terre. Il finit par trouver de l'argent. Un billet de vingt dollars des confédérés, utilisé comme marque-page. Il lui fallut beaucoup de temps pour comprendre de quoi il s'agissait. Puis, le billet sans valeur toujours en main, il perdit son calme pour de bon, tapa du pied et jura d'une voix grave enragée. Il contempla la pièce à la recherche d'une autre mauvaise action à accomplir, mais la bibliothèque étant déjà dévastée, il se fraya un chemin à coups de pied entre les piles de livres et sortit, le billet confédéré toujours au creux de la paume.

En passant dans la salle à manger, il vit un garçon étendu sous la table qui ronflait, la bouche ouverte. Jack l'observa, puis se pencha pour lui fourrer le billet dans la bouche. Étouffant à moitié, le gamin écarquilla les yeux, se tourna sur le côté et vomit sur le tapis. « Désolé, j'ai pas fait exprès », dit Jack, et il se dirigea vers la cuisine. Il voulait un sandwich aux œufs. Et pour en avoir un, il n'y avait pas trente-six solutions. Il fallait cuire des œufs, les écraser, ajouter la mayonnaise, trouver du pain et *faire* le sandwich. Il ouvrit le frigo, passa en revue ce qu'il contenait. Il y avait beaucoup de nourriture, mais pas d'œufs. « C'est quoi ce bordel ? » lâcha-t-il. Il embarqua des bouteilles et différents récipients, puis entendit un bruit de verre qui se fêle.

« Hé, on sort s'aérer, lui dit Denny à l'oreille. Viens, t'as l'air super bourré.

– Je *suis* bourré. »

Il voulait parler de tous ces livres à Denny mais ne trouvait pas les mots. Il le suivit ainsi que Billy vers le jardin derrière la maison. Peut-être qu'enfin il pourrait piquer son fric au petit con, pensa-t-il.

Tous les trois s'assirent sur l'herbe humide et allumèrent des cigarettes. Jack avait encore son cigare à la main, mais le laissa se consumer plutôt que de le fumer.

« Bon sang, dit Denny dans le noir. Quelle vie de chien. Vous savez quoi ?

– Quoi ? » dit Billy sur un ton morne.

Jack ne le trouvait pas soûl.

« T'es pas bourré ? demanda-t-il.

– Chuis rétamé, dit Billy.

– Putain, je parie que tu bois même pas.

– Bien sûr que si.

– Espèce de trouillard de nègre, va.

– Hé, dit Denny. Vous savez quoi ? Je vais m'engager dans les Marines. Sans déconner. Me sortir de cette vie de merde. L'école. Je hais l'école.

– Moi aussi, dit Billy. Mais j'me suis juste cassé de chez moi ; aucun risque que j'm'engage dans les Marines. »

Jack inspira l'air froid, le garda un instant dans ses poumons et expira. L'air lui éclaircit presque les idées.

« Les Marines ? répéta-t-il. Putain, mais pourquoi ? T'es devenu dingue ?

– Merde, quoi. Je vais nulle part. Je sèche les cours en permanence, je me fais choper, on me renvoie, ma vieille est tout le temps sur mon dos et après, chuis obligé de retourner à l'école. J'en fous pas une, là-bas, je fais que de rester assis. C'est l'horreur. Il se passe rien non plus pour moi à la salle de billard. Je fous ma vie en l'air. Tu sais quoi ? Tu sais ce que Clancy Phipps m'a dit ? Il m'a dit : "Tu entres dans l'armée maintenant, tant que tu peux, parce que plus tard, si t'as un casier, ça sera fini." C'est horrible, non ? Lui, il avait toujours rêvé d'intégrer ces putains de Marines, sauf qu'il a pris six mois pour avoir chouré une radio, et maintenant, les Marines veulent plus de lui. Son p'tit frère Dale et moi, on va s'engager ensemble. Dale Phipps, après son frangin, c'est le gars le plus costaud que j'aie jamais vu de ma vie. Lui et moi, on va s'engager.

– Il est pas si coriace », dit Jack.

Il les enviait, mais tout de même pas assez pour rejoindre l'armée.

« Tu sais quoi ? Les Marines, c'est encore pire que la prison. Tu vas morfler.

– Mais nan, dit Denny sérieusement. Bon, c'est sûr que t'as pas intérêt à sortir du rang, mais mon vieux, c'est des *durs à cuire* ; faut être rudement bon pour être pris. Ça en vaut la chandelle.

– Attends, tu les as au cul nuit et jour, intervint Billy. Moi, je préfère prendre la *route*. J'crois que j'me débrouille assez bien au billard pour aller jouer aux quatre coins du pays, et en vivre.

– Bon sang, dit Denny, c'est génial. Mais c'est aussi parce que t'as du talent. Tu vois, toi t'as un don ; pas moi. Donc tout ce qui me reste, c'est l'armée. Et les Marines, c'est la crème de la crème. Tu piges ?

– Ouais, admit Billy. Mais quand même, c'est pas vraiment la solution.

– Je vous emmerde, les gars, dit Jack, déprimé. Vous au moins, vous avez de l'ambition. Moi j'ai rien. »

Il se faisait pitié.

« Dis pas ça, rétorqua Billy. Je sais que ça va être dur, comme chuis noir et tout ; mais j'imagine que je pourrai encaisser, parce que j'ai du talent, tu vois ? Et ça, ça fait toute la différence. Mon paternel, putain, il sait rien faire en particulier, du coup, quand les patrons, ils virent tous les Noirs, ça le rend dingue et il se met à tourner en rond dans la baraque, complètement bourré, et il chiale sur son sort. Et on est un tas à avoir besoin de béqueter dans la famille, c'est pour ça que je me suis taillé. Et je vais m'en sortir.

– J'en doute pas, dit Denny avec admiration. T'as les tripes qui faut, et Kol Mano te trouve futé. Mais dis-moi un truc, t'as combien sur toi ? Promis, on te le prendra pas ; je veux juste savoir combien t'as gagné aujourd'hui et combien t'as mis de côté. Allez, sois cool. »

Billy eut un rire joyeux.

« J'ai vingt billets sur moi ; et aujourd'hui, j'en ai gagné presque cent.

– Putain ! dit Denny.

– Faites chier ! » lâcha Jack.

Il se leva, les articulations déjà rouillées, et retourna à la maison. Il les entendait encore parler de leurs projets d'avenir en entrant. Ce n'était un moment décisif pour aucun d'eux, mais plus tard, quand Jack eut beaucoup de temps pour y réfléchir, il finit par signifier quelque chose : après cette conversation, il dut attendre des années avant de revoir Denny et Billy. Il pensa souvent à eux, à eux deux, alors qu'il était assis dans le noir et passait le temps en rêvant de son passé ; il pensait à l'amitié de Denny, sa gentillesse si sincère ; il exagéra ses souvenirs, fit de Denny une espèce de saint, détruisant de fait le véritable Denny – il pensait à Billy et à son talent, son courage, força le trait comme avec Denny, et les deux garçons représentèrent symboliquement ce qui lui faisait défaut, ou ce qu'il, plongé dans les ténèbres, croyait lui faire défaut. Puis il les oublia comme il oublia presque tout. Mais cela vint plus tard.

Pour l'instant, la seule chose qu'il désirait était dormir. Il était complètement rincé, et dormir semblait aussi tentant qu'une femme. Il monta à l'étage, passa la tête dans la chambre du fils. Il y avait un couple sur le lit. « Pardon », dit-il, et il se dirigea vers l'une des chambres des filles. Elle était vide. Il s'allongea sur le lit, son corps lui faisait l'impression d'un poids mort, il sentit la fraîcheur de la courtepointe sous lui, et perdit connaissance.

SIX

Ils ne savaient vraiment pas quoi faire de lui. Il refusa de leur donner son nom ou son âge ou quoi que ce soit d'autre. Ils l'embarquèrent, l'enregistrèrent sous le nom des personnes non identifiées, John Doe, et l'envoyèrent à la prison municipale en attendant le jugement au tribunal d'instance.

Ça n'avait pas été simple. À son réveil, il s'était tourné et avait vu les deux grands flics en civil penchés au-dessus du lit, alors il avait cligné des yeux une fois et avait commencé à se battre. Il n'essayait pas vraiment de prendre la fuite ; il ne lui vint pas à l'esprit que cela aurait été possible ; il cogna, c'est tout. L'un des agents dut le frapper à la tempe avec sa matraque en cuir plombée, puis les jambes de Jack cédèrent, et après un dernier gauche audacieux il s'effondra sur la moquette. Ils le menottèrent alors qu'il était encore dans les vapes, l'un des agents s'assit sur lui à califourchon et lui porta un coup au visage histoire de lui faire entrer dans le crâne qui commandait. Il n'imagina même pas le prendre mal.

En descendant l'escalier, il put jeter un dernier regard à la maison. Le salon était sens dessus dessous, les doubles rideaux étaient déchirés, la moquette était couverte de vomissures et avait des brûlures de cigarettes, une lampe était renversée, l'abat-jour tout de guingois. Il dut attendre qu'on ouvre la porte et que l'air frais soit respirable pour s'apercevoir à quel point la maison puait la fumée de cigarette, le vomi et l'urine. « Wow », dit-il. Ce fut la première remarque qu'il adressa aux policiers et ce fut également la dernière.

Pour une fois, il faisait grand soleil à Portland, et Jack vit le scintillement vif et diamantin du verre brisé sur la pelouse de devant. Ils grimpèrent dans la voiture noire des flics, un agent à l'avant et un autre à l'arrière avec Jack, et ils s'engagèrent dans les rues sinueuses vers le cœur de la ville. La suspension du véhicule rendit Jack malade, alors qu'il avait déjà la migraine. Il se pencha et vomit sur les genoux du policier, sentit une secousse, entendit un grand bruit sec, et perdit de nouveau connaissance.

La fouille ne donna rien ; il n'avait aucun papier d'identité sur lui. Il aurait sans doute été traduit en justice, jugé et envoyé en prison si l'un des policiers ne l'avait pas reconnu de chez Ben Fenne. Le flic passait presque toutes ses heures de déjeuner à la salle de billard, où il jouait au keno, et il connaissait Jack de nom. Pour la routine, ils vérifièrent dans leurs fichiers et découvrirent que Jack était recherché et, à leur grande consternation, qu'il était mineur. Si bien que, au lieu de l'envoyer à la prison de Salem, il fut dirigé vers la maison de correction de Woodburn.

DEUXIÈME PARTIE

Meurtre dans le préau

1954-1956

SEPT

Denny avait fini par pousser depuis la dernière fois que Jack l'avait vu ; à présent, il dépassait Jack d'un peu moins de dix centimètres, pesait plus lourd, avait le visage empâté et commençait à perdre ses cheveux roux au niveau des tempes. Mais impossible de ne pas reconnaître ces yeux qui tiraient sur le vert ou ce sourire – encore enfantin, même si Denny allait sur ses vingt-quatre ou vingt-cinq ans. Ils étaient dans une salle de billard sur Market Street et Denny racontait une anecdote à Jack :

« Un vrai bordel. On allait se faire ce tripot dans South City, et d'après l'gars qu'avait fait les repérages, suffisait qu'à sourire au videur pour qu'il te laisse entrer, et après, restait plus qu'à sortir les flingues et hurler : "Tout le monde à terre" ; ils gardaient le fric dans un gros meuble en bois entre les tables et c'était le type en tablier vert qu'avait la clé, tu m'suis ? Bon, dit comme ça, c'était du gâteau ; notre informateur répétait que c'était du tout cuit. Y dit toujours ça, y a pas de problème, parce qu'après tout c'est pas lui qu'agit alors forcément, tout est toujours super simple, tout ce qu'y a à faire, c'est foutre la trouille aux clients et t'arracher avec l'oseille. C'te blague.

« Bref, chuis planté devant la porte et j'dis au gars de me laisser entrer, j'avais enfilé un gros pardessus et j'avais les mains sur les flingues dans mes poches ; il ouvre la porte, je fonce à l'intérieur tous flingues dehors en gueulant comme un malade, et vas-y que les clients se jettent à terre, renversent les tables, verts de frousse et tout le bordel, et j'aperçois mon reflet dans un de ces grands miroirs, tu sais, accrochés en fond de salle. J'ai failli en chier dans mon froc, mec. J'aurais pu parier qu'y avait un ou deux ritals pas commodes ou d'autres dans le même genre de l'autre côté de ce putain de miroir, sûrement avec des mitraillettes ou des fusils ou je sais pas quoi encore, tu vois, et qui se pissaient dessus tellement ils se foutaient de ma gueule, le doigt qui les chatouillait d'appuyer sur la détente. Donc chuis là, je vois mon reflet et tous les autres qui se barrent ou hurlent ou bouffent la sciure par terre ; alors j'décide d'envoyer deux pruneaux dans le miroir, tu vois, pour leur faire peur ou je sais pas, et puis merde, j'me suis dit, et à la place, j'ai sauté sur le type en tablier vert qu'a ouvert le coffre et m'a donné le cash comme s'il faisait ça tous les jours ou qu'il en avait rien à battre et j'ai fourré le fric dans mes poches et j'ai hurlé à tout le monde de pas bouger et j'me suis tiré. Mec, j'les ai presque senties ces putains de balles qui me chauffaient le cul, mais y s'est rien passé et j'ai pu grimper dans la bagnole et crier à Tommy de foncer, et on s'est barrés à toute blinde sans qu'y se passe rien. C'est dingue, non ? »

Il rit et regarda Jack avec malice.

« Tu sais que ces clubs où y jouent au poker sont légaux, maintenant, et dans le journal, le lendemain, ils ont raconté qu'on en avait pris pour quatre-vingt mille dollars. Là j'ai compris pourquoi les mecs planqués derrière le miroir se sont pas bougé le cul pour offrir mon cadavre aux flics ; j'imagine que le boss devait être là aussi et qu'il s'est dit : "On va laisser ce connard nous braquer ; l'assurance remboursera."

– Combien t'as pris, en vrai ? » demanda Jack.

Denny grogna.

« Mille huit cents, au total. Une arnarque, j'te dis ! »

Jack sourit. Il était content d'être tombé sur Denny après toutes ces années.

« T'es donc devenu un grand bandit.

– Ben ça fait un bail que j'ai pas fait de casse. On est très bourrés, là. Viens, on se tire. »

Ils quittèrent la salle de billard où ils s'étaient croisés par hasard et remontèrent Turk Street sur quelques numéros jusqu'à un bar. C'était le milieu de l'après-midi, et le rade baignant dans la pénombre n'était pas très fréquenté. Il s'installèrent à une table au fond et Denny dit :

« Moi et les gars, on allait se faire Playland, sur la plage, tu connais ? On avait tout un plan bien au poil avec l'indic dont je t'ai parlé, il a bossé là-dessus pendant des semaines, il allait se balader sur place, cherchait où était planqué l'argent, repérait les issues, etc., et ensuite on s'est dégoté des flingues ; t'aurais vu, on devait en avoir dix ou douze, des fusils, des automatiques, des revolvers, des qu'envoient du gaz lacrymo, de tout ; bref, un soir on y va, et Tommy, notre chauffeur, venait juste de s'acheter une bagnole à lui, et on avait mis l'arsenal dedans, tu vois, alors on est partis, et Tommy gare la caisse, on sort, on regarde autour de nous, on monte sur les foutus manèges, on joue sur certaines des machines, on passe un bon moment, quoi, et là, on retourne à la voiture, mais, tu le croiras jamais : Tommy avait garé sa chiotte dans une zone interdite ! Elle avait disparu. Les flics l'avaient emmenée dans une de leurs fourrières. Avec les armes et le reste des affaires. Du coup, on s'retrouve au chômdu. Tommy s'est cassé au Mexique. C'était sa bagnole, assurée à son nom et tout. T'as déjà foutu les pieds au Mexique ?

– Une fois ou deux. En passant par Laredo, mais je suis pas allé bien loin.

– Qu'est-ce que t'as foutu pendant tout ce temps ?

– Bah, j'ai vécu ma vie. »

Denny attendit quelques instants, mais Jack n'ajouta rien, alors il éclata de rire.

« Ok, je vois.

– J'ai fait de la boxe, avoua Jack. J'ai tourné dans le Sud-Ouest, à Los Angeles. Je viens de raccrocher les gants.

– Sans blague ? T'es passé pro de la castagne ? »

Jack acquiesça et but une gorgée de bière. Il ne précisa pas qu'il avait également été bûcheron, qu'il avait travaillé dans une conserverie et une usine de meubles, braqué des stations-service, arnaqué des poivrots et vécu dans une cinquantaine de chambres à la décoration des plus spartiates en prétendant que le vide lui donnait sa liberté, se réveillait presque tous les jours effrayé à l'idée que le temps soit comme un vent sec qui emporterait sa jeunesse et sa force, et faisait autant de cauchemars qu'il y avait de nuits pour rêver. Il se contenta de sourire, et en voyant ce que le temps avait fait subir à Denny, il se demanda, à présent rassuré, pourquoi cela l'obsédait tellement. Même traitement pour tout le monde, pensa-t-il, on est là, on vieillit, on meurt et rien d'autre n'arrive.

« Écoute, dit Denny, tout ça c'est génial, mais je pensais : j'ai deux petites nénettes sur le dos ; j'en ai ramassé une et l'autre est venue avec et bref, on se retrouve coincés à trois. Tu pourrais gérer la deuxième ? Ça serait pas encore plus génial ?

– C'est même trop », admit Jack.

Il sentit quelque chose se dénouer en lui, et fut heureux de cet allègement. Ce serait beaucoup plus simple. Il aurait du temps pour réfléchir.

À l'hôtel, la chambre de Denny possédait un lit double ainsi qu'un tout petit lit une place dans un coin. De ce petit lit, Jack apercevait la foule sur Turk Street, qui tourbillonnait autour des entrées des théâtres, des clubs, des gargotes à hot dogs, des kiosques à journaux, des barbiers. À la main, il avait un gros verre en forme de tonneau estampillé au nom de l'hôtel et à moitié rempli de whisky, Denny était affalé de tout son long sur le grand lit où il feuilletait une bande dessinée. Il y avait des bandes dessinées partout dans la chambre, ainsi que des vêtements de femme entassés sur les deux chaises, qui s'égouttaient sur la moquette fine. Des emballages, des sachets vides, des fils de coton, des papiers jaune-orange de cheeseburgers jonchaient le sol ; sous les lits et dans le recoin derrière le petit lit où se trouvait Jack, les deux moitiés déchirées de la Bible fournie par l'hôtel gisaient au milieu des moutons de poussière.

Comment se réveille-t-on ? C'était une chose de savoir qu'on passait sa vie endormi, mais c'en était une autre de s'extirper de ce sommeil, de se prouver qu'on était vraiment en vie et que ce n'était la faute de personne sinon la sienne. Bien sûr, là était le problème.

D'accord. Tout n'est qu'un rêve. Rien n'est cohérent. On passe sans raison d'un rêve à l'autre. Nos yeux voient et nos oreilles entendent, mais sans qu'on puisse expliquer pourquoi. Il serait plus simple de croire en Dieu. Alors on pourrait se réveiller, bâiller, s'étirer et sourire à un monde organisé autour de la compassion et de la mort, du châtiment pour le mal, de la félicité pour le bien, et si le jeu paraissait fou, au moins il avait des règles. Mais le monde n'avait aucun sens. Il n'en avait jamais eu. Le problème, c'était que, maintenant que Jack n'était ni endormi ni réveillé, ce qu'il voyait et entendait n'avait plus aucun sens non plus.

"Quel micmac, pensa-t-il. Tu en sais assez pour savoir que ce que tu ressens n'a pas de sens, mais tu n'en sais pas assez pour en comprendre la raison. Assis dans une autre chambre d'hôtel miteuse à attendre deux filles que tu n'as jamais vues histoire de faire des choses que tu as si souvent faites que ça te hérisse le poil rien que d'y penser. Des choses. À faire. Celles dont tu rêvais quand tu ne pouvais pas les avoir. Du temps où il n'y avait qu'une seule chose qui te faisait vraiment du bien, une chose que tu as faite si souvent qu'à présent c'est comme se masturber. Sauf que tu n'es jamais allé jusqu'au bout, si ? Tu n'as jamais tué personne. C'est ce dont tu as toujours rêvé, faire gicler la cervelle de quelqu'un ; le tailler en pièces jusqu'à ce qu'il n'en reste rien d'autre que toi. Mais tu n'es jamais allé jusque-là."

Avant même que la maison de correction n'ait montré à Jack ses pires aspects, il avait tenté de tuer un gardien, donc la pulsion était déjà en lui ; il savait que lui, ou l'envie de tuer qui l'habitait, n'était pas la conséquence d'une maltraitance exercée par l'institution, qu'il n'était pas victime de leur stupidité ni de leur cruauté. En fait, la maison de correction proposait un modèle de vie dépouillé de tout artifice, sans les dorures de la raison pour enluminer la vérité : les hommes étaient des éléments dont il fallait s'occuper et qu'il fallait museler – l'essentiel était de ne pas les tuer, rien d'autre ne comptait. Jack ne comprenait pas cette dernière règle, et la seule façon pour lui de l'appréhender était de penser que, si les gardiens tuaient tous leurs prisonniers, ils se retrouvaient au chômage. Soit ça, soit ils n'avaient pas les tripes nécessaires. Il eut beaucoup de temps pour y réfléchir.

Le gardien – un surveillant de nuit, pour être précis, mais cet homme se voyait comme un gardien – les avait sortis de leur baraquement en pleine nuit pour les coller contre le mur et les accuser de pratiques sexuelles contre-nature tout en faisant les cent pas devant eux, les défiant d'esquisser le moindre geste pendant que ses yeux jaunâtres parcouraient leur corps à la recherche de signes de perversion – un péquenot aussi abruti qu'illettré sorti tout droit du fin fond de l'Oregon et qui ne pouvait se faire embaucher nulle part ailleurs, joues creuses, dents de traviole, qui dictait sa loi à ces gamins parce qu'ils étaient les seuls êtres humains de cette planète obligés de s'y soumettre sans broncher, ses yeux répugnants luisant de désirs qu'il n'avait pas le cran de satisfaire –, et quand le gamin qui se tenait à côté de Jack lâcha un ricanement amorti par le sommeil et qu'il marmonna quelques mots, le gardien l'attrapa par la peau du cou dans un geste rapide comme l'éclair, le sortit du rang et le fit mettre à genoux avant de le frapper au visage du revers de la main. Le gamin en glapit de surprise mêlée de rage, et Jack, hors de lui, éprouvant une déflagration de plaisir pur, s'avança vers cette cible idéale pour ses ambitions, fit pivoter le gardien, le frappa à deux reprises, le projeta contre le mur du baraquement et fondit sur lui, écrasant ses poings froidement, méthodiquement, sur le visage et la gorge du gardien, son genou l'atteignant sèchement à l'entrejambe ; puis il redressa le gardien et l'adossa au mur, une main sur la gorge pour le maintenir, l'autre lui réduisant le visage en bouillie – l'assassinant à mains nues. Et il l'aurait tué s'il avait pu, si les autres gardiens n'avaient pas entendu du bruit et s'ils n'avaient pas arraché Jack de sa victime avant de lui foutre un coup de matraque et de le traîner vers les cellules de punition – le trou – où ils l'abandonnèrent, nu, avec son désir de meurtre brûlant toujours en lui, tout au fond du cœur ; ils l'y laissèrent quatre mois et trois jours – cent vingt-six jours sans lumière – pour qu'il s'en souvienne, pour penser à sa découverte, pour en rêver.

La cellule mesurait deux mètres et quelques de long, un vingt de large et un quatre-vingts de haut. Le sol et les murs étaient en béton, il n'y avait pas de fenêtre. Une ouverture avait été pratiquée dans la porte en fer pour y passer un baquet, ouverture par laquelle il recevait sa nourriture et l'eau. On ne le nourrissait pas tous les jours, si bien qu'il perdit la notion du temps. À force, le temps cessa d'exister. Le temps s'arrêta de manière étrange. D'abord, il prit conscience qu'il n'y avait pas de présent, rien qui ne ressemble à un instant ; ne subsistait que le mouvement de ses pensées du passé au futur, de ce qui s'était passé à ce qui allait se passer. Puis, ce qui s'était passé perdit toute réalité, comme si son esprit avait inventé un passé dont son corps ne pouvait pas se souvenir ; ses sens le trahissaient dans des rêves et les rêves finirent par perdre tout contact avec ses sens. Au début, il ne voyait pas parce que la lumière n'entrait pas dans sa cellule ; ceci devint une illusion, et il ne voyait pas parce qu'il ne pouvait pas voir, et enfin, même cela devint irréel, il ne voyait pas parce qu'il n'y avait rien à voir, qu'il n'y avait jamais rien eu – son esprit l'avait trompé pour lui faire croire qu'il existait des couleurs et des formes, mais il savait désormais que c'était faux. Parfois, tous ses sens le désertaient, et il ne sentait ni le froid du béton ni l'odeur de ses excréments, les petits bruits qu'il émettait et les sons qui filtraient par la porte diminuèrent peu à peu, et il resta seul à l'intérieur de son esprit, sans plus de passé à observer, sa vision intérieure elle aussi disparue, et sans plus d'avenir auquel rêver, puisque ne demeuraient plus que ce vide et lui-même. Ce n'était ni confortable ni inconfortable. Ces choses-là n'existaient pas. Le monde était incolore, insensible, dépourvu de conscience, et il lui arrivait d'y disparaître.

Mais soudain, il y avait un bruit métallique, un coup à la porte, suivi de l'odeur de nourriture, et alors tout lui revenait, l'odeur de la nourriture l'atteignait de plein fouet, le ranimait, et il se mettait à trembler, s'en repaissait et gloussait ; et à toute vitesse, il localisait son baquet qu'il tendait pour avoir sa pitance et sa tasse d'eau ; et durant quelques secondes, ses sens retrouvaient leur fonction et son esprit déployait un tableau sublime en imaginant ce qu'il allait manger, et il plongeait les doigts dans la nourriture, quel que soit le plat, et se mettait à la dévorer comme l'aurait fait un loup, l'avalait à peine après se l'être fourrée dans la bouche, l'estomac à ce point noué d'avidité et de terreur qu'il ne suffisait que de quelques secondes pour qu'il éprouve une impression de trop-plein et qu'en toute probabilité il se mette à vomir. Ensuite, il s'allongeait, à bout de souffle à cause de l'effort, et attendait que l'excitation retombe ; puis il terminait ce qui restait avec lenteur et précaution, vidait son eau. Enfin, il s'asseyait en tailleur au milieu de la cellule en attendant une réaction. Car il arrivait qu'ils mélangent de la lessive à sa nourriture, sans qu'il sache pourquoi, et alors il devait surmonter l'humiliation d'être pris de diarrhées pendant des heures. Jack ne savait jamais si sa nourriture serait empoisonnée ou pas ; il ne pouvait pas, même après les premières fois, sentir le goût de la lessive, ou son aspect granuleux sur ses dents, si bien qu'il devait se contenter d'attendre l'arrivée des crampes. Il était hors de question de ne pas manger ; dès qu'ils glissaient la nourriture dans sa cellule, il s'en empiffrait sans réfléchir. Cela n'avait aucune importance, s'ils le nourrissaient deux fois en une heure, le scénario se répétait. Au bout d'un moment, il finit même par ne plus les haïr.

La première fois qu'il se retrouva au trou, ce qui le dérangea le plus n'était pas l'absence de couverture, l'espace exigu, ou les vieilles terreurs liées à l'obscurité ; mais sa nudité, le fait d'avoir été dépouillé de sa dignité. Il se moquait que personne ne puisse le voir ; ce qui importait et qui lui donnait des bouffées grandissantes de haine était l'humiliation derrière cette nudité, qui semblait le priver de toutes sortes de fiertés, lui retirait son estime de soi, son humanité, le droit de se penser en tant qu'homme. Accroupi au-dessus de son seau, à attendre que ses boyaux mis à la torture se vident une fois de plus dans un relâchement malheureux, il rêvait d'un avenir où ils le laisseraient enfin sortir et où sa rage aurait enfin quelqu'un à massacrer. Il se raccrocha à cette pensée aussi longtemps qu'il le put, la dernière pensée à le quitter avant qu'il ne sombre de nouveau dans le néant : ils lui avaient pris sa dignité, et pour ça, il les tuerait.

La phase d'apitoiement passa très vite. Après avoir été plongé dans une obscurité sans fin où même le temps avait disparu, il lui vint à l'esprit qu'il mourrait là, qu'il mourrait tout bonnement de cette solitude immense, que sa mort passerait inaperçue pendant des jours, et quand ils finiraient par s'en rendre compte, ils ouvriraient la porte, sortiraient son corps, le mettraient dans un cercueil et l'enterreraient quelque part, sans une seule inscription, et ils pourraient mettre dans son dossier que son cas était réglé, que Jack Levitt n'était plus un problème administratif. Il serait mort, et bien mort, et personne ne ferait le deuil de sa disparition. Ils seraient soulagés, parce qu'ils pourraient clore son dossier. Ils éprouveraient de la satisfaction d'avoir accompagné son dossier jusqu'au bout, et peut-être feraient-ils une demande à l'orphelinat pour obtenir les rapports le concernant, et une autre à Portland pour obtenir le rapport de police, peut-être écriraient-ils à ses différents employeurs pour obtenir ses cartes de travail, ses fiches de paie, le moindre bout de papier mentionnant son nom, et peut-être en feraient-ils une grosse pile (non, pas si grosse, un petit classeur, peut-être, ou une enveloppe en papier kraft), qu'ils le sortiraient des DOSSIERS EN COURS pour le mettre dans le casier des DOSSIERS CLASSÉS, et dans quelques années, quand ils auraient besoin de faire de la place dans le grand cabinet de rangement, ils extrairaient son dossier et le brûleraient, et il serait définitivement rayé de la carte, et pas un seul être humain foulant cette terre ne saurait ou ne se souviendrait de qui il avait été, ou ne serait même intéressé d'apprendre qu'il était mort. Pas un seul être humain sur terre ne pleurerait sa disparition.

Y penser tirait des larmes à Jack. Mais alors, une autre pensée venait à son secours ; son esprit lui disait que lui aussi s'en moquerait, si l'un d'eux mourait. À l'extérieur, les gens mouraient, et il s'en fichait. Ils pourraient tous mourir qu'il s'en ficherait. Cela ne comptait pas à ses yeux. Alors pourquoi *eux* devraient-ils s'intéresser à *lui* ? *Lui* se moquait bien *d'eux*. Ils pouvaient aller se faire foutre. Tous autant qu'ils étaient. Il rit, un son grinçant et rouillé. Cela le remplit presque d'espoir.

Il y avait six cellules d'isolement, et communiquer avec les autres était plus ou moins possible à condition de hurler, mais la plupart du temps, soit cela lui coûtait trop d'effort, soit Jack avait perdu l'usage de ses sens et n'entendait pas. Mais quelquefois, si. Il entendait qu'on enfermait d'autres garçons, qui hurlaient, juraient, ou même pleuraient, pour certains, et alors il étouffait toute la pitié qu'il pouvait avoir pour eux ; eux n'en avaient pas pour lui. Ils le prenaient sans doute pour une espèce de héros. Eh ben qu'ils aillent se faire foutre aussi. Peut-être qu'au trou ils apprendraient au moins la vérité, comme lui, et sauraient que rien n'existait sinon une étincelle d'énergie, et que cette étincelle qui existait sans raison pouvait aussi mourir sans raison. Alors ils comprendraient qu'il ne sert à rien de crier, qu'une étincelle d'énergie n'a pas d'oreilles ; les oreilles sont un mensonge, une plaisanterie, un rêve pour maintenir l'étincelle en vie, même si rien ne justifiait cet acte de préservation. Comme rien ne justifiait de la supprimer. Peut-être qu'ils apprendraient à ne pas détester les gardiens non plus, parce que les gardiens et tous les habitants de cette terre n'étaient que des prisonniers dans des cellules obscures, comme eux, mais ils ne le savaient pas et se trouvaient donc dans une prison bien pire que celle qui retenait Jack, parce qu'ils étaient prisonniers de leurs propres limites, tandis que lui-même n'était prisonnier que d'eux. Il avait découvert leurs limites – ils ne le sortiraient pas de là pour le fusiller, ne pourraient pas le faire, mais ils ne pourraient pas non plus le relâcher parce que Jack ne fermerait pas les yeux sur leurs saloperies, donc ils étaient obligés de l'enfermer, de le nourrir, de vider son seau de pisse et de merde à sa place, tout ça parce qu'ils avaient ces limites que lui n'avait pas. S'il avait un ennemi, il tuerait cet ennemi. Rien ne l'arrêterait. Il tuerait cet ennemi rapidement, l'évacuerait, et il n'aurait plus d'ennemi. Mais eux n'étaient pas capables d'une chose pareille. Ils avaient une sacrée veine qu'il n'ait pas d'ennemi. Parce que dans le cas contraire, il sortirait de là, le débusquerait et le tuerait. En l'occurrence, il ne haïssait personne, aucune vie humaine n'avait besoin d'être détruite, si bien qu'il resterait où il était, et attendrait qu'ils le fassent sortir, et alors il tuerait le premier être humain qu'il croiserait. Ça leur apprendrait.

Mais même cette idée, qui frôlait parfois l'hystérie, finissait par s'estomper, et il ne lui restait plus rien, pas même la folie.

Après l'épisode d'auto-apitoiement, il n'approcha la dépression qu'à une seule autre occasion. Il venait de manger, et pour une fois, il n'y avait rien dans sa nourriture, et pendant quelques instants il éprouva une sorte de contentement, écoutant les bruits provenant du couloir sans penser à rien. Il entendit les gardiens enfermer un garçon, et le garçon sanglotait. Jack pouvait dire au bruit des sanglots que le garçon était sans doute très jeune, douze ans à peine, peut-être. Jack entendit la porte de la cellule s'ouvrir puis se fermer, étouffant les sanglots. Il entendit les gardiens aller et venir. Puis le nouvel arrivant se mit à hurler. Jack en fut ébranlé. Il n'avait jamais entendu un son pareil. C'était un cri aigu, comme si le gamin était à l'agonie. Jack l'entendit appeler sa mère, puis recommencer à hurler, encore plus fort qu'avant, et Jack prit peur. Il sentit un cri lui monter dans la gorge, son cœur envahi de terreur ; il hurla pour faire taire le gamin, et entendit d'autres gamins dans les cellules voisines lui hurler dessus ; mais le nouveau ne s'arrêtait pas, et Jack et les autres se mirent à hurler pour que le gardien vienne et le dégage de là. Jack sentait la panique le gagner ; il avait peur de devenir fou si l'autre gamin n'arrêtait pas de brailler, mais le gamin ne s'arrêtait pas ; les hurlements durèrent des heures, et enfin un gardien arriva. Jack savait que la nuit avait dû tomber parce que le gardien était seul. En journée, ou quel que soit le moment où ils enfermaient ou sortaient un gamin, les gardiens allaient par deux. C'était donc la nuit, et l'unique gardien passa devant la cellule de Jack, et au nouveau, il lança : « Bon Dieu, tu vas la fermer, oui ! » Le gamin hurla qu'il avait mal au ventre et le gardien resta silencieux un instant avant de dire : « Il fait semblant », et il s'éloigna. Jack et les autres gamins se mirent à vociférer, hurler de rage devant la lâcheté du gardien, parce qu'ils savaient que le type avait peur d'ouvrir la cellule sans l'aide d'un collègue, et une fois de plus, Jack crut qu'il allait devenir fou ; il hurla et jura et sanglota de rage jusqu'à ce qu'il n'éprouve plus rien et s'allonge par terre, à plat ventre, tremblant de haine pour le gardien et de sa peur du noir redécouverte. N'étaient encore audibles que les gémissements graves de l'agonie produits par le nouveau, et finalement, eux aussi s'arrêtèrent et les cellules retombèrent dans le silence. Mais ce silence-là était encore plus terrifiant et Jack se mordit les lèvres jusqu'au sang pour s'empêcher de hurler.

Le matin, lorsque le médecin et les trois gardiens arrivèrent, le gamin était déjà mort. Il n'avait pas survécu à une crise d'appendicite, et Jack entendait la fureur du médecin, les marmonnements gênés et les prétextes des gardiens. Mais le gamin était mort, un gamin que Jack n'avait jamais vu, et une fois de plus, il se sentit sombrer dans le désespoir.

Il y eut une enquête, et le surveillant de nuit fut renvoyé. Quand le sénateur de l'État en charge de l'enquête arriva devant la cellule de Jack, il lui demanda par l'ouverture depuis combien de temps il était là, et Jack ne répondit pas. Le sénateur de l'État envoya l'un des gardiens chercher le fichier des sanctions et Jack découvrit combien de temps il avait passé au trou, le sénateur lisant d'une voix presque éteinte par la stupéfaction que, d'après ces dossiers, ce garçon croupissait dans cette cellule depuis quatre-vingt-sept jours, et avec ce sentiment d'horreur qui faisait trembler sa voix, le sénateur exigea que l'on ouvre cette cellule afin d'en faire sortir ce jeune homme, et Jack ne sut pas si le sénateur projetait de le libérer ou s'il voulait juste voir quel genre d'animal pouvait survivre dans l'obscurité complète pendant quatre-vingt-sept jours, parce que, lorsque la porte s'ouvrit et que la soudaine pénombre aveugla Jack, quelque chose de sombre et de joyeux explosa en lui et il frappa le sénateur, se jeta sur lui et tenta de le massacrer, incapable de se contrôler, faible, maladroit, désespéré, mais les mains bien accrochées au cou du sénateur, et les doigts qui serraient, et dans les oreilles des bruits bizarres presque noyés sous le rugissement venant de l'intérieur ; à cet instant, les gardiens l'arrachèrent du sénateur et le jetèrent dans sa cellule, après quoi le sénateur regagna Salem, l'enquête passa au dossier numéro treize, et puis plus rien.

Au moment de le faire sortir, la veille de son dix-huitième anniversaire, les quatre gardiens qui bloquaient le passage ouvrirent la porte et firent un bond en arrière, l'un d'eux équipé d'une camisole de force en toile blanche. Mais Jack se leva et sortit dans le couloir calmement, les yeux fermés. La première chose qu'il dit aux gardiens fut : « Mes yeux me font un mal de chien. » On lui mit un bandeau, pour les protéger, et on l'emmena, en camisole, vers une pièce où deux psychiatres attendaient pour l'examiner. L'idée était de le transférer de la maison de correction à l'hôpital psychiatrique de l'État parce qu'en conscience les autorités n'étaient pas prêtes à le laisser partir, mais la loi affirmait qu'ils n'en avaient plus la garde à partir de ses dix-huit ans. Les deux psychiatres posèrent beaucoup de questions à Jack, et il y répondit tranquillement, les yeux bandés, en camisole de force, vêtu d'un pantalon que deux gardiens lui avaient enfilé, et assis sur sa chaise, il mentit aux deux médecins, leur dit qu'il avait honte, et que quand le sénateur avait ouvert la porte, Jack faisait un cauchemar, qu'il était désolé ; mais pour ne prendre aucun risque, on le transféra à l'institut psychiatrique de Salem où on l'enferma dans une chambre le long d'un vaste couloir marron, et on le garda en observation pendant trente jours. Dans les faits, il ne vit un médecin que quatre fois, des consultations de quinze minutes, et après la première visite, on le chargea de corvées de nettoyage et on l'autorisa à se rendre dans la salle commune du service. Il put sortir au bout des trente jours, lunettes de soleil sur le nez, sa peau pâle à vif. Il savait que ce n'était qu'une question de chance. Il savait que c'était un hasard qu'ils soient revenus à un moment où il était parfaitement lucide. S'il avait été plongé dans l'un de ses rêves de meurtre, comme cela avait été le cas durant la visite du sénateur, il aurait pu passer le reste de sa vie dans un asile de fous. Par chance, à cet instant, il était sain d'esprit. En fait, il urinait quand il avait entendu les gardiens arriver dans le couloir. Il n'avait donc pas été pris par surprise. Il avait fait de son mieux ensuite, pendant la période de transition, pour se contrôler au maximum, et en cela, ses yeux l'avaient aidé. Ils le faisaient tellement souffrir que Jack pouvait passer plus de temps à se concentrer sur la douleur que sur le meurtre ; et au moment où on lui donna l'autorisation de sortir de l'asile, il était capable de se maîtriser. Il travailla dans l'est de l'Oregon pendant six mois comme bûcheron pour une boîte qui faisait de la prospection pétrolière dans les montagnes entre l'Oregon et l'Idaho, laissant le soleil ainsi que le labeur graver en lui force et placidité, et quand il finit par se faire renvoyer après une bagarre, il se sentit bien parce qu'il n'avait pas essayé de tuer l'homme en question ; l'autre était ivre et avait commencé à lui chercher des noises, donc ils s'affrontèrent, mais comme des hommes, pas comme des animaux, et quand ils furent virés tous les deux, ils allèrent à Boise se soûler ensemble, et Jack savait que tout irait bien. Il avait peur de rêver du trou, mais cela n'arriva jamais. Ou si c'était le cas, il ne s'en souvenait pas le lendemain matin, et c'était ce qui comptait. Jack voulait passer du bon temps et des cauchemars auraient gâché le plaisir délicieux de dormir dans un lit.

Quand les filles firent irruption dans la chambre de Denny, Jack eut un coup de cafard, mais mêlé de l'excitation habituelle que générait la nouveauté, surtout s'il s'agissait de filles. Celles-ci valaient le détour : cheveux longs, minces, un visage anguleux et vorace, une bouche enfantine empreinte de dureté. Leurs corps menus et musclés étaient vêtus de robes du soir noires quasi identiques, de chaussures bleues rutilantes et de collants noirs. Trop de maquillage, les joues trop pâles, les yeux trop petits, les sourcils dessinés trop pointus, la voix cassante et monocorde d'une aisance feinte. Jack voyait bien que derrière le masque, ces filles étaient ordinaires. Mais les efforts fournis pour être dans le vent, s'habiller comme des putes new-yorkaises à la petite semaine étaient en soi stimulants.

Denny bondit du lit et lui présenta Mona et Sue, qui acquiescèrent tout en fuyant Jack du regard, puis elles se servirent un whisky et s'affalèrent sur le lit, chacune avec une bande dessinée dans laquelle elles se plongèrent avec une apparente concentration.

Denny sourit à Jack.

« Elles sont timides, dit-il. Comment était le film ?

– Super chiant », dit l'une d'elle.

Jack soupira et se rassit. Il avait vécu tellement de scènes de ce genre. Tout le monde savait de quoi il retournait, mais personne ne voulait l'avouer franchement. Ils se comporteraient de la sorte – en prenant cet air d'ennui, d'indifférence, d'affranchi, trop cool pour vivre – jusqu'à ce qu'ils se soûlent, puis quelqu'un allumerait la radio, ils se mettraient à danser dans l'espace exigu entre les lits, l'un d'eux ferait s'allonger l'une d'elles, et dans l'obscurité ils formeraient des couples, forniquant presque au hasard, la lumière filtrant par les stores, et plus tard, quelqu'un vomirait, et plus tard encore, cette personne suggérerait de changer de partenaire, et au bout d'une heure de mornes rouspétances, peut-être qu'ils échangeraient, ou pas, et tout le monde s'effondrerait de sommeil, d'alcool et d'ennui, et la radio continuerait de diffuser ses programmes dans leurs rêves confus, et enfin, il leur faudrait se réveiller. Quel gâchis, pensa-t-il. Il secoua la tête, s'efforçant de se débarrasser de cette impression grandissante que tout cela était vain. Il était venu à San Francisco pour réfléchir, et ce n'était pas encore maintenant qu'il allait pouvoir s'y mettre. Il choisissait toujours la voie la plus facile, la première solution qui lui tombait sous la main.

L'une des filles, Mona, le regarda et lui adressa un joli sourire.

« T'as une idée derrière la tête ?

– Si on branchait la radio, qu'on danse un peu ou quelque chose ? proposa Jack. Qu'on se bouge, quoi. »

Il voulait en finir, comme une corvée ou un combat.

« Il ne fait même pas encore nuit », dit Mona.

Un peu bégueule, pensa-t-il. Comme si c'était ringard de danser pendant la journée.

« On n'a qu'à se commander un chinois et puis aller en boîte », suggéra Mona.

Elle envoya valser sa bande dessinée à travers la pièce.

« J'l'ai déjà lue, celle-là.

– J'en ai marre de la bouffe chinoise », dit Denny.

Il se tenait devant le miroir au-dessus de l'évier et inspectait ses dents.

« Tu manges jamais chinois », intervint Sue.

C'est la plus finaude des deux, pensa Jack ; quelque chose dans son regard, une lueur, quelque chose comme ça. Il décida qu'elle n'était pas totalement idiote.

« Chaque fois qu'on va dans un resto chinois, expliqua-t-elle à Jack, il prend un hamburger ou un truc dans le genre. Je te promets.

– Écoute, rétorqua Denny calmement, j'ai gerbé plus de bouffe chinoise que t'en as jamais mangé. »

Mona rit durement :

« Je veux bien te croire. Un vrai dégobilleur. Mister Gerbe, c'est toi.

– Va foutre ton nez dans mon cul, que je t'explose la cervelle », lança Denny sans tourner la tête.

Mona sourit à Jack.

« Il a un langage tellement *imagé*. T'as un costume ? »

Jack dit que oui. Ses vêtements étaient à la consigne de la gare routière.

« Alors on s'habille et on se paye un resto vraiment classe, dit Mona. On va toujours que dans des rades pourris.

– Ça me va, dit Jack. Je vais me prendre une chambre ici, me passer sous la douche et me changer. »

Il se leva et vida son whisky. L'alcool ne lui faisait aucun effet, mais il ne s'attendait pas à ce qu'il agisse tout de suite.

Sue se pencha en avant et murmura à l'oreille de Mona. Le regard calme et sérieux de cette dernière était posé sur Jack pendant qu'elle écoutait le message secret de son amie. Elle murmura quelque chose à Sue en retour, et déclara :

« Je t'accompagne.

– On vous retrouve dans une heure, dit Denny.

Jack et lui échangèrent un regard.

– Hé vieux, fait plaisir de t'voir. »

C'était presque gênant. Tout ça semblait vraiment le rendre heureux. Comme s'ils avaient toujours été les meilleurs amis du monde plutôt que d'anciens potes de billard qui venaient de se croiser par hasard dans une autre salle de billard.

Jack et Mona quittèrent l'hôtel et remontèrent Market Street vers la gare routière. La rue était envahie par la foule des travailleurs qui sortaient du boulot, et par les soldats, les marins, les clodos de Market Street, et tous les autres qui faisaient leurs courses. Mona marchait aux côtés de Jack en s'accrochant à son bras. Il n'appréciait pas ce geste d'une intimité trop soudaine ; il n'aimait pas que les gens le touchent. Il avait pourtant l'habitude ; apparemment, les gens avaient toujours envie de toucher un boxeur avant qu'il ne monte sur le ring ou quand il en descendait, mais surtout après, quand il remportait un combat ; c'en était un peu répugnant, comme cette vieille femme qui s'était glissée dans son vestiaire un jour à Phoenix et voulait le payer cinq dollars pour le regarder prendre sa douche.

« Regarde-moi tous ces ringards », dit Mona. Dans la lumière du crépuscule, son visage était sévère et joli, sa bouche légèrement tordue de dégoût. Ils sont tous pareils. Ils sont cool, et pour eux, tous ceux qui bossent pour gagner leur croûte sont ringards. Surtout à partir de trente ans. Pour être honnête, il se sentait un peu comme ça lui aussi, mais pas aussi cool ni aussi ringard ; il se sentait différent, si ce n'est qu'il n'existait pas de mots pour décrire sa différence. Jack ne comprenait pas vraiment les gens qui travaillaient pour gagner leur vie. Mais il ne les détestait pas vraiment, sauf ceux qui essayaient de le bousculer. Et ceux-là n'étaient pas très nombreux.

En entrant dans la gare routière, Mona dit :

« Qu'est-ce que je rêverais de pouvoir partir quelque part. Je hais les gares routières. Elles me rappellent tout le temps que je ne vais nulle part. Je voudrais aller à New York ou L. A., ou ailleurs. Pas toi ?

– J'arrive de L. A.

– En bus ? »

Mona arborait un air autoritaire, comme s'il était hors de question d'aller où que ce soit en bus. Jack la planta à l'entrée pendant qu'il allait chercher sa valise et son sac pour la nuit. Quand il revint, elle discutait avec deux marins.

« On y va, dit-il.

– Tu permets, dit-elle sans le regarder, je suis en train de parler. »

L'un des matelots jeta un coup d'œil nerveux à Jack. Les deux marins étaient jeunes, la peau douce et la lèvre pendante des voyous. Celui qui tentait de se faire pousser la moustache avait la main posée sur le bras de Mona. Il regarda Jack et laissa retomber son bras le long du corps. Jack tourna les talons et rejoignit l'hôtel, seul.

Il prit une chambre à quelques portes de celle de Denny, sortit ses vêtements, mit tout en ordre, se déshabilla et se prépara à prendre une douche. Il laissa le puissant jet d'eau chaude lui masser la nuque ; dernièrement, ses muscles étaient très contractés à cet endroit, et il avait découvert que l'eau chaude les détendait aussi bien ou même mieux que le whisky. Avant chaque combat, il passait presque une heure sous la douche, laissant l'eau ruisseler sur son corps tout en avalant un demi-litre d'alcool à petites gorgées. Il entrait toujours à moitié ivre sur le ring. Le whisky le calmait et il pouvait réagir de manière plus mécanique. Castelli lui avait dit qu'en tant que boxeur il avait deux grands problèmes : il avait la peau trop fragile – il saignait beaucoup – et il avait une fâcheuse tendance à transformer un combat de boxe en combat de rue dès qu'il sentait qu'il perdait. Le whisky lui permettait de régler le second problème, mais le premier souci avait gâché ses chances de faire une véritable carrière dans la boxe. La rumeur qu'il se blessait facilement s'était répandue comme une traînée de poudre, poussant ses adversaires à l'atteindre au visage pour qu'il pisse le sang, si bien qu'il perdit ses sept derniers combats par K.O. technique, passant les ultimes rounds avec une pellicule de sang dans les yeux et ce goût salé caractéristique dans la bouche. Voir qu'il devenait une cible facile pour n'importe quel boxeur à moitié doué le poussait à dépasser les bornes. Prado Vasquez, un gamin qu'il appréciait et avec qui il lui arrivait de boire des coups, l'avait presque tué durant son avant-dernier combat parce qu'il avait tellement de sang dans les yeux qu'il s'était immobilisé une seconde pour tenter de s'essuyer, et Prado (Jack pouvait voir son petit visage compact d'Oriental) put viser parfaitement pour lui administrer un coup rapide à la mâchoire, et pour la première fois de sa carrière, Jack perdit connaissance et ne revint à lui qu'une fois dans les vestiaires. Un ou deux jours plus tard, il eut l'impression que son cœur s'était décroché de sa poitrine, et après une ultime défaite, Castelli le renvoya.

Mais il ne l'avait pas mal pris. Il en avait assez. Tout le monde s'amusait sauf lui.

Pendant qu'il se séchait quelqu'un frappa à sa porte.

« Qui c'est ?

– À ton avis ? »

Il ouvrit la porte. Sa nudité la prit par surprise, et pendant quelques instants, elle en resta muette d'étonnement, puis elle traversa la pièce à la hâte et se posta à la fenêtre où elle regarda le puits de lumière. Il continua de se sécher.

« T'as aucune pudeur ?

– Tu peux partir, si tu préfères. Mais je ne crois pas que tu en aies envie.

– Tu sais tout, pas vrai. »

Il lui rit au nez.

« Tu ne veux pas prendre de douche ? »

En fait, elle avait l'air gêné.

« J'imagine que si. »

Mais Jack ne voulait pas être méchant.

« Bon, ta copine et toi n'avez qu'à vous servir de ma chambre pour vous laver et vous changer, j'attendrai avec Denny. Ils ont fini, à côté ? »

Elle ferma un œil et loucha dans sa direction pendant qu'il enfilait ses vêtements.

« Pourquoi tu m'as laissée tomber tout à l'heure ? Ce garçon à qui je parlais, je le connaissais. Tu es drôlement bien bâti, tu le sais ? Elle fit une grimace. J'imagine que tu le sais.

– Va chercher tes affaires pendant que je termine de m'habiller. »

En passant devant lui, elle s'arrêta et se colla presque à lui, tendit la main pour lui toucher les biceps. Jack remarqua qu'elle portait du vernis orange et qu'elle avait un ongle cassé. Il sentit son parfum, ce qui lui tourna soudain la tête de désir ; il fut pris d'une envie irrépressible de la jeter à terre, mais il se retint ; il savait qu'ils finiraient sans doute par faire l'amour et qu'il n'y avait donc aucune raison d'être brutal ; ce serait meilleur – plus délicieux – d'y aller doucement. Il attendit, les yeux rivés sur la discrète courbe de ses seins.

« Quel corps », dit-elle, presque pour elle-même. Elle avança les lèvres pour qu'il l'embrasse et Jack s'exécuta avec douceur, tout en lui caressant les fesses et l'attirant à lui.

« Éteins la lumière, dit-elle. Tire les stores, aussi. Il ne fait pas assez sombre, ici. Ne regarde pas. Détache-ça pour moi, tu veux ? Attends une minute. C'est bon. » Elle alla sur le lit avec lui, son corps mince, innocent, visible dans la pénombre, et ils firent l'amour, Jack avidement, Mona nerveusement ; et quand ils eurent terminé, elle le repoussa et roula sur le ventre, les bras tendus le long du corps. Jack alla à la salle de bains, et en revint pour s'habiller. Elle n'avait pas bougé.

« Qu'est-ce qui se passe ? » demanda-t-il.

Il était habitué à toutes les variantes de cette réaction qui l'irritait. Elle essayait de lui faire payer ce bon moment, en se montrant distante, prise de remords, et, inévitablement, rosse.

« Rien, dit-elle. Va-t'en. Je veux m'habiller.

– Je pourrais demander à ta copine de venir t'apporter tes affaires ?

– C'est ça, vas-y. »

Sa voix était étouffée par l'oreiller, mais résonnait d'une amertume cassante.

« T'es en colère ? Qu'est-ce qui se passe, t'as pas pris de plaisir ?

– La ferme.

– Je vais envoyer machine, Sue, avec tes affaires. »

Elle se redressa et le regarda.

« File-moi dix dollars. »

Jack rit.

« Pourquoi ?

– Tu sais bien.

– Tu veux te vendre ? Tu déconnes ?

– File-moi dix dollars, répéta-t-elle, têtue.

– Règle numéro un : c'est *avant* que tu te fais payer. »

Il se rendit à la chambre de Denny. Si la fille voulait jouer les arnaqueuses, pensa-t-il, c'était râpé. Un pro de l'arnaque a ça dans le sang ; il pense au fric en premier. Il toqua à la porte impatiemment ; il voulait se boire un whisky.

HUIT

Les filles ne savaient pas comment Denny gagnait sa vie, mais ça n'avait pas d'importance tant qu'il avait beaucoup d'argent et que ça ne le dérangeait pas de le dépenser. Par certaines petites choses qu'il disait, par son ennui feint et ses manières doucereuses avec les filles, Jack savait qu'il traversait une bonne période, que cette existence de filles, de boîtes, de bandes dessinées et de whisky était tout ce que Denny attendait de la vie et que le mystère qui entourait l'origine de sa richesse exacerbait l'impression qu'il avait d'être quelqu'un d'important. Il ne ressemblait pas au Denny que Jack avait connu à Portland ; l'ancien Denny n'avait jamais fait semblant. C'était un des effets du temps. Ce comportement et l'empâtement, la méfiance dans le regard. Jack devinait aussi qu'il arrivait à Denny de trop boire, de perdre connaissance et tout contrôle.

Mais il n'arriva rien cette nuit-là; en fait, ils passèrent plutôt un bon moment. Ils dînèrent dans un restaurant italien en limite du Tenderloin où un maître d'hôtel en smoking rutilant servit du « Mesdames » aux filles, les conduisit vers une table en Formica qu'il tira pour qu'elles puissent s'asseoir sur la banquette en similicuir, puis leur serveur se présenta dans sa veste blanche, on fit jouer des musiciens et on posa une bouteille de vin sur leur table. Mona glissa le cendrier dans son sac en partant. Ensuite, ils allèrent dans un club sur Jones Street qui proposait des numéros de strip-tease, de comiques, et les filles descendirent des cocktails avec du whisky pendant que Jack et Denny restaient au whisky sec et durant l'un des strip-teases qui se déroulait au rythme de battements de tambours durs et explosifs, une violente lumière violette inondant la scène, Mona se pencha vers Jack, lui enfonça les ongles dans la cuisse et dit :

« Tu crois que je pourrais devenir danseuse ? Danseuse exotique, je veux dire ?

– Tu as un corps fantastique », lui dit Jack, et il était sincère, tant le souvenir de son corps demeurait présent en lui, impatient de rentrer à la chambre et d'être seul avec elle ; il contempla la strip-teaseuse avec un détachement érotique, puis jeta un œil vers Mona, qui elle aussi observait la danseuse d'un regard avide, electrisé par les reflets violets.

Mais en regagnant l'air frais, la première chose que Mona dit fut :

« La vache, quel rade pourri.

– Je me demande comment ces vieilles peaux peuvent encore bosser, remarqua Sue.

– Tu les trouves vieilles ? rit Denny. J'en ai vu deux à Seattle y a un bail qui feraient passer celles-ci pour des lycéennes. Il y avait une vieille teigne qui devait avoir autour de cinquante balais, ses nichons tout fripés qui pendaient ; je vous jure, je me demandais comment ça se faisait qu'elle perdait pas son dentier tellement elle sautait partout.

– C'est pour ça qu'ils utilisent des lumières colorées », dit Sue. Denny et elle étaient bras dessus bras dessous devant Jack et Mona. « Comme ça on peut pas voir les rides.

– Non, t'as tout faux, dit Denny. Les lumières font partie du numéro. C'est sexy, c'est pour ça qu'ils les utilisent.

– Je vois pas ce qu'il y a de sexy. Je parie qu'un numéro de désapage serait deux fois plus sexy lumières allumées.

– Nan, t'y connais rien. C'est plus mystérieux, comme ça. »

Il se tourna et revint en arrière pour demander à Jack :

« T'as été au Mexique ; t'as déjà vu un de leurs spectacles, là-bas ?

– Un ou deux.

– De strip-tease ? » demanda Mona.

Denny et Jack éclatèrent de rire.

« Ça y ressemble pas mal, dit Jack. Mais en plus vulgaire.

– Il est où le mystère ? voulut savoir Sue.

– Aucun mystère, dit Jack. Absolument aucun.

– Du porno, expliqua Denny. Des nanas qui s'enfilent des bouteilles et baisent avec des ânes, ce genre de saloperies.

– Mon Dieu, dit Sue. Ces Mexicains, rien ne les arrête. C'est *dégoûtant* !

– Ben la fois où j'étais à Tijuana, la fille qui s'est fait tringler par l'âne était américaine. Une rousse. La quarantaine. Un mec m'a dit qu'avant elle bossait dans le cinoche.

– J'imagine le genre de films, dit Jack.

– Non, vraiment. Soi-disant elle tournait à Hollywood. Une starlette ou je sais pas quoi. Moi, quand je l'ai vue, elle avait la quarantaine. Tommy et moi, on avait un bon business là-bas et on était fracassés la plupart du temps. C'était une ville bizarre. T'as déjà assisté à une corrida ? »

Jack répondit que non.

« C'est nul », dit Denny.

Ils allèrent dans la chambre de Denny. Il sortit sa bouteille de whisky, les verres et ils burent tous ensemble. Sue, qui était déjà fine soûle vomit à moitié sur elle, mais fronça les sourcils et continua de boire.

Denny fit un clin d'œil à Jack.

« Elle a une de ces descentes.

– Écoute, dit Sue. Elle grimaça. Je pourrais vous faire un effeuillage ici même bien mieux que n'importe laquelle de ces putains de vioques. Vous voulez voir ? »

Elle se mit à se tortiller et à claquer des doigts.

« Allume la radio, dit Denny.

– Non, vraiment, Sue », grogna Mona, dégoûtée.

Elle brancha la radio, et après quelques secondes, alors qu'ils attendaient en silence, du rock and roll se mit à jouer. Sue prit le rythme, sauta sur le lit, le visage faussement abandonné, et se mit à osciller sur les ressorts. Puis, tout en essayant de suivre la cadence, elle tendit la main en arrière pour défaire sa robe.

« Merde, dit-elle. J'y arrive pas. »

Elle s'assit en tailleur.

« Fait chier. »

Une publicité passa à la radio et Jack s'approcha du poste pour changer de station. Mais Sue ne se releva pas pour faire une nouvelle tentative.

« Elles ont des robes spéciales, affirma Denny.

– Tu veux danser ? demanda Mona à Jack. On sera bien dans le noir, si j'éteins les lumières. »

Pendant qu'ils dansaient, Jack se demanda quel genre de personnalité compliquée pouvait avoir honte de faire l'amour en pleine lumière sans que la présence d'un autre couple dans la pièce la dérange pour autant, du moment qu'il faisait sombre.

Cela paraissait tellement hypocrite. Mais ils continuaient de danser et il continua de boire et de se frotter à son corps, et au bout d'un moment, plus rien n'eut d'importance ; il se coulait dans une agréable et tranquille ivresse sexuelle.

La nuit devint plus confuse à mesure que l'ivresse augmentait, ce qui lui plut, et il voulut s'y raccrocher ; alors que l'alcool l'arrachait à lui-même, la proximité du corps de Mona le ramenait au sien, en sorte qu'il flottait dans un état exacerbé de suspension amniotique. Des choses plus ou moins vagues eurent lieu ; comme prévu, quelqu'un vomit dans la salle de bains ; quelqu'un d'autre tomba en se cognant à un pied du lit ; plus tard, l'une des filles se mit à pleurer et Jack finit par marmonner qu'il était temps de retourner dans sa chambre ; il prit la petite main moite dans la sienne, adressa une bonne nuit à la radio dans un chuchotement, ouvrit la porte sur le couloir vide, aveuglant de lumière, bizarre, tituba vers sa chambre, chercha maladroitement sa clé, déverrouilla la porte, accrocha la pancarte NE PAS DÉRANGER à la poignée extérieure, et attira la fille dans la chambre sans allumer la lumière, commença à l'embrasser, à la déshabiller elle, puis à se déshabiller lui, et il l'attira sur le lit, ses lèvres humides partout sur son corps ; pris de vertiges, éméché, et à vrai dire trop épuisé pour faire l'amour, mais ayant attendu ce moment toute la soirée, mettant toute sa puissance dans l'exécution, avec, au fond de lui, la conviction trouble qu'il allait l'avaler, lui lécher le corps, lui enfoncer les dents dans la touffe de poils, se concentrant uniquement sur la simple satisfaction de son désir d'explorer avec sa langue et ses doigts tandis qu'elle se débattait sous lui ; puis, vaincu par le sommeil, il s'allongea et sentit de loin, de manière idyllique, la façon dont elle le chevaucha et le replongea avec une vigueur soudaine dans la lumière du jour durant toute une seconde avant de perdre connaissance.

Il lui fallut attendre le retour de la vraie lumière grise du matin pour s'apercevoir qu'il avait couché avec Sue au lieu de Mona, mais à ce moment-là, il s'en moquait. Il avait la gueule de bois et l'impression que ses entrailles avaient été marquées au fer ; il était toujours d'humeur érotique, mais cette fois un peu plus réveillé et éclairé par la lumière du jour. Il lui embrassa les seins et le ventre jusqu'à ce qu'elle gémisse et l'entoure de ses bras et écarte les jambes pour lui, les yeux fermés, ceux de Jack entrouverts pour se regarder la pénétrer, voir bouger ses hanches assoupies, la sentir se contracter juste au moment où lui-même était prêt à jouir, se laisser aller, la sentir qui l'attirait un peu plus loin en elle à chaque convulsion ; puis, l'esprit vide, toujours en elle, il sombra dans un autre long somme de contentement.

Quand il émergea la seconde fois, Sue, déjà éveillée, était assise et le regardait.

« Qu'est-ce qu'il y a ? demanda-t-il.

– Bon sang, tu fais peur à voir. J'ai mal à la tête. »

Elle remonta le drap sur ses petits seins, et Jack vit des bleus sur ses épaules, de minuscules marques violettes presque comme des tatouages.

« Mona va me tuer.

– Pourquoi ?

– Tu sais pas ? Elle est folle de toi. »

L'information fit plaisir à Jack.

« Et toi ? Tu es folle de moi ?

– Denny est mon petit ami. Bon Dieu, lui aussi va me tuer.

– Attends, qu'est-ce que tu crois qu'ils sont en train de faire ? »

Elle grimaça.

« C'est toi qui m'as entraînée ici ? »

Il sortit ses cigarettes ainsi que ses allumettes, et ils fumèrent quelques minutes sans parler. Jack voulait du café et un verre de whisky.

« Tu sais, dit-elle. C'est bien que tu sois arrivé. Ça commençait à être la merde, avec nous trois dans cette chambre. J'aimais pas trop que Mona soit là à nous entendre. Elle gloussa. J'avais peur qu'elle se mette à parler, tu vois ce que je veux dire ?

– Pourquoi vous ne lui avez pas proposé de vous rejoindre ? »

Sue eut l'air surpris.

« Tu déconnes ?
– Bien sûr que non. C'est quoi le problème ?
– À *trois* ?
– Ça te dégoûte ? »
Sa gêne flagrante le fit sourire. « T'as jamais embrassé une autre nana ? »
Mais Sue ne voulait pas aborder le sujet.
« En même temps, on pouvait pas se séparer, c'est ma meilleure amie. Bref, heureusement que vous vous êtes croisés, les gars.
– Denny n'a pas essayé de se débarrasser d'elle ?
– Il est tellement adorable. Je parie qu'il n'a même pas couché avec elle cette nuit. Je parie qu'ils sont tous les deux tombés dans les pommes.
– T'es tombée dans les pommes, toi ? »
Elle le regarda bizarrement.
« Bien sûr. Pas toi ? On n'a rien fait, si ?
– Tu te souviens pas ?
– Évidemment que non. »
Elle fit une mauvaise imitation d'une fille qui essaye de se rappeler quelque chose.
« Ben non, je sais pas. J'étais tellement bourrée. Est-ce que j'ai vomi ? J'ai une sacrée migraine, en tout cas. »
Sous les couvertures, Jack posa une main sur sa hanche, mais elle le repoussa.
« La lumière te dérange ?
– Ferme les yeux. Il faut que j'aille aux toilettes. »
À son retour, elle n'hésita qu'un instant avant de grimper dans le lit et de se pelotonner contre lui.
« Ne me fais rien. Je veux juste me réchauffer et dormir.
– D'accord. Je suis H. S. de toute façon. »
Il gloussa et une douleur vive lui vrilla le front.
« Salaud, va. »
Peu après, elle demanda :
« Est-ce que tu as vraiment donné dix dollars à Mona ? »

Jack était surpris.

« Elle t'a dit ça ?

– Ouais, mais je crois qu'elle mentait. Tu l'as fait ?

– Pourquoi, toi aussi tu veux dix dollars ? Bordel, c'est *toi* qui devrais me payer. »

Sue resta silencieuse un long moment et Jack pensa qu'elle s'était endormie, mais elle reprit :

« Je crois qu'elle a peur de devenir prostituée. Elle flippe carrément, des fois.

– Et toi ?

– File-moi une autre cigarette. Elle me fait un peu pitié ; elle a vraiment la trouille. Moi non. J'en ai rien à foutre, de ce qui peut m'arriver. »

Elle le regarda par-dessus sa cigarette, de nouveau assise, les seins à l'air.

« La nuit dernière », dit-elle. Ses yeux brillaient bizarrement. « C'est la première fois que je... enfin tu vois, quoi ? Ce que tu m'as fait. Je m'en souviens. Je n'avais jamais ressenti ça avant. C'est toi qui m'as fait cet effet ?

– Non. Peut-être que tu étais juste assez soûle pour arrêter de t'inquiéter.

– C'est pas vrai », dit-elle. Son visage se tordit dans un froncement de sourcils. « Alors t'as pas fait que me baiser ? T'as pas utilisé de capote, rien ?

– Non. Souviens-toi. Tu sais bien que non.

– Mais je risque d'avoir un môme ! Nom de Dieu !

– Et ça t'angoisse ?

– Non. On s'en branle. Baise-moi encore. Qu'est-ce que j'en ai à foutre ? »

En colère, elle recracha la fumée de sa cigarette qu'elle écrasa ensuite, et le prit dans ses bras, la bouche sur sa poitrine.

« Je ne peux pas. Je me fais vieux.

– Je m'en fous. T'as qu'à me pisser dessus. Je suis qu'une pute, de toute façon. »

Elle fondit en larmes. Il était fasciné. Elle avait traversé environ dix émotions en dix secondes et voilà qu'elle chialait. Exactement comme une pute, après tout, non ? Toutes celles que Jack avait très bien connues, aussi relaxes et professionnelles soient-elles, finissaient par devenir hystériques, prenaient de la dope ou tombaient amoureuses d'autres putes ou passaient leur temps à parler de suicide ou faisaient semblant d'avoir attrapé la tuberculose ; et soudain, Jack comprit que Sue et Mona allaient réaliser leurs pires craintes, et se seraient révélées depuis longtemps si un maquereau un peu futé leur avait mis le grappin dessus plus tôt. Ce n'était qu'une question de temps, et Mona apprendrait à réclamer son fric d'abord, et Sue oublierait qu'elle avait aimé ça ; la vie les adoucirait, les larmes viendraient plus facilement et l'amour plus difficilement. C'était déprimant. Une vie de prostitution semblait si terne. Mais il fallait bien admettre que ces filles n'étaient pas vraiment faites pour autre chose, sinon peut-être pour travailler derrière un comptoir quelque part, sortir avec des types sans intérêt et se faner dans des mariages ternes et l'amertume de l'obscurité. L'un ou l'autre. Quelle différence ? Il avait un peu pitié de Sue aussi qui, murée dans le silence, faisait semblant de dormir, puis il se reprit avec colère. Éprouver de la pitié à leur égard revenait à prétendre qu'il valait mieux qu'elles, et pire encore, qu'il s'intéressait à leur sort. Ce qui, l'un comme l'autre, était absurde. Lui aussi s'était plus ou moins prostitué, non ? Comment qualifier la boxe autrement ? Bien sûr, il avait aimé ça pendant un moment, mais les filles aimeraient sans doute le tapin, ne serait-ce que pour la sensation d'être hors-la-loi, en plus de l'argent et du défi. Mais il ne fallait pas rêver, rien ne durait jamais.

On frappa à la porte. Jack se leva et demanda qui c'était ; Denny répondit. Jack ouvrit la porte.

« Bordel, qu'est-ce qui se passe ? demanda Denny furieux. Tu m'as piqué ma gonzesse !

– Il ne m'a pas touchée, Denny, je te jure ! dit Sue depuis le lit.

– C'est vrai. J'étais tellement cuité que j'ai pas emmené la bonne. Sans rire, j'étais tellement parti que j'ai piqué du nez aussitôt. On vient seulement de se réveiller.

– N'importe quoi ! »

Denny paraissait furieux, comme trahi. Il avait le visage bouffi de sommeil, les yeux rouges.

« Je te jure, chéri.

– Toi, ta gueule ! »

Denny se tourna vers Jack. Leurs visages n'étaient qu'à quelques centimètres l'un de l'autre.

« Espèce de petit salaud ! J'ai cru que t'étais mon ami ! »

Jack s'obligea à rester calme.

« Mais quoi, Mona voulait pas ? »

Denny lui balança son poing à la figure, que Jack bloqua facilement.

« Commence pas ce que tu peux pas terminer. »

Denny le dévisagea avec bêtise.

« T'as fait de la boxe.

– Exact. Le combat serait pas équilibré. »

Ils restèrent ainsi quelques instants. Jack sentit la confusion s'abattre sur lui et il eut envie de s'en débarrasser, mais parvint à se contrôler.

« Écoute, pas la peine de te mettre dans tous tes états. On n'a vraiment rien fait. Je te jure, Denny. »

L'ancien Denny finit par prendre le dessus, et il sourit. Jack remarqua qu'il avait les dents sales. « Ok, désolé. »

Il n'arrêta pas de s'excuser de toute la journée, ce qui irrita Jack parce qu'il s'était aperçu qu'il préférait Sue à Mona, et du coup ne savait plus quoi faire. Il ne voulait pas blesser Denny, sans doute parce que c'était trop facile. Denny avait beaucoup changé, se dit-il.

Après deux semaines de ce régime, Jack était prêt à jeter l'éponge. Il sentait son tonus déserter son corps chaque matin dès qu'il sortait du lit – une douleur sourde ici, une grosseur là – et il en avait assez, plus qu'assez de la vie qu'ils menaient : une ronde perpétuelle de films, de dîners, de longs après-midi à la salle de billard ou au champ de courses de l'autre côté de la baie; des accès de sexe qui, par leur extrême ressemblance, détruisaient tout désir d'y apporter la moindre variation, le fait d'être uni – pour ne pas dire collé – à Mona, dont la seule contribution était d'entourer les jambes autour des siennes, et à l'occasion, de donner un coup de rein; Mona qui, les rares fois où il tenta d'explorer son corps avec sa langue, avait poussé un cri, pétrifiée d'angoisse, et avait repoussé sa tête, lui laissant le choix entre s'arrêter complètement ou continuer ce qui ne semblait plus présenter le moindre intérêt; alors il repensait à la réaction de Sue, la magnifiait, la seule nuit qu'ils avaient passée ensemble, jusqu'à ce qu'enfin son esprit parvienne à distinguer ce qu'il faisait avec Mona de ce qu'il désirait faire avec Sue, comme la différence entre satisfaire une démangeaison et faire une découverte. Il n'avait jamais vraiment envisagé le sexe de cette façon, et cela donnait de la cohérence à un cycle infini de jours autrement vides, le poussait à rester avec Denny et les filles, alors que dans d'autres circonstances, il leur aurait tourné le dos et quitté l'hôtel, serait parti se plonger dans les grandes réflexions qu'il avait prévu d'avoir depuis son arrivée à San Francisco – du moins le pensait-il.

Partager l'intimité de quelqu'un, toutefois, revient à chercher une compréhension mutuelle, et au bout de deux semaines, Jack sentait qu'il en savait plus sur Mona qu'il n'y avait à savoir sur elle, et comme il n'était pas question qu'il lui révèle les zones d'ombre de sa propre personnalité, il n'avait même pas la satisfaction d'être compris. Mona était une fille maline, mais certainement pas intelligente; elle avait une réponse toute faite à presque toutes les situations qui pouvaient se présenter, mais dès que les choses sortaient de l'ordinaire, elle se barricadait aussitôt derrière du sarcasme, ou une moralité si vieillotte que c'en était drôle.

Par exemple, elle rentrait d'un après-midi passé au cinéma ou à dépenser l'argent de Jack, elle le trouvait au lit, nu, une cannette de bière à la main en train de lire *Ring Magazine*. La nudité l'indignait.

« Bon sang, disait-elle, les bras chargés de paquets, t'es né dans une étable ou quoi ? »

Jack ne se donnant pas la peine de répondre, elle tapait par terre du pied pendant un moment, exaspérée, puis se mettait à défaire ses paquets.

« Regarde ce que j'ai dégoté en soldes à City of Paris, disait-elle en brandissant un pull en cachemire ou une robe de soirée à quarante dollars.

– Essaye-le, suggérait Jack.

– Ça t'intéresse pas de savoir combien je l'ai payé ?

– Je t'ai donné cent dollars, tu as tout dépensé. »

Triomphante, elle agitait alors une poignée de billets sous son nez.

« Eh non ! Il me reste dix-huit dollars cinquante pour demain.

– Essaye-le.

– Ferme les yeux.

– C'est pas vrai… »

Elle courait dans la salle de bains enfiler ses nouveaux vêtements, chaussures, gants ou tout autre article et faisait son apparition. Jack l'observait.

« Ça te va très bien, disait-il sans conviction.

– Tu n'aimes pas. Va te faire foutre. »

Elle avait raison ; il n'aimait pas ses achats, comme il ne l'aimait pas elle. Il avait l'impression que rien ne lui allait. En revanche, se disait-il, Sue paraissait chaque jour plus attirante. Il la désirait. Il ne savait pas pourquoi il n'agissait pas pour concrétiser ses désirs. Il se demandait pourquoi Sue ne faisait rien non plus de son côté. Ils avaient beau avoir des rapports amicaux, Sue se débrouillait toujours pour ne pas être seule avec lui, ni échanger le moindre regard complice, ni même lui adresser la moindre remarque.

Un matin au réveil, Mona était assise dans le fauteuil près de la fenêtre et pleurait dans son mouchoir.

« Qu'est-ce qui t'arrive ?
– T'inquiète, c'est rien. »

Elle était en combinaison et ses longs cheveux lui tombaient sur le visage. Sans maquillage, ses traits paraissaient simples et enfantins, mais sa bouche était tordue en une expression amère.

« Tu vas me jeter dehors.
– Allez, c'est quoi le problème ? »

Elle admit entre deux sanglots qu'elle avait ses règles.

« Tu vas pas me laisser rester, maintenant. Je vais sentir mauvais pendant une semaine et tu vas plus vouloir de moi. »

Elle rejeta ses cheveux en arrière avec colère et Jack vit briller les larmes sur ses joues.

« C'est pas juste d'être une femme ! Quelle *poisse* ! »

Jack n'y avait jamais pensé de cette façon. Évidemment, c'était la poisse d'avoir à subir les saignements, les maux de ventre, d'avoir des enfants ou d'avoir à s'inquiéter de tomber enceinte ; mais c'était comme ça, et il ne pouvait pas, malgré ce petit aperçu de la réalité, la plaindre complètement. « Non, écoute, c'est pas grave », lui dit-il. Mais elle n'avait pas tort de s'inquiéter car s'ils étaient encore ensemble, c'était uniquement parce qu'ils avaient besoin l'un de l'autre. Avoir ses règles était comme si lui venait à manquer d'argent. Elle avait donc le droit d'être rassurée vu qu'il n'avait pas tellement envie de se débarrasser d'elle. Cela le surprit un peu. Il fut très gentil avec elle toute la journée, mais comme si elle voulait le tester, elle se montra de mauvaise humeur, méprisante et maussade. Cette nuit-là, elle souffrit de migraine, eut mal au ventre, et les autres sortirent sans elle. Ils allèrent voir un film, et Sue rentra seule à l'hôtel. Jack et Denny s'arrêtèrent dans un petit bar.

« Écoute, bientôt j'aurai plus un kopeck, expliqua Denny. Il doit me rester vingt-cinq billets. Je sais pas où le reste est passé.
– Moi aussi, je vais pas tarder à être à sec. »

Denny avala son shot de whisky qu'il fit suivre d'un demi-verre de bière. Il s'essuya la bouche.

« Pourquoi on lâcherait pas les filles pour aller dans l'est de la baie ? Je connais un débit de boisson qu'on peut braquer dans un quartier nègre. Le type a un coffre avec autour de mille cinq cents biffetons à l'intérieur planqué dans l'arrière-salle, là où t'as un petit bureau dans un couloir entre le magasin et l'endroit où il entrepose ses caisses d'alcool. Les vendeurs connaissent tous la combinaison. La seule chose qu'on a à faire, c'est se pointer tard quand le caissier est assis au bureau pour bouffer, lui foutre la trouille de sa vie, et lui faire ouvrir le coffre.

– J'ai pas fait ce genre de coup depuis un bail.

– Faut bien qu'on trouve du fric quelque part. Écoute, Tommy avait fait les repérages lui-même avant qu'on aille au Mexique ; on allait se le faire à nous deux, parce que tu comprends, il n'y en avait pas assez pour les autres, et de toute façon, pas besoin d'être plus de deux sur ce coup. Tommy était passé acheter une bouteille d'un demi-litre et y avait personne pour le servir, donc il allait vider la caisse quand il a vu le rideau au fond, alors il s'est approché, a tiré le rideau, et il a vu un sandwich posé sur la table avec une Thermos et ce type qui arrivait du bout du couloir, et Tommy entend une chasse d'eau pendant que le gars arrive à toute vitesse un magazine à la main, mais pas assez rapidement pour que Tommy ne voie pas la porte du coffre ouverte sous la table, un de ces modèles fraisés. Bref, il a chopé sa bouteille et s'est tiré. On n'a jamais fait le coup, finalement. Fallait qu'il se taille au Mexique. Mais on pourrait s'en charger tous les deux. Un jeu d'enfant. »

Jack était sur le point de dire : « Ok, on le fait », mais quelque chose l'arrêta ; ce n'était pas la peur, certainement pas l'illégalité – il avait fait bien pire – mais peut-être la mesquinerie du projet. Était-il taillé pour braquer des débits de boisson ? Il était venu en ville pour réfléchir, et une fois de plus, on lui proposait une solution qui excluait toute réflexion – tout cela semblait d'un ennui infini ; une série illimitée de hold-up, des fêtes, des filles, des bouffes dégueues, des chambres d'hôtel toujours plus miteuses – il ne voyait pas la différence entre ça et gagner sa vie en travaillant, et au moins, avec un boulot, il n'avait pas à se faire du mouron d'être pris par la police. Jack avait connu beaucoup de gens qui gagnaient leur vie en volant parce qu'ils étaient pleins d'amertume, et beaucoup aussi qui volaient à cause d'une pulsion sexuelle, parce que l'action les excitait. Et il y avait Denny. Il ne savait pas pourquoi Denny volait, en dehors du fait qu'il en avait l'habitude.

« Pourquoi tu ne te trouves pas un boulot ? »

Denny le regarda bizarrement.

« Laisse tomber ces conneries. C'est à cause de ça que t'es inquiet ?

– Pas vraiment.

– Tu sais, vieux, j'ai vu assez de saloperies pour me durer le reste de ma putain de vie. J'ai vu des types se faire buter pour rien, je veux dire pour rien, mec. Alors je dis merde à tout ce bordel.

– Tu étais en Corée ?

– J'étais dans le troisième régiment des Marines, vieux, moi et Dale, tous les deux. Tu t'en souviens, de Dale Phipps ? Il est encore dans l'armée. Sergent-chef, maintenant, j'crois. Mec, le bordel que c'était. Tu sais ce qu'a fait ce connard ? On était en patrouille lui et moi, et on déboule dans cette petite cahute. Ça fouettait, là-dedans, et le peu de lumière qu'y avait provenait d'une soucoupe ou je sais pas quoi avec de la graisse qui brûlait, et il y avait un pépé assis dans un coin, et cet officier asiate couché sur cette bonne femme dans le coin, sur de la paille, genre, et ils ont tous levé les yeux apeurés quand on a débarqué, l'officier avec le fute sur les chevilles, t'imagines ; et quand Dale voit un peu le tableau, il commence à se bidonner et il bute l'officier direct d'une balle dans le front, mec, avec tout l'arrière du crâne qui gicle sur le visage de la femme qui se met à hurler, et là, Dale la bute elle aussi, en visant la poitrine, ensuite il se tourne et tire sur le vieux. Bordel, j'avais jamais vu un truc pareil ; en même pas une seconde, y avait trois macchabées devant nous et Dale qui me regarde, toujours mort de rire, et qui dit : “Ben pourquoi t'as flingué personne ?" et j'ai dit : "Bordel de merde, Phipps, à quoi tu joues ?" et là, il m'envoie un sale regard et me hurle : "Si jamais tu me balances, espèce d'enculé, t'es le prochain sur la liste !" alors on s'est débinés vite fait, et plus tard, j'lui ai demandé ce qui lui avait pris de tuer tous ces gens – l'asiate était de notre côté, tu piges – et en souriant, il m'a sorti : "Qu'est-ce que ça change, putain ?" »

Denny gigota, mal à l'aise, et se gratta une joue.

« Il les a trucidés juste parce que l'occasion s'était présentée, tu vois ? Mec, si tu savais comme j'en ai rêvé. Ce connard complètement taré. Il m'aurait réglé mon compte aussi, et on était frères d'armes. »

Mais l'abcès était crevé, désormais, et Denny se mit à rire.

« Enfin, c'est pas pour ça que je me suis mis à voler. Cette histoire m'a foutu une sacrée trouille, mais le reste de cette foutue guerre aussi. C'est marrant, à l'époque, ce qu'il avait fait me paraissait pas *mal* ou quoi que ce soit, mais je voyais juste qu'il était devenu dingue, et j'avais carrément pas envie d'avoir un dingue pour partenaire. Il y en a un paquet qui sont devenus dingos. Il y a un mec qui s'est fait descendre et qui portait le même nom qu'un type que je connaissais, et lui il a pas su que l'autre était mort, tu vois, sauf que l'armée a envoyé un télégramme à sa mère disant qu'il avait été tué au combat, et *ça*, il a fini par le découvrir genre un mois plus tard, et donc il a compris que *l'autre* était mort et que sa mère essayait de récupérer son assurance, et mec, d'un coup, il a pété une durite. Il s'est mis à courir pour essayer de se faire buter, mais son sergent l'a chopé et l'a envoyé à l'hosto. J'imagine qu'il a été démobilisé. J'ai rencontré Tommy à la fin de mon service et on s'est associés. Il avait des super plans. »

Denny avait l'air triste, à présent.

« C'est ça que je devrais faire. Descendre au Mexique, remettre la main sur lui. Ce connard m'a laissé tomber. » Son regard était intense, presque froid. « Il faut qu'on trouve de l'argent, mec. Y a pas d'autre solution.

– Pourquoi tu le braques pas tout seul ? Je veux pas le faire. Oublie.

– Qu'est-ce qui se passe ? Attends, je connais un type à Oakland qui nous vendra deux revolvers, et on peut voler une bagnole. On se fait le rade rapidos et on se casse au Mexique. On largue les deux connasses. De toute façon, j'en ai ras le bol de Sue. Elle est nulle au pieu.

– Sans moi. J'en ai marre de faire le con. Je me lance pas dans un hold-up. »

Denny était perplexe.

« Pourquoi pas ? T'as pas le choix.

– Bien sûr que si.

– Non, t'es obligé.

– Je t'appartiens pas, mec. T'as plus de blé, chacun sa merde. J'y peux rien. »

Il le laissa absorber ces dernières paroles.

« Tu vaux pas mieux que ce fils de pute de Tommy. Il m'a lâché. Et maintenant, c'est ton tour. »

Jack fut presque tenté d'accepter la combine simplement pour faire plaisir à Denny qui avait l'air furieux et indigné. Mais ce n'était pas une façon de mener sa vie. C'était répugnant ; Denny se comportait comme s'ils avaient scellé un pacte et qu'ils étaient frères de sang.

« Je te lâche pas. Je veux pas y aller, c'est tout. Je veux réfléchir. Il y a un truc qui va pas. Il se leva. Je rentre à l'hôtel. »

Il était à moitié déshabillé quand Denny se présenta. Il entrouvrit la porte et Denny força le passage.

« Fais pas de bruit, dit Jack. Mona roupille. »

Denny était au milieu de la chambre, presque accroupi. Jack le regarda avec curiosité.

« Qu'est-ce qui t'arrive ? » Puis il aperçut le couteau dans la main de Denny, juste à temps pour se préparer à l'attaque. Tout se termina très vite. Jack avança rapidement la main gauche plutôt que d'essayer d'éviter la lame, saisit Denny par le poignet et lui envoya une droite vigoureuse à l'oreille, le poussa à terre et le lâcha pour se préparer à frapper la nuque qui était exposée, mais la manqua et atteignit le bas de la mâchoire, sous l'oreille, et tout en l'entendant, il sentit l'os craquer sous son poing. Denny grogna, puis émit un court aboiement aigu de terreur; et l'envie de meurtre abandonna Jack aussi rapidement qu'elle l'avait pris, le laissant penché au-dessus de cet homme sans défense, le corps parcouru de frissons dus au contrecoup. Même à cet instant, il ne pouvait s'empêcher de penser : je suis une machine, on appuie sur le bouton et j'agis. J'aurais pu le désarmer sans avoir à le frapper. Je ne sais même pas ce qui lui a pris. Mais il a appuyé sur le mauvais bouton et voilà où on en est, j'aurais tout aussi bien pu le tuer. Il n'aurait pas pu me faire de mal, et moi, j'aurais pu le tuer.

« Qu'est-ce qui se passe ? » dit Mona. Elle s'était redressée dans le lit.

« Qu'est-ce qui lui est arrivé ?

– T'inquiète », dit Jack.

Il s'agenouilla à côté de Denny. La bouche et le nez en sang, celui-ci leva les yeux vers Jack, une grande douleur dans le regard. Il essaya de parler. Seul un gargouillis s'échappa de ses lèvres. Le couteau, un Case de quinze centimètres avec un manche en corne, était sur la moquette, le fil aiguisé de la lame vers le haut. La dernière fois que Jack avait vu le couteau, c'était quelques jours plus tôt alors que Denny se curait les ongles avec la petite lame. Il le prit, replia la lame dans le manche et le glissa dans sa poche.

« Tu te sens bien ? » demanda-t-il à Denny. Il savait qu'il l'avait trahi et que Denny était venu le taillader pour cette raison. Il comprenait, même s'il ne comprenait pas pourquoi il culpabilisait autant. Les yeux de Denny étaient clairs. Ils se regardèrent. Jack n'avait jamais vu un tel regard d'intelligence pure chez Denny. À croire qu'il avait acquis un savoir qui échapperait toujours à Jack. Mais le regard finit par se perdre dans une perplexité affligée et Denny gémit, du sang épais et noir dans la bouche.

« D'accord », dit Jack. Il releva Denny et le conduisit dans le fauteuil près de la fenêtre, sur une pile de vêtements de Mona. Denny resta assis là, frappé de stupeur, le corps éclaboussé de sang, sang qui continuait de couler de son nez et des commissures de ses lèvres. Il avait la mâchoire légèrement pendante. Jack se rhabilla pendant que Mona bondissait hors du lit et se dirigeait vers la salle de bains en petite culotte. Elle revint avec un gant humide et se pencha sur Denny.

« Tête en arrière », ordonna-t-elle. Elle lui épongea le nez et la bouche. La fraîcheur du gant dut plus ou moins le ranimer car un grognement lui remonta du fond de la gorge, il repoussa Mona et se jeta sur Jack. Sans réfléchir, ce dernier l'atteignit à la mâchoire et Denny tomba lourdement, sa tête venant cogner les genoux de Jack, avant qu'il ne s'effondre.

« Habille-toi », lança Jack à Mona.

Il s'accroupit et fit les poches de Denny, lui prit l'argent qui se trouvait dans son portefeuille. Quand Mona eut fini de s'habiller, ils transportèrent Denny dans sa chambre. Ils réveillèrent Sue pour la faire sortir du lit et y déposer Denny. Il n'avait toujours pas repris connaissance. Sue se mit à injurier Jack, les yeux brûlant de haine. Mona l'entraîna dehors. Jack appela la réception, expliqua que Denny avait été agressé dans la rue et qu'il venait de s'évanouir dans sa chambre, qu'il fallait appeler les secours. Le réceptionniste rétorqua qu'il avait vu Denny rentrer et qu'il avait l'air bien, alors Jack lui dit d'attendre une minute et descendit lui glisser un billet de vingt dollars.

« Vous n'êtes pas blessé, vous », remarqua le réceptionniste avec un sourire.

C'était un homme dégingandé avec une paupière tombante, et dès qu'il souriait, ses lèvres découvraient des dents longues et jaunes. Il tendit la main vers l'un des commutateurs du standard téléphonique.

« Si je vous dis qu'il a été tabassé alors vous dites qu'il a été tabassé. Vous l'avez vu entrer et vous avez appelé le médecin. On est d'accord ?

– Tout ce que vous voulez, c'est vous l'patron. »

Le lendemain matin, Jack dit à Sue de dégager. Elle était retournée dormir dans sa chambre après la visite du médecin qui avait fait emmener Denny, et Jack alla la prévenir :

« Il n'a plus d'argent et il va passer un bout de temps à l'hôpital. Alors tu ferais mieux de retourner chez toi.

– Espèce de salaud. Je te déteste. T'étais pas obligé de faire ça. Tu es boxeur.

– Tu peux toujours rester, si tu préfères. Mais tu paieras avec ton propre fric. »

Il retourna voir Mona. La nuit précédente, alors que tout était terminé et qu'ils étaient retournés se coucher, elle avait fait une chose étrange. Elle l'avait embrassé et dit : « T'es un vrai tueur, pas vrai ? »

Il n'avait rien répondu. Il se sentait bizarre. Tout s'était déroulé si vite, si maladroitement, si bêtement. Il ne prêtait pas beaucoup d'attention à Mona ou à ce qu'elle faisait.

« Tu es un homme, un vrai, murmura-t-elle. C'est un homme comme toi que je veux, je l'ai toujours su, je t'aime. Vraiment. » Elle repoussa les couvertures et dit : « C'est ce que tu veux que je fasse, non ? » Mais ça ne servait à rien. Même pour ça, Jack n'était pas en état, et Mona semblait plutôt satisfaite. Elle laissa tomber au bout d'un moment et alluma une cigarette.

« Je suis contente qu'on soit débarrassés de Sue. C'est une bonne chose. Ils nous mettaient des bâtons dans les roues. Maintenant, on va pouvoir faire ce qu'on veut. J'ai toujours pensé que Denny était débile, de toute façon, et j'en avais marre de Sue. Elle est tellement bête. Elle en pinçait pour toi. Elle m'a dit ce que vous aviez fait la nuit où elle est venue ici avec toi. Ça m'a mise en rogne, j'te le dis. Je t'aurais tué. Mais je crois que c'est à ce moment-là que j'ai découvert que je t'aimais. Elle était folle de rage quand tu as menti à Denny. Elle le déteste. Je parie qu'elle est trop heureuse que tu lui aies réglé son compte. Il est tellement con par moments. Tout ce qu'il veut faire c'est boire et baiser. Il n'a aucune ambition. On n'a qu'à aller à Hollywood ou Las Vegas ou ailleurs, je sais pas. J'ai vraiment envie de me casser de cette ville de merde. J'ai toujours cru que San Francisco était un endroit sensass. On était déjà venues ici une fois alors qu'on était censées être en vacances dans un bungalow à Rio Nido, et on a passé deux jours à courir dans tous les sens, et j'avais jamais rien vu de pareil, du coup, quand on s'est cassées pour de bon, on est revenues ici. Mais c'est tellement chiant à force, t'es pas d'accord ? Je veux aller à Hollywood. On pourrait se dégoter un appart. Je veux pas d'une autre chambre d'hôtel pourrie. Un joli petit appart dans un de ces gros motels où ils ont une piscine et un bar et tout le reste, et je pourrais prendre des bains de soleil. Il fait tout le temps froid à San Francisco. On pourrait même acheter une voiture et se balader, aller à la plage et tout. Peut-être qu'on pourrait aller au Mexique. Tu veux aller au Mexique ? »

Elle lui donna un petit coup.

« Tu veux, dis ?

– Hein ?

– Aller au Mexique. On pourrait voir des corridas et tout.

– Et l'argent, tu le trouves où ? »

Elle plissa le nez.

« L'argent. Tu peux bien en trouver, toi. Tu peux bien participer à quelques combats de boxe, non ? »

Elle se pelotonna contre lui.

« On pourrait passer un moment tellement génial. »

Le lendemain matin, après avoir dit à Sue de partir, il s'assit dans la chambre avec une bouteille de whisky et se mit à boire. Il voulait réfléchir. Mona s'affairait, la radio sur une station de rock, et tout ça commença à taper sur les nerfs de Jack. Il n'arrivait pas à réfléchir. Il finit par lui demander de sortir et de le laisser seul.

« Tu me files du fric ? »

Il lui tendit un billet de vingt.

Elle le regarda avec dédain.

« Je peux rien faire avec ça.

– Va voir un film.

– J'en ai marre des films. Tu bois trop. Quand est-ce qu'on part ?
– Allez, dégage, bordel.
– Tes insultes, tu te les gardes.
– Casse-toi avant que je t'en mette une. »
Elle le fusilla du regard.
« Je t'interdis de me parler comme ça ! »
Il prit un autre verre et continua de regarder par la fenêtre.
« Je te hais ! » Elle sortit en trombe et claqua la porte. Au bout d'un moment, Jack se leva pour éteindre la radio et revint se poster à la fenêtre.

Il but toute la matinée et tout l'après-midi. Le whisky ne le menait nulle part. Il continuait de boire uniquement pour ne pas être tiré vers l'arrière. Tout paraissait limpide à l'exception du premier pas. Il ne savait pas par quoi commencer. Il était enterré dans sa propre peau, ses os, ses nerfs, et il lui faudrait s'en extraire s'il voulait comprendre sa souffrance. S'il s'agissait de souffrance. Il connaissait des gens qui souffraient le martyre, et il se demanda si ce qu'il éprouvait était un martyre. La description ne correspondait pas. Il se demanda s'il n'était pas une fois de plus retombé dans l'apitoiement. À l'orphelinat, il avait assisté aux services religieux chaque dimanche matin dans le réfectoire, avait écouté différents pasteurs leur expliquer que Dieu les aimait surtout parce qu'ils étaient orphelins et qu'ils avaient une vie difficile, mais que ces difficultés leur donnaient une chance unique de se conduire en saints, d'être obéissants, vertueux, de ne pas céder à la tentation du péché, contrairement aux enfants dont les parents étaient eux-mêmes dans le péché et les écartaient du chemin de la bonté en leur montrant le mauvais exemple ; les orphelins, bien qu'étant le produit des péchés de leurs parents, avaient cette chance inouïe de mener une existence irréprochable dans la pureté et la vertu ; en respectant les règles, ils n'en seraient que plus aimés par Jésus-Christ, qui Lui-même avait renié Sa mère et avait donc, si l'on voulait, choisi de devenir orphelin ; les enfants de l'orphelinat se portaient mieux et avaient plus de chance que les enfants de l'extérieur, parce qu'en l'absence de l'amour parental, en l'absence de comportement parental néfaste, ils pouvaient accéder directement à l'amour de Jésus-Christ et donc à l'amour de Dieu Lui-même, le tout sous l'égide de l'administration de l'orphelinat. Mais les enfants n'avaient pas besoin de trop réfléchir pour comprendre que si Jésus-Christ et Dieu approuvaient l'administration de l'orphelinat, et même la préféraient à un vrai foyer et à des parents, cela faisait d'eux les ennemis des orphelins, car si ce vide qu'ils avaient au fond de l'âme était l'amour de Dieu, alors Dieu devait être un exterminateur d'amour.

Car les enfants de l'orphelinat apprenaient, tout au long de la semaine, chaque semaine de leur vie, que ce qui distinguait le bien du mal et le bon du mauvais n'était qu'une simple question d'impression : si l'impression était bonne, c'était mauvais ; si l'impression était mauvaise, c'était bon. La nourriture de l'orphelinat n'avait pas très bon goût, mais on apprit aux enfants, on leur affirma que ces plats, ce porridge peu appétissant, ces prunes ou ces légumes bouillis jusqu'à ce que mort s'ensuive étaient nourrissants et bons pour eux, qu'ils les rendraient forts et capables de travailler dur ; que les bonbons offerts par les dames qui venaient les voir étaient à la fois un délice et un péché, parce que si le bonbon avait un goût merveilleux, il ne leur faisait aucun bien, et après avoir mangé leur bonbon et remercié les dames, les enfants devaient se brosser les dents jusqu'à effacer la moindre trace de goût, parce que le bonbon, cette exquise rareté, pourrissait tout ce qu'il touchait. On leur expliqua également qu'il était mal de recevoir des cadeaux, parce que les cadeaux étaient des possessions et que les possessions engendraient conflits et ressentiment ; même s'il n'était pas question que les responsables leur retirent leurs cadeaux, ils avaient une façon de culpabiliser les enfants qui en possédaient. Enfin, bien sûr, les plaisirs du corps – courir, sauter, rire, se masturber – étaient des péchés, surtout ce dernier, mais les autres n'en étaient pas moins nuisibles puisqu'ils venaient interrompre la routine, étaient contagieux, rendaient le reste du programme caduc, et n'étaient autorisés que dans un cadre bien défini. Jack se souvenait notamment de cette sensation proche de la rage lorsqu'on lui disait qu'il avait une heure dans la cour pour s'amuser, sauter, courir et jouer, et se souvenait de son désir de rester planté là, de refuser de s'amuser. Puis, incapable de se contrôler, il se mettait à courir, chahutant avec une pointe de désespoir, un nœud qui n'avait rien à voir avec la joie au fond du cœur, sous le regard approbateur des responsables. Et il y avait le travail, on leur apprenait que le travail était bien, surtout quand il était dur, et plus il l'était meilleur c'était, leur corps hurlant au *mensonge*, que tout ça n'était qu'un sale *mensonge* proféré par Dieu, une tentative monstrueuse de les empêcher de crier leur rage et leur angoisse et de massacrer les responsables. Mais ils se taisaient parce qu'ils savaient que personne, ni les pasteurs ni les dames qui leur rendaient visite, et encore moins les responsables n'y croyait ni ne croyait à quoi que ce soit, pour la bonne raison que tout dans leur comportement indiquait qu'ils n'y croyaient pas. Ils agissaient comme s'ils n'avaient foi qu'en une seule chose : que la force et la force seule régit tout. Les enfants le croyaient aussi, de tout leur être, et la plupart d'entre eux rêvaient du jour où le pouvoir conféré par la force serait entre leurs mains.

Malheureusement, tout cela procédait de l'intangible. La force ne tombait pas entre n'importe quelles mains. Quand Jack était à l'orphelinat, une majorité de garçons reprochait à l'individu alors directeur de l'institution d'être le centre du pouvoir ; ils pensaient que tout ce qui leur arrivait et tout ce qui ne leur arrivait pas était dû à ce grand homme à la carrure imposante et aux cheveux blancs. Puis un jour, en plein milieu de la récréation, ils virent l'homme traverser la cour, les mains derrière le dos, la tête penchée en avant – il marchait toujours ainsi quand il était en colère et résolu – et soudain, il s'arrêta, leva les yeux au ciel, poussa un grognement et tomba à la renverse ; ils le virent tomber dans un bruit mat sur le sol gelé, le virent être évacué, et apprirent le lendemain qu'ils avaient assisté à la mort de cet homme, emporté par une crise cardiaque qui l'avait terrassé avant qu'on n'eût le temps de rentrer son corps dans le bâtiment et de lui retirer ses vêtements. Cette nuit-là, tous les garçons dans l'aile où vivait Jack se réjouirent en secret de ce décès et beaucoup d'entre eux pensèrent en leur for intérieur qu'ils seraient libres, à présent que le représentant du pouvoir avait disparu, ou du moins que leur vie allait changer pour le meilleur et qu'ils seraient enfin délivrés de la tyrannie mécanique de l'homme ; certains d'entre eux pensaient même qu'on leur distribuerait des bonbons. Mais ils apprirent. Très vite, un autre responsable fut nommé à la tête de l'orphelinat et celui-ci n'était différent du précédent qu'en apparence. Cela relevait donc de l'intangible ; pas un homme, un ensemble de règles. Inutile également de vouloir voler le règlement à l'administration pour le brûler puisque ces règles n'étaient même pas répertoriées dans un livre. Seuls les responsables les connaissaient. On pourrait tous les tuer que les règles survivraient. C'était la grande vertu des règlements, leur avait-on expliqué dans un autre contexte.

Cependant, et cela continuait d'intriguer Jack, une fois qu'on s'était débarrassé de ces idées, qu'on avait compris leur absurdité, que les croyances de l'enfance n'étaient que des prétextes à l'auto-apitoiement, que mettait-on à la place ? On avait une vie, elle n'était pas satisfaisante ; quelle nouvelle direction lui donner ?

Enfin, l'idée même que la vie puisse être belle était idiote. Parce que le bon et le mauvais, le bien et le mal n'existaient pas. Du moins, pas tels que les définissait l'orphelinat, pour qui le bon égalait l'ennui, la douleur et la stupidité ; et où le mal était beau, délicieux et explosif ; et ce n'était certainement pas non plus son contraire – il serait agréable de ne vivre que pour s'amuser, mais que faire une fois l'amusement épuisé ? Autant consacrer sa vie à désirer un sandwich, l'obtenir, le manger et se retrouver sans rien. C'était aussi bête que de passer sa vie à éviter la douleur, parce qu'en toute logique cela revenait à s'enfermer quelque part et laisser les responsables prendre le relais, donner à manger, nettoyer les excréments, et même si les autorités fournissaient de quoi divertir les sens, on n'en resterait pas moins prisonnier…

Cette perspective paraissait lugubre. Il avala une gorgée de whisky tiède et continua de regarder par la fenêtre. La qualité de la lumière avait changé et tous les passants se ressemblaient. Il les voyait, eux qui étaient dehors, obsédés non pas par leur destin mais par le problème du jour ; faire une affaire, les courses, attraper un bus, taper une cigarette. Des choses qui n'importaient qu'à eux. La seule différence est que je suis ici, et qu'ils sont dehors. Que voulons-nous ?

Il se creusa la cervelle avec soin et découvrit que lui ne voulait rien. Il avait l'impression de ne jamais rien avoir voulu de sa vie, mais c'était faux. Enfant, il voulait beaucoup de choses. À l'orphelinat, tout était simple. S'il voulait quelque chose, il le prenait. S'il se faisait attraper, il acceptait sa punition. Il avait toujours su que ce qu'il désirait par-dessus tout était la liberté, échapper à l'orphelinat, et le jour où il s'était senti prêt, il s'était échappé. Voilà. Puis il en eut assez de sa liberté, parce qu'il l'avait.

À Portland, avant qu'ils ne l'envoient en maison de correction, Jack avait voulu des choses, aussi. Des choses très simples qu'on pouvait s'offrir avec de l'argent. Comme du whisky. Ou des femmes. Un bolide. À présent qu'il avait obtenu toutes ces choses, à l'exception du bolide, il n'en voulait plus. Non, ce n'était pas vrai. Il les avait et ne voulait pas s'en défaire, mais elles ne fonctionnaient pas. Ne le soulageaient pas. Elles l'aidaient juste à rester en vie.

Pendant un moment, il sentit monter la nausée tandis que son esprit avançait inéluctablement vers l'idée du suicide. Il se reprit et regarda les choses en face, ainsi qu'il avait toujours su le faire : je vais mourir. Pourquoi pas maintenant ? Il avait froid, il était mal. Eh bien, pourquoi pas ? Quelle raison ai-je de vivre ?

Il leva la bouteille de whisky devant lui. Est-ce que j'en veux ? Est-ce que j'ai envie d'un autre verre ? Soudain, il était capital de répondre à cette question. S'il n'avait pas envie de boire un verre, alors il n'avait envie de rien. S'il n'avait envie de rien, alors il pouvait tout aussi bien mourir. Parce qu'il était déjà mort.

« Foutaises, dit-il à voix haute. Foutaises. Je suis de mauvais poil, c'est tout. » Il porta le goulot à ses lèvres et but, les yeux fermés.

Il fut à court de whisky autour de 18 heures, et tenta de se mettre debout pour aller se chercher une autre bouteille. Mais il ne pouvait pas bouger. Il était incapable d'activer les bons nerfs pour pivoter les jambes et s'éjecter du lit. Il décida de faire une sieste à la place. Il s'accrocha au goulot de la cinquième bouteille qu'il venait de vider comme à une ancre, et sombra dans des rêves étourdissants, dont un où les filles entraient dans la chambre et se penchaient sur lui, le visage blanc et cruel, puis disparaissaient avant qu'il n'eût le temps de se redresser. Plus tard, quand il se réveilla pour de bon, il se rappela le rêve, tâta ses poches et sut qu'il n'avait pas rêvé. Encore groggy et soûl, cela le fit beaucoup rire. Les filles y avaient gagné plus de cent dollars. Mais il en avait encore cachés dans le placard, les derniers dollars que Castelli avait mis de côté pour lui, alors il empocha le tout et sortit l'investir dans trois bouteilles de Canadian Club qu'il remonta dans sa chambre. Il n'avait pas faim, mais sans savoir pourquoi, il se persuada qu'il avait envie d'une partie de jambes en l'air et décida de rester là, assis au bord du lit, à attendre que Mona revienne. Très lentement, il dévissa le bouchon de la première bouteille et avala une gorgée. Il se souvint à quel point il s'était senti mal un peu plus tôt dans la journée, et pendant tout le temps où il avait ressassé ces idées noires ridicules, il avait su au plus profond de son être que tôt ou tard il se sentirait mieux. Il gloussa intérieurement. Chaque fois que cela arrivait, il se soûlait et se sentait mieux. Même les cuites étaient agréables, parce qu'elles lui permettaient de réfléchir clairement et sans douleur. Il avait envie de Mona. Ce qui était une bonne chose.

Il savait qu'elle reviendrait ; le sol de la chambre était toujours jonché de ses affaires. À son retour, il la baiserait comme un malade, et ensuite, il la foutrait à la porte. Il se sentait cruel, méchant. Il ne la laisserait pas reprendre ses affaires. Il lui dirait qu'elles lui appartenaient puisque c'était lui qui avait payé pour presque tout et qu'il allait les garder pour la prochaine pute à la petite semaine avec qui il se caserait. Ce serait drôle. Mona était tellement prude. La traiter de pute était si juste ; l'injure la ferait sortir de ses gonds et elle se mettrait à hurler, à le frapper. Ce qui ne le dérangerait pas. Il se moquerait d'elle, lui arracherait ses vêtements et la baiserait une fois de plus, puis la jetterait dans le couloir encore à poil. Elle retiendrait la leçon. Peut-être même qu'elle arriverait à être bonne au pieu s'il parvenait à l'énerver assez pour qu'elle se démène un peu.

Mais l'idée perdit de son charme ; tout finit par vieillir quand on en rêve trop longtemps ; tout sauf l'alcool, parce que, avec l'alcool, on pouvait toujours vomir et recommencer à zéro. Il s'effondra, ivre mort.

Il se réveilla en milieu de matinée. Mona n'était pas là, mais son bordel avait disparu. Il descendit une gorgée de whisky et atteignit la salle de bains juste à temps pour vomir. Il se sentait léger et vide, mais il n'y avait qu'une chose à faire : ingérer un autre shot de whisky et tenter de le garder dans l'estomac. Ce qu'il réussit à faire en restant totalement immobile histoire d'empêcher la nausée de lui remonter dans la gorge, et en quelques minutes, il savait qu'il s'en sortirait. Il resta au lit toute la journée à boire. L'esprit absolument vide. Mona passa la tête par la porte une fois, mais disparut aussitôt quand elle le vit sur le lit. Jack ne prit même pas la peine de lui faire signe de la main.

Bien plus tard, Jack raconta à Billy Lancing la suite des événements :

« Je buvais depuis tellement longtemps sans rien manger que tout était creux et bizarre ; je me faisais l'impression d'une sorte de taré mystique qui n'arrête pas d'avoir des visions sans que ses yeux se les rappellent ; je n'étais même plus vraiment bourré après le troisième jour, je vivais d'alcool, je pissais pur sucre, et le monde entier m'apparaissait net et flou en même temps. Je me souviens d'une des

B.D. de Mona par terre à côté du lit et je restais assis là, les yeux baissés vers la couverture. Elle représentait Batman et Robin qui se foutaient sur la gueule avec une bande de malfrats dans une rue la nuit, dans la ville la plus bizarrement belle que j'aie jamais vue de ma vie. Batman disait : "Ça m'a tout l'air d'un coup du Joker !" et un des malfrats qui s'écriait : "Nom de D !" et Robin qui disait : "C'est une diversion !" et j'étais là à essayer de piger pourquoi tous ces gens incroyables s'engueulaient alors que tout ce qu'ils racontaient me paraissait super logique. La B.D. était à l'envers donc je regardais l'image dans l'autre sens, mais ça la rendait encore plus réelle et j'avais entendu je sais pas où qu'en fait nos yeux voient les choses à l'envers et que c'est notre esprit qui les remet à l'endroit, et moi, je crois que j'essayais de tout remettre à l'endroit dans ma tête quand ils ont frappé à la porte. Ça m'a coûté un sacré effort et je peux te dire que ça a brûlé une bonne partie de mon whisky.

« Je me suis levé et je me suis mis au milieu de la pièce, et je voulais renverser la porte pour qu'elle soit à l'envers et que Mona entre en marchant sur le plafond, la jupe remontée jusqu'aux oreilles, j'ai dit un truc comme : "Mais entre, putain !" et quoi, une seconde plus tard, la porte a explosé, c'est pas compliqué, elle a volé en éclats devant mes yeux et deux types se sont précipités à l'intérieur en brandissant des flingues. Sur le coup, j'ai cru que Mona avait embauché deux excités pour venir prendre le reste de mon fric et ses affaires, alors j'ai souri et j'ai dit : "Salut, les gars." Quand ils m'ont vu à poil et tout, ils ont rengainé leurs armes. Et quand moi j'ai vu leurs holsters, j'ai su que c'étaient des flics et c'est là que j'ai foncé vers la porte, mais l'un d'eux m'a fait un croc-en-jambe et je me suis ramassé dans le couloir. Un couple arrivait au même moment et j'ai levé les yeux vers eux, et eux ont baissé les yeux vers moi, et aussi clairement que possible, j'ai dit : "Excusez-moi", mais ça a pas dû bien sortir parce que la femme s'est mise à hurler et l'homme a fait un drôle de truc ; c'était un petit mec l'air tout effacé avec une moustache, j'imagine qu'il avait dû emmener la nana à l'hôtel pour tirer un coup, mais bref, il a plissé son petit museau de souris et m'a balancé un coup de pied dans l'épaule. Après, ils ont filé et les poulets m'ont traîné à l'intérieur de la chambre, m'ont dit de m'habiller, et après m'avoir menotté, ils m'ont embarqué au tribunal. En sortant de la piaule, le plus gros des deux m'a posé une main sur l'épaule et a demandé si je voulais boire un dernier coup, alors j'ai dit oui et il est retourné prendre une des bouteilles et j'ai avalé une grande lampée, lui aussi, et il a reposé la bouteille et m'a dit : "Fiston, t'es mort."

« J'étais content. Ce flic me plaisait bien. Il m'a dit la vérité, voilà ce qu'il a fait, et rien que pour ça, je l'ai bien aimé. Je l'aurais embrassé ou au moins j'aurais voulu lui serrer la main. C'était un bon flic. »

NEUF

Ils emmenèrent Jack au tribunal sur Kearny Street et le mirent dans l'une des cellules de la prison municipale. Au moment d'être mis en examen plusieurs heures plus tard, il était encore endormi et à moitié soûl, et commençait à ressentir les premiers frissons d'une maladie qui promettait d'être longue. Mais en entendant la liste des charges retenues contre lui, il prit peu à peu conscience qu'il s'était vraiment passé quelque chose et qu'il ne rêvait pas. Il n'était pas sûr de comprendre les détails des faits qu'on lui reprochait mais savait qu'ils étaient nombreux et que tous portaient des numéros sortis du Code pénal. Il fut ramené à la réalité par la distance et la politesse des gens qui s'adressaient à lui. Il eut une bouffée d'affection pour les inspecteurs, le planton et les adjoints. Après avoir été raccompagné à sa cellule, il s'endormit en pensant à la gentillesse de tous ces gens.

Le lendemain matin, au tribunal municipal, il découvrit de quoi il était accusé. À ce moment-là, il était vraiment malade ; gueule de bois, bras et jambes en coton, les entrailles complètement nouées, le visage brûlant de fièvre. L'adjoint du procureur, un homme imposant en costume marron, cheveux roux, faciès pointu et tanné par le soleil, lut les chefs d'accusation d'une voix ronronnante mais teintée de colère, devant sa table, quelques feuillets en papier bible sous les yeux, déclarant à l'intention de Jack autant qu'au reste du tribunal que ce dernier était accusé de détournement de mineur, rébellion en état d'ivresse, inconduite et vol. Toujours de cette même voix monocorde, pleine d'ennui et de colère, il ajouta :

« Nous avons également un mandat d'un autre comté, Votre Honneur.

– Eh bien écoutons-le, allons-y.

– Il nous est arrivé ce matin, Votre Honneur ; il s'agit d'un mandat pour enlèvement venant du comté de Balboa. S'il n'était pas arrivé à temps, je vous aurais demandé de ne tenir compte que des accusations locales ou de le relaxer sous peine de comparaître en cour supérieure en cas de récidive. »

Jack et le juge s'observèrent un moment et le juge secoua la tête lentement. « Retenez les chefs d'accusation du comté de Balboa », dit-il en l'inscrivant dans le dossier. Jack n'avait jamais mis les pieds dans le comté de Balboa de sa vie, mais il ne trouvait pas cela étrange. Dans son état d'esprit, rien n'était mystérieux. Tout semblait rationnel. S'ils l'avaient pendu en place publique, il n'aurait pas été surpris, et s'ils l'avaient laissé partir, il n'aurait pas été davantage étonné. Il regagna sa cellule et se rendormit. Il se réveilla plusieurs fois durant la journée, pris de diarrhée, et il avait beau avoir mal au cœur, il ne parvenait pas à vomir. Il se sentit chanceux de pouvoir dormir.

En fin d'après-midi, deux inspecteurs le conduisirent dans le comté de Balboa. Les deux hommes étaient à l'avant du gros break noir et blanc, et Jack à l'arrière. Des anneaux en acier étaient soudés au plancher, à travers passaient les entraves que Jack portait aux jambes. Derrière sa tête se trouvait une grille également en acier et il était bras tendus, poignets menottés à la grille. Les deux inspecteurs se montrèrent très gentils avec Jack, discutèrent avec lui, l'autorisèrent à fumer. Celui qui ne conduisait pas devait tenir la cigarette pour Jack, tourné à moitié sur son siège, mais il dit que ça ne le dérangeait pas. Les deux hommes expliquèrent qu'ils étaient désolés d'avoir à l'attacher de la sorte, mais que c'était le règlement.

« Pour certains de tes crimes, déclara celui qui ne conduisait pas, on se contente de menotter; mais comme t'as aussi commis des crimes capitaux, on est obligés d'utiliser les chaînes.

– Mais tu sais, dit le conducteur, c'est à double tranchant. Je veux dire qu'au moins t'es tranquille comme ça. Deux de nos gars emmenaient un prisonnier dans ton genre, je crois que le type avait taillé sa femme en pièces ou une histoire comme ça, bref, le gars qui était au volant roulait à tombeau ouvert et voilà qu'un connard de fermier sort d'une petite route transversale cachée et qu'il emboutit la voiture en plein dans l'aile; il l'a heurtée sur toute sa putain de longueur et la bagnole a quitté la route, fait un ou deux tonneaux et a fini sur le toit. Le conducteur s'en est tiré parce qu'il s'est cramponné au volant, par contre, son coéquipier a été éjecté du véhicule, et après, il y avait de la confiture de cervelle partout sur le macadam; il avait le crâne enfoncé comme une citrouille; le détenu, lui, se portait comme un charme, tête à l'envers, toujours enchaîné, sain et sauf, sans une égratignure sur lui, hurlant comme un beau diable pour qu'on le sorte de là avant que la bagnole explose. Un truc, tu peux même pas imaginer. »

L'autre sourit à Jack.

« Du coup, on nous a installé des ceintures de sécurité, maintenant – il brandit la boucle pour la monter à Jack –, mais on les emmerde.

– Moi je mets la mienne, dit le conducteur, on sait jamais.

– Ouais, mais moi, comment je m'occupe du détenu si je suis attaché ? Faudrait que je me détache toutes les dix minutes.

– C'est toi qui vois. C'est toi qu'as la place du mort, 90 % des tués.

– 70 », corrigea l'autre.

À la prison du comté, quelqu'un appela un médecin quand il remarqua que Jack était fiévreux, après quoi il le transféra à l'hôpital du comté. La prison ne disposant pas d'infirmerie, on l'installa dans une chambre spéciale équipée de grillages aux fenêtres. La porte était verrouillée et un agent était posté à l'entrée. Jack fut malade pendant presque deux semaines, dans un état qui frôlait le délire, mais il n'ouvrit pas la bouche une seule fois durant tout ce temps, pas même pour parler aux médecins. On lui diagnostiqua un cas de grippe particulièrement grave.

En pleine ivresse, tout avait semblé rationnel ; à présent, la situation s'était renversée. Il ne savait pas pourquoi on l'avait arrêté. Il ne comprenait pas pourquoi il était accusé d'enlèvement et pourquoi on l'avait conduit dans cet endroit. Il ne comprenait pas pourquoi il était malade. Il y eut une période où il fut persuadé qu'il allait mourir. La température de son corps ne cessait de chuter, et quand il tomba à 36,1 °C, il sentit le froid l'envahir comme si la vie quittait ses cellules et qu'il ne restait de lui que de la viande. Dans son délire, il crut que s'il mourait, ils assiéraient son cadavre au banc des accusés sans que cela trouble le bon déroulement du procès, appelant des témoins que Jack n'avait jamais vus de sa vie pour faire le récit d'actes qu'il n'avait jamais commis ; et à la fin, le jury le prononcerait coupable et son cadavre serait passé à la chambre à gaz avant d'être enterré ; il flotterait au-dessus de la scène, regarderait, écouterait, tenterait de comprendre ce qui arrivait à ce tas de viande et d'os, à ce corps qu'il avait autrefois habité ; le cadavre serait assis là, mort, sur son banc, commencerait à se décomposer, à puer, tandis que le reste de l'assistance ferait semblant que non, ce cadavre ne puait pas, et il vit même ses yeux se flétrir jusqu'à tomber de leur orbite morte et rouler au sol, puis il vit un gardien venir les ramasser et les glisser dans sa poche, le cadavre aveugle toujours assis à sa place, de plus en plus petit et jaune, pendant que le procès suivait son cours avec monotonie, et finalement, quand on l'évacua vers la chambre à gaz, il était si petit et si léger qu'il n'y eut besoin que d'un homme pour le porter sous son bras comme une poupée jusqu'au grand fauteuil au fond duquel il avait l'air minuscule, sans yeux ni dents, le nez à moitié mangé par la décomposition, tandis que les brouillards du cyanure d'hydrogène remplissaient la pièce exiguë de forme octogonale et imprégnaient le cadavre qui se délitait, au point que plusieurs hommes durent récupérer les différents morceaux qui continuaient de se désagréger et les mettre dans un sac, la matière leur collant aux doigts ; mais cela ne les dérangeait pas, ils échangeaient même des plaisanteries et riaient, des bouts de chair molle et d'os pourri plein les mains qu'ils devaient essuyer en permanence, fourrant le tout dans les sacs, blaguant au sujet de l'odeur ; pendant ce temps, Jack, ou plutôt son esprit, flottait au-dessus d'eux, observait et refusait de parler. C'était obscène, il le savait, mais ça ne le touchait pas.

Il rêva même que Denny portait plainte contre lui et qu'on le jugeait pour avoir trahi son ami, et Denny disait : "Oui, bien sûr que oui, tu m'as trahi, tu es mon ami et tu as refusé mon offre", mais Jack rétorquait : "Non, tu n'as aucun droit de prendre possession de mon corps, d'accaparer une part de ma personne pour la faire tienne", mais Denny insistait : "Si, bien sûr que si, j'ai tout à fait le droit, tu es mon ami et j'ai un droit sur ton corps et ton esprit, sur toute ta personne parce que je t'aime et que j'ai besoin de toi, et tout le monde possède ce droit, de reprendre son amour à l'autre et d'habiter son âme", mais Jack se récriait : "Non, non, je suis mon propre corps et ma propre âme et tu ne fais pas partie de moi, tu n'as aucun droit sur moi", mais Denny ripostait : "Tu ne comprends pas, nous avons tous un droit les uns sur les autres, et aucun homme n'a droit à l'intimité parce que ton intimité est mon meurtre, tu ne le vois pas encore, mais ne comprends-tu pas que par le simple fait d'être en vie, tu t'offres à moi, et moi à toi ? Tu n'as toujours pas compris ça ?" Et Jack répète que non, il continue de dire non, pas à Denny parce que Denny s'était volatilisé, emmené à l'hôpital, lui aussi, et Jack se retrouvait seul, délivré de sa souffrance, délivré de Denny ; accusé mais libre. Il savait qu'il ne pouvait pas se permettre de détester Denny parce que cela ne changerait rien, c'était encore s'en remettre à lui. Mais Denny s'en était allé et Jack, submergé par une tristesse sans fond, comprit qu'il ne le reverrait plus jamais et il sentit quelque chose en lui se déchirer puis se disperser, quelque chose d'important ; non pas Denny, mais quelque chose d'important, une part de lui-même qui disparaissait.

Une fois remis d'aplomb, on le ramena à la prison du comté, et le lendemain, il rencontra le procureur.

Ce dernier s'appelait Forbes, c'était un homme très gros, large d'épaules, imposant, sans aucune des faiblesses typiques des obèses qui se laissent aller, mais riche de la puissance que confère ce genre de carrure ; une vraie barrique, en somme, dont le gros visage rougeaud était plus aimable que jovial, la bouche sensuelle mais pas cruelle, le regard franc, plein de vie et d'humour. En prenant place de l'autre côté du bureau de Forbes, Jack sut immédiatement qu'il n'y aurait pas d'arnaque ; en d'autres circonstances, Jack l'aurait sans doute apprécié.

Forbes avait une enveloppe en papier kraft devant lui qu'il ouvrit, il prit le temps d'en lire le contenu en silence.

« Je ne crois pas un mot de ce qui est écrit ici, déclara-t-il. Mais ne pensez pas que je vous épargnerai sur le sujet. Si j'y suis obligé, je vous éreinterai. Êtes-vous prêt à coopérer ?

– Non », dit Jack.

Il voulait lire les papiers dans l'enveloppe, mais se refusait de demander à les voir.

« C'est bien ce que je pensais. Vous m'avez l'air d'un dur, mon garçon. Inutile de vous dire de ne pas jouer les durs. Nous avons votre dossier de l'Oregon, donc nous savons que vous savez comment les choses se passent. Vous n'êtes pas un tendre. Avez-vous une déclaration à faire ?

– Non », dit Jack.

Mais le gros homme s'était déjà soulevé de sa chaise et avait ouvert la porte, derrière Jack, et appela :

« Myra, vous voulez venir une minute, s'il vous plaît ? »

Une fois rassis, il dit à Jack :

« Parlez fort, elle est un peu dure de la feuille. »

La femme en question, la cinquantaine, les cheveux teints en rouge vif, le visage pétrifié, entra dans la pièce et s'assit sur une chaise près de la fenêtre. En possession d'un calepin et d'un crayon, elle adressa un sourire tout tordu à Jack et cria : « Allez-y, mon joli. »

Le procureur Forbes commença à poser des questions, et la femme à écrire ; après chaque question, les deux faisaient une pause en attendant que Jack réponde, et quand il ne disait rien, le procureur déclarait : « Le prévenu refuse de répondre », et passait à la question suivante. Elles étaient ridicules ; elles n'avaient aucun rapport avec Jack. D'après la teneur des questions, Jack comprit qu'il était censé s'être rendu en voiture dans le comté de Balboa environ six semaines plus tôt, et avoir enlevé Mona et Sue devant le Ritz Theater en les menaçant avec une arme – plus précisément, il les aurait obligées à monter dans la voiture en les menaçant de leur faire du mal si elles ne s'exécutaient pas –, puis avoir roulé jusqu'à San Francisco où il les aurait installées à l'hôtel. Apparemment, il les avait également menacées de les dénoncer aux flics comme prostituées si elles ne se tenaient pas tranquilles, puis les avait forcées à commettre des actes de nature sexuelle, et avait vécu dans un état de cohabitation charnelle illégal. Par ailleurs, un portefeuille appartenant à un certain Dennis Mellon avait été trouvé en sa possession ; on demanda à Jack de s'expliquer et d'expliquer pourquoi M. Mellon se trouvait actuellement à l'hôpital de l'université de Californie à San Francisco, souffrant de fractures multiples à la mâchoire. On lui demanda ensuite pourquoi il avait attaqué les deux agents de police qui s'étaient présentés à sa chambre pour l'interroger. Il ne répondit à aucune question, et n'expliqua rien. Il refusa tout autant de signer la déclaration, niant toutes ces allégations. La femme s'en alla et le procureur Forbes soupira.

« J'ai parlé une ou deux fois avec San Francisco, dit-il. En toute vraisemblance, ces deux filles se sont fait ramasser par la brigade des mœurs, et les gars n'ayant rien d'autre à faire, ils ont monté une histoire sur laquelle se caler. Ils leur ont sans doute raconté qu'elles iraient moisir dans une maison de correction quatre ou cinq ans si elles ne faisaient pas tomber quelqu'un à leur place. C'est vrai, quoi, les rapports de disparition de ces deux filles traînaient dans les postes de Frisco depuis un mois. Là où ça se corse, c'est pour séparer le vrai du faux dans la déclaration de Mona. Est-ce que vous les avez vraiment ramassées au cinéma ? »

Jack ne dit rien. Il voulait poser plusieurs questions, mais ne le fit pas.

Forbes poursuivit : « Bon, je vous la fais courte. Le père de la fille a pas mal d'influence dans le coin ; ça fait déjà quatre fois qu'il passe dans ce bureau, furax comme pas deux, pour me dire qu'il aura ma tête si on ne vous envoie pas à la chambre à gaz en vertu de la loi Bébé Lindbergh. La fille, je la connais. Et ça sent mauvais. Encore une petite garce assez idiote pour s'acharner. Je les connais toutes les deux. Sue Franconi est correcte, mais n'imaginez pas qu'elle ne se pointera pas à la barre des témoins avec Mona et qu'elle ne vous enverra pas à San Quentin ou pire par ses mensonges. Elle le fera pour sauver son cul, et honnêtement, je ne peux pas leur en vouloir. Et vous non plus. Vous êtes déjà passé par la maison de correction, vous savez ce que c'est.

« Maintenant, pour les faits qui vous sont reprochés à San Francisco. Je leur ai dit que je m'occupais de l'affaire d'enlèvement ici, et si vous êtes reconnu coupable de quoi que ce soit, ils laisseront sans doute tomber le reste. Je vais demander au grand jury d'accusation de vous mettre en examen pour enlèvement histoire de ne plus avoir le paternel de Mona sur le dos ; et le temps que le procès se mette en branle, il ne saura plus où donner de la tête pour gérer la dernière connerie en date de sa fille, et du coup il acceptera plus facilement que vous plaidiez la simple complicité ou quelque chose dans le genre, ensuite on entérine tout ça devant un juge et vous faites une peine minimum dans la prison du comté avant qu'il ne sache ce qu'il s'est passé. En plus, à ce moment-là, j'aurais été renommé et il ne pourra plus me toucher pendant quatre ans. »

Il regarda Jack avec sérieux. « Je vais tout vous expliquer en détail. Si vous ne plaidez pas coupable, si vous voulez vous battre, vous gagnerez sans doute le procès. Je peux vous présenter un avocat hors pair, et il vous sortira de là. Vous pouvez sans doute trouver quelqu'un qui a vu les filles quitter la ville, peut-être même le chauffeur de bus. On peut joindre les réceptionnistes de cet hôtel miteux, et ils témoigneront sans doute en votre faveur. Vous gagnerez facilement, et vous le savez. Cet acte d'accusation n'est vraiment pas net. Ça pue le montage de la brigade des mœurs à plein nez. Je vous le dis juste pour qu'il n'y ait pas d'erreur. Je n'essaye pas de vous piéger. Vous pouvez gagner et inscrire une grosse défaite dans mon dossier en pleine année électorale, et le papa de Mona fera chier tout le monde à un tas de niveaux, et je passerai pour un con. Mais je vais vous dire ce que je ferai si jamais vous adoptez cette stratégie : je laisserai tomber l'affaire, j'avalerai la pilule, et pour vous, ça sera un billet retour pour San Francisco et le procès pour détournement de mineur. Là, aucune chance de vous en sortir ; et ça aussi, vous le savez. Je ne lèverai pas le petit doigt pour que cette accusation soit abandonnée si je dois laisser tomber la mienne. Et là, de toute façon, la décision ne m'appartiendra pas. Vous purgerez une peine de prison, une grosse. Vous voyez où je veux en venir ? Je suis en train de vous expliquer que je peux régler cette affaire de détournement et le reste si vous coopérez avec moi. Si vous refusez, vous allez en baver. »

Jack voyait bien le tableau. S'il plaidait coupable pour des faits qu'il n'avait pas commis, il ne serait pas accusé des délits dont ils était vraiment coupable. C'en était presque drôle. Quant à l'accusation de viol, il s'aperçut qu'il avait toujours su que les filles étaient mineures, mais ne s'était pas attardé sur la question. Quoi qu'il en soit, qu'il l'ai deviné ou pas ne changeait rien à l'affaire. C'était toujours un crime. C'était une blague. Personne n'allait jamais en prison pour avoir baisé. Sauf que si, tout le temps. Mais ça non plus, ça ne changeait rien à l'affaire. On n'allait pas en prison pour ce qu'on avait fait ; on y allait parce qu'ils vous avaient mis la main dessus et ne savaient pas quoi faire d'autre de vous, alors ils vous envoyaient en prison. Eux. Oui, eux. Les meubles de rangement de l'orphelinat. La mairie. L'horodateur. La porte de la chambre d'hôtel. Batman. Ce qui vous envoyait en prison n'était jamais quelqu'un de réel. Ce n'étaient pas les flics. Ni le procureur. Mais sa *chaise*, si. Elle balance ma carcasse en taule et je suis obligé de suivre le mouvement. C'est tout. Rien de personnel.

« Allez vous faire foutre », dit Jack à la chaise du procureur. Il se sentait furieux, séduit, violé. Il éprouvait une haine contre laquelle il était impuissant. Il avait envie de hurler. Il commença à répéter : « Allez vous faire foutre », assis bien droit dans sa chaise, les mains le long du corps, son visage virant au pourpre de rage frustrée, les larmes lui roulant sur les joues.

« Ça n'est pas la bonne solution », dit le procureur. Jack s'arrêta et le regarda à travers le film qui lui couvrait les yeux. « Réfléchissez-y. On n'est pas pressés. Je vous enverrai l'avocat dès que ce fils de pute sera rentré de sa maudite expédition de pêche. »

Jack passa soixante-six jours à la prison du comté de Balboa en attendant son procès. Ce n'était pas la première qu'il pratiquait. Celle-ci était située au dernier étage du tribunal et en occupait toute l'aile gauche. Il y avait un long couloir avec un mur en béton d'un côté et des barreaux de l'autre, et dans ce couloir il y avait un bureau dont la permanence était tenue en journée uniquement par un adjoint du shérif. Au fond à gauche se trouvait une porte blindée encore renforcée par du béton, et sur un côté, un judas de quinze centimètres carrés avec un bâti en acier. Cette porte s'ouvrait sur un autre couloir plus petit, fermé au bout par une grille qui donnait accès à l'ascenseur, aux parloirs et aux salles de consultation des avocats, ainsi qu'aux sections des femmes et des mineurs. Un détenu qui avait une visite ou un rendez-vous avec son avocat passait devant les ascenseurs, mais cela ne posait pas de problème car les portes des ascenseurs étaient protégées par une sorte de petite cage ; les personnes sortant d'un ascenseur avançaient donc dans ce sas qui ne pouvait être ouvert que par l'homme posté à un bureau hors de portée de main. Ce bureau était occupé jour et nuit.

Le séchoir accueillant les criminels occupait, quant à lui, l'espace derrière les barreaux le long du grand couloir. Il s'agissait d'une salle très vaste, encadrée de cellules sur trois de ses côtés, cellules qui restaient ouvertes sauf pour les détenus spéciaux. Les hommes dormaient dans les cellules et passaient leurs journées dans le grand local de garde à vue équipé de tables, de chaises et de deux longs bancs. Dans ce local, les détenus étaient libres de leurs mouvements puisque le gardien en faction dans le couloir pouvait les voir, et en cas de problème, d'émeute ou autre, régler la question en se servant de la lance à incendie installée contre le mur, à côté du bureau. Rien de ce qui se déroulait dans le séchoir ne pouvait échapper au regard du surveillant ou au jet d'eau de la lance. Les lumières qui l'éclairaient étaient contrôlées depuis le bureau, mais un plafonnier était toujours allumé. À 21 heures, un surveillant arrivait par l'ascenseur et appuyait sur l'interrupteur, plongeant le couloir et le séchoir dans l'obscurité à l'exception de cette lumière au centre de la pièce. Toutes les ampoules étaient protégées par un gros grillage, sauf celle du plafonnier central qui était en partie démonté aussitôt le surveillant parti, l'un des hommes grimpant sur une table pour dévisser l'ampoule et que tout le monde puisse dormir dans le noir. Les lieux sentaient le béton humide, la créosote et la sueur.

Quand arrivait un nouveau prisonnier ou suspect, il portait les vêtements qu'il avait sur lui au moment de son arrestation, moins les éventuels ceinture, bretelles, cravate ou lacets, afin d'éviter qu'il ne se pende dans un accès de dépression. Si le prisonnier ou le suspect était mis en examen par un jury d'accusation, en attente d'un jugement ou jugé coupable par les cours supérieure ou municipale, ses vêtements lui étaient confisqués, et en échange, on lui remettait une chemise de travail bleu clair ainsi qu'une salopette d'un bleu plus foncé. Chaque vendredi, on distribuait du linge propre tandis que le linge sale était envoyé à la laverie gérée par l'un des surveillants. Le prix du lavage, qui se montait à un dollar, était déduit de la paie du détenu ou prélevé sur la somme d'argent en sa possession et gardée au greffe.

Les prisonniers se répartissaient en trois groupes. Ceux du premier groupe bénéficiaient d'un régime de faveur, ne séjournaient pas dans le séchoir mais dans une exploitation agricole en dehors de la ville, où ils dormaient dans des baraques et produisaient une partie des aliments consommés par le reste de la population carcérale et les malades de l'hôpital du comté. Pour intégrer ce groupe, il fallait avoir reçu une contravention, purger une peine de plus de trente jours et montrer une volonté de s'amender. Pour la plupart, ces gens étaient des fermiers arrêtés pour conduite en état d'ivresse ou pour jeu d'argent ; certains d'entre eux étaient des citoyens ordinaires qui avaient été reconnus coupables d'une chose ou d'une autre et n'avaient pas pu obtenir de mise en liberté surveillée. Plusieurs encore avaient atterri là pour défaut de paiement de la pension alimentaire.

Le deuxième groupe comprenait ceux qui ne pouvaient pas bénéficier du régime de faveur mais qui avaient de l'argent au greffe. Ils séjournaient dans le séchoir et passaient leur temps à jouer aux cartes, discuter, lire ou restaient simplement assis. La journée, personne n'avait le droit de s'allonger sur une couchette.

Le troisième groupe n'avait ni régime spécial ni argent. Ils devaient effectuer toutes les corvées pour lesquelles ils étaient payés un dollar par jour ouvré. Cet argent était déposé sur leur compte chaque vendredi, moins un dollar pour les frais de blanchisserie. Ces hommes faisaient les lits, lavaient les cellules, passaient la serpillière, lessivaient les murs, désinfectaient, sortaient les seaux en acier faïencé utilisés comme latrines et servaient d'intermédiaires entre le séchoir et l'extérieur.

Les prisonniers du séchoir étaient nourris trois fois par jour et faisaient de l'exercice deux fois par jour. Le matin, après le réveil à six heures et demie, les détenus qui travaillaient se lavaient, sortaient les seaux, puis apportaient une grosse bouilloire pleine de café et des tasses sur deux plateaux ; après, deux autres plateaux avec bols et cuillers arrivaient, ainsi qu'un poêlon rempli d'une bouillie d'avoine. Une partie de ce petit déjeuner était mangée par les détenus sans le sou, toujours avec une expression de colère et de dégoût peinte sur le visage parce que le café sans sucre avait un goût de chlore, et la bouillie, elle aussi sans sucre et à peine mélangée avec du lait en poudre, n'avait tout bonnement aucun goût.

Ceux qui avaient de l'argent, œuvrant selon une routine établie avec les intermédiaires, mangeaient ce qu'ils voulaient, et se faisaient monter la nourriture du restaurant situé au sous-sol. Ces repas étaient majorés de vingt-cinq cents par rapport à la liste des prix, les bénéfices revenant au surveillant qui apportait la nourriture. D'autres articles pouvaient être obtenus par le biais des gardiens : livres, magazines, journaux, etc. ; le prix de la course était là aussi de vingt-cinq cents plus cher que le prix d'achat, sauf pour les cigarettes, qui valaient vingt-cinq cents le paquet. Les cartouches étaient interdites.

Pour les plus démunis, le déjeuner était le plus gros repas du jour et se composait généralement d'un bol de bouillon de légumes parfumé à la viande ou d'un gratin de macaroni, accompagné de thé et de deux tranches de pain. En dessert, il y avait des pruneaux. Le repas du soir se résumait à une tartine avec de la confiture et du thé. Tout le monde, y compris ceux qui avaient de l'argent, mangeait le pain et la confiture, parce que la confiture vendue à la prison était fabriquée par la femme de l'un des gardiens et considérée comme excellente. Même les surveillants en consommaient.

Pour ce qui était des exercices, à 10 heures et 15 heures, tous les détenus s'alignaient sur deux ou trois rangs au milieu du local de garde à vue, les tables et les chaises repoussées sur les côtés pour faire de la place, et pratiquaient la gymnastique suédoise sous la direction personnelle du shérif du comté, qui se tenait dans le couloir et effectuait lui aussi tous les mouvements, comptant d'une voix puissante, grave et masculine. Très populaire, le shérif devait sa réputation au fait qu'il croyait que les détenus de son comté, au-delà du problème économique et administratif qu'ils posaient, étaient aussi des *hommes*, et avaient besoin de se maintenir en forme s'ils voulaient mener une existence utile une fois dehors. Dans les cas où les affaires à l'extérieur empêchaient le shérif de se libérer pour l'exercice, un surveillant lisait d'une voix morne les instructions inscrites sur un polycopié, assis à son bureau dans le couloir. Chaque séance durait quinze minutes, et personne n'était excusé sauf les prisonniers violents, qui étaient enfermés dans leur cellule. Même les détenus qui avaient de l'argent devaient obéir à cette règle.

Jack Levitt arriva un jeudi, en fin de journée, et ses compagnons, qui semblaient savoir qu'il était là pour un crime capital, le laissèrent tranquille. Le surveillant conduisit Jack dans une cellule vide et celui-ci s'endormit à peine quelques minutes après s'être allongé sur sa couchette. Le lendemain matin, on le fit sortir pour l'emmener à son entretien avec le procureur Forbes, et ce soir-là, après son retour, il remonta le couloir avec les autres vers les douches ; toutefois, il n'eut pas encore droit à l'uniforme. Après la douche, il s'aperçut de l'odeur rance que dégageaient ses vêtements, ce qui l'incommoda légèrement. Personne ne lui adressait la parole si ce n'est pour lui dire où aller et quoi faire. Personne parmi les détenus ne lui parlait non plus, même si à un moment, un très jeune Mexicain lui fit un grand sourire.

Le samedi, il reçut une visite, et suivit ceux qui en avaient également dans le long couloir, au-delà des ascenseurs, jusque dans la grand salle prévue à cet effet. Les prisonniers étaient enchaînés les uns aux autres par les poignets, un gardien armé d'une matraque à chaque bout de la file, et à l'instant où ils dépassaient les ascenseurs, l'un des détenus poussa un gémissement. Des civils se trouvaient dans le sas, dont un grand nombre de femmes, quelques enfants et très peu d'hommes. Le détenu avait sans doute reconnu ses proches, il vit la honte sur leur visage et gémit d'humiliation.

Le parloir n'était pas vraiment une salle mais plutôt un alignement d'alcôves. Chaque prisonnier en choisissait une et entrait à l'intérieur. Il faisait alors face à une vitre épaisse et un téléphone. L'autre côté était identique et les visiteurs s'avançaient à la recherche d'un visage familier. Ils se parlaient par le combiné. Les conversations se déroulaient dans le vacarme, ce qui était perturbant. Les longues peines déjà reconnus coupables étaient dirigés vers une autre pièce où ils pouvaient s'asseoir avec leur famille ou leurs amis, sous le regard de deux surveillants. Cette pièce était munie de gros fauteuils, de banquettes, et une fenêtre grillagée offrait une vue magnifique sur les vignes et les montagnes au loin.

Jack se demandait qui pouvait bien venir le voir, sachant que ce n'était pas son avocat puisque ces rencontres juridiques se déroulaient ailleurs. Il fut donc surpris de découvrir Mona de l'autre côté de la vitre, qui affichait une moue de fillette face à l'agencement des lieux. Lorsqu'elle vit Jack, elle sourit et décrocha le téléphone.

« Tu m'en veux beaucoup ? » demanda-t-elle. Elle cala le combiné entre sa joue et son épaule et leva les mains dans un geste impuissant, comme pour suggérer que le destin se montrait injuste envers eux deux. Elle portait une chemise d'homme à carreaux ainsi qu'un Levis coupé au-dessus du genou. Ses cheveux étaient coiffés en arrière et tenus par un sage bandeau jaune vif. Sans son maquillage, on lui donnerait treize ans, pensa Jack. En fait, il fut soulagé de la voir paraître si jeune et presque innocente. Presque ; elle arborait toujours cette expression d'avide stupidité autour des yeux, qu'elle soit maquillée ou pas. Jack avait une envie incontrôlable de se comporter comme s'il se moquait d'être en prison, aussi il lui sourit et tira la langue.

« Nan, chuis pas en colère. Seulement excité.

– J'avais pas le choix. Ils m'auraient envoyée en maison de correction pendant des années. »

Elle lui raconta sa version des faits et il l'écouta calmement. Il se demanda pourquoi elle s'était donné la peine de venir lui dire tout ça.

« Je comprends pas pourquoi ce type voulait que je dise que tu étais armé. D'après M. Forbes, cette histoire de flingue pourrait t'attirer de gros ennuis. Il voulait que je change ma déposition mais papa a menacé de m'envoyer en pension si je le faisais. Elle grimaça. Ça serait pas horrible ? Consternée, elle se cacha les yeux d'une main. Je veux dire, pas aussi horrible qu'ici. Mais quand même, qui voudrait se retrouver en pension au milieu d'une bande de lesbiennes ? Elle se dandina d'un pied sur l'autre. Et ici, c'est pas trop l'horreur ?

– J'ai vu pire.

– En tout cas, qu'est-ce qu'on s'emmerde dans cette ville. Après le procès, je me casse à L. A., Las Vegas ou ailleurs. San Francisco aussi, c'est la plaie. Y a rien à faire.

– Pourquoi t'attends, puisque tu vas finir par partir ? Comme ça, il n'y aura même pas de procès.

« Papa dit que si je recommence, il me retrouvera et m'enverra en maison de correction. Donc je peux pas. Elle eut l'air sincèrement contrarié, pendant un instant. Je voudrais vraiment pouvoir tout annuler, faut que tu le saches. Sue aussi. Elle me déteste. Mais elle aussi, elle a signé. Elle a recopié ma déclaration. Mais bon sang, je voulais pas tout ça !

– Allez, oublie », dit Jack, non pas parce qu'il ne voulait pas qu'elle s'enfuie, mais parce qu'il savait qu'elle ne le ferait pas, et il devinait que plus elle se sentirait coupable, pire ce serait pour lui ; elle chercherait à reporter sa culpabilité sur quelqu'un d'autre, à savoir lui, la cible parfaite et sans défense. Il voulait qu'elle ait une bonne image de lui, l'image d'un innocent.

« Écoute, dit-il, ce n'est pas du tout ta faute. Tu n'y pouvais rien. Inutile de te sentir coupable. »

Il sourit avec raideur, espérant qu'elle verrait qu'il se moquait d'être en prison.

« Il faut que j'y aille, répondit-elle. J'ai mon copain, enfin, un garçon, qui m'attend dans le parking. On doit aller à une espèce de bal pique-nique. »

C'était donc la raison de sa venue. Elle avait voulu se faire mousser auprès de son nouveau petit ami. Qui était peut-être déjà son petit ami avant Jack. Regarde, j'ai des amis en prison. *Putain de bonnes femmes* !

Le lundi suivant, il rencontra son avocat dans une des salles exiguës.

L'avocat s'appelait Costigan, c'était un petit homme soigné, au regard nerveux et au visage intelligent taillé à la serpe. Il en vint directement aux faits :

« J'ai cru comprendre que vous aviez plus de deux cents dollars au greffe. C'est exact ?

– Oui.

– Ça ne suffira pas à couvrir mes honoraires.

– Pas de bol.

– J'ai le droit d'être payé en retour de mes services, vous n'êtes pas d'accord ?

– Si. Mais je croyais que le procureur vous avait commis d'office.

– Les procureurs n'ont pas ce pouvoir. Ce ne sont que des avocats. Stanley m'a demandé de lui rendre service et de m'occuper de votre dossier. Seuls les juges désignent les commis. Ce qu'il faut retenir c'est que, lorsque vous descendrez au tribunal municipal cet après-midi pour être présenté au jury d'accusation, le juge vous attribuera un avocat. Il va me choisir. Nous nous sommes mis d'accord. Mais l'essentiel est ailleurs : il me paraît normal d'être rétribué pour mon travail. Vous possédez deux cents dollars ; avez-vous les moyens de vous procurer davantage ?

– Non.

– Alors, ne pensez-vous pas que vous pourriez m'en donner au moins cent ? Je sais comment s'organise la vie dans le séchoir, mais il est normal que je reçoive quelque chose.

– Non. Vous n'aurez rien. J'ai besoin des deux cents.

– Alors, insista l'avocat, vous n'allez pas me payer ?

– J'imagine que non. »

Costigan haussa les épaules rapidement et dit :

« Très bien. Pas de mal à poser la question. Comment voulez-vous que je traite votre dossier ? Voulez-vous que je plaide coupable ou non coupable ?

– De quoi ?

– Eh bien, d'enlèvement, bien sûr.

– Sûrement pas, j'croyais…

– Peu importe ce que vous croyiez. Si vous plaidez coupable au tribunal municipal, le juge vous gardera pour vous faire passer en cour supérieure. Là, vous pourrez plaider non coupable et éviter le jury d'accusation. Je demanderai un renvoi pour étudier le dossier jusqu'à ce que le soufflé retombe et que toutes les nominations soient passées. Ensuite, vous plaidez de nouveau coupable, mais seulement de complicité, on se présente devant le juge et on esquive le procès. Simple comme bonjour. Vous n'avez qu'à coopérer. On s'occupe de San Francisco, on leur raconte que vous avez plaidé coupable pour l'enlèvement, qu'ils feraient mieux de clore leur dossier, et quand tout le monde aura le dos tourné, on limite à complicité.

– Pourquoi est-ce qu'il fait ça pour moi ? »

L'avocat eut l'air surpris.

« Forbes ? Stanley Forbes ? Bon sang, mais qu'est-ce que vous croyez ?

– Ça me dépasse.

– Vous êtes bien innocent, non ? Costigan haussa les sourcils. Ce n'est pas suffisant, comme raison ?

– J'imagine.

– Alors vous acceptez ?

– Et pourquoi pas, à la fin. »

Un sourire fugace passa sur les lèvres de Costigan.

« Voilà qui est raisonnable. Puis-je faire autre chose pour vous ? Vous tirerez sans doute votre peine là-haut. Il se peut même que vous atterrissiez à la ferme, mais cela signifie que vous serez hors circuit pendant un an. Voulez-vous que je contacte quelqu'un ?

– Non.

– Parfait. »

Il sourit de nouveau.

« Je sais que la vie est dure, ici. Mais tenez bon. Moi aussi, j'ai fait un séjour en prison ; on m'a surpris avec quelques bières dans ma voiture à Carmel. J'ai passé la nuit en détention. Je sais comment c'est. »

Ils échangèrent une poignée de main solennelle et se retrouvèrent un peu plus tard dans la journée, durant la session de l'après-midi du tribunal municipal ; Jack plaida coupable et son dossier fut reporté pour être traité par la cour supérieure, exactement comme Costigan le lui avait expliqué. Le juge n'eut même pas besoin de désigner Costigan puisque lorsque le nom de Jack fut appelé, Costigan se présenta comme conseiller juridique de l'accusé. La question était donc réglée. Tout le monde s'efforce de simplifier les problèmes, se dit Jack, et de faire en sorte que la justice suive son cours sans heurts. Y compris lui. Il aurait pu regimber, se montrer têtu et vertueux, mais cela n'aurait fait que lui fournir un aller simple pour la chambre à gaz. Et s'il avait vraiment été coupable, les choses se seraient encore déroulées autrement. Il aurait été légitime d'essayer de passer le meilleur accord possible.

Enfin, Costigan requit que Jack soit libéré sous caution, mais le juge refusa en raison de la gravité des délits et parce que Jack n'était pas de la région. De retour en prison, on l'autorisa à échanger ses vêtements nauséabonds contre une salopette et une paire de chaussures de chantier, mais il demanda s'il pouvait garder ses mocassins. Le surveillant réfléchit, se mordit le pouce, et finit par accepter.

Qu'il soit coupable ou innocent n'intéressait pas tant Jack ; les terrifiants concepts de Culpabilité et d'Innocence non plus. Il avait déjà commis assez de crimes tout au long de sa vie pour passer mille ans derrière des barreaux. Vol à main armée, voie de fait, détournement de mineur, et d'ailleurs, il avait même participé à un enlèvement tel que le définissait l'État de Californie. Deux types et lui avaient braqué un magasin et avaient forcé le propriétaire à monter dans la voiture avec eux en le menaçant d'une arme, puis ils l'avaient conduit en rase campagne pour qu'il ne puisse pas appeler la police et les dénoncer avant qu'ils n'aient fait un bout de chemin. Un enlèvement, un vrai. Peu après avoir démissionné de son boulot dans l'est de l'Oregon, avec un complice, il s'était lancé dans un racket à la petite monnaie où il s'agissait de changer un billet de vingt dollars contre un paquet de cigarettes ; il se disait que s'il prenait un an pour toutes les fois où il avait pratiqué cette combine, il *mériterait* bien cent ans en prison, si bien qu'il ne se sentait pas particulièrement *innocent*, au moins aux yeux de la loi. Quant aux véritables crimes qui avaient marqué son existence, le crime d'être né orphelin, celui d'avoir un physique puissant et rapide, celui d'être dépourvu d'une conscience puritaine, celui de vivre dans une société où tout le monde, dont lui, acceptait que le crime existe sans se rebeller : eh bien, il était entièrement coupable de tout cela aussi, comme tout le monde. Donc, ça n'avait pas grande importance. L'astuce était d'éviter d'être « puni » pour ses « crimes ». Il décida que se battre contre les autorités, regimber, reviendrait à admettre qu'ils avaient raison et qu'il avait tort. Mais bien sûr, le tort et la raison n'existaient pas. Alors mieux valait coopérer et *tout* faire pour atténuer le châtiment.

Si ce n'est qu'au fond de lui il éprouvait une rage profonde et s'en voulait terriblement de coopérer. Il grinçait des dents pour s'empêcher de hurler sa haine de lui-même, de se battre contre le mur en béton de sa cellule ; l'idée qu'ils n'avaient pas le droit de le traiter comme un animal, peu importe ce qu'il avait commis ou pas, tournait en boucle dans son esprit. Toute la nuit, dans sa cellule, il fut rongé par la haine. Ce qu'il pensait n'avait aucune importance, mais pas ce qu'il éprouvait ; et seul, dans les ténèbres de sa cellule, enveloppé dans le bruit de fond du séchoir, il eut envie de tuer l'univers tout entier.

DIX

D'une certaine manière, la prison du comté de Balboa fonctionnait sur des principes démocratiques, ce qui n'était pas le cas de celle du comté de Peckham, dans l'Idaho, où Jack avait passé presque trois mois quelques années plus tôt. On l'avait condamné pour avoir dévalisé un poivrot, et dès son arrivée, il sut que ces trois mois allaient être difficiles. Les surveillants contrôlaient sans partage la prison du comté de Peckham et les détenus n'y exerçaient aucune influence. La corruption et les pots-de-vin n'existaient pas. On avait raconté à Jack que quelques années auparavant, cette prison était l'une des pires du pays, et qu'une nouvelle administration avait fait le ménage. D'emblée, le prisonnier qui lui rapporta cette histoire, un grand homme mince incarcéré pour défaut de paiement de pension alimentaire, accueillit Jack avec un sourire en disant : « Camarade, bienvenue en Union des républiques socialistes soviétiques. Il est interdit de cracher sur les trottoirs. »

Jack ne mit pas longtemps à comprendre ce qu'il entendait par là. Cette nouvelle administration s'assurait qu'aucune nourriture n'arrive de l'extérieur ni rien que les détenus puissent se payer avec de l'argent. Le séchoir était éclairé comme en plein jour, vingt-quatre heures sur vingt-quatre, et les détenus étaient constamment sous surveillance pour prévenir les jeux d'argent, les altercations, les bagarres, ou les pratiques sexuelles déviantes. Chacun devait effectuer sa part du travail, et les longues peines passaient la majorité de la journée dans une carrière de graviers derrière la prison. Ceux qui n'étaient pas à la carrière restaient au séchoir à ne rien faire. La nuit, on les enfermait dans leur cellule. Les autorités du comté se félicitaient qu'il n'y ait pas de cour sanitaire dans leur séchoir, et que tous les prisonniers aient droit à un traitement équitable.

« C'est que ça marche, en plus, dit le grand prisonnier. C'est un endroit très humain. On est tous traités sur un pied d'égalité, et surtout, on crève tous d'envie de sortir de là pour ne jamais plus y revenir. Ici, pas de faveurs, l'argent n'est pas roi, et un prisonnier qui ne coopère pas est placé en isolement pour qu'il puisse réfléchir à son comportement antisocial. Nous autres, on moisit ici et on perd la tête selon le degré d'imagination de chacun. Mais en silence, bien sûr. En arrivant, j'avais les idées d'un socialiste moyen. Je devais rêver d'un monde où tous les hommes seraient traités de la même façon devant la loi, et où la fonction de la loi serait de faire en sorte que tout le monde reçoive un traitement égal. J'ai peut-être même rêvé d'un monde gentiment socialiste où l'on arrêterait de tuer nos enfants puisqu'on n'aurait rien à y gagner. Ça fait deux semaines que je suis ici, et quand je sortirai, je fêterai ça de manière très solennelle et j'irai prendre ma carte chez les républicains. Je suis ici depuis deux semaines et comme les autres, j'ai été dépouillé, absolument dépouillé de toute valeur émotionnelle et intellectuelle, de tout besoin essentiel, du moindre désir, de tout ce qui me distingue en tant qu'être humain des autres êtres humains, mais aussi des animaux. Mon intimité s'est envolée, ma fierté s'est envolée, je n'ai aucun statut, et je n'ai aucun moyen d'en avoir un. Mes besoins sexuels, aussi faibles soient-ils, ne peuvent pas être satisfaits. Mes autres appétits ont été réduits au point que je mange, bois, dors, chie, pisse, me gratte et bâille pour la même raison – la simple satisfaction, ou plutôt pour atténuer un désir primaire sans lequel je vivrais mieux. Tout ça m'a fait comprendre que je ne veux pas te prendre *ton* dîner, parce qu'il ressemble tout bonnement au *mien*. J'avais toujours cru que ce serait bien ! Je me disais : "Éradique l'élan vers la propriété privée, et tu auras fait un pas de géant pour débarrasser le monde des injustices qui le gangrènent. Sans propriété, pas d'avarice, de jalousie, d'envie, et peut-être même pas de haine." »

Le grand prisonnier rit. « Un sacré rêve ! Ça fait deux semaines que je suis ici, et déjà je sais que je donnerais mon bras droit pour avoir une raison d'être jaloux, pour désirer suffisamment quelque chose pour le voler, ou même tuer pour l'avoir. Je me sens mort ;

j'ai beau savoir que je vais bientôt sortir, je n'arrive pas à y croire, même le contenu de mes rêveries a changé, à tel point que je m'aperçois aujourd'hui que tout ce dont je rêve et tout ce que je désire pourrait éveiller le même désir chez un autre homme, et que je vais peut-être être obligé de me battre contre lui pour obtenir ce que je veux. Ma femme comprise. Tu piges ? Imagine, j'aime ma femme : est-ce que quelqu'un d'autre ne pourrait pas l'aimer ? Dans ce cas, est-ce qu'on ne serait pas obligés de se battre pour elle ? Et si nous nous battions, l'un de nous deux serait forcément perdant, non ? Et si l'un de nous perdait, ne serait-il pas victime d'une injustice ? Parce que de quel droit perd-il l'objet de ses désirs ?

« Tu vois, j'ai toujours rêvé d'un monde où ce genre de chose n'arriverait pas. Et il existe, ici même, dans ce séchoir. Une utopie socialiste parfaite où ces désirs qui provoquent le conflit sont satisfaits en étant annihilés. Réfléchis un peu à ce qu'il se passerait si un soir, l'un d'entre nous, un seul, obtenait *du rab* pour son repas ? Est-ce qu'on ne serait pas tous excités ? On se mettrait à comploter et à imaginer mille façons de le lui voler. Prenons un gâteau à la banane, par exemple. On se mettrait à le désirer passionnément, parce que dans cette prison, il n'y aurait rien d'autre à désirer ; et on rêverait d'en avoir un à soi. On regarderait le gars avec son gâteau, on l'admirerait tout en le détestant, on lui ferait de la lèche tout en voulant sa mort, tout ça pour être celui qui a du gâteau à la banane. Et si j'étais celui avec quelque chose en plus, est-ce que je ne serais pas terrifié à l'idée qu'on me le prenne ou qu'on me tue juste parce que je l'ai ? Sans doute, mais au moins je serais *en vie.*

« Bon Dieu ! s'exclama-t-il, le visage tordu par une douleur soudaine. Qu'est-ce que je ne donnerais pas pour être en vie ! »

Puis il sourit de nouveau, plein d'amertume.

« Mais c'est bien moi qui ai traîné mon imagination jusqu'ici. Tu parles d'un cadeau ! »

Plus tard, le grand prisonnier nia tout en bloc.

« Je te l'ai dit, je perds la tête. Dès que je serai sorti, je me rangerai, je paierai sa pension à ma salope de femme, et tant que je serai en vie, je ferai en sorte de ne plus jamais remettre les pieds ici. »

Il sortit deux semaines plus tard et il s'écoula environ six semaines avant qu'il n'atterrisse de nouveau en prison. Il ne salua même pas Jack, s'assit dans un coin et refusa de parler à qui que ce soit. Quelques jours plus tard, au dîner, il envoya valser son assiette de ragoût à travers la pièce et fut conduit en isolement. Jack ne le revit jamais.

La prison du comté de Balboa était différente ; pas beaucoup mieux, mais certainement différente. Là, c'étaient les détenus qui tenaient les rênes du séchoir. Une cour sanitaire était dirigée par un homme appelé Mac McHenry au titre de juge parce qu'il était fort, intelligent et impitoyable ; un chef naturel. Jack passa devant McHenry un mardi soir.

C'était après l'extinction des feux et le surveillant avait quitté son poste. Jack était allongé les mains derrière la tête lorsqu'il vit quelques hommes se rassembler dans le local, sous l'unique plafonnier allumé. L'un d'eux s'assit à une table, et un autre, un grand nègre, monta dessus et croisa les bras. Quatre autres personnes se tenaient derrière le type assis et le reste du groupe était réparti autour de lui. Jack était le seul homme encore dans sa cellule et il savait déjà ce qui allait se passer. Le séchoir était plongé dans un silence total. Étendu sur sa couchette, Jack se demanda s'il valait la peine de résister. Depuis qu'il avait décidé de coopérer avec le procureur, la résistance semblait avoir perdu un peu de sa saveur. Il avait résisté toute sa vie, avait repoussé les tentatives d'empiétement sur sa personne, et cela ne l'avait mené nulle part, ou ce qui était pire, cela l'avait conduit où il était à présent ; autant dire pire que nulle part. Il serait tellement plus simple de se laisser porter par les événements, laisser les choses arriver. Mais à l'instant où il venait de décider de laisser couler, deux hommes surgirent pour le traîner jusqu'à la cour, et il réagit automatiquement, son corps se rebellant alors même que son esprit se disait qu'il était idiot de se battre.

De sa position allongée, il assena un coup brusque au visage d'un des hommes, profitant du mouvement pour bondir de sa couchette et envoyer un coup oblique de la pointe de sa chaussure droite dans la poitrine du deuxième homme. Debout, il attrapa l'un des hommes abasourdis par la chemise et le frappa aussi durement que possible en visant la pomme d'Adam, le lâcha et se tourna vers l'autre appuyé contre les barreaux, bouche ouverte, qui haletait et frottait sa poitrine douloureuse. Jack lui envoya un uppercut à la mâchoire et l'homme se releva légèrement avant de tomber à genoux et de s'effondrer face contre terre. Le premier, qui était sorti de la cellule à quatre pattes, était plié en deux par terre, les mains sur la gorge à crachoter, la respiration sifflante. Un petit filet de vomi mêlé de sang coulait de sa bouche ouverte et son visage n'était plus qu'un hématome. Jack saisit le deuxième et le mit K.O. en le projetant hors de la cellule. Il resta sur le seuil, dans l'attente. Tous les autres l'observaient.

L'homme assis à la table souriait. « Eh bien, eh bien, dit-il d'une voix douce avec un accent du Sud. Walter, éteins la lumière. » Le nègre debout sur la table tendit la main, défit le fil électrique et retira l'ampoule. Le séchoir fut plongé dans l'obscurité. Jack entendit des bruissements tandis qu'il se positionnait juste devant la porte de la cellule. Il sentit, plus qu'il ne vit, le premier homme se jeter sur lui, aussi il envoya un coup de pied là où il pensait, espérait, que se trouvait l'aine de l'homme, et fut récompensé par un cri surpris déchirant les ténèbres alors que son pied s'enfonçait dans la chair. Mais ce fut son unique moment de triomphe ; en deux secondes, il fut cloué au sol, étouffé par les hommes. Personne n'essaya de le frapper, mais ils lui maintinrent les bras dans le dos si bien qu'il fut immobilisé. Ils l'extirpèrent de la cellule, et un instant plus tard, la lumière fut rallumée. Derrière lui, Jack entendait un homme sangloter.

McHenry n'avait pas bougé de son poste, et le grand nègre était toujours sur la table. Les hommes firent avancer Jack devant la table et McHenry déclara :

« On doit se dépêcher. Ces gars vont devoir descendre à l'infirmerie. » Il leva les yeux vers Jack et ajouta : « Chuis le juge de la cour sanitaire. T'as ben failli zigouiller deux d'mes adjoints. Pour ça, j'vais te coller une amende. Faut qu'tu piges les règles d'ici et tu vas me payer une amende parce que tu les as pas respectées. T'as du fric ? »

En son for intérieur, Jack envisageait la situation avec amusement et distance, mais la seule réponse qui lui traversa l'esprit fut :

« Va te faire foutre. »

McHenry éclata de rire, ses yeux gris disparaissant presque derrière les rides d'expression.

« Je t'en colle une autre pour ça aussi. En fait, y s'trouve que j'sais exactement combien t'as en bas. Alors demain, tu vas dire au surveillant de transférer quinze dollars sur mon compte. C'est pas légal, mais il fera comme tu diras. Je m'appelle McHenry. Tu paieras le reste de ton amende demain soir. Faut qu'on s'magne. Le reste, ça consiste en cinquante raclées. Tu veux savoir à quoi qu'ça ressemble, une raclée ? T'as envie de connaître les autres règles pour pas les enfreindre à nouveau ?

– Enculé de ta mère », dit Jack.

McHenry haussa les épaules, comme si le problème n'était plus de son ressort.

« Foutez-lui la pâtée et balancez-le dans sa cellule. Nouveau rassemblement de la cour prévu pour demain soir. Et faites-y rappliquer les matons en disant qu'les gars se sont castagnés. »

Le nègre sauta de la table, et alors que les hommes gardaient Jack immobilisé, il se mit à le frapper à la poitrine et au ventre, assenant des coups secs et rapides qui transformaient sa respiration en grognements, jusqu'à ce que Jack en perde la vue de douleur et qu'il s'entende geindre de loin. Après ça, il ne se souvint de rien. Plus tard, on lui raconta qu'il avait été déposé sur sa couchette sans connaissance, puis que tous les autres détenus s'étaient mis à hurler, et qu'au bout d'un moment le surveillant du foyer était arrivé, et qu'avec l'aide d'autres matons ils avaient évacué les gars que Jack avait mis en pièces. Celui que Jack avait laissé K.O. revint à lui le lendemain, mais les deux autres furent envoyés à l'hôpital du comté et Jack ne les revit jamais. S'il les avait revus, il ne les aurait pas reconnus.

Le lendemain matin, il était assis tout seul sur un des bancs pendant que les « exclus » – ceux qui n'avaient pas d'argent et devaient faire tout le boulot – nettoyaient. Il se sentait bien, n'était pas en trop mauvais état, et s'il avait mal partout ce n'était pas une sensation nouvelle pour lui. Il remarqua McHenry assis à l'une des tables avec deux hommes, un gros, lourd, épais et dur comme du teck. McHenry se tourna vers Jack et acquiesça, sourire aux lèvres, puis il dit quelque chose aux autres et vint vers Jack. Il s'assit sur le banc à côté de lui :

« Alors, Levitt, on a des bobos ?

– Quelques-uns.

– Faut bien qu'y aye des règles.

– Je sais. Mais tout ce que t'avais à faire, c'était me demander.

– T'envoyer une convocation, aussi ? Bon, j'ai mal géré. Il tendit la main. On est quittes ? »

Impossible de refuser cette main tendue.

« Je t'offre le p'tit déj, dit McHenry. Pendant qu'on mangera, je t'affranchirai sur les règles du séchoir. Enfin, si ça t'intéresse. »

Ils s'assirent seuls à l'une des tables et mangèrent des gâteaux au sarrasin, du bacon, des œufs brouillés et du café tandis que McHenry expliquait le règlement à Jack. À vrai dire, il était aussi simple que logique et avait pour fonction de rendre le séchoir vivable. Toute personne devient automatiquement membre de la cour sanitaire et reçoit trois raclées ou paye trois dollars ; tout le monde doit se récurer durant la douche hebdomadaire et rester aussi propre que possible le reste de la semaine, sinon quoi il reçoit trois raclées ou doit payer trois dollars ; il est interdit de faire trop de bruit inutile après l'extinction des feux, sinon quoi le coupable reçoit une amende dont le prix est fixé par le juge ; il est interdit de résister au juge sous peine de recevoir une amende dont le prix est fixé par le juge ; les bagarres sont interdites ; voler un codétenu est interdit ; agresser verbalement un codétenu est interdit sous peine d'être jugé par la cour et de recevoir au moins cinquante raclées ; il est interdit de faire des histoires pendant les visites ; toute personne surprise en train de tricher aux cartes est bannie du jeu et reçoit une amende automatiquement égale à ce qu'il a en poche, etc, etc. Jack s'aperçut que ces règles étaient raisonnables et le choix se résumait à avoir une cour sanitaire pour les faire appliquer, même si elle le faisait mal, ou être à la merci des matons. Jack savait déjà ce que donnait cette dernière solution. Au moins, de cette manière, tout le monde avait l'impression d'être en partie responsable de son propre bien-être, ce qui rendait la vie bien plus facile et profitable aux surveillants. Cela simplifiait également l'existence des détenus qui avaient de l'argent, et même ceux qui devaient se coltiner le boulot ne s'en sortaient pas si mal. En effet, il leur restait six dollars à la fin de chaque semaine, ce qui leur permettait de participer à une partie de poker ou de craps et leur donnait une chance de se faire une petite fortune pour ne plus avoir à travailler. Cela n'arrivait presque jamais, mais c'était *possible* ; il y avait de l'espoir.

Après le délicieux petit déjeuner à trois dollars en provenance de l'extérieur, Jack était plus que partant pour écouter, se montrer raisonnable et coopérer. Il savait que, s'il ne le faisait pas, sa vie serait un enfer. Qu'il devrait se contenter de la nourriture de la prison. Merde aux principes, pensa-t-il. Il y avait aussi le problème de se faire tabasser à mort tous les soirs s'il ne pliait pas. Il se souvint de ce que sa rébellion lui avait coûté à la maison de correction dans l'Oregon, le temps infini passé au trou, et alors que cet excellent petit déjeuner lui réchauffait le ventre, il se dit qu'il avait vraiment été bête.

Pendant qu'ils fumaient leur cigarette d'après le petit déjeuner, McHenry demanda :

« Alors, quesse t'en penses ? Tu suis ?

– Et pour ce soir ? marchanda Jack. J'imagine que tu veux quand même me filer ma raclée.

– J't'ai pas encore dit en quoi qu'elle consistait, si ? C'est une fessée cul nu donnée avec c'te ceinture que tu vois là. »

McHenry portait une grosse ceinture en cuir et Jack vit plus tard qu'il était le seul homme du séchoir à en porter une. Encore une largesse des gardiens, pensa-t-il. Oh, tout ce beau monde qui coopère. Mais c'était palpable, la force pure et simple. Tu ne coopères pas avec la force, tu n'as plus qu'à encaisser. Du coup, Jack se demanda pourquoi McHenry lui offrait de coopérer au lieu d'*appliquer* les règles *par la force*, puisque de toute évidence il avait le pouvoir de le faire.

« Laisse-moi te dire c'qu'on va faire, déclara McHenry. J'efface l'ardoise si tu restes dans le rang et si tu transfères vingt-cinq dollars sur mon compte au greffe. En p'us des quinze. Hé, c'est que t'as du pognon.

– D'accord. Ça me va. »

Il venait de comprendre. McHenry avait peur de lui, peur que Jack veuille devenir juge à sa place et qu'il soit assez fort et déterminé pour y arriver.

« Ça me ferait plaisir de coopérer », dit Jack, et ils se serrèrent de nouveau la main.

Une expression soulagée passa rapidement dans le regard de McHenry. Jack se rappela ce que le grand prisonnier dans l'Idaho lui avait dit et il espéra qu'il avait tort ; mais il voyait bien que même dans cette prison, avec son système d'autogouvernance, il n'y avait rien qui ressemblât à l'égalité ; le gros, le fort et le riche seraient naturellement mieux lotis. C'était pour ça qu'on lui proposait une solution de sortie.

« Je participerai pas à ton racket, dit-il à McHenry. Tu veux savoir ce que t'es ? T'es rien qu'un *capo*. T'as beau être de ce côté-ci des barreaux, tu vaux pas mieux que les matons. T'inquiète ; pour rien au monde je voudrais être à ta place à me biler de devoir gérer des types dans mon genre.

– Là, t'as marqué un point, Levitt, dit McHenry pas du tout blessé. C'est vrai que tu m'inquiètes. Mais vieux, si je dirige pas c'te taule, faut que quelqu'un d'autre le fasse. Ces types, y savent pas c'qu'est bon pour eux et y feraient n'importe quoi, sans l'règlement. Pour c'qui est des matons, y peuvent pas tout contrôler d'où ils sont ; tu l'sais, ça. Sans cour sanitaire, les gars se foutraient sur la gueule au bout de dix minutes, juste pour avoir un traitement de faveur. Et comme tu l'sais, on serait pas dans la merde.

– Pour sûr. Bref, tu diriges la baraque pour notre bien à tous. C'est pour ça que je vais te filer un coup de main, parce que ce traitement de faveur, il me botte carrément.

– Comme tout le monde, non ? » sourit McHenry.

Ils étaient donc sur la même longueur d'ondes, et pendant quelques semaines, Jack eut l'autorisation, avec un signe de la tête en remerciement de sa force et de sa capacité à l'utiliser, d'évoluer à la marge de la structure sociale simplifiée qui régnait sur le séchoir. Pendant un moment, cela lui convint, parce que comme il se le dit avec ironie, il avait voulu du temps pour réfléchir. En dehors du bruit plus ou moins constant, la prison du comté était un bon endroit pour réfléchir. Bien sûr, il y avait des distractions. De nouveaux prisonniers arrivaient, d'autres qui étaient libérés, et il était toujours intéressant de voir qui étaient les nouveaux et comment ils réagissaient au séchoir. La plupart avaient déjà fait de la prison, en referaient, et la considéraient comme une simple phase de transition ; mais il y avait des pékins ordinaires, bouleversés, en colère, stupéfiés, frustrés, apeurés, terrifiés à l'idée de passer le restant de leur vie en taule. Mais la plupart de ces derniers passaient surtout par la cellule de dégrisement en bas. Une nuit, un vieil homme fut amené pour agression à main armée. Ils surent toute l'histoire par l'un des gardiens : le vieux vivait avec la famille de son fils, et sa petite-fille s'était fait mettre en cloque par un garçon, du coup les deux familles s'étaient rencontrées pour définir les responsabilités et décider quoi faire. Au début, ils conclurent que tout était la faute du garçon qui avait incité la fille à coucher avec lui ; puis ils accusèrent la fille de s'être laissée faire (les gamins n'étaient qu'en première), ensuite les parents de chaque côté se reprochèrent d'avoir mal élevé leurs enfants, et finalement, après bien des protestations, ils s'accordèrent pour dire que la faute revenait à cette société moderne qui empêchait d'élever ses enfants correctement ; tous ces films, et la télévision et la violence, le sexe à toutes les pages des magazines, et la façon qu'avaient les filles de s'habiller aujourd'hui ; bref, le vieux qui écoutait les débats d'un air dégoûté assis en retrait était monté dans sa chambre à l'étage et en était redescendu avec son fusil deux coups calibre 12 et avait foutu la trouille à tout le monde en pointant l'arme sur le môme et en gueulant que nom d'un chien, il ferait ce qui serait bon pour la fille ou bien le grand-père partirait à sa recherche, le retrouverait où qu'il soit, et par Dieu, il jurait de lui trouer la peau. Le gamin avait poussé un cri, avait sauté par la fenêtre panoramique, et s'était blessé assez gravement, si bien qu'après avoir appelé une ambulance ses parents joignirent la police. Ils ne pensèrent pas une seconde à mettre le comportement du grand-père sur le compte de la société moderne.

Dans le séchoir, tout le monde s'accordait pour dire que le vieux avait bien fait et qu'il fallait montrer aux jeunes qui était le patron. Mac McHenry releva que les détenus les plus difficiles et les plus bruyants étaient invariablement jeunes. Le vieil homme, le regard pétillant et intéressé, dit aux autres : « Les gars, cette bonne vieille pétoire m'a été utile plus d'une fois. Quand la petite, la même petite, je vous ferais remarquer, avait autour de quatre ans, on vivait à Santa Rosa – j'venais de prendre ma retraite après trente-deux ans dans la plomberie, les gars – et le voisin, il avait un de ces dobermans, un chien avec une sale gueule comme j'en ai jamais vue de ma vie ; j'ai dit à ses maîtres : “Si vous laissez ce clébard en liberté et qu'il vient fourrer sa truffe par ici, vous feriez mieux de commencer tout de suite à chercher un bout de terrain où l'enterrer”, voilà ce que j'leur ai dit, mais le type en était tellement fier de son gros cador qu'il le laissait dans le jardin attaché à une longue corde, à chier sur la pelouse, à déterrer les fleurs et montrer sa gueule de chien méchant. Bon

Dieu, c'était vraiment pas un chien à avoir en ville. Si j'avais eu mon mot à dire, tous ces gros clébards, surtout les dobermans, je les aurais fait buter une bonne fois pour toutes. Bon, bref, la p'tite Darcy (sacré blaze pour une gamine, pas vrai les gars ?) est allée dans le jardin d'à côté un après-midi pour voir le chien de plus près et bien sûr, comme ce bestiau était une brute sans cervelle, il a mordu la gamine au bras. Elle a cavalé jusqu'à la maison et est venue me voir en pleurant et en pissant le sang, alors j'ai enroulé un tissu autour de son bras, j'ai appelé l'hôpital, et puis je suis monté à l'étage chercher mon fusil qui me servait à tirer les volatiles, et je suis allé chez les voisins où j'ai envoyé le molosse direct au paradis des clébards, ça a fait ni une ni deux. Après, j'ai conduit Darcy à l'hôpital, et ensuite, je suis allé trouver le voisin à son boulot – il travaillait dans les assurances-vie – je suis entré et j'ai dit : "Monsieur, j'ai tué votre chien d'un coup de fusil. Voilà soixante-quinze dollars ; c'est ce que vous avez payé pour la bête, ils sont à vous." Il m'a dévisagé, il avait les lèvres qui bougeaient, il voulait savoir ce qui était arrivé et je lui ai raconté, alors il a regardé l'argent dans ma main – je trimbale toujours plein de liquide, on sait jamais –, et il a commencé à m'injurier tout bas, mais bon Dieu, ça l'a pas empêché de prendre l'argent et même qu'il l'a compté. Après, je suis rentré à la maison. Sa femme ne m'a plus jamais adressé la parole.

– Tu as buté un chien ? a demandé l'un des détenus. Un chien attaché et qui pouvait pas s'enfuir ?

– Exact, fiston. Une sacrée brute.

– T'avais pas l'droit de faire ça.

– Je veux, mon n'veu, que j'avais le droit ! Maintenant si vous voulez bien m'excuser, les gars, faut que je pionce. »

Le vieil homme fut libéré sous caution le lendemain et Jack apprit plus tard qu'il avait été condamné à une peine de cinq ans avec sursis et de deux ans en liberté surveillée. Jack pensait que le vieux avait fait le bon choix dans les deux cas, mais la mort du chien mettait en rogne la plupart de ses codétenus.

Les pékins moyens du genre du vieux étaient généralement libérés sous caution ou, s'ils étaient condamnés pour un délit, ils étaient envoyés illico à la ferme, mais il y avait une ou deux exceptions.

La première fut un homme d'environ vingt-cinq ans qui vivait à Sausalito, dans le comté de Marin, juste à côté. D'après le récit teinté d'ironie qu'il en fit, il rentrait chez lui après une fête à Redding, soûl au dernier degré à cause de derniers verres bus trop rapidement, et au moment de franchir la frontière du comté de Balboa, il décida qu'il était trop bourré et trop crevé pour poursuivre sa route, si bien qu'il se rangea sur le bas-côté et s'endormit. Il fut réveillé par la lumière d'une lampe torche braquée sur son visage. La police le fit descendre de voiture et lui demanda de se tourner et de se pencher en avant contre le véhicule pour qu'il puisse être fouillé. Ensuite, les agents le firent marcher en ligne droite, reniflèrent son haleine. Ils passèrent la voiture au peigne fin. Pour finir, ils l'embarquèrent, le mirent en cellule de dégrisement, et le lendemain matin il passa en jugement devant la cour municipale avec le reste des poivrots récoltés durant la nuit. Il fut accusé d'ivrognerie sur la voie publique. Il expliqua au juge qu'il ne conduisait pas, qu'il dormait. Le juge lui demanda s'il était soûl en arrivant sur les lieux où il s'était endormi, et il répondit que oui, qu'il s'était arrêté parce qu'il se rendait compte qu'il était ivre. Le juge déclara que ça n'avait aucune importance. Il le condamna à une amende de deux cent cinquante dollars, aussi le type perdit son calme et se mit à hurler après le juge qui l'envoya passer dix jours à la prison du comté pour outrage à la cour.

« Bref, j'ai atterri ici parce que je n'avais pas pris le volant en état d'ivresse, expliqua-t-il. C'est pas casse-burnes, comme histoire ?

– Non, tu as atterri ici parce que tu as gueulé sur le juge, le corrigea Jack. Pour n'avoir pas pris le volant en état d'ivresse, t'as écopé d'une contredanse. »

Ce type-là fut très populaire pendant son séjour. Il jouait au poker avec intelligence et gagnait beaucoup d'argent, s'émerveillait que les détenus aient le droit de passer leurs journées à jouer aux cartes et répétait que ça ne le gênerait pas de leur rendre visite de temps en temps histoire de taper le carton. Il passa devant la cour sanitaire, se prit quelques raclées symboliques et paya ses amendes avec humour, obéit aux règles, se montra amical avec tout le monde, jamais hautain, et à la fin de ses dix jours, il descendit à la cafétéria où il paya pour que des paquets de cigarettes soient livrés de sa part aux « gars du dernier étage ». Il était chimiste de profession et tout le monde l'admirait pour ses connaissances, son éducation et ses bonnes manières.

Jack l'enviait ; il avait un boulot qu'il aimait, une existence agréable et une attitude positive face à la vie. Jack et lui avaient le même âge.

Il n'en alla pas de même avec le deuxième type. Cet homme-là avait la cinquantaine, cadre dans une quincaillerie, et son histoire fit la une de tous les journaux. Lui aussi était ivre au moment de rentrer chez lui, mais plutôt que de se garer pour se reposer, il s'était endormi au volant alors qu'il roulait à cent kilomètres à l'heure, et sa voiture avait foncé dans une autre, à l'arrêt, où quatre ados étaient en train de se peloter. Trois d'entre eux furent tués sur le coup, deux filles et un garçon, le survivant arriva à l'hôpital avec une commotion cérébrale sévère et une clavicule cassée. Le cadre sortit de voiture, vit ce qu'il avait provoqué et prit la fuite. Deux agents le retrouvèrent qui se cachait dans un jardin et il leur proposa cinquante dollars chacun pour le laisser partir. Réaction stupide ; sa voiture, réduite à l'état d'épave, était encore sur place, mais l'homme ne semblait pas avoir toute sa tête. Quand les agents refusèrent l'argent, il frappa l'un d'eux et tenta une fois de plus de s'enfuir. Il fut donc inculpé pour homicide involontaire, tentative de corruption et agression d'un représentant de l'ordre. Quand il arriva dans le séchoir tôt dans la matinée, les premiers mots que les détenus l'entendirent prononcer furent : « Vous pouvez pas me faire ça ! » Ils surent donc qu'ils avaient affaire à un pékin moyen. Les pékins moyens disent tous ça.

Après sa mise en examen pour homicide involontaire (les deux autres chefs d'accusation furent rejetés), l'homme retourna au séchoir et dut enfiler une salopette. Sa caution avait été fixée à cinquante mille dollars et personne ne l'avait payée. C'était un type rougeaud et pontifiant, les cheveux blancs, et il avait l'air aussi ridicule dans sa salopette qu'un millionnaire se rendant à une soirée costumée. Il régnait une excitation sourde entre les prisonniers ; pour la plupart, cet homme représentait leur pire ennemi, la respectabilité, et non sans cruauté, ils étaient impatients de le voir devant la cour sanitaire, froc sur les chevilles pendant qu'il se ferait botter le cul, l'observer en silence pendant qu'il apprendrait qu'on pouvait le dépouiller de sa dignité avec une facilité déconcertante, et que pour une fois, il était à la merci des opprimés. Personne ne lui adressa la parole de la journée et il resta dans sa cellule à geindre la tête dans les mains ou à tourner en rond. Tous savaient parfaitement qu'il enfreignait l'une des règles du séchoir, mais ils se gardèrent bien de le lui expliquer.

Cependant, le type ne fut pas conduit devant la cour sanitaire. Le lendemain, McHenry entra dans sa cellule, se planta devant lui et ils discutèrent pendant près d'une heure, puis McHenry sortit, fit venir le gardien assis au bureau, lui chuchota quelque chose à l'oreille, et quand le gardien réapparut un peu plus tard, il apportait un plateau avec de la nourriture pour le cadre.

Quand le gars n'était pas au parloir avec son avocat, il restait dans sa cellule. Il refusait de parler aux autres prisonniers à l'exception de McHenry, et Mac fit savoir que lui, Mac, interdisait strictement qu'on touche à cet homme. Il envoya un clin d'œil à Jack. « Ce type a le bras long, dehors. On l'berce trop près du mur et tout disparaît. »

Le cadre sortit tout juste avant Jack, grâce à son avocat qui lui obtint une mise en liberté sous caution.

À un moment donné, la colère commença à travailler Jack d'une façon profonde, intime, qui n'avait rien à voir avec le séchoir ou les détenus. On ne pouvait pas leur reprocher leur comportement, et si Jack se mit à détester la cour sanitaire et McHenry, ce n'était pas parce qu'il ne comprenait pas la nécessité pour les taulards d'organiser leur vie, ou du moins de faire semblant. Il comprenait, mais détestait ça quand même. Il ne parvint même pas à détester McHenry en personne, parce qu'il n'était que le plus fort et le plus malin du lot, pas le pire ; et s'il tombait, le numéro deux prendrait sa place à la cour, et ce numéro deux aurait très bien pu être Jack. Il le sentait, et il réfléchissait souvent au plaisir que conférait le pouvoir ; et pour ça, il se détestait. Il ne pouvait pas détester les gardiens parce que ce n'était pas eux qui l'avaient jeté en prison, ils s'assuraient juste qu'il *reste* en prison. Ils ne faisaient que leur boulot. D'accord, certains s'engraissaient sur le dos des détenus, mais Jack ne voyait pas pourquoi ils s'en priveraient. Si ce n'était pas eux, quelqu'un d'autre le ferait. Tout le monde faisait son boulot, s'arrangeait pour que la mécanique ne se grippe pas. Jack ne pouvait donc détester et accuser que lui-même. Et au bout du compte, il ne pouvait pas non plus s'en vouloir car il n'avait pas fait exprès d'aller en taule ; il essayait simplement de vivre sa vie à sa manière, mais cela ne fonctionnait pas et il avait atterri, presque par hasard, en prison. Il ne pouvait pas détester le *hasard.* Ce serait dingue. Il voulait bien admettre qu'il avait été content de lui, qu'il avait entretenu le souvenir de son long séjour au trou des années plus tôt ; il avait cru que la prison serait une partie de plaisir tant le trou avait été cauchemardesque ; mais il commençait à douter. Il vieillissait. L'ennui de cette vie, l'uniformité, le bruit constant et l'odeur du séchoir le rendaient dingue. L'enfermement le rendait dingue. Il n'éprouva plus aucun mépris pour le cadre ; le cadre avait raison : ils ne peuvent pas me faire ça. Ils n'ont pas le droit de me faire ça à moi ou à quiconque. Il les détestait tous. Mais ça semblait dingue de les détester. Il se persuada qu'il était en train de devenir dingue.

Ce fut un soulagement de sombrer enfin dans la folie furieuse ; c'était un acte purement rationnel qui n'avait aucun rapport avec McHenry ou le pauvre imbécile pour qui Mac arrondissait les angles. C'était l'expression de sa santé mentale, un hurlement de rage adressé au monde qui mettait les hommes dans des prisons. La goutte d'eau finit par faire déborder le vase et il s'abandonna à sa passion.

L'homme était ouvrier agricole, sans doute un *bracero*, et il comprenait à peine l'anglais. Il ramassait des fruits depuis deux semaines à genoux sous les rangées de pruniers quand, une nuit, il s'était soûlé dans une salle de billard et avait menacé un type avec un couteau. Il écopa d'un an à cause du couteau et on lui refusa la ferme pénitentiaire parce qu'il avait été fiché pour insubordination lors de son dernier séjour en prison. La nuit de son jugement par la cour sanitaire, il se tint bêtement devant McHenry, sans comprendre ce que McHenry lui disait. Comme d'habitude, Jack resta très en retrait, les bras croisés à regarder le déroulement de la procédure. Mac était d'une drôle humeur ; il n'arrêtait pas de demander au *bracero* s'il acceptait de payer son amende, et lorsque l'homme ne répondait pas, il le condamnait à des amendes supplémentaires ou augmentait le nombre des coups qu'il recevrait.

Jack était dégoûté de voir Mac se moquer de cet homme dans son agréable accent traînant simplement parce que ce dernier était faible et stupide et que Mac détenait le pouvoir. Le *bracero* pensait sans doute que Mac était un représentant de la justice et il hésitait, bégayait et suscita l'hilarité générale en lâchant :

« Oun raclée, cé quoi oun raclée ? »

Mac était amusé.

« Je vais te montrer c'est quoi, une raclée. Virez-moi son fute. »

Jack partit au quart de tour. Il était totalement hors de lui, bien qu'il apparaisse calme et en pleine possession de ses moyens. À l'intérieur, il était déchaîné.

« McHenry, dit-il d'une voix qui ne tremblait qu'à peine, pas d'doute, t'es le plus grand salopard de péquenot sudiste que j'aie jamais vu de ma vie. J'parie que ça t'fait bander, tout ça. J'parie que c'est comme ça que tu t'excites, espèce de raclure de bouseux. Les bonnes femmes, t'as jamais entendu parler ? »

McHenry comprit sur-le-champ et retomba sur sa chaise, lançant des signaux désespérés aux autres, mais il était trop tard. Jack plongea sur lui par-dessus la table et ils roulèrent au sol, grognant et frappant avant que quiconque ne puisse les arrêter.

L'empoignade ne dura que quelques minutes et fut stoppée quand ils virent Jack fracasser le crâne de McHenry contre le béton, les doigts enfoncés dans ses épaules. McHenry avait les yeux exorbités, du sang lui coulait de la bouche et éclaboussait le sol, et quand ils repoussèrent Jack, Mac s'affala lourdement et perdit connaissance, les yeux toujours ouverts. Il revint à lui le lendemain matin, alors qu'il portait un bandage autour de la tête. Il ne souffrait d'aucun traumatisme et n'avait eu que quelques points de suture. Mac dut toucher deux mots aux gardiens avant son retour au séchoir parce qu'ils surgirent avant l'aube et enfermèrent Jack dans sa cellule. Il y resta jusqu'à son départ du comté de Balboa.

Même les rouages bien huilés du comté peuvent avoir un raté. Dans ce cas précis, le juge qui était censé statuer sur le dossier de Jack mit à mal le mécanisme. Costigan, l'avocat, raconta tout à Jack, d'une voix sèche et amère. Le juge déclara qu'il n'accepterait pas une telle réduction des chefs d'accusation, d'enlèvement au délit de complicité dans l'incitation à la délinquance d'une mineure. Ceci n'est pas du ressort du juge, normalement, mais celui-ci en avait décidé autrement. En privé, bien sûr, le juge expliqua au procureur Forbes et à Costigan que, d'après lui, Levitt devrait faire de la prison, et pas dans un établissement du comté. Il sous-entendit que si le procureur essayait de transformer les chefs d'accusation en simple complicité, le juge condamnerait Levitt à un an dans la prison du comté et mettrait un point d'honneur à contacter San Francisco pour qu'ils le poursuivent pour viol. Dans ce cas, Levitt sortirait uniquement pour être réincarcéré sur-le-champ. Costigan était très déçu, mais Forbes dit qu'il voyait un moyen de résoudre ce dilemme. Jack pouvait plaider coupable d'avoir couché avec la fille dans la voiture alors qu'ils étaient encore dans le comté de Balboa, et ils laisseraient tomber la partie sur l'arme et l'usage de la force pour en faire un détournement de mineure. Il avança cette proposition au juge qui accepta de condamner Jack à une peine légère, cinq ans avec sursis, peut-être.

« Impossible de faire mieux, dit Costigan. Je suis sincèrement et profondément navré.

– Je m'en fous », dit Jack.

Il était vide. Il était vide depuis l'agression de McHenry. Pour une fois, tout se déroula simplement. Il passa devant le juge, renonça à la période d'attente, fut condamné dans la foulée. Le lendemain, il partit pour Chino, entravé à l'arrière d'un break, quittant le comté de Balboa comme il y était entré, accompagné de deux agents en uniforme au lieu de deux inspecteurs. Les agents suivaient une formation en criminologie à la fac d'État de San Jose, et avaient demandé d'effectuer eux-mêmes le transfert parce qu'ils voulaient voir le centre de Chino. Ils rédigeraient un article sur le sujet.

ONZE

La ceinture en cuir lourd qui lui ceignait la taille était accrochée dans son dos. La chaîne des menottes passait dans deux anneaux en acier renforcé sur le devant de la ceinture, ce qui l'empêchait de bouger les mains de plus de quelques centimètres. S'il voulait fumer une cigarette, il lui fallait incliner la tête vers ses mains pour tirer une taffe, et bien sûr, l'un de ses gardiens devait allumer la cigarette pour lui. Reliée à la chaîne des menottes se trouvait la chaîne des entraves, qui lui serraient les chevilles en sorte qu'il ne pouvait marcher qu'à petits pas ; et cette chaîne-là était trop courte pour lui permettre de se tenir vraiment droit.

Deux autres cas difficiles et lui-même avaient dû être aidés pour monter dans le bus avec le reste de ceux qui faisaient le trajet du centre de Chino jusqu'à leur destination finale, San Quentin.

Les trois cas difficiles s'assirent devant, sous la surveillance des deux gardiens armés de fusils anti-émeute. La vitre du conducteur était baissée et le vent chaud soufflait sur le visage de Jack; mais il valait mieux ça que de ne pas avoir d'air du tout. Il prit des inspirations profondes comme si c'était la dernière bouffée d'air qu'il respirait; il n'avait pas oublié l'impression de suffocation qui l'avait pris parfois dans le trou et il ne voyait rien dans l'avenir que la répétition sans fin de ce qu'il y avait vécu. Il possédait désormais la réponse à toutes ses questions. Il savait ce qu'il aimait. Il aimait la liberté, et ce long trajet en bus serait sa dernière chance de l'éprouver, de poser son regard sur le monde, d'ouvrir ses oreilles et ses poumons à ce monde, le vrai monde, avant qu'il ne soit de nouveau enfermé dans une éternelle obscurité. Il ne pleurait pas sur son sort. Il était trop occupé à absorber le monde, à essayer *d'être présent à lui*.

Le dur à cuire assis à ses côtés marmonna et jura pendant tout le trajet dans la chaude vallée du matin, le menton sur la poitrine, les yeux fermés. Il était complètement fou. Âgé d'une quarantaine d'années, il avait été expert-comptable et notaire. Une nuit, environ trois mois plus tôt, il avait regagné son domicile après le travail, avait pris un couteau de boucher dans la cuisine, s'était approché de sa mère invalide qui dormait et l'avait poignardée plus de trois cents fois. Puis il avait sorti le corps par la porte latérale, l'avait fourré dans le coffre de sa voiture et était parti. Ayant remarqué le petit manège, plusieurs voisins avaient appelé la police avant même qu'il ne quitte le quartier. Il eut le temps de rouler des heures avant d'être appréhendé. Il était apparu rationnel lors du procès, ce n'est que bien plus tard qu'il perdit la tête. À Chino, tout le monde le craignait, même si, là encore, il se comporta de manière rationnelle face aux autorités, mais au moment de partir pour San Quentin, il craqua. L'autre dur à cuire était assis derrière Jack, tout seul. C'était un nègre, comme la plupart des autres passagers. Il était fiché comme difficile parce qu'il avait résisté à son arrestation et avait tenté de s'enfuir de la prison du comté. Il devait faire dix ans pour vol à main armée. Les gardiens surveillaient surtout ces trois-là.

Lorsque le bus s'arrêta dans un petit *diner* le long de la route, un soleil de plomb au-dessus de leur tête, on emmena tour à tour les détenus se restaurer et passer aux toilettes, et pendant ce temps, les trois cas durent rester allongés face contre terre dans le fossé du bas-côté, les gardiens se relayant pour les surveiller, toujours armés de leur fusil anti-émeute. Jack resta là plus d'une heure, alors que le soleil lui grillait la peau du crâne, que le gravier lui râpait la joue, ne pensant à rien, l'esprit et les sens délivrés de toute obstruction ; nerveusement prêt à ce que les gardiens, l'État, les autorités fassent la moindre petite erreur, lui offrent un semblant de faille dans lequel il pourrait s'engouffrer et exploser ; non pas s'échapper, c'était impossible et sans intérêt ; non, *exploser*, détruire, tuer, leur montrer qu'il n'avait pas de limite et qu'il leur faudrait soit le briser soit le tuer, et que la seule façon de le briser serait de le tuer ; et il savait que *ça,* ils n'en avaient pas le courage, alors que lui, si. Il attendait, donc, le plus petit relâchement, un amollissement chez l'un des gardiens peut-être, une faiblesse momentanée ou une faute d'inattention, le fusil qui s'approche d'un peu trop près pendant qu'il allume une cigarette. Ils étaient tous les mêmes pour Jack. Il connaissait les règles, à présent. Ils ne le tuerait pas à moins qu'il ne les tue lui. Alors il les tuerait. Et il n'aurait pas à retourner au trou.

Tout à coup, Jack eut très peur d'aller en prison. Il se rappela ces longs moments au trou, interminables, qui l'entraînaient vers la folie ; non pas le soulagement sous forme d'hallucinations, mais la folie terrifiante, froide et humide, quand rien n'avait de sens et que toutes les illusions le faisaient trembler de peur ; le moindre bruit le faisait sursauter, le moindre rêve dont il se réveillait avec des sueurs froides et une terreur de l'inconnu le paralysait – la folie, une éternité de peur. Il sentait le gravier, le sentait entamer la chair de sa joue. L'arrière de son crâne lui donnait l'impression qu'il allait exploser sous l'effet de la chaleur. Il savait qu'il devait bouger la tête, la tourner de l'autre côté. L'odeur du gravier lui soulevait le cœur, mais il avait peur ; s'il vomissait, peut-être que ses intestins le lâcheraient et lui ressortiraient par la bouche. Il craignait que, s'il tournait la tête, le gardien comprenne le geste de travers et la lui fasse sauter ; pourtant, s'il ne tournait pas la tête, qu'il ne la levait pas, laissait le gravier s'incruster dans son épiderme, il deviendrait fou. La sueur, qui ruisselait de son front, lui brûlait les yeux. Il avait peur de cligner des paupières ; ils le verraient et la crosse du fusil s'abattrait sur son crâne et ferait gicler sa cervelle fumante sur ses cheveux et dans ses yeux, et là, c'est sûr, il deviendrait fou durant la seconde précédant la mort et crèverait en hurlant ; il hurlerait jusqu'à la fin des temps.

Ils durent l'aider à remonter dans le bus, mais même s'il avait été libre de ses mouvements il n'aurait pas pu y arriver seul. L'un des gardiens donna des sandwichs et du café aux trois durs une fois le bus en route, et Jack sentit la vieille voracité monter en lui, alors il s'intima de rester tranquille, le sandwich sur les genoux, le gobelet de café chaud à la main, jusqu'à ce que la sensation s'estompe. Puis il se mit à manger. C'était un sandwich délicieux au thon avec du céleri, mais Jack avait mal à la nuque d'avoir à se pencher pour manger. Pour le café, c'était encore plus compliqué. Il devait suçoter le bord du gobelet parce qu'il ne pouvait pas trouver de bon angle pour faire couler le café dans sa bouche. Il ne put avaler que quelques gorgées chaudes avant d'abandonner et de demander une cigarette au gardien.

« Tiens, mon gars », dit ce dernier.

Jack garda la cigarette en coin, recrachant la fumée par le nez. Il observa le gardien. Un visage épuisé et bouffi. Même dans son uniforme d'été, il paraissait crever de chaleur et de fatigue. Sa chemise avait des auréoles de sueur aux aisselles. Jack vit que ses doigts qui tenaient le fusil avaient viré au blanc tant ils étaient contractés ; l'homme était donc nerveux. Il l'était sans doute depuis le début de la matinée. En fait, pensa Jack, cet homme devait être tendu dès qu'il prenait son service. Il se pouvait que chaque fois qu'il se rendait au travail, un morceau de ce truc mystérieux qui le maintenait entier se désintégrait, disparaissait, et il rentrait chez lui un peu plus amoindri. Il rentrait chez lui le soir après le travail, la tension contractant encore ses muscles, et il buvait une bière. Il faisait toujours une chaleur étouffante à Chino ; peut-être que le gardien avait une petite terrasse derrière sa maison où il avait installé une chaise pliante. Il emportait sa cannette de bière dehors, s'asseyait dans la chaise et se mettait à boire, à attendre. Peut-être que sa femme jardinait sous le soleil de fin de journée. Il lui parlait. Elle se redressait, se tournait vers lui en souriant. La lumière éblouissante l'empêchait de bien voir le sourire de sa femme, mais il le devinait et un fragment de lui s'en allait. Emportant un peu de sa personne avec lui, mais cela en valait la peine. Puis il se souvenait que le lendemain, il lui faudrait refaire le trajet jusqu'à San Quentin. Pendant quelques secondes, il envisageait de demander à un collègue de le remplacer. Ou d'appeler pour se faire porter pâle. Il buvait une gorgée de bière, puis une autre. Il levait une main pour s'allumer une cigarette. Il poussait un soupir, comme pour se dégager les poumons, mais cela restait sans effet. Sentant son malaise, sa femme suggérait qu'ils aillent voir un film au *drive-in* avec des amis. Il acquiesçait, remarquait à quel point il serrait les dents, se massait les muscles sous les oreilles, doucement, pour essayer de les détendre. Il était conscient de grincer des dents dans son sommeil. Sa femme le lui avait dit et souvent, lorsqu'il faisait une sieste, il se réveillait avec le goût du sang dans la bouche, ce délicieux goût de mort. Son visage était bouffi à force de trop manger. Manger lui faisait du bien. C'était quasiment la seule chose qui marchait chez lui.

Jack venait de rêver tout éveillé ; le gardien était simplement assis à sa place, la main sur le fusil, en nage. De temps en temps, il regardait par la vitre vers la vallée brumeuse, comme pour tenter d'apercevoir le paysage. Le gardien détestait sûrement son boulot, pensa Jack, mais n'avait pas les tripes ni l'ambition d'en changer. Peut-être qu'il n'avait pas le choix non plus. Il n'avait pas la tête du type qui trouve facilement du boulot.

« Ça fait combien de temps que vous êtes gardien ? » demanda Jack.

Le regard du maton passa rapidement sur Jack. « Interdiction de parler. »

Jack n'éprouva plus aucune compassion.

« Mais j'ai besoin de pisser.

– Moi aussi, mec, lança le gros dur derrière Jack. Pourquoi qu'on s'arrêterait pas pour pisser un coup ?

– Allons tous PISSER ! » hurla Jack.

Les mots étaient à peine sortis de sa bouche qu'il vit l'œil grand ouvert d'un canon de fusil sous son nez. Il gloussa. Te gêne pas, connard, appuie.

Le gardien assis sur la banquette d'à côté pointa son arme en direction de Jack.

« Fais pas attention à lui, dit-il au premier gardien. S'il fait le malin, j'lui fous un coup.

– Ta mère, elle suce des nègres, dit Jack au second gardien.

– Hé, mec ! protesta le type de derrière.

– Sauf ceux ici présents, rectifia Jack.

– Pas sûr que ça m'plaise trop, c'plan, dit le nègre.

– Fermez-la, dit le premier gardien.

– T'occupe, dit le second. Y m'font pitié, ces pauvres types. »

Mais le premier gardien paraissait encore vexé.

« Vous connaissez les règles, les mecs. Interdiction de parler.

– *Et*, ajouta l'homme derrière Jack, interdiction de pisser. »

Jack se fatigua de ce petit jeu. Il retomba dans le silence, et au bout d'un moment, le fusil s'éloigna de son visage. Il vit le second maton esquisser un sourire. Il faillit dire quelque chose. Mais cela aurait été inutile ; le second gardien penserait qu'il l'avait bouclée par peur, et rien de ce que dirait ou ferait Jack ne le pousserait à changer d'avis, et de toute façon, il avait sans doute raison. Jack se dit que le second gardien était peut-être très épanoui dans son travail. C'est ma revanche de le faire passer pour un salaud, pensa-t-il. Et le chauffeur ? Je parie que lui aussi, c'est un salaud. Les gentils sont enchaînés alors que les méchants sont armés et payés pour l'être. Ah ah.

« Qu'est-ce qui te fait sourire ? demanda le second gardien.

– Rien. Je mettais juste au point mon évasion.

– Tu nous emmènes, dis ? », fit l'homme derrière lui, une étrange excitation dans la voix. Puis il gloussa. « Sois sympa, vieux, emmène-nous avec toi. »

Le second gardien sourit.

« Ok », dit-il avec une douceur paternelle.

Tout au long de la journée, le détenu assis à côté de Jack ne cessa de marmonner et de jurer.

« Est-ce que tu vas la fermer ? » finit par lui dire Jack. L'homme tourna les yeux vers lui, et un instant, Jack eut peur de ce qu'il vit, une froideur absolue qui ne semblait s'arrêter sur rien. Son regard n'était pas vide, mais au contraire très vivant et complètement incongru au milieu de ce visage docile d'employé de bureau. Jack ne put le soutenir bien longtemps et se mit à contempler la vallée qui s'assombrissait avec l'arrivée du crépuscule. Ils roulaient désormais sur l'autoroute, pris dans la circulation de fin d'après-midi. Il observa les voitures qui entouraient le vieux bus, avec, pour la plupart, juste le conducteur et pas de passagers ; des hommes qui semblaient fatigués et souffraient de la chaleur. Des milliers de voitures, des milliers d'hommes, libres de rentrer chez eux par l'autoroute dans des voitures vides, et Jack les envia terriblement.

DOUZE

Le nègre assis derrière Jack dans le bus voulait encore moins aller en prison que Jack. Il s'appelait Claymore. Il n'était pas si dur que ça, même s'il avait braqué une épicerie à main armée. Son problème était qu'il tentait toujours de s'évader. Quand la police de Watts, en Californie, vint l'arrêter, il sauta par la fenêtre à l'arrière de son appartement et on le récupéra dans l'allée avec une cheville foulée. Ensuite, il profita d'un feu rouge pour essayer de descendre du véhicule de police. Il n'opposait aucune résistance violente, il voulait juste s'enfuir. Au poste, alors qu'il était menotté à l'un des agents, il chercha à se faufiler hors de la pièce, et quand on le rattrapa, il prétendit qu'il voulait aller aux toilettes. Claymore ne fit pas d'autre tentative d'évasion jusqu'à sa comparution au tribunal municipal. Il essaya de quitter le tribunal à pied après qu'on lui eut signifié qu'il y aurait un procès, et pendant le procès, trois semaines plus tard, il recommença, mais cette fois, il partit en courant. En vain. À la prison du comté, il fit trois tentatives d'évasion, dont une où il réussit à atteindre les ascenseurs, mais quand les portes s'ouvrirent au rez-de-chaussée, la police l'attendait. La seule solution était de l'enchaîner comme un animal. Les gardiens s'exécutèrent, mais à contrecœur, car Claymore n'avait pas du tout l'air dangereux.

Une fois leurs entraves retirées, ils prirent une douche puis s'assirent dans un coin du gigantesque réfectoire de San Quentin pour dîner. « C'est juste que j'veux tout l'temps m'faire la belle, expliqua Claymore à Jack. J'ai dix ans à tirer, bordel. »

Jack était encore en isolement quand Claymore tenta sa première évasion de San Quentin. Il resta introuvable pendant trois jours. Il avait été envoyé dans l'une des usines et il disparut dès le premier jour. Cela stupéfia tout le monde. Ils le découvrirent au bout du troisième jour, terré dans une conduite d'aération. On le plaça en isolement pendant un moment et deux conseillers s'efforcèrent de lui parler. Ils le persuadèrent que cela réduirait ses chances de sortir plus tôt s'il continuait de chercher à s'évader. Il reconnut qu'ils avaient raison et retourna au travail. Il passa trois semaines dans une pièce à vernir les meubles fabriqués par l'usine, puis se volatilisa une fois de plus pendant plus d'un mois. On l'arrêta dans le Colorado à bord d'une voiture volée. Les autorités de deux États et le gouvernement fédéral affirmèrent qu'ils pouvaient lui régler son compte et le condamnèrent à cinq ans d'incarcération dans une prison fédérale pour avoir traversé une frontière avec une voiture volée, après quoi il retournerait en Californie pour purger les dix ans de sa condamnation précédente. À cause de son dossier, Claymore atterrit à Alcatraz, et quand la nouvelle de sa capture et de son jugement arriva à San Quentin, Claymore était déjà incarcéré à quelques kilomètres de là, de l'autre côté de la baie. Personne ne s'était jamais évadé du Rocher.

« C'te Claymore est sacrément courageux, dit le compagnon de cellule de Jack. Mais j'aimerais bien savoir comment il s'y est pris pour se tirer de là. Pas toi ? »

Son compagnon de cellule était un nègre qui refusait d'être classé parmi les nègres ; il s'appelait Billy Lancing et Jack et lui s'étaient rencontrés brièvement des années plus tôt. Quand Jack obtint de travailler dans les cuisines, Billy fit jouer ses contacts pour qu'ils deviennent compagnons de cellule. Billy avait changé : ses cheveux roux s'étaient éclaircis, son teint était plus cireux, et au cours de sa carrière de tricheur et pro de l'arnaque au billard, il avait perdu ses dents de devant qui avaient été remplacées par un râtelier d'une blancheur éclatante et visiblement artificielle. Pour le mettre en valeur, Billy avait fait mettre une couronne en or sur ses canines, l'ensemble donnant au sourire qu'il avait plaqué sur le visage un aspect bigarré. À part ça, il ressemblait assez au souvenir que Jack avait gardé de lui : petit, frêle, et l'allure d'un tubard en phase terminale.

Jack ne savait pas quoi penser de lui. Billy parlait beaucoup et Jack voulait qu'on lui foute la paix. Quelque chose ne tournait pas rond à San Quentin, et il voulait du temps pour y réfléchir.

« Tu piges ça, toi ? continua Billy. Il sort d'ici et il se fait pincer dans une voiture volée. *Avec des preuves partout !* Vieux, si jamais je me casse de cette taule, même cracher dans la rue, je l'ferai plus ! » s'exclama-t-il en riant. Il parlait d'une voix aiguë et douce, mais son accent était comique, frôlant la parodie de la façon dont un nègre était censé s'exprimer. Il va sans dire que, lorsqu'il avait tenté d'effacer ses origines raciales auprès des autorités pénitentiaires, il avait été blanc autant dans l'accent que dans l'attitude. Ses seuls traits négroïdes, en fait, étaient ses lèvres et son nez, et il avait soutenu avec véhémence que ce n'était sans doute pas suffisant pour le faire manger et dormir avec, ainsi qu'il les appelait, « la clique des basanés ». Les autorités finirent par céder et Billy rafla vingt-trois paquets de cigarettes aux autres détenus qui avaient parié à deux contre un qu'il n'y arriverait pas. Il avait été seul jusqu'à l'arrivée de Jack.

Voilà comment Jack se retrouva en cuisine plutôt que dans l'une des usines : la première fois, il fut placé à l'isolement, « sur l'étagère » dans le jargon, en attendant de rencontrer un conseiller. Le conseiller ne s'était pas montré méfiant avec lui et n'avait pas fait semblant d'en savoir plus sur Jack que Jack lui-même, ce qui était déjà très inhabituel, et Jack commença à s'inquiéter. Pourtant, le conseiller n'aimait pas particulièrement les taulards non plus. Jack les connaissait, ceux-là : ces hommes et ces femmes – surtout des femmes – qui développaient une fascination pour les cas sociaux placés en institution. Beaucoup venaient à l'orphelinat ou à la maison de correction prétendument pour observer ou même pour donner un coup de main, mais d'après Jack, il s'agissait en fait pour eux de satisfaire leur soif de contempler des animaux sauvages évoluant derrière des barreaux. Tous arboraient cette espèce de regard vitreux que Jack avait appris à identifier, après quoi le but avait été de les repérer et de les amadouer pour qu'ils lâchent de l'argent ou des bonbons, et dans le cas de la maison de correction, de s'arranger pour prendre les types à part, leur demander s'ils avaient de l'alcool dans leur voiture et s'ils pouvaient se démerder pour le leur faire passer en douce. Le jour des visites à la maison de correction, on envoyait certains garçons s'occuper du parking, et quand les types farfouillaient dans la boîte à gants pour prendre la bouteille, il y avait toutes les chances pour qu'elle ait déjà été volée. Jack imaginait ces boîtes à gants, le gogo qui filait à sa voiture et s'apercevait de la disparition, et qui devait aimer l'idée qu'on le vole.

Mais le conseiller n'était pas de ceux-là. C'était un petit homme rond au visage rose et doigts délicats qui semblait souffrir d'une gueule de bois. Il parcourut les dossiers institutionnels de Jack tout en clignant des yeux d'un air fatigué, puis sourit à Jack.

« Bon, alors ? Que voulez-vous faire ici ? »

La question stupéfia Jack. C'était la première fois qu'on la lui posait. Il s'assit et resta muet. Il était très mal à l'aise. Le conseiller enchaîna avec le problème de l'adaptation avant de revenir à la charge : « Le fait est que vous êtes ici, et pour un bon moment. Pourquoi ne pas profiter du temps que vous avez devant vous ? Qu'avez-vous envie d'accomplir ? »

De nouveau, la question effraya Jack et il ne répondit pas. Ils le reconduisirent à l'isolement, qui se résumait à un quartier de cellules individuelles séparé du reste de la population carcérale. Il découvrit donc que San Quentin n'avait pas de trou. Ce qui renforça sa peur. Il était préparé au trou ; il n'était préparé à rien d'autre. Il craignait de se mettre à hurler à l'aide s'il ouvrait la bouche. C'était absurde, mais c'était son état d'esprit.

Quand ils vinrent le rechercher deux semaines plus tard, le conseiller lui adressa un sourire affable. Ce matin-là, il semblait sobre, et plutôt animé, même :

« Bon, bon. Me revoilà. Navré de vous avoir fait attendre aussi longtemps. La charge de travail est infernale, ici. Donc, réglons cette affaire, vous voulez bien ? Je vais vous assigner à l'usine de meubles pour commencer. Inutile de préciser qu'ici la vie est plus douce quand on est occupé ; et il y a beaucoup à faire. Ce n'est pas du travail futile. Je suppose. En lisant ces dossiers, j'ai remarqué qu'il ne vous manquait que quelques semestres pour passer votre bac. Est-ce que vous voudriez terminer vos études ici ? Nous avons d'assez bons enseignants. Vous pourriez obtenir une équivalence certifiée par l'État de Californie qui ferait de vous un lycéen comme un autre, si vous voulez. Vous pourriez vous inscrire à l'université et devenir neurochirurgien. Le matin à l'usine, l'après-midi en cours. Études le soir. Vous voulez tenter le coup ? »

Jack ne connaissait qu'une façon de réagir : pousser son interlocuteur à bout.

« J'irai pas, dit Jack. Vous pouvez la garder, votre usine de merde.

– Ce genre de travail ne vous plaît pas ?

– Ça me rend dingue. Je l'ai déjà fait avant. »

Une expression de compassion passa sur le visage du conseiller.

« Je vois ce que vous voulez dire. »

Il ne semblait pas affecté par le « va te faire foutre » virtuel que Jack lui avait lancé.

« Qu'aimeriez-vous faire, dans ce cas ? Si vous ne me le dites pas, je ne peux pas le deviner. »

Le boulot le plus peinard de la prison était aux cuisines.

« Et les cuisines ? dit Jack. Là, j'veux bien y travailler.

– Voyez-vous ça, vraiment ?

– Sérieux. Et je reprendrai l'école, aussi. Enfin, si vous pouvez m'organiser ça. »

Le conseiller agita ses papiers.

– On verra », dit-il.

Jack retourna à l'isolement, se sentant d'ores et déjà conforté dans ses idées, triomphateur, mais tout ce qu'il éprouvait, en réalité, était du dégoût envers lui-même. Il se comportait comme un gamin. Il resta à l'isolement une semaine supplémentaire, puis on le transféra dans la cellule de Billy Lancing où on lui déroula son emploi du temps, en cuisine de quatre heures et demie à midi, promenade, et classe l'après-midi. Il ne comprit pas. Billy avait le même emploi du temps si ce n'est que lui employait ses après-midi à enseigner les bases de l'arithmétique. « Chuis un putain de *génie* des maths, vieux », dit-il à Jack avec un sourire ravi.

TREIZE

Jack passait ses matinées à balayer le réfectoire, alimenter les gigantesques machines à vapeur, récurer marmites et casseroles, bref, à effectuer toutes les corvées de cuisine comme n'importe quel bleu, et durant la promenade du matin, il prenait le soleil, seul. Il avalait sa pitance tôt avec les cuisiniers, puis allait en classe où il passait l'après-midi dans l'atmosphère étrangement nostalgique de l'apprentissage. En fait, c'était la partie la plus lente de la journée. Leur professeur était un détenu, l'un de ces nombreux criminels en col blanc qui avaient fait des chèques en bois, un homme mince et égocentrique dont les cours étaient d'une lenteur pénible, aussi lents que la compréhension laborieuse de l'étudiant le plus attardé ; quant aux autres étudiants, pour la plupart, ils étaient beaucoup plus vieux que Jack. Les jeunes étaient presque tous des branleurs de l'usine, pas même vaguement intéressés par la grammaire, la littérature anglaise ou l'histoire de la Californie. Jack était toujours content de regagner sa cellule à la fin de la journée. Il emportait ses livres, qu'il préférait lire, simplement, plutôt qu'étudier. Et Billy était là, lui aussi, avec un nouveau chapitre de son autobiographie. Non pas que Billy n'ait pas été curieux du passé de Jack ou qu'il ait voulu monopoliser la conversation ; c'était juste que Jack n'était pas encore très causant. Il essayait toujours d'absorber les images et les sons de la prison ; elle était sa nouvelle maison, et il s'attendait, voulait quasiment qu'elle le reste jusqu'à sa mort. Penser autrement revenait à espérer, et il espérait avoir fait une croix sur l'espoir.

Le soir était le meilleur moment de la journée. Après l'agitation, le bruit, le danger omniprésent et la sensation constante d'être surveillé, se retrouver chez soi dans une cellule avec un compagnon était presque reposant, même s'il y avait toujours un bruit de fond que la nuit n'atténuait pas, et même s'il devait partager cette semi-intimité avec un autre homme. Jack avait déjà de la chance d'être avec quelqu'un qu'il appréciait et qu'il écoutait avec plaisir.

Billy ne parlait pas seulement pour s'écouter parler, bien sûr, c'était flagrant, ni pour raconter ses aventures à Jack. En récapitulant le passé, Billy s'extirpait d'une certaine façon du présent, retrouvait le monde extérieur, comme si par la magie du langage et de la mémoire il pouvait, le temps de quelques heures, se sortir de cette cellule ; et pour ce qu'en savait Jack, la méthode fonctionnait. Non seulement Billy se sortait de là, mais il emmenait Jack avec lui pour la simple et bonne raison que Jack ne pouvait pas penser à Billy et penser à lui-même en même temps. Si bien que pendant quelques heures chaque soir, tous deux sillonnaient le nord des États-Unis, vivaient, revivaient l'existence d'un joueur à la petite semaine. Ces choses dont Jack se disait qu'elles lui manqueraient plus que tout, les couleurs et les goûts de la vie dehors lui revenaient tandis qu'il essayait de se représenter ce que lui racontait Billy, et souvent, après, allongé sur sa couchette, il se demandait avec excitation s'il n'était pas en train de développer une ressource cachée de son imagination ; s'il n'existait pas, après tout, des manières de s'évader de la taule sans la quitter pour de bon.

Mais Billy était plus futé que ça. Quand l'excitation retombait subsistait le savoir amer qu'il ne cherchait pas tant à s'évader par le souvenir qu'à découvrir, au fond, pourquoi la vie solitaire et inoffensive qu'il menait l'avait conduit tout droit en prison. Pas le crime précis, il savait quelle faute il avait commise, mais plutôt les facteurs qui l'avaient transformé en l'homme qui allait commettre ce crime. Il avait fait un chèque en bois et s'était fait prendre ; voilà son crime. Mais ce qu'il voulait comprendre, c'était comment un type intelligent dans son genre avait pu faire une bêtise pareille. Il ne le découvrit jamais, mais eut le temps de raconter de bonnes histoires.

« Je vais te dire, vieux, le truc le plus bizarre qui me soit jamais arrivé, c'était dans l'Idaho. Chrai vieux comme Mathusalem que ce type, ça sera *encore* une énigme. Bref, j'étais dans ce rade ouvert vingt-quatre heures sur vingt-quatre ; je m'étais bouffé pas loin de deux cents bornes pour jouer aux dés dans le garage de ce mec, tu vois, et j'ai dû passer quoi, une *bonne* demi-heure à perdre jusqu'à mon dernier kopeck, alors je me suis taillé et je suis tombé sur cette salle ouverte toute la nuit, et j'étais là en train de déprimer en regardant jouer une bande de vieux Blancs, de me demander par quel *miracle* j'allais pouvoir me payer de quoi *béqueter*. Vieux, tu peux dire c'que tu veux sur la taule, mais au moins, tu grailles trois fois par jour et t'as un pieu, et ça, quand on n'a rien, c'est *énorme* ! J'ai pensé à tout. Foutre ma queue de billard au mont-de-piété ? Quelle queue ? Ma super Willie Hoppe Special ? C'te blague ! J'ai acheté cette saloperie environ un mois après avoir quitté Seattle, parce que tu vois, j'en voulais une à tout prix, et puis un connard me l'a brisée en deux à Walnut Creek quand je lui ai mis la pâtée au snooker. J'en ai racheté une plus tard ; je l'ai laissée chez Whitehead quand les flics m'ont chopé. Alors quoi, vendre mon cul ? Bien sûr, j'ai lu des trucs sur des types qui font ça, ils sont dans la merde, ils traînent à la gare routière à jurer tout c'qu'ils savent et t'as un minet qui se radine et leur offre un demi-million pour les ramener chez eux ; alors ouais, j'ai pensé faire pareil, mais je voulais pas, mec, je savais même pas *comment* m'y prendre ! J'ai pensé cambrioler une baraque, voler les manteaux de fourrure, mais putain, chuis trop trouillard pour ce genre de combines, et de toute façon, comment est-ce qu'on refourgue des manteaux de fourrure ? Je connaissais pas de receleur. C'est courant, ces trucs-là. Quand tu fréquentes les salles de billard des grandes villes, t'as toujours une douzaine de gars qui traînent à essayer de te vendre une montre ou une radio ou je sais pas quoi, mais ceux qu'ont le flouze, jamais on les voit, t'as remarqué ? C'est vrai, quoi !

« Bref, chuis dans cette salle et voilà que le type entre ; il devait être 2 heures du mat', et lui, il portait cette espèce de costard, propre sur lui, la cinquantaine, genre *cadre*, quoi. Il s'assoit, et lui aussi, se met à mater la partie de billard. Faut dire qu'il se passait pas grand-chose d'autre ; un vieux à l'arrière qui nettoyait les tables, le patron qui roupillait derrière le stand de bonbons, tu vois le topo ; et voilà que le cadre vient vers moi et me demande si je veux jouer une partie de rotation pour deux dollars. *Rotation !* Ben merde. J'me dis, peut-être que c'est une tante, et que j'vais avoir une chance de vendre mon cul ; mais bon, peut-être pas. Et là j'me dis, Billy, t'as toujours été honnête, comme gars, mais maintenant, t'as plus un *radis* ! Suis ton instinct, Billy, accepte les deux dollars de ce type, et si tu perds, qu'il se démerde pour te les faire payer. Je sais pas qui c'était, ce mec, ni ce qu'il s'imaginait, et j'l'ai jamais su, mais en tout cas, il avait envie de jouer. Donc j'ai accepté et j'ai joué une partie de rotation, perdu entre la trouille qu'il découvre que j'étais à sec et celle qu'il me batte ; mais bon sang, ça risquait pas, il tenait la queue comme si c'était un serpent venimeux, et franchement, vieux, il l'aurait eue énorme qu'il aurait pas trouvé son cul avec.

« On a joué, j'y suis allé mollo et je l'ai battu de dix points, la partie a duré vingt minutes, il a sorti son portefeuille, l'a ouvert, et moi je commençais à me pencher pour voir à l'intérieur tout en replaçant les billes, et il tire deux billets de un tout craquants, les jette sur le drap, et voilà qu'il veut jouer pour *quatre* ! Ben j'me dis, t'as du blé pour le p'tit déj. Tu peux le dépenser, maintenant que ton rêve est devenu réalité ; ou bien tu suis *encore* ton instinct et tu prends le risque que c't'arnaque t'envoie à l'ombre. Après tout, ce type, c'était p't-être un poulet, j'en sais rien. Mais j'm'en branlais, je l'ai joué et lui ai tiré ses quatre dollars, tout en continuant de m'demander si ce mec était pas tout bonnement un escroc d'un genre que je connaissais pas, à attendre son heure pour me faire la peau, mais il double la mise encore une ou deux fois et il en touche pas une, donc je finis par me dire, mon vieux, ce mec est un paumé, donc j'ai qu'à me lâcher et me le payer. On en était qu'on jouait pour cinquante billets la partie, je cassais et y a même des moments où j'empochais toutes les billes d'affilée et l'autre, bien poli, qui me sortait : "Bien joué, vous avez du talent", un truc comme ça, et puis il me filait le fric, je remettais les billes en place, je le laissais casser et *bam!*, soit il visait mal, soit il faisait voler la blanche à travers la salle, et moi j'accumulais mes soixante et un points jusqu'à ce qu'il ressorte son portefeuille! J'ai cru que ça finirait jamais. Un moment, j'ai cru que j'étais encore en train de rêver. Finalement, le mec me dit : "Merci pour tout. Je crois bien que je n'ai plus rien sur moi, est-ce que ça vous dérangerait de payer ma part du temps?", tout ça sur un ton bien angoissé, comme s'il enfreignait les *règles*; payer son temps de jeu? *J'avais gagné deux mille putain de dollars!* »

Le rire de Billy était décontracté, mais ses yeux brillaient encore au souvenir de cette manne. « Deux mille biffetons! » Il regarda Jack.

« À ton avis, est-ce que chuis retourné jouer aux dés illico avant même d'avoir pris mon petit déj? Est-ce qu'une grenouille est verte?

– Arrête, j'veux pas savoir, dit Jack. Tu as tout perdu? »

Il en était malade rien que de l'imaginer. Il sentait presque la liasse de billets lui glisser de la poche.

« Perdre? Perdre? Non, mais t'es dingue? Tu connais vraiment que dalle à la chance? Je suis retourné à toute blinde jouer aux dés comme une rombière prise d'hystérie, et j'ai gagné encore neuf cents dollars avant que les autres prennent leurs jambes à leur cou. Si tu savais, vieux, chuis sorti de là comme si j'étais le roi de l'Idaho, le gars que personne pouvait battre. » Il rit de nouveau. « Perdre? Ah non, punaise! T'as du mal à le croire? Ben écoute la suite : j'ai réfléchi je sais pas combien de temps sur ce que j'allais pouvoir faire de ce blé, et pour finir, j'me suis payé une inscription à la *fac*! » Ses yeux brillaient, presque fiévreux. « C'est pas *con*, ça? »

« Est-ce que t'as la moindre idée du nombre de nègres qui vont aux cours du soir, vieux? Ils ont la *trouille*, mon pote, ils arrêtent le lycée comme moi j'ai fait pour aller se frotter à la dure réalité de ce monde de blancos, ils font le pied de grue aux coins des rues et ils *se poilent*, et quand ils rentrent chez eux sans un rond en poche et qu'ils se sont bien poilés pour rien ; bam, l'*armée* qui s'profile d'un coup, et ils entendent leur vieux qu'arrête pas de beugler au sujet de l'*automation*, et ça, ça leur fout une trouille d'enfer. Les cours du soir ! C'est là qu'il faut être ! Mais mec, ils sont tellement cons, tous autant qu'y sont ou presque, ils se mettent dans tous leurs états, ils se pointent en cours, et là, ils font comme s'ils étaient de nouveau au lycée, ils en foutent pas une rame, écoutent que dalle, et ils se fourrent dans l'crâne que le prof en a après eux parce qu'ils sont noirs. Ils sont presque tous comme ça. Moi, les cours du soir, j'les ai terminés en un an, vieux, profil bas, je passais mes journées à jouer au billard à Hollywood, et j'allais m'inscrire à UCLA, mais à un moment donné, mon vieux rêve m'a rattrapé, et j'suis rentré à Seattle. Je voulais aller à l'université de l'État de Washington, à Seattle, et vivre pas loin de ma famille, toutes ces foutaises, tu sais : sauf que, mec, quand chuis arrivé, ils étaient plus là, y avait plus personne. J'ai aucune idée d'où ils ont pu aller. J'aurais dû écrire. Bref, je suis allé à l'université, j'ai été pris *sous condition*, j'me suis inscrit à quelques cours à la con genre français, biologie, histoire, composition, tu vois le topo. Je me suis installé dans un des dortoirs, j'me suis acheté des *pulls de la fac*, tout ça ; j'ai assisté à des matchs de football, et tous ces autres trucs débiles, j'ai bossé comme un chien, mais mec, c'était tellement *dur* ! Pourquoi j'étais là ?

« Je voulais pas être à la fac ; c'était qu'un ramassis de conneries. C'était bien pour certains ; ceux qu'étaient bien partis pour diriger le pays, tu vois ? La fac, c'est ce qui convient à ces types et à ceux qui veulent se trouver un beau petit trou où se foutre en toute sécurité, mais *moi*, je m'y retrouvais pas. Je le sais parce que j'étais pas arrivé depuis trois mois que j'organisais des parties de poker dans ma chambre et que je refourguais de la Benzédrine en période d'examens ; j'apprenais aux athlètes à jouer à la neuf dans la salle de jeux et j'étais *plein aux as*. J'étudiais aussi, bien sûr.

Je passais mes nuits le nez dans les bouquins, ça changeait rien à rien ; les seuls cours qui me réussissaient, c'étaient la biologie et l'algèbre ; ailleurs, je me tapais des C et des D et tu me *connais*, mec, si je suis pas le meilleur, je joue pas. Alors, merde. Au bout d'un moment, je me sentais comme un con. Tu sais, y a rien de pire que de se réveiller en pleine nuit, quand t'es vulnérable, et de te dire : Billy, tu tournes pas rond. T'es allé à la fac parce que t'étais en manque d'un truc, sauf que le *manque*, il est toujours là ! C'est quoi ton problème, t'es taré ? Tu te sens seul ?

« Il y en avait d'autres comme moi. Dans c'te fac, y en avait plein, des types qui se réveillaient la peur au bide. Certains en se la jouant, tu sais, boire du café, parler de la *vie* ; avec c'te rengaine sur y a plus de Dieu, alors qu'est-ce qu'on va bien pouvoir *faire* ; t'en avais qui venaient frapper à ma porte et qui voulaient causer nègres, comme quoi le sort s'acharnait sur eux, ils voulaient aussi acheter de la Benzédrine ou que je les emmène dans un bordel pour Noirs, et rire et gueuler et se bourrer la gueule et s'en payer une tranche, mais ils étaient aussi perdus que moi, et on le savait tous ; on avait tous la frousse de l'armée, de la vie et de toute cette merde ; et en fait, tout ce qu'on voulait, vraiment, c'était se sentir *bien*, tu comprends ?

« C'était pas l'argent, la question, ça je l'ai compris en moins de deux. L'argent, vieux, je pouvais en avoir. D'ailleurs j'en avais. C'est dire c'que j'étais con à l'époque. Je m'disais qu'entre moi, mon cerveau et mon bras droit, je pouvais me faire tout le blé nécessaire. Tu me suis ? Le gros problème, je crois, c'est que la plupart du temps, j'étais *vide*. La première fois que je suis parti de chez moi pour venir à Portland, c'est là que je t'ai rencontré, j'avais un lit pour moi tout seul et je pensais qu'il y avait rien de mieux au monde ; un lit sur lequel je pouvais m'étendre, une chambre *calme*. Tu la connais, cette sensation ? Mais voilà, chuis devenu blasé, et c'est pas que je voulais retourner à ma cité et vivre comme un cochon, mais juste, j'étais vide et rien d'autre. Bien avant que j'aille à la fac, j'me disais, les nègres, on les emmerde, je vais pas me biler pour ça. Je veux pas des noises que j'ai même pas cherchées, et je vais pas non plus m'inscrire à un club de Noirs ; ça c'est quand tu veux te protéger parce que t'as les foies. Moi j'ai pas la trouille, je me répétais, parce que j'ai un ciboulot et mon bras droit, et ça, ça fait que je suis différent, unique, comme Willie Mays. Parce que faut bien piger que tout ce qui fait que les nègres restent exclus et au fond du trou, c'est le manque d'argent ; et moi, je pouvais en avoir autant que je voulais. Et si un Blanc avait envie de me traiter de nègre et de me cracher à la gueule, je m'disais que je pouvais encaisser. Ça arrive. Un type dans un recoin d'une salle pourrie qui te sort un truc sur l'*odeur*, ou dans le genre. Qui te dit : "Mec, c'est quoi qui *pue* comme ça ?" – en parlant de *moi* – et du tac au tac, j'lui balance : "Ça doit être l'odeur du pognon ; j'parie que t'as jamais reniflé l'odeur d'un billet de cinquante", et je lui sors mon paquet de fric et j'ajoute : "Tu veux en rapporter un peu chez toi pour pouvoir le renifler tranquillement ?" – et t'as certains de ces gros malades, ça les rendait tellement dingues qu'ils acceptaient de jouer contre moi, sauf qu'à la fin c'est moi qui leur piquais *leur* fric et qui le ramenais à la maison pour le renifler, et ça sentait drôlement *bon*.

« D'autres fois, ils perdaient la boule et me traînaient dehors pour me tabasser et reprendre leur blé et le mien par la même occasion, mais quand mon fric est en danger, chuis pas du genre à rester les bras croisés. Je peux te dire que j'en ai surpris plus d'un, vieux.

« Me demande pas ce qui est arrivé ensuite. C'était trop drôle. Je sortais avec cette fille de la fac, et un soir je suis pris d'une frousse incontrôlable, j'arrive plus à dormir, j'arrive plus à réfléchir, chuis allongé là sur mon lit avec toutes ces horreurs qui me tombent sur le râble, qui m'empêchent de respirer, et je pense à toutes ces conneries, tu sais, que Dieu existe pas, que le monde est un putain d'enfer et que tout ce qu'on fait, c'est se bouffer les uns les autres, et que tout part à vau-l'eau et que je suis qu'une poussière dans l'univers au milieu d'autres poussières, et un de ces jours, y aura une poussière de moins et personne le saura ; bref, les jérémiades, ça y allait, et je me suis mis dans le crâne que la solution à tout ça, c'était l'amour, et vu que je sortais avec cette fille, c'était que je devais l'aimer, alors je me suis levé, j'ai foncé chez elle, ou plutôt chez ses parents, j'ai frappé au carreau de sa chambre et quoi, trois secondes plus tard, j'étais marié, je bossais au bowling et j'avais deux gamins. *Bam bam bam !* Ma bourgeoise voulait devenir assistante sociale, imagine un peu, alors j'allais travailler au bowling – plus rien à foutre de la fac – pour qu'elle puisse terminer sa formation, c'était sensass, j'avais du fric, sauf qu'elle est tombée enceinte et là, jusqu'à l'arrivée du bébé, elle m'a plus parlé que de cette nouvelle vie qui allait venir au monde et toutes ces conneries, qu'elle retournerait à l'école après, mais voilà que le second môme débarque, et là c'était fini. Mec, c'est toute mon existence qu'a changé. Pendant un moment ça m'a plu, forcément, j'avais un bon job au bowling où ils avaient installé des tables de billard, tout roulait pour moi, j'étais quelqu'un d'assez important pour mon âge ; et puis une fois de temps en temps, tout ça m'emmerdait alors je prenais la route, je confiais le stand à mon *assistant* et je fonçais vers San Francisco, L. A. ou Chicago. Je gagnais, je perdais, selon, mais je faisais toujours gaffe à ce que ma cagnotte soit pas entamée, et puis ben quand la solitude me rattrapait, j'rentrais à la maison. Si tu savais, vieux, c'que c'est devenu chiant, à force. »

Ce fut plus ou moins à ce moment-là, trois semaines après que Jack eut commencé à travailler aux cuisines, que Claymore s'évada de San Quentin. Tout le monde était ravi, et on se mit à prendre des paris sur sa capture. Pour certains détenus dont la vie manquait de piquant, la flambe comptait beaucoup et ils pariaient sur presque n'importe quoi. Les plus gros paris concernaient les prisonniers dans le couloir de la mort, et la mise la plus importante se portait sur Caryl Chessman, dans le couloir depuis plus de quatre ans déjà et dont l'air aussi intelligent qu'arrogant inspirait presque tout le monde. Pour les détenus, pour certains du moins, il était le faible qui se servait du vol et de sa vivacité d'esprit pour lutter contre la machine qu'était l'État. S'il remportait la bataille, nombreux étaient ceux qui espéraient en secret que l'État, la machine à broyer, bref, que *tout ça* partirait en vrille et que les portes s'ouvriraient pour les laisser rentrer chez eux. À ce moment-là, la cote de Chessman était de trois contre quatre. Jack le vit une fois, qui traversait le préau sous escorte ; il fut surpris par sa petite taille.

Les paris sur Claymore avaient quelque chose d'un peu plus sentimental ; après tout, il était devenu une sorte d'expert en la matière, si bien que les paris se réduisaient à une simple proposition d'une chance sur deux.

La nuit où ils apprirent la nouvelle, Billy devint surexcité et nerveux.

« Mec, dit-il à Jack, ce Claymore et moi, on est *connectés*. Je le sens.

– Qu'est-ce que tu veux dire ? Parce que c'est un nègre ? »

Billy se passa une main sur la bouche. Il n'avait l'air ni heureux ni malheureux, mais préoccupé.

« Chais pas. Quand il s'est pointé ici la première fois et qu'il a remonté cette conduite d'aération, j'ai senti un truc, tu piges. Une connexion. C'est tout. »

Vu l'humeur de Billy, Jack décida de ne plus poser de questions, et jusqu'à l'extinction des feux, il passa le temps en lisant son manuel d'Histoire. Plus tard, dans la pénombre, il entendit Billy au-dessus de lui qui disait : « Cet homme, *faut* qu'il reste libre. »

Voilà une idée qui dépassait Jack. Bien sûr, il savait qu'être *libre* signifiait ne pas être en prison, et d'ailleurs, lui aussi le voulait, surtout le matin quand il se réveillait dans sa cellule ou quand il se tenait sur le seuil au moment où les gardiens au bout du long couloir abaissaient la lourde barre qui verrouillait les portes ; dans ces instants, il devait lutter contre une envie irrépressible de prendre ses jambes à son cou, de longer en courant la galerie aux mille cellules ou de se précipiter d'un bond dans la cour ; une douleur apparaissait aux limites de son champ visuel pendant qu'il attendait le décompte, immobile, ou qu'il enfilait ses chaussures – il comprenait ce désir impérieux, mais pas le besoin passionné qu'avait Billy de voir Claymore rester libre. La liberté personnelle, oui, évidemment ; mais pourquoi la souhaiter pour un autre que soi ? Ça n'avait aucun sens.

« Si tu veux t'évader, dit-il à Billy, pourquoi tu ne tentes pas ta chance ? »

Billy éclata de rire. Il ne prit même pas la peine de répondre. Lorsqu'ils apprirent que Claymore avait été repris et envoyé à Alcatraz, Billy broya du noir pendant des jours.

QUATORZE

Finalement, avec tout le temps qu'il avait devant lui, Jack s'habitua à San Quentin. Les murs jaunes, les hautes fenêtres munies de barreaux et les poutrelles du réfectoire lui devinrent aussi familiers que s'il était chez lui ; y compris les cheminées, dont celle qui avait déjà trop souvent recraché la vie d'un homme en même temps que le cyanure d'hydrogène, le nuage ridant le ciel quelques minutes au-dessus du quartier nord vers 10 heures. Il apprit même à jouer aux dominos, dehors, sur les tables de pique-nique du préau. Il n'avait pas le choix – ici, l'ennemi était encore plus impalpable qu'à la maison de correction ou à l'orphelinat, et la peur de s'habituer à cette vie et même d'apprendre à l'aimer était compensée par la nécessité de survivre à chaque journée. Pour y parvenir, il lui fallait devenir un *escroc*, s'intégrer ; au moins en apparence. Il apprit le jargon et se fit mettre au parfum : un détenu qui n'avait jamais de problèmes avec les *matons* était en aussi mauvaise posture que celui qui en avait tout le temps ; quand on vous demandait de passer de la marchandise en contrebande, vous le faisiez non pas comme un petit geste de défi, mais parce qu'en l'absence d'une sorte de loi unissant les détenus, la prison sombrerait dans l'anarchie et les prisonniers vaudraient moins que des hommes. Il fallait, pour leur estime de soi, qu'ils considèrent, peu importe avec quel degré de dérision, qu'ils étaient maîtres de leur destin, et enfreindre légèrement les règles en était la preuve. Cela permettait également de faire entrer de la marchandise, ce qui comptait sans doute davantage. Le détenu parfait, l'homme qui suivait à la lettre les règles établies pour lui n'était pas un homme mais un légume. L'éternel fauteur de troubles, quant à lui, aussi détraqué fût-il, se contentait en réalité de faire ce que l'État attendait de lui, et par là justifiait l'existence de la prison. La question était donc de trouver le délicat équilibre entre obéissance et défi.

Mais naturellement, il apprit que l'unanimité n'existait pas. Tous les détenus ne flambaient pas, il n'y avait pas une seule chose qu'ils aient tous en commun ; ils ne s'accordaient même pas tous pour dire que la prison était une mauvaise solution – beaucoup pensaient que non seulement la prison était une bonne chose, mais avouaient qu'en plus ils y avaient leur place. Sur cette question, Jack n'avait pas de certitude. Au plus profond de lui, il y avait cette culpabilité qui le titillait ; l'aveu, peut-être, qu'il était juste que la prison existe. Pour Billy Lancing, c'était tout le contraire. Il pouvait se montrer des plus fougueux quand il s'agissait de parler de pénologie.

« La prison, c'est nul, vieux. Pense à tous ces enculés dehors qui savent pas ce que c'est et qui se disent qu'on est à notre place. Mec, pense à tous ces types. Y en a pas un qui contourne pas la loi chaque fois qu'elle lui barre la route ; j'te promets, j'ai lu un livre un jour qu'expliquait qu'une grosse part du fric qui se volatilise provient de vols de trombones, ce genre de conneries, des directeurs de banques qui filent au Mexique ; et réfléchis deux secondes à tous les mecs qui sont en prison pour avoir organisé des *jeux d'argent* ! T'y crois, à ça ? Des histoires de flambe ? Y a pas un seul putain d'avocat ou de juge dans ce putain de pays qui joue pas au poker dans son *club* à la con, et après, il se ramène au tribunal et envoie deux ans au trou le premier abruti pour avoir joué au même putain de jeu ! C'est quoi ce bordel ? L'arnaque ? Mais montre-moi un connard d'homme d'affaires qui t'arnaquerait pas s'il en avait l'opportunité ! Merde à la fin ! »

Jack se moqua de lui.

« Pas de doute, t'es fumasse. Quelqu'un t'a arnaqué ? »

Billy le regarda, incrédule.

« M'arnaquer, moi ? À ton avis, ma putain de condamnation, elle est due à quoi ? À mon fair-play ? Je fais un seul chèque en bois de toute ma putain de vie et j'écope de cinq ans ! T'appelles ça comment ? À côté, un salopiot de comptable qui fauche trente mille dollars, il prend *six mois* ! Ouvre les yeux, mon pote, tout ce qu'il y a, ici, ce sont des putain de voleurs de poulets ; tous les gros bonnets, les pros, les cols blancs, y sont dehors ou à Chino, en train de se faire dorer la pilule. Évidemment qu'il faut bien s'occuper des criminels, mais dans ce cas, de *tous* les criminels, sinon, ça veut dire qu'il y a un truc pourri quelque part.

– Ouais, mais à quoi tu t'attendais ? »

Billy poussa un grognement.

« Chuis en taule, j'attends que dalle. Mais y feraient mieux de pas me relâcher.

– T'es pas sérieux.

– Nan. Clair que non. Si on me laisse sortir, j'peux te dire que chuis prêt à baiser tous les culs que je croiserai jusqu'à la cour suprême si nécessaire pour pas revenir.

– On est d'accord. Tout ça pour dire : il y a des injustices. Et alors ? Quel rapport avec toi ?

– Aucun. Seulement, ça me débecte. Mec, la justice est fondée sur l'idée qu'on a tous le droit de vivre comme on l'entend du moment qu'on fout pas l'bordel dans la vie d'un autre. Alors j'avoue, j'ai merdé. Je vais payer ma dette, aller au bout de ma peine. Mais j'espère que tu ne crois pas que je suis là à cause de ce p'tit chèque en bois de rien du tout. J'espère que tu comprends bien qu'à l'heure actuelle je serais libre, peinard chez moi, ou au pire en *liberté conditionnelle* si j'avais le fric pour me payer un bon avocat.

Il avait les mains dans les poches, la tête enfoncée dans ses épaules maigres, et souriait, le regarde baissé vers Jack sur le lit de dessous.

« J'espère que t'as bien entravé toute l'arnaque autour des avocats. T'as eu un avocat, toi ? »

Pour la première fois, Jack lui raconta ce qui s'était passé au comté de Balboa. Billy écouta, sourit, opinant du chef comme si ce récit confirmait sa théorie.

« Ben voilà. Ils t'ont baisé et bien baisé en te racontant qu'en *coopérant* ça peut qu'aller mieux. Mais, vieux, tu sais pas que la *machine*, elle a pas besoin de ton aide ? La seule chose que tu puisses faire à la *machine,* c'est la bousiller. C'est plus fort que toi. En revanche, tu peux y mettre un frein. Comme dans mon affaire, vieux. Bon, je fais un chèque en bois, ok ? J'te passe les détails de l'arnaque, mais en gros, c'était un chèque comme ceux que tu reçois avec ton salaire dessus ; des p'tits malins s'étaient procuré un engin qui te reproduisait le dispositif de protection, ils ont imprimé un certain nombre de chèques qu'ils ont ensuite distribués à des types dans mon genre pour qu'on les encaisse contre un quart de l'argent. Bref, de mon côté, j'ai pas un rond, j'encaisse le chèque moisi, et trois jours plus tard, t'as deux poulets qui déboulent au Palace et me foutent en taule. Sur les tuyaux d'un indic ; ce qui veut dire qu'on m'a balancé, tu me suis ?

« Bref, cet imbécile d'avocat tout frais démoulé de son école et moi, on passe en jugement, et là, t'as ce barman qui se lève et qui raconte qu'il m'a vu endosser le chèque, ensuite il reconnaît le chèque, et encore après, t'as un flic qui se radine pour expliquer qu'il a récupéré environ cinquante chèques comme ça, endossés selon la même méthode ; et pendant ce temps, t'as mon avocat qui reste le cul sur sa chaise. Et tu sais le plus drôle ? C'est que j'ai encaissé aucun de ces chèques-là ! Donc c'est à moi qu'ils font payer toute une vague de criminalité !

– Tu t'es fait baiser, c'est tout, dit Jack.

– Ouais, mais là où j'veux en venir, c'est qu'un bon avocat aurait pu me sortir de ce merdier. J'ai réfléchi à tout ça, vieux. Par exemple, le barman a raconté qu'il m'avait *vu* et qu'il m'avait vu *écrire*. Non mais, vieux, un bon avocat, il se dégote un expert pour prouver que c'est pas mon écriture sur le chèque, tu piges, pour faire en sorte que ce connard de barman passe pour un menteur. En plus, c'était leur seul témoin, parce que tu penses bien que la balance allait pas se pointer au tribunal. Merde, quoi, le salopard qui m'a dénoncé, c'était juste pour couvrir ses propres arrières. »

Jack réfléchit un moment.

« Dans ce cas, pourquoi tu fais pas appel, ou je sais pas quoi ? Comme Chessman ? »

Billy ricana.

« T'es malade ou quoi ? Qui va payer pour ce putain de *dossier* ? L'assoce d'aide aux Noirs des quartiers pauvres ? Laisse tomber, j'vais purger ma peine. Mais ce qui me tue, c'est tous ces enfants de salauds qui me nient mes droits, qui me volent mon argent, qui font vivre un enfer à mes gamins, et qu'on punit pas pour ça. Je parle de *crime*, pas de loi. Ils en *ont* même pas, des *lois* contre les saloperies qu'ils nous font subir.

– Je comprends rien à ce que tu racontes.

– Normal, t'es blanc.

– Ah ok. C'est ça. Ben je te rappelle que chuis ici, moi aussi. C'est pas parce que t'es métisse que t'es ici ; t'es ici parce que tu as fait un chèque en bois.

– Arrête, vieux, j'parle pas de ça. Toi t'es là parce que t'es trop con pour arriver à rester dehors. Et moi aussi. Mais j'parlais en général, pas de toi et moi.

– À quoi ça sert ?

– Je laisse tomber. T'es le mec le plus con que j'aie jamais rencontré.

– C'est juste que je comprends pas. Ils nous ont foutus ici parce que c'était plus simple que de nous laisser dehors. Ils avaient le pouvoir, ils l'ont utilisé. Je suis pas victime d'une injustice. Je suis une victime de rien.

– T'as raison, rit Billy. T'es ici parce que tu m'aimes. »

Depuis quelque temps, ce sujet surgissait un peu comme ça, par accident, dans une blague ou un geste anodin, une référence à quelqu'un d'autre ; mais ils en étaient arrivés à un point où il s'immisçait dans leurs conversations du soir, ce qui les rendait aussi nerveux l'un que l'autre. Un jour, alors qu'ils se déshabillaient avant de se coucher, Billy voulut contourner Jack pour aller aux toilettes, mais il le frôla et Jack sentit ses doigts sur sa cuisse. Il le repoussa brusquement, les jurons fusèrent et tous deux allèrent se coucher furieux, leur amitié évanouie. Allongé sur sa couchette, Jack était en colère, se sentait offensé et plus tendu que de raison ; au-dessus de lui, Billy était mort de honte, en colère et tout aussi tendu.

« Je te toucherais pas avec une *trique* de trois mètres ! » marmonna Billy avec rage dans le noir. Après un silence électrique, Jack l'entendit ajouter en gloussant : « Même si *j'avais* une trique de trois mètres. » Mais il fallut attendre plusieurs jours pour que Jack trouve le courage de s'excuser.

En prison, le sexe se résume à trois choix : l'abstinence, la masturbation et l'homosexualité. Jack connaissait les trois, à des degrés divers. À l'orphelinat, on avait surveillé les garçons de très près pour s'assurer qu'ils ne cèdent à aucune « pratique obscène », mais bien sûr, ils se débrouillaient, comme toujours, pour agir furtivement, rapidement, et dans le noir. De ce temps-là, les rares expériences homosexuelles dont Jack se souvenait étaient du genre brutal, où un garçon petit ou faible et généralement peu apprécié des autres était encerclé par des gros durs et violé. Le climat émotionnel qui planait sur l'orphelinat ne semblait pas encourager le flirt ou la formation de couples d'aucune sorte ; c'était le règne des bandes. Jack se rappelait que dès qu'un garçon était surpris en train de se masturber, il devenait la cible de moqueries incessantes et cruelles de la part de ses camarades plus âgés et d'une humiliation publique venant de l'administration. Mais il était clair pour les garçons que tout ceci n'était qu'une « chose à faire » et que le sexe voulait dire les femmes. Par une sorte d'analogie, les femmes voulaient dire grandir-et-sortir-de-là, et après s'être enfui, une des premières choses qu'avait faites Jack avait été de se rendre dans un bordel. Même s'il avait pris part, souvent dans le rôle de l'agresseur, à des viols ou à des séances de branlette collective, il ne recommença pas une fois dehors, et comme la plupart des garçons en âge d'être au lycée, il ne se masturbait qu'en dernier ressort, se sentant minable et furieux après.

À la maison de correction, il y avait eu quelques rares garçons efféminés, mais là aussi, la sexualité dans les baraquements était affaire de groupe, le fort s'en prenant au faible ; mais Jack n'y avait pas beaucoup participé puisqu'il avait passé la majeure partie de son temps au trou. Il aurait donc pu se masturber autant qu'il le souhaitait, mais il ne l'avait pas fait. Parce que ça ne faisait que compliquer les choses.

Des trois possibilités, l'abstinence était celle qu'il connaissait le mieux, et il espérait qu'à San Quentin il serait capable d'oublier le sexe. Il ne voyait pas comment la masturbation pouvait être envisageable pour deux hommes en cellule. Deux hommes d'âge adulte. Se masturber était un truc de gamin, pensait-il, et seul un homme puéril y céderait. Il découvrit très rapidement que les prisonniers étaient traités comme des enfants, et qu'on s'attendait qu'ils se comportent comme des enfants, y compris, et même surtout, en matière de sexe. Mais lui ne voyait pas comment la masturbation pouvait être praticable.

Mais au cours de l'une de ces nuits interminables, il se mit à penser à Mona, et de là, sans qu'il le veuille, son esprit fit surgir de vagues images érotiques d'autres femmes qu'il avait connues, leur chair éclatante flottant devant ses yeux. Il essaya de trouver une distraction, mais rien n'y fit. Un sein, un téton, un flanc lisse venaient interrompre toute réflexion et il sentit son pénis grossir et durcir de manière incontrôlable. Cela n'aurait pas dû poser problème, il n'avait qu'à se branler et passer à autre chose. Il fallait bien que ça arrive de temps en temps. C'était ça ou se la faire couper. C'était rageant de s'apercevoir que cet organe à lui tout seul pouvait prendre le dessus, lui retourner le cerveau et le faire frémir des pieds à la tête ; c'était répugnant. Mais Billy Lancing dormait à moins d'un mètre au-dessus de sa tête, ou peut-être que justement, il ne dormait *pas*, et qu'il entendrait les mouvements de Jack et se pencherait pour savoir ce qu'il fabriquait. Ou bien même, il saurait, comprendrait et ne dirait rien. Le lendemain matin, il prendrait un air amusé. Jack n'avait jamais entendu Billy faire ces bruits, alors que la plupart du temps, Jack s'endormait bien après minuit. Conclusion, Billy ne se masturbait pas. Il maîtrisait ses désirs sexuels. Si Jack cédait, il serait seul. Il s'allongea brusquement sur le ventre et attendit que son érection disparaisse. Il pensa au ridicule de la situation. Il pensa avec amertume au ridicule de la situation pour ceux qui ne la vivent pas. Comme une mauvaise gueule de bois ; un autre sujet de raillerie. Il aurait voulu poser la question à Billy mais n'osait pas. C'était trop personnel.

Pour compliquer encore les choses, la plupart des hommes passaient leur temps à parler de sexe, ou du moins, c'était son impression. Les entendre dégoiser sur le sujet, eux, les hommes les plus virils d'Amérique, et retirer temporairement l'élément féminin de leurs prouesses. Pourtant, impossible d'être en prison sans avoir très vite vent des histoires qui se nouaient derrière ces murs, entre les hommes. À présent que Jack ne pouvait plus se sortir le sexe de la tête, il semblait n'entendre parler que de ça. Il n'était pas rare qu'un détenu se vante de toutes les femmes avec qui il avait couché, et puis évoque sans transition le joli petit Mexicain qui travaillait à la boulangerie. Tout ça était très embarrassant. Un jour, alors que Jack passait devant la table des salades chargé d'une pile d'égouttoirs, il aperçut sans le faire exprès un homme glisser un anneau en plastique au doigt d'un autre. C'était des types à l'apparence ordinaire, l'un cambrioleur, l'autre voleur, mais Jack ne se rappelait pas avoir déjà vu ces expressions sur le visage d'un homme : l'un timide aux airs de sainte-nitouche, caricature extrême de la vierge effarouchée ; l'autre minaudant l'agressivité féminine avec le même excès.

Un autre détenu, l'un des cuisiniers, remarqua le dégoût de Jack et lui adressa un clin d'œil lourd de sous-entendus. Jack fut gêné et sentit son visage déjà rouge à cause de la chaleur virer au cramoisi.

Après ça, la prison sembla fourmiller de liaisons de ce genre. C'en était incroyable. Il s'agissait d'hommes adultes et qui n'étaient pas non plus de la jaquette. On aurait pu s'y attendre de la part des quelques homosexuels parmi eux, mais voir un vieux voleur invétéré embrasser un nègre court sur pattes quand ils croyaient être seuls dépassait l'entendement.

Jack finit par recevoir des avances. Il était à la table de préparation des salades, coupait des carottes avec un couteau de boucher, quand l'un des cuistots s'approcha par-derrière, fit une remarque anodine et se colla à Jack, lui plaquant brièvement les mains sur les hanches. Une fois la surprise du contact passée, Jack lâcha par un coin de la bouche : « Tu dégages fissa ou tu pourras te servir de tes couilles comme montre de gousset », et l'homme recula en rétorquant, offensé : « Pas la peine de faire ta salope, non plus. » Jack fit volte-face et lui adressa un sourire maléfique, faisant tournoyer le couteau de boucher, pointe vers le bas. « Casse-toi », dit-il.

Pourtant, même en ayant repoussé le cuisinier, Jack gardait quelque chose de la salope dans son attitude, comme s'il était gay, disponible, mais pas pour ce cuistot. Sans parler qu'il ne pouvait pas nier que la pression qu'avait exercée l'autre contre lui l'avait excité. Ça lui avait plu, bon sang.

Une autre fois, un détenu lui dit : « Allez, on sait bien que tu te fais désirer. » Il ne semblait pas utile de répondre. Jack avait failli rétorquer : « Pas du tout », mais cela n'aurait sans doute pas clarifié les choses.

Mais ce n'était pas qu'une question de parade ou de séduction qui, après tout, se dit-il, aidaient probablement beaucoup d'hommes à s'oublier un peu. Il fallait aussi compter avec la meute des loups, des violeurs homosexuels qui se persuadaient qu'ils désiraient un détenu en particulier, puis le pourchassaient avec une détermination inébranlable jusqu'à ce qu'ils le coincent quelque part. Ils s'y mettaient parfois à deux ou trois, et quand ils avaient jeté leur dévolu sur un type, il était très difficile de leur échapper. Tout était calme depuis un moment, car juste avant l'arrivée de Jack, un détenu avait trouvé la mort dans les douches, tué par la bande de prédateurs, et une vague de répression s'était ensuivie. Tous ceux qui étaient identifiés comme faisant partie de la meute avaient été transférés ou étaient surveillés de près. L'auteur du coup de couteau ne s'était pas fait pincer, mais l'ensemble de la population carcérale était persuadée que c'était un des ouvriers de l'usine prénommé Clifford, un nègre gigantesque condamné pour vol à main armée et qui trempait dans presque tous les rackets qui avaient cours dans la prison ; un planificateur, une personnalité dominante, un chef naturel. Même les gardiens avaient peur de lui. Il avait écopé d'une peine à vie à cause de ses récidives et s'organisait donc pour faire de la prison son territoire privé. Même le groupe secret et très soudé des musulmans le craignait, même s'ils prétendaient l'admirer.

Jack n'avait pas peur de Clifford ni du reste de la meute, mais Billy, si. Il avait reconnu s'être fait prendre au piège à deux reprises, et chaque fois, il avait cru qu'on le tuerait. « Tu peux me croire que j'ai pas bronché et que j'ai *encaissé*, vieux. Putain, j'allais quand même pas risquer d'crever pour une rondelle vierge. »

Désormais, les moments les plus durs pour Jack étaient ces heures passées enfermé dans sa cellule avec un *autre homme*, cette chair vivante, ce corps chaud qui devenait plus attirant chaque nuit, jusqu'à ce que ses fantasmes ne portent plus sur des femmes mais sur Billy ; la possibilité de s'enlacer en secret comme le faisaient sans doute des dizaines d'autres à cet instant même, à tous les étages de la prison, en secret et dans l'intimité, jouissant mutuellement de leurs étreintes puissantes ; alors que lui, Jack, restait allongé là, gagné par une frustration et une souffrance meurtrières. Au bout d'un moment, c'en devint presque drôle. Il savait que la seule chose tangible qui le retenait était la peur du rejet ; ça et la répugnance à faire le premier pas. Il ne savait même pas quoi dire à Billy. Il n'allait pas se lever au beau milieu d'une nuit noire, donner une tape sur l'épaule de Billy et lui dire : « On le fait ? » ou « Allez, si on baisait toi et moi ? » ou quoi que ce soit dans cette veine. Il ne proposerait pas non plus à Billy de le rejoindre sur sa couchette à coups de clins d'œil, de sourires et de doigt pointé dans sa direction. Et si Billy se moquait de lui ? Et si Billy, emporté par la passion, se mettait à grogner et tentait de l'embrasser ? Impossible.

Ils restaient donc allongés là, tous les deux, dans l'obscurité licencieuse, chacun rêvant, désirant que l'autre fasse le premier pas. Billy, quant à lui, craignait que Jack ne lui brise la nuque s'il avait le moindre geste déplacé.

Un matin dans le préau, Jack regardait une partie de dominos entre deux des meilleurs joueurs de la prison quand un homme qu'il connaissait à peine se posta près de lui :

« Il est irrésistible, ce Billy, non ?

– J'imagine », dit Jack.

Il s'était résigné à subir ce genre de discussions même s'il en éprouvait une pointe de culpabilité.

« Tu imagines ? » L'homme sourit. « Pourtant, t'es le mieux placé pour le savoir.

– Qu'est-ce que t'insinues, l'enfoiré ? siffla Jack.

– Fermez-la, les gars », dit un des joueurs.

Cette nuit-là, Jack demanda à Billy :

« C'est quoi ces conneries sur nous deux ?

– Quoi, nous deux ?

– Tu sais très bien de quoi je parle. Tout le monde dans cette taule pense qu'on est ensemble.

– Ouais, ben on l'est pas, riposta Billy. Alors pourquoi tu me gonfles avec ça ?

– Parce que je pense que c'est sûrement toi qu'as lancé la rumeur, voilà pourquoi, espèce de salaud. »

Billy afficha un air las et grimpa sur son lit avec un livre. Jack se sentit honteux, mais il ne s'excuserait pas. "Qu'il aille se faire foutre, ce p'tit con", pensa-t-il.

Quelques nuits plus tard, Jack perçut des bruits étranges provenant de la couchette au-dessus de lui. Il savait ce qu'il se passait. Mais par rancune, il murmura :

« Qu'est-ce que tu fous ? »

Les bruits cessèrent. Au bout d'un moment, Billy rétorqua dans un murmure furieux :

« J'me branle ! Qu'est-ce que je peux faire d'autre à ton avis, putain ? »

Jack gloussa.

« Je pensais qu'il y avait quelqu'un avec toi. »

Il y eut un silence.

Jack chuchota :

« Allez, termine. T'arrête pas pour moi.

– Et merde ! dit Billy. Y a le soufflé qu'est retombé, maintenant ! »

Il manque pas de tripes, le p'tit bâtard, pensa Jack. Il sombra dans un sommeil aussi plaisant que profond.

Mais si l'homosexualité paraissait absurde, qu'en était-il de l'absence totale de sexe, ou de la masturbation, ou du sexe en lui-même ? N'était-ce pas tout aussi absurde, vain et comique ? Imaginez ce que les gens se font entre eux, ou les uns aux autres simplement pour soulager un désir pressant ! De quoi ça a l'air, pour celui qui observe ? Imaginez une créature chez qui la nécessité de survivre, manger, dormir, procréer, s'enlever la morve du nez serait déclenchée par le désir plutôt que la raison ; imaginez un animal qui n'aurait pas l'idée de se vider les tripes si ce n'était par *plaisir*, et qui, aveuglé par ce même plaisir, ne cesserait de le rechercher comme si le plaisir était le but ! Imaginez tout ce que cette créature serait capable d'entreprendre pour que cette envie soit soulagée par une personne en particulier, d'une taille et d'une carrure particulières, alors qu'en réalité n'importe qui pourrait faire l'affaire! Non mais quelle blague! Imaginez un homme souffrant du plus horrible des psoriasis, le corps couvert de croûtes le démangeant, et qui se persuaderait que seuls les doigts d'une certaine jeune femme peuvent lui faire du bien; imaginez cet homme souffrant le martyre en enfilant son costume en laine qui pique, tremblant des pieds à la tête, hurlant de douleur, debout devant la glace pour se peigner, se parfumer, avant de traverser la ville à toute blinde pour se rendre chez cette fille, se montrer aux petits soins avec elle, lui parler d'un foyer, d'un avenir, d'amour, de fleurs et de douceur alors que sous son costume, son corps réclame à cor et à cri d'être gratté; imaginez-le, assis sur le canapé à côté d'elle (elle, modestement installée à l'autre bout; et lui, sachant en son for intérieur qu'elle aussi, ça la démange, et que la seule issue est de se gratter ou mourir), se frottant discrètement contre le canapé pour avoir un début de soulagement jusqu'au moment fatidique où ils se déshabillent et exposent leurs corps rougis et encroûtés et se mettent avec modération, délicatesse, à se gratter l'un l'autre, laissant monter le plaisir dans leur esprit jusqu'à ce qu'il efface toute pensée; jusqu'à ce que finalement, et naturellement, ils s'allongent sans plus d'énergie tout en sachant que bientôt, très bientôt, ils auront de nouveau envie de se gratter... non mais imaginez un peu!

La violence de cette révélation le frappa en plein cœur. Ses parents, peu importe qui ils étaient, avaient sans doute fait l'amour à cause d'une envie similaire. Pour le plaisir, pour la satisfaction éphémère qu'ils en retiraient, ils l'avaient conçu, et parce qu'il était manifestement gênant, l'avaient largué à l'orphelinat; parce que lui, cette vie qu'ils avaient créée dans un instant d'insouciance et d'inconscience, n'était finalement pas drôle du tout; il n'était qu'un effet secondaire pénible de cette démangeaison; il était la morve sur le mouchoir une fois le nez débouché, une masse dégoûtante dont on se débarrasse discrètement et qu'on oublie. Une rage froide l'emplissait, une rage dirigée contre ses parents inconnus, contre la vie qu'on lui avait donnée, et tout ça pour des raisons tellement stupides et futiles ! Pour une éjaculation d'une seconde ! Il était né à cause de ça. Ce qui l'empêchait de dormir la nuit et qui le transformait irrémédiablement en grande folle était à l'origine de son existence. Quinze à vingt minutes dans un lit anonyme entre deux probables étrangers lui avaient causé vingt-quatre ans de malheur, de peine et de souffrance, et promettaient, à moins qu'il ne meure jeune, de lui causer encore quarante ou cinquante ans de malheur, enfermé dans une pièce minuscule ici ou ailleurs sans espoir de connaître la liberté, l'amour, la vie, la vérité ou la sagesse. Un pénis décharge et je suis condamné à mener une vie morte. C'est forcément la folie ; Dieu doit forcément exister parce que seul un dieu fou a pu créer un univers pareil.

Jack n'avait aucune raison de ne pas faire absolument tout ce qui lui chantait. Billy et lui devinrent amants. C'était un arrangement conçu froidement pour satisfaire leurs besoins sexuels, qui se déroula sans qu'un seul mot soit prononcé la première fois, et qui par la suite, se limita à un langage froidement précis et rationnel. Leur accord stipulait qu'ils utiliseraient leurs corps pour cette forme élaborée de masturbation que l'on appelle Faire l'Amour, mais qu'ils s'interdisaient d'éprouver la moindre émotion ou de chercher à sonder l'âme l'un de l'autre. Ces règles, se dirent-ils froidement, les empêcheraient de devenir dingues ou pédés.

QUINZE

Les choses se passaient trop bien au bowling, c'était peut-être ça, le problème. Le stand de cirage de chaussures se trouvait à côté de la caisse, et à quelques mètres à peine du buffet qui servait toute la nuit et des tables de billard. Billy dirigeait une équipe de quatre cireurs (même s'il lui arrivait de prendre en charge les clients importants, ceux qui dépensaient beaucoup, etc.), et personne à Seattle ne semblait capable de le battre à ses jeux de prédilection, tels que le *one-pocket*, le jeu de la neuf ou le 14.1 continu. Il gagnait de l'argent, beaucoup, pas seulement grâce à son stand, mais parce que la direction lui versait un salaire : Billy était responsable de l'entretien et s'était découvert un talent d'organisateur, d'arbitre pour régler les conflits, de gestionnaire dans les centaines de détails qui font tourner un établissement ouvert vingt-quatre heures sur vingt-quatre, et sans que cela l'angoisse outre mesure.

Peut-être que son statut de pro du billard à demeure comptait autant pour la direction que ses autres qualités. Billy faisait venir du monde au bowling, surtout entre 2 heures du matin et l'aube, quand il n'y avait plus rien d'ouvert ou presque, alors les habitués des salles de billard de tout Seattle convergeaient vers le bowling et prenaient place dans la double rangée de fauteuils de cinéma tournée vers les tables de billard. Ces hommes, surtout les meilleurs joueurs, respectaient Billy pour son talent, et parmi eux, il s'était formé un cercle restreint autour de Billy, de types qui avaient vu du pays et joué dans les grandes salles de San Francisco, Los Angeles, Chicago, Philadelphie et qui pouvaient parler des grands noms du billard, des parties célèbres ; qui avaient eux-mêmes vécu des aventures dignes d'être racontées à leurs cadets, les petits jeunes qui n'avaient encore jamais pris la route. Et bien sûr, tous jouaient, surtout les gamins, et ils aimaient affronter le vainqueur habituel – au jeu de la neuf pour deux pièces, au snooker pour un dollar, pour cinq, à l'occasion –, à savoir Billy, le taulier, si bien que le taulier ne leur faisait jamais d'histoire quand ils venaient sans avoir un rond en poche, parce que le taulier savait que dès qu'ils auraient de l'argent, ils viendraient le dépenser chez lui.

Les plus jeunes venaient goûter la vie nocturne teintée d'illégalité et de billard ; cela titillait aussi leur sens du défi de fréquenter un nègre, même pâle comme Billy, lui payer des cafés, écouter ses conseils sur la façon de tenir une queue de billard, de bien jouer, de s'imposer, d'apprendre le jargon. Ces gamins étaient également utiles à Billy, puisqu'ils lui servaient de main-d'œuvre. Ils arrivaient fauchés, sans même de quoi acheter un café ou des cigarettes, et Billy les embauchait pour la soirée, leur faisait balayer les allées, vider les cendriers, ranger les badges, ou même laver le sol sous les tables de billard, et ils n'avaient pas honte d'effectuer ces tâches puisque Billy était leur patron. Ces gamins l'adulaient, Billy le savait et le savourait.

Il n'y avait pas que son talent qui les faisait rêver. Billy était l'un des rares, l'un des très rares joueurs de billard à avoir de l'argent. Un autre était Larkin, un petit homme gris qui portait des costumes bleu marine, des chemises lie-de-vin et un chapeau gris. C'était un pro du snooker, retraité des postes après quarante ans d'activité à sillonner le pays en train, mais le vieux Larkin ne gardait que trois ou quatre cents dollars sur lui, sans parler du fait qu'il se faisait vieux et grincheux. Billy, lui, avait toujours au moins mille dollars bien serrés dans la poche gauche de sa chemise. Cela suffisait à le parer d'une aura particulière aux yeux des jeunes ; ils étaient à ce moment de la vie où l'argent commence à compter, et mille dollars représentaient une grosse somme.

C'était sa cagnotte, et il l'avait depuis si longtemps, depuis les jours grisants passés sur la route, qu'il rêvait parfois qu'il la perdait et se réveillait pris de sueurs froides au souvenir du vide d'être seul et désargenté ; parfois, c'en devenait obsédant, et tout en se maudissant, il ne pouvait s'empêcher de se lever, de s'approcher du fauteuil pour tâter sa poche et voir si l'argent était toujours là, et il allait même jusqu'à emporter sa chemise à la cuisine où il allumait la lumière, et toujours pestant contre son angoisse sortait l'argent pour le compter. Puis il retournait se coucher, ce qui réveillait à moitié sa femme qui demandait :

« Où t'étais passé ?

– Je jetais un coup d'œil aux gamins », répondait-il parfois.

Il le faisait souvent, entrait à pas feutrés dans leur chambre pour les border et ressentir cette tendresse sans borne que seuls les parents connaissent, puis il regagnait son lit et ses idées noires. Mais la plupart du temps, il travaillait la nuit, dormait durant la journée, et les enfants représentaient à peine plus qu'un vacarme à l'autre bout de la maison. Pourtant, son angoisse grandissante concernant sa cagnotte avait beaucoup à voir avec son fils et sa fille ; pendant très longtemps, ce rouleau de billets avait été son avantage, sa marge de manœuvre, son moyen de s'échapper à tout moment du monde qu'il occupait, mais dernièrement, il était devenu à la fois plus et moins que ça tandis que Billy réfléchissait à ses enfants, ce qu'ils étaient et qui ils étaient.

Des années plus tôt, il avait déclaré en toute sincérité : « Les nègres, on les emmerde » – il avait vu trop de ses amis sombrer dans l'amertume, et lui voulait en réchapper, ne pas se noyer. Mais voilà qu'il se retrouvait pris au piège p dans la position terrifiante de qui voit ses enfants grandir, et s'approcher du moment où ils sauront, où on leur montrera, où on leur dira qu'ils sont des nègres et non des êtres humains.

Car peu importe que Billy avançât dans la vie à coups d'esquives et de distorsions de la réalité, il ne pouvait pas échapper au fait central de son existence ; que ça lui plaise ou non, il était noir et il ne pouvait rien y changer, ne pouvait jamais rien entreprendre sans y penser. C'était toujours là. Il ne pouvait pas l'aimer, le combattre ou en être fier, c'était là, point. Il ne pouvait même plus le détester.

Ses enfants étaient magnifiques ; comment pouvait-on se montrer si cruel ? Ils étaient si affectueux et joyeux, si curieux et innocents ; pourquoi fallait-il que quelqu'un vienne faucher cette innocence par un seul et unique mot, aussi laid que sec ? Dès lors qu'ils comprendraient *ce mot,* ils ne pourraient plus avancer dans la vie qu'avec une capacité à aimer amputée de moitié ; dès lors qu'ils ouvriraient les yeux, ils cesseraient d'être des enfants et Billy était persuadé que même lui ne pourrait plus les aimer autant qu'avant.

Il pensait avec amertume qu'il aurait mieux valu qu'ils ne voient pas le jour ; puis il se les représentait et savait qu'il ne supporterait pas leur non-existence ; la vie sans eux serait une vie dépourvue de vie. Et un jour, un petit Blanc, tout aussi innocent, leur dirait qui ils sont, et la rage de Billy ne trouverait aucun moyen de s'exprimer, il n'aurait personne à assassiner, ne subsisterait que le vide du désespoir et de la frustration en voyant le regard blessé de ses enfants.

Certains jours, il envisageait les choses sous cet angle, et à d'autres moments, il essayait de se souvenir de sa propre réaction. Il avait eu du chagrin, oui, mais les enfants se remettent de leurs chagrins. Sans oublier qu'ils n'étaient pas seuls à souffrir de la sorte. Et d'ailleurs, ils ne l'apprendraient sans doute pas de la bouche d'un petit Blanc, mais plus probablement de celle de l'un de leurs camarades de jeu. Comme cela lui était arrivé. Ils sont en vie, pensait-il ; ils doivent affronter le malheur comme n'importe quel être humain. C'est le seul moyen d'apprendre quelque chose. Alors peut-être n'était-ce que de l'auto-apitoiement, comme quand on passe une nuit à se tourmenter en les imaginant être renversés par une voiture ou devenant idiots. L'apitoiement et sa terreur nocturne de perdre son argent.

Parce que sa cagnotte était la solution – grâce à elle, il pouvait atténuer la douleur de ses enfants. Non pas la leur éviter, c'était impossible, mais en arrondir les angles. L'argent pouvait faire toute la différence ; Billy y avait toujours cru. Mais jusqu'à ce qu'il ait des enfants, il n'avait jamais bien su à quoi servait l'argent. En fait, il était pour eux. De belles jupes et de beaux pulls pour sa fille, un bon gant de base-ball et des chaussures pour son fils. L'université, Billy y avait échoué, mais eux réussiraient, parce que lui y était allé pour *trouver* quelque chose alors qu'eux la fréquenteraient pour *obtenir* quelque chose ; le droit individuel à obtenir un travail pour lequel on s'habillait bien, où l'on rencontrait des gens bien qui vous recevaient pour l'apéritif avant de dîner sur la terrasse. Quelle importance que tous vos amis soient des gens de couleur du moment que vous n'avez pas à subir les horreurs réservées aux Noirs comme la pauvreté ou l'humiliation de bénéficier d'une aide du gouvernement ? La cagnotte réglait le problème. Il ne devait pas y toucher. Sa place était à la banque. Mais elle ne s'élevait qu'à mille dollars. C'était pathétique. Ça ne représentait rien. Pris de frénésie, Billy éprouva le besoin d'amasser des centaines de milliers de dollars ; il se sentait piégé, acculé sans ces grosses liasses de billets pour le sauver lui, pour sauver ses enfants.

Et dans ces moments, il envisageait de les abandonner. Peut-être était-ce la meilleure solution, après tout. Leur faire lui-même retenir la première rude leçon de l'existence. « On ne peut faire confiance à personne. » Et échapper à ce fardeau, ses enfants déjà armés contre l'injustice. Billy envisageait souvent de quitter sa femme. Certes, il l'aimait, mais ce n'était pas suffisant. Peut-être l'amour est-il suffisant pour une femme, pensait-il, mais pas pour un homme. Un homme doit avoir sa *vie*. Sa femme et lui se chamaillaient sans cesse. Elle savait aussi bien que lui qu'il n'avait pas besoin de passer autant de temps au bowling. C'était un homme d'un certain statut (si c'est pas une blague, ça ! se disait-il) et il avait des assistants pour faire le travail à sa place. Elle voulait avoir une vie de famille, des sorties entre amis, et Billy n'avait pas un seul véritable ami dans la communauté noire. Elle, de son côté, avait tourné le dos à tous ses camarades de l'université quand elle avait épousé Billy. Elle devait se contenter des voisins qui n'étaient pas bien divertissants. Parmi les épouses, elle était la seule à avoir fréquenté l'université, et leurs seuls sujets de conversation tournaient autour des enfants, des habits, de la nourriture, du coût de la vie, de la télévision. Quand elle ne s'occupait pas des enfants, elle s'ennuyait à mourir et refusait de regarder la télévision, alors même qu'ils possédaient un poste. Les voisins la trouvaient trop susceptible sur cette question, mais elle avait l'impression que le monde des Blancs envahissait grossièrement son salon et ne voulait pas de ça. Elle expliqua plusieurs fois à Billy combien cette vie était morne.

C'est le rôle de la femme, pensait Billy avec énervement, de s'occuper de la maison et d'élever les gamins. Si ça lui *cassait les pieds*, tant pis pour elle, merde à la fin. Personne n'a dit que la vie était une suite de réjouissances. Mais en son for intérieur, il savait que c'était un mensonge ridicule ; il savait qu'il restait à l'écart parce que lui non plus ne supportait pas l'ennui, et en secret, il compatissait – mais il ne voyait pas comment les choses pouvaient changer s'il avouait son propre ras-le-bol. La situation était inextricable. Il rêvait souvent de prendre la fuite, et il prit la route plusieurs fois, mais tout en sachant qu'il finirait par rentrer.

Alors, en quoi consistait-elle, sa *vie* ? Jette un œil aux dix millions de choses qui peuvent composer la vie et énumère celles que tu veux et celles que tu n'auras jamais. Un vrai martyre ; il voulait tant faire et pouvait réaliser si peu. Pourquoi n'arrivait-il pas à se satisfaire de ce qu'il était ? Après tout, regarde les choses en face. Il était déjà à part. C'était quelqu'un d'important. Il gagnait assez bien sa vie pour subvenir correctement aux besoins de sa famille, et tous ces rêves absurdes étaient nocifs. Il n'était pas obligé de gagner des centaines de milliers de dollars pour ses enfants, et lui non plus n'en avait pas l'utilité. Il menait une vie agréable. Contrairement à beaucoup, il aimait vraiment sa famille et il faisait partie de la poignée de nègres de Seattle à recevoir un salaire décent. Il savait qu'il avait mis un terme à cette vie d'errance pour se consacrer à l'université parce qu'il en avait eu la possibilité ; il savait qu'il n'aurait pas pu continuer beaucoup plus longtemps ; la solitude à elle seule le tuait ; il savait qu'il avait quitté l'université et s'était marié non pas pour des raisons abstraites, mais parce qu'il était tombé amoureux et voulait à tout prix fonder une famille rapidement. Tout ceci était vrai. Quel était le problème ? Le talent ?

Il était doué au billard. Bon. Le monde en comptait des plus talentueux. Il ne deviendrait jamais un champion, et alors ? C'était quoi, être un champion de billard ? Rien de glorieux. Bien sûr, il avait connu quelques rares moments de joie grâce au jeu, le premier et le plus grand ; mais, et alors ? Il était adulte à présent, avec des responsabilités que non seulement il *voulait*, mais dont il avait *besoin*. Sans elles, il se sentait diminué. Mais bien sûr, il se sentait diminué de toute façon. Il sentait qu'il avait besoin d'être mis au défi. Il y avait bien longtemps qu'il n'avait pas eu le cœur au bord des lèvres. Il savait ce qu'il était : hors circuit. Cette vie lui manquait terriblement. La victoire lui manquait et même la défaite lui manquait. Il avait tout ce dont il avait toujours rêvé et ce n'était pas assez.

Alors, il se trouva une maîtresse. Que reste-t-il, se disait-il avec ironie. Ce n'est pas ce qu'on fait ? On a de grands rêves, alors on se dégote une amante et on lui montre quel bon nègre on est ; on amasse toute cette maudite angoisse et on la concentre en un endroit ; on l'*accumule*. Génial ; maintenant, quand j'aurai pas le moral, je pourrai dire que c'est sa faute à *elle*.

La femme de Billy, comme lui, avait une peau claire et des traits sémites, des lèvres fines, des petits seins et des membres délicats. Ni l'un ni l'autre n'avait plus d'un huitième de sang nègre dans les veines. C'était satisfaisant, et Billy avait toujours cru que s'il se mettait à papillonner, ce serait avec une femme encore plus claire que son épouse, une Blanche, peut-être. Une amourette en passant, un p'tit coup de fouet, baiser pour le simple plaisir de baiser. Mais les choses se déroulèrent autrement. En fait, il tomba éperdument amoureux de la fille la plus noire qu'il ait jamais vue de sa vie.

Au début de leur liaison, il était sûr de lui et heureux, même s'il était conscient de ne rien contrôler. La fille, Luanne, travailla comme serveuse au bowling pendant environ trois heures un soir avant d'être virée parce qu'elle était soûle. Elle était petite et mince, callipyge avec une forte poitrine, une voix grave et râpeuse qui lui rappelait Bessie Smith dans ses moments les plus poignants ; elle fut renvoyée parce qu'elle avait ri après avoir renversé une tasse de café sur un client, et quand le gérant était sorti de son bureau pour tenter de lui faire entendre raison, elle avait provoqué une bagarre et Billy dut intervenir pour aider à la faire sortir. Les deux autres, des Blancs, la tiraient par les bras pendant que Billy, qui était derrière, la poussait ; collé à elle comme il l'était, il sentait le parfum de cocotte dont elle était arrosée, et pendant des jours le souvenir de cette odeur ne le quitta pas, jusqu'à ce qu'il finisse par aller consulter sa feuille d'embauche au bureau et recopie son numéro de téléphone. Il s'amusa à planifier la liaison et ce ne fut qu'une semaine plus tard, quand il l'appela pour de bon, qu'il éprouva le premier petit doute.

Elle se souvenait vaguement de lui, aussi il lui déballa son numéro de nègre, et à force de vantardise, lui soutira un rendez-vous et, après cette nuit furtive avec elle qui se termina sur la moquette miteuse de son studio (ils ne prirent même pas le temps de déplier le lit), le véritable plaisir qu'il pouvait retirer de cette liaison s'envola et Billy sombra dans l'obsession. Elle avait été incroyable, avait dépassé tout ce qu'il avait jamais connu. Il ne supportait pas d'être loin d'elle, et se sentait terriblement coupable. Il se demandait combien de temps il pourrait tenir. Quand il rentrait chez lui à l'aube et se glissait dans son lit auprès de sa femme, il redoutait qu'elle ait envie de faire l'amour ; son corps étant vidé de toute énergie, il avait peur qu'elle comprenne et le quitte en emmenant les enfants. Il frôlait la panique à cette pensée ; lui pouvait bien rêver de l'abandonner, mais l'ombre d'un soupçon qu'elle puisse faire de même le terrifiait. Et si elle aussi avait un amant ? Après Luanne, Billy sut avec certitude qu'il avait été un mauvais amant pour sa femme, rare, pressé, peu inventif – bref, tout ce qu'il était soudain avec Luanne il ne l'avait pas été avec *elle*, son épouse, la femme qu'il aurait dû aimer d'une passion toujours grandissante ; la femme qu'il avait négligée, évitée, à qui il avait donné un toit, de quoi s'habiller et se nourrir mais sans plus – la femme qu'il avait gardée prisonnière pour élever sa famille. N'avait-elle pas tous les droits de se trouver un amant ? N'était-il pas possible (et vu la façon dont lui se sentait, statistiquement probable) que son amant lui donne la passion et le degré d'intimité qui lui manquaient et qu'elle n'obtenait pas de son mari ? Ne serait-elle pas tentée de s'enfuir avec lui ?

Toutefois, il ne vint pas à l'idée de Billy que au cas où ses cauchemars seraient fondés, elle se sentirait peut-être aussi coupable que lui ; il ne lui vint pas à l'idée qu'elle devrait se sentir couplable. C'était lui qui était dans le tort, pas elle. Si elle avait une liaison, c'était par manque ; dans son cas à lui, c'était – eh bien, c'était autre chose. Orgueil, désir de séduire ; rien de plus honorable que le manque. Il le savait. Il n'aimait même pas Luanne ; chaque fois qu'il quittait son meublé il se jurait de ne jamais y remettre les pieds, et que deux jours plus tard, quand il aurait retrouvé ses forces, il rentrerait du travail et ferait l'amour à sa femme comme jamais personne ne le lui avait fait. Mais cela n'arrivait jamais, et quand l'énergie revenait, il se mettait à imaginer Luanne, et tout en se maudissant, il l'appelait pour prendre rendez-vous.

À Luanne, tout lui était égal ; ce qui faisait partie de son charme. Elle n'était pas féminine en ce qu'elle n'avait pas besoin d'affection, vivait sans, trouvait ça sentimental et dégoûtant. Elle accueillait toute personne lui offrant quelques dollars, une poignée de joints, une bouteille. Elle aimait faire l'amour et semblait posséder une réserve inépuisable de déhanchements, de grognements et de jurons fougueux ; mais, entre deux accès passionnels, elle était d'un ennui mortel. Billy se dit qu'ivre ou nue elle était sensass ; mais sobre et habillée, elle n'avait plus aucun intérêt. Du point de vue de Billy, son autre défaut était qu'elle manquait de temps. Une fille comme ça avait du succès, et Billy devait accepter de ne tenir qu'une petite place au milieu de tous les autres hommes de sa vie, dont beaucoup étaient plus gros, plus noirs et plus forts que Billy. À un moment, pas moins de trois maquereaux lui tournaient autour en rêvant de la manne qu'elle représentait, mais jamais elle ne céda à leurs belles paroles ; la vie était trop facile pour qu'elle ait besoin de passer professionnelle.

Aucun doute, Billy commençait à avoir honte de lui ; avec l'énergie du désespoir, il se mit à chercher quelque chose, un aspect de sa personnalité qui aurait pu être digne d'admiration. Ce fut plus ou moins à ce moment-là, alors que Billy pouvait à peine se raser tant il craignait de croiser son propre regard dans la glace, que le génie de la flambe de Phoenix arriva en ville et entreprit d'avoir la peau de tous les joueurs de billard.

Billy entendit parler de lui bien avant de le voir ; comment ce petit gros de l'Arizona avait débarqué au Two-Eleven, en centre-ville, un après-midi et n'avait cessé de fanfaronner, se vantant d'être un joueur hors pair à la huit jusqu'à ce que des habitués relèvent le défi et lui proposent une partie de 14.1 continu où il avait perdu douze dollars, après quoi il s'était éclipsé en prétendant qu'il devait « aller aux courses » ; il était revenu le lendemain et avait entamé une partie de snooker avec le vieux Larkin sur la grosse table anglaise, avait raconté à tout le monde qu'il n'avait jamais joué au snooker « sur un terrain de foot », avait parié deux dollars la partie et envoyé le vieux Larkin au tapis à cinq reprises. À Seattle, personne ne pouvait battre Larkin au snooker. Après avoir mis celui-ci au supplice, le type de l'Arizona beugla que le snooker était un jeu de gamin et que n'importe qui pouvait gagner, surtout face à un vieux comme Larkin, qui avait déjà un pied dans la tombe. Lui, le type de l'Arizona, préférait un jeu qui demandait de l'habileté, comme celui de la huit. Naturellement, Billy et les autres joueurs de billard furent intrigués. La huit est au snooker ce que les dames sont aux échecs. Avant que le gars de l'Arizona ne fasse son apparition au bowling (tout le monde supposait qu'il viendrait forcément chercher Billy), la rumeur courut qu'il était passé à la télévision à Chicago, pour une *démonstration* de snooker, et qu'il avait battu Willie Mosconi et Joe Bachelor au 14.1 continu, Hollywood Slim et Alabama Shorty au *one-pocket*, et enfin, que même Hoppe refusa de l'affronter. Personne ne savait quoi penser. Billy, lui, ne tint pas compte des rumeurs. Il n'avait jamais entendu parler de ce type.

J'imagine que j'ai pas tourné assez longtemps, se disait-il.

Billy était derrière la caisse tard un soir à vérifier les procédés des queues quand il remarqua que le ton montait dans les rangées de fauteuils près des billards. Il leva les yeux et nota que le vieux Larkin arborait une grimace de dégoût en désignant l'entrée. Billy se tourna et vit un tout petit homme grassouillet en chemisette bleue et pantalon blanc qui s'avançait à grands pas, suivi par deux gars en coupe-vent, l'air méchant et la dégaine typique des truands de L. A. Billy se remit au travail mais ouvrit grand les oreilles. Peu après, voici ce qu'il entendit, proféré avec une voix de basse vibrante, proche du mugissement :

« C'est bien *ici*, le fameux bowling ouvert toute la nuit ? Je ne vois pas de joueurs. J'ai dit que je jouais à la huit toute la nuit à n'importe quel prix et vous restez là et à me regarder. Chuis où, là ? On m'a raconté qu'il y avait du fric à Seattle, mais j'imagine que ça doit pas être des *dollars*. Qui veut jouer mille points pour dix cents ? Temps de jeu partagé. Le billard est fait pour cette ville. Deux vioques qui lambinent autour d'une table miteuse qui n'a même pas de poches ! Qui veut parier sur deux baleines en train de se battre pour une sardine ? J'ai pas de préférence. Où est l'argent facile ? Je suis un chic type, où sont les autres ? La huit ? J'affronte n'importe qui ! »

Billy savait que ce laïus lui était destiné, même s'il n'avait pas levé les yeux une seule fois, et il savait que le gros ne le regardait pas. Il s'éloigna de la caisse en traînant des pieds comme l'acteur Stepin Fetchit, et lança d'une voix haute et nègrelette :

« La huit ? Pourquoi qu'tu voudrais jouer à c'te jeu d'gamin ? Moi j'veux bien risquer ma vieille peau d'nèg' au *one-pocket*, *meeec* ! »

Billy espérait que ce gros avait la haine des nègres ; cela jouerait en sa faveur.

« Je suis pas venu jusqu'à Seattle pour affronter le cireur de pompes », déclara le gros.

Billy en conclut que son numéro d'Oncle Tom ne fonctionnerait pas. Il dit :

« Ben, j'imagine que vous êtes venu jusqu'à Seattle pour *causer*, alors. Z'aviez plus de quoi causer au bercail, c'est ça ? »

Billy lança un sourire à l'un des truands de L. A., le truand le lui rendit en l'accompagnant d'un clin d'œil.

« T'as pas joué dans un film ? demanda Billy au truand.

– J'pense bien, dit le type fièrement. J'ai joué les tueurs dans deux films. Ils m'ont trouvé par une agence de casting.

– N'importe quoi », lâcha l'autre truand.

Il était plus jeune, vingt-deux ans, à peine.

« Hé, tu veux jouer au snooker ? lança-t-il au vieux Larkin. Trois dollars ? »

Larkin marmonna et finit par répondre :

« Non, je veux assister au grand spectacle.

– Ch'te fais peur, c'est ça ? insista le gamin. Je sais même pas jouer. Mais contre toi, j'veux bien tenter le coup. »

Le gros homme avait l'air déçu.

« Causer ? Mais c'est de fric, qu'on cause. Si le fric y est, ça me dérangerait pas de jouer une partie de la huit avec le roi de Suède.

– La huit ? » se moqua Billy.

La foule était contente. Toutes les autres parties étaient suspendues ; les gens faisaient cercle autour d'eux et ils écoutaient et échangeaient des sourires lourds de sens. Parmi les gamins, beaucoup croyaient dur comme fer que personne ne pouvait battre Billy Lancing, et ils avaient tous hâte de voir ce gros vantard se faire remettre à sa place.

« En fait, tu veux pas jouer. » Le gros congédiait Billy. À l'attention de la foule, il répéta : « Il veut pas jouer. » Il semblait bizarrement stupéfait.

« Ben j'imagine que j'vais m'taper un p'tit sandouiche, alors.

– C'est vrai que t'as l'air de pas avoir assez mangé, dit Billy.

– Oh c'est bon, là ! Allez, va chercher ta queue, Noiraud. »

Il s'avança vers le râtelier où les queues de la maison étaient rangées. Billy haussa les épaules et se dirigea vers la caisse pour prendre sa Willie Hoppe Special, revint à la table numéro un, vissa la flèche dans le fût, caressa le bois laqué ; avec l'ongle du pouce, il vérifia que le procédé était bien collé, mit du bleu, le tout pendant que le gros passait en revue les queues du râtelier, les testait, les soupesait, évaluait leur rectitude, et en choisissait finalement une de vingt-deux onces. « Ça fera l'affaire, déclara-t-il. Aussi tordue que la vie sexuelle d'une vieille peau. Ah ah. »

Billy jeta un coup d'œil derrière lui vers le vieux Larkin, et pour la première fois, éprouva de l'appréhension ; le visage du vieux était tout fripé et affichait un sourire insupportable. Peut-être qu'il détestait Billy et attendait depuis longtemps de le voir se faire écraser. Billy fut tiraillé par le doute, et il dut se retenir de tâter le rouleau de billets enfoncé dans sa poche. Il adressa un sourire pincé à son adversaire.

« On joue pour combien, mon gros ?

– Une partie amicale, je ne joue que comme ça. Mais j'imagine que t'as une flopée de lardons qui comptent sur toi pour la becquée et le reste, donc on n'a qu'à jouer pour deux dollars. Ça reste assez amical pour toi ? Histoire que t'y ailles mollo, gamin.

– Gagnant, placé, troisième ? » répondit Billy d'un ton acide.

Rapidement, il ravala sa colère. Il n'y avait rien de pire. Il sourit.

« Deux dollars, ça roule. »

Un murmure de désapprobation s'éleva parmi la foule d'observateurs. Billy lança une pièce en l'air, perdit le tirage au sort et disposa les billes pour une partie de la huit. Puis il s'écarta de la table pour regarder le gros homme casser. Le silence régnait ; Billy n'entendait plus que les deux acharnés du bowling à l'autre bout de la salle et le filet de musique insipide qui se déversait des haut-parleurs. Il sentit le courant froid de l'air conditionné sur sa joue et refréna l'envie de se passer une main sur la bouche. Plus que tout, il voulait fumer, mais se retint d'allumer une cigarette.

Le type de l'Arizona ressemblait à un gamin rondouillard qui se pencherait avec sérieux sur la table, ses doigts potelés d'un blanc cadavérique sous la lumière vive. Il cassa dans un *touac*, envoya la blanche toucher la bande inférieure et empocha la douze et la quatre. Il contourna la table rapidement, choisit les billes cerclées qu'il empocha les unes après les autres, suivies de la quinze dans une poche de côté afin que la huit soit dans une position parfaite, il l'annonça dans une poche d'angle et la rentra. Ses lèvres, pincées par la concentration, se relâchèrent, il se redressa et grommela : « Hum. Coup d'bol. *Triangle !* »

Billy lâcha deux billets sur la table, puis commença à récupérer les billes dans les poches avant de les faire rouler vers l'autre bout du drap.

« Ici, chacun s'occupe de ses billes.

– Accueillant, comme rade », remarqua le gros.

Il passa du bleu sur le procédé en attendant que Billy achève de les rassembler. La casse revenait au vainqueur, bien sûr. Le gros s'avança, cassa et enchaîna de nouveau les points. Il gagna six parties d'affilée, et Billy n'eut même pas l'occasion de jouer.

« On arrête », dit Billy.

Il se sentait loin de tout, comme s'il était mort. Il dévissa sa queue, à croire qu'on l'avait forcé à jouer.

« T'as raison, dit le gros. Deux dollars la partie. On est cons ou quoi ? Au final, c'est la maison qui récupère le fric. Et si on passait aux choses sérieuses ?

– Finie la huit », déclara Billy.

Le gros eut l'air surpris.

« À quoi tu veux jouer, alors ?

– Au *one-pocket*. » Avec ce qui s'approchait de l'effroi, il ajouta : « Tu décides de la mise. »

Il jeta un coup d'œil aux spectateurs. Vous êtes pressés qu'il me fasse la peau, espèces de fils de putes. À croire qu'il les voyait vraiment pour la première fois. Avec leur expression dégueulasse, imbécile, rapace. Ces gens n'étaient pas ses amis. Il leur servait juste de divertissement. Il ferait mieux de ranger sa queue et de se tirer. Il n'avait pas envie d'affronter le gros. Il n'avait pas envie de jouer tout court. Il était fatigué. Mais non, ce n'était pas vrai.

Il avait *vraiment* envie de jouer, pas pour le spectacle ou l'argent, mais parce que pour la première fois depuis longtemps il se sentait mis au *défi*. Ça ne faisait aucun doute ; ce type était *bon*. Mais en son for intérieur, Billy savait qu'il pouvait le battre. Chaque fois qu'il avait eu cette intuition, il avait gagné. Et il l'avait à présent. Il rit tout haut.

« Allez, la boule. Si on jouait au *one-pocket* ?

– *One-pocket* ? Le gros était vexé. Le *one-pocket* ?

– Vingt billets la partie. » Quelqu'un eut un petit rire nerveux.

« Je joue pas au *one-pocket*. C'est le putain de jeu le plus chiant jamais inventé. Ça t'fait pas piquer du nez, toi ?

– Bon, dans quoi t'es le meilleur ? T'es pas en tournée, là, à quoi tu joues quand t'as le choix ?

– À la huit. Ça ou rien. J'veux bien jouer à la huit pour dix ou vingt la partie. Tu vois, chuis sympa. Je sais que j'ai aucune chance contre toi. »

Billy n'en croyait pas ses oreilles.

« Aucune chance ? Attends, mec, j'ai même pas encore touché une bille !

– T'as raison, j't'ai pas vu dans l'action. Comment j'peux savoir que t'es doué ?

– T'as pas envie de jouer, en fait. Tu sais quoi, t'as mes douze dollars. Tu rentres chez toi et tu racontes à tout le monde que t'as raflé douze billets à Billy Lancing.

– Pourquoi j'le raconterais ? T'es célèbre ?

– Écoute bien, sale dégonflé de gras-double ; j't'affronte dans n'importe quel jeu sur n'importe quelle table de ce rade ; mais pas à la huit. Au jeu de la neuf, au *six-ball*, *bank-pool*, *cribbage*, *one-pocket*, 14.1 continu – en triangle ou en ligne ; rotation, snooker, *balkline*, billard à trois bandes, *pea-pool*, golf ; je joue d'une main, à dix ou sans décompte ; tout ce que tu veux –, mais je refuse que toi comme moi on perde notre temps, alors c'est au minimum vingt dollars la manche, je te laisse fixer le plafond. Donc la question, c'est : tu veux jouer au billard ou tu préfères aller dîner ? »

Le gros garda le silence pendant au moins une minute. Il semblait sous le choc. Puis il gueula :

« Vingt dollars ? *Vingt dollars* ? J'ai l'impression qu'un canard veut me tuer à coups de bec ! Je me ramène ici pour jouer des parties amicales avec des gens que je connais pas mais, toi, non, ce qui t'intéresse, c'est la *flambe* ! Maintenant, si tu veux flamber, c'est pas d'refus, mais dans ce cas, *flambons,* au lieu de perdre notre temps à déconner pour vingt biffetons ! Jouons pour du fric, du vrai !

– Enfin, le voilà, les gars ! lança Billy à la foule, l'as de l'embobinage ; c'qu'il a, c'est pas des billets *craquants*, c'est des billets *caquetants* ; parce que s'il en avait, du blé, il jouerait. Il *sait* qu'il peut me battre ; de quoi il a *peur* ? »

Avec un sourire joyeux, il se tourna vers le gros.

« Cinquante la partie, p'tit joueur ?

Le gros roula des yeux.

« Cinquante ? Depuis combien de temps t'as pas vu cinquante dollars d'un coup ? Je t'entends causer, mais je vois pas ton blé. La vieille pelote de laine qui te sert de caboche confond cinquante dollars et cinquante cents, p't-être ?

– Cent dollars la partie, qu'est-ce que t'en dis ? » lança Billy, toujours joyeux.

Il voulait encore attendre avant de mettre la main à la poche, aussi il s'appuya contre la table et fit semblant d'inspecter le procédé de sa queue.

« C'est du pari en l'air, ça. À ce compte-là, je peux monter à un million. Et pourquoi pas deux, pendant qu'on y est, chuis pas du genre arrogant.

– J't'explique, dit Billy. J'ai toujours sur moi une petite *cagnotte*, au cas où, tu vois. Si t'as l'équivalent, on mise là-dessus.

– L'équivalent ? Ben mon p'tit, si je pouvais pas égaler les clopinettes qui traînent au fond de ta poche, j'en crèverais d'humiliation. Déballe-nous tes trente-quatre dollars et cinquante cents, faut bien qu'ils voient le jour de temps en temps, ces p'tits billets.

Et pour cette somme, non seulement je peux l'égaler, mais je joue à tout ce que tu veux. J'aime pas perdre mon temps. »

Billy retira dix billets de cent dollars de sa poche, les déplia et les disposa en éventail sur la table. Il afficha un sourire vorace.

« Tu vas avoir l'air drôlement con si tu peux pas t'aligner. »

Le gros regarda les mille dollars.

« Allonge le fric ou va crever de honte dans un coin », dit Billy.

Après un instant de réflexion, le gros prit ses deux acolytes à part et ils discutèrent à voix basse, sortant leur argent qu'ils mirent en commun. Le gros revint vers Billy et posa une liasse impressionnante de billets sur la table.

« Y a quatre cent vingt », dit-il. Il paraissait penaud. « C'est tout ce qu'on a sur nous ce soir. Les courses, tu comprends. »

Le vieux Larkin se leva et s'approcha d'eux. Il ne jeta pas un regard à Billy.

« Je t'avance deux cents », dit-il au gros.

Il sortit son rouleau de billets et en extirpa dix de vingt dollars et sa cagnotte fut aussi fine qu'un crayon. Billy ne s'en offusqua pas, mais sourit à la foule et dit :

« J'adore les *patriotes*, pas vous ?

– Six cent vingt, alors », dit le gros. En fait, il s'agissait d'une question.

« T'es sacrément gourmand, dis donc. Tu vois mon fric et t'es tellement persuadé que tu peux me battre, que tout à coup, faut *absolument* que tu joues. Ben ok, on va jouer. »

Il sortit un billet de vingt de son autre poche, pas celle de la cagnotte, l'ajouta aux six de cent et fourra les quatre cents restants dans sa poche de pantalon.

« On va jouer, mon pote. Une partie de *one-pocket* pour six cent vingt.

– Tu veux tout mettre dans la partie ? demanda le gros.

– Évidemment. Si on arrêtait de déconner ? Tirage à la bande ou pile ou face ? »

Il sourit au vieux Larkin dont le visage était devenu gris.

La partie était terminée avant d'avoir commencé ou presque. Billy le savait, il savait qu'il avait pris l'avantage psychologique sur le gros et c'était suffisant pour gagner. Le gros gagna à pile ou face et cassa sans prendre de risque, comme toujours au *one-pocket*, puis Billy évalua très attentivement la disposition des billes, brûlant des pieds à la tête d'une sorte d'extase tranquille, joua des coups qui l'auraient protégé même s'il les avait manqués, prit une américaine sur deux bandes et la bille entra dans sa poche sans même toucher les bandes de côté. Puis il empocha deux autres billes et laissa la blanche à l'autre bout de la table. Le gros ne prit pas de risque, et Billy prit une autre américaine, cette fois sur trois bandes tout en gardant la blanche à l'abri, réussit son coup, après quoi il empocha toutes les billes. La partie était pliée. Billy compta l'argent, l'empocha, remit mille dollars de cagnotte dans sa poche de chemise et le reste dans son pantalon. Puis il retourna à la caisse et changea le procédé d'une queue. Il ne vit même pas le gros et ses amis partir.

Mais ce n'était pas encore fini et Billy le savait. Il rentra chez lui à 4 heures et le jour s'était levé depuis longtemps qu'il était encore allongé sur son lit, incapable de fermer l'œil ; il écouta tomber la pluie et se demanda quelle part de lui-même il venait d'ouvrir en remportant la victoire sur le gros de l'Arizona de manière si complète, définitive et (c'était sans doute le pire) spectaculaire. Il se souvint du bonheur incroyable que cela procurait, et combien ce genre de victoire lui avait manqué ; il se demanda alors pourquoi il se sentait si vide et déprimé. Sa femme comprit qu'il se passait quelque chose et évita de lui poser des questions. Elle fit manger les enfants, prit son petit déjeuner, accompagna les enfants chez une voisine et laissa Billy seul dans la maison. Il l'entendit disputer le petit pour qu'il mette ses bottes en caoutchouc. Il se demanda où ils allaient jusqu'à ce qu'il entende la petite le dire, et là, il comprit que sa femme se montrait attentionnée. Ce qui le mit en colère. Il finit par s'endormir, et rêva de parties de billard gigantesques et de billes qui s'entrechoquaient.

À son réveil, en fin d'après-midi, les tensions étaient toujours là. Il mangea et sauta dans un bus pour retourner au bowling. Il n'avait pas trouvé le moyen d'acheter une voiture ; aucune ne semblait lui convenir. Il ne voulait pas d'une voiture bon marché, et se payer la même Cadillac que tout le monde l'embêtait ; d'un autre côté, acheter une voiture coûteuse revenait à jouer leur jeu, sans parler de l'acompte qu'il serait obligé de sortir de sa cagnotte. Il essaya de se concentrer sur le travail, mais tout lui semblait vain et ennuyeux, alors il rendit visite à Luanne.

Pour une fois, elle était seule chez elle, mais d'humeur maussade, et une heure durant, Billy et elle sirotèrent en silence le whisky qu'il avait apporté. Cet endroit était tellement sordide. Une plaque électrique posée sur une table contre le mur servait de cuisine, et alors même que Luanne prenait presque tous ses repas à l'extérieur, les ordures débordaient de sacs humides sous la table et se déversaient sur le lino, et il y avait une toute petite véranda à l'arrière jonchée elle aussi de magazines, de sacs-poubelle, de bouteilles et de journaux. Le papier peint couleur puce était orné de lourdes grappes de raisin violettes ainsi que de feuilles de vigne vertes, et le plafond avait l'air sale. La salle de bains, dans un état indescriptible, sentait l'urine et la poudre de riz. Autrefois, pensa Billy avec ironie, l'aspect négligé de cet appartement lui apparaissait romantique et sensuel, mais à présent, il le trouvait juste crasseux. « Pourquoi tu ne fais pas un peu le ménage, bordel ? » avait-il envie de lui dire tout en sachant qu'elle rétorquerait : « Si ça t'pose un problème, chéri, t'as qu'à l'faire, toi, l'ménage. » Elle avait raison, bien sûr.

Il voulait lui parler de la peur qui lui nouait les entrailles, mais elle lui en aurait demandé la raison et il n'aurait pas su quoi répondre. Elle était capable de se moquer d'une peur générale, abstraite, même. Billy ressortit le mot *angoisse* du tréfonds de sa mémoire, voilà ce qu'il avait ; presque neuf kilos *d'angoisse*. Il vaudrait mieux que je sois cuité ; au moins, je saurais quoi faire pour me retaper. Il savait que Luanne n'était jamais troublée par ce genre d'états d'âme. Ou si elle l'était, elle ne s'en rendait pas compte, se pintait ou se camait ou trouvait un homme pour se débarrasser de cette sensation désagréable. Elle se sentait bien, ou mal, ou ni l'un ni l'autre : c'était aussi simple que ça, pour elle. Elle pouvait ne pas dessoûler pendant cinq jours, coucher avec huit ou dix types, être mêlée à une bagarre au rasoir, atterrir en prison, en sortir et être prête à tout recommencer : elle pouvait s'investir entièrement dans une discussion, une dispute, de la musique et, cinq minutes plus tard, s'emmerder et faire la gueule. Billy comprit soudain qu'en fait c'était comme si elle absorbait l'ambiance de l'endroit où elle se trouvait, les sentiments de ceux qui l'entouraient, et si elle faisait la tête à présent, c'était parce que Billy était *déprimé*; il avait déjà remarqué que chaque fois qu'il était arrivé bien décidé à passer un bon moment, ou chaque fois qu'il avait *besoin* de passer du bon temps, elle avait montré le même état d'esprit. Luanne était une éponge. Il existait tout un monde fait d'éponge; le monde noir contre lequel il avait mené un combat farouche afin de s'en extirper, un trou à rats au sein de la société américaine réservé exclusivement aux nègres qui refusaient d'être comme Billy, qui refusaient d'accéder à la classe moyenne, qui voulaient jouir de leurs plaisirs et de leurs terreurs au *présent*, ne pouvaient pas ni ne voulaient attendre les satisfactions plus douces que promettait M. LeBlanc sans jamais vraiment les donner. Billy grogna intérieurement. Il leur enviait leurs plaisirs fugaces, mais savait qu'il était trop blanc, trop converti pour s'engager sur cette voie; il aurait trop peur. Pourtant, il connaissait suffisamment bien l'autre monde pour prétendre le rejoindre. Il n'appartenait donc à aucun club, il était seul. Un touriste, se dit-il, jamais un résident. Blablabla.

Il réfléchissait à une façon de dire adieu à Luanne qui ne serait ni ambiguë ni sentimentale quand la sonnette retentit. Billy eut un coup au cœur et grinça des dents de colère contre lui-même.

Luanne ouvrit la porte et un gros Noir nommé Oncle Vance entra; Billy le connaissait, aussi il se leva et lui serra la main. Il n'avait pas peur d'Oncle Vance. En fait, l'Oncle était plutôt drôle; une peau noire tirant sur le bleu, trois dents jaunâtres pareilles à des crocs, deux en bas, une en haut ; un costume qui avait dû être à la mode un jour, peut-être même un peu voyant, mais qui était désormais taché, élimé, les manchettes trop épaisses, les jambes de pantalon trop larges, le manteau trop long. Il portait même une cravate avec un nœud Windsor dont Billy voyait qu'il n'était jamais défait mais juste relâché et passé par-dessus la tête ; le nœud n'avait pas l'air bien propre.

Mais Oncle Vance était un homme agréable, et Billy s'en voulut aussitôt de l'avoir méprisé. Oncle Vance dirigeait une entreprise de camionnage, ce qui voulait dire qu'une société de financement et lui possédaient un camion conduit par le fils de Vance âgé de dix-huit ans, que Vance trouvait les chargements et que la société de financement empochait les bénéfices ; mais le seul fait d'avoir un camion – sur les portes, il était peint : VANCE CAMIONNAGE – TRANSPORT EXPRESS – N'IMPORTE OÙ N'IMPORTE QUAND – faisait de Vance un citoyen bien installé de la classe moyenne, une voix à l'église, qui appartenait à la branche noire de l'association d'aide aux anciens combattants, tout ça. C'était un homme respectable. Il n'était pas du genre à régler les problèmes à coups de couteau, et en fait, il était également inscrit au NAACP, dont les membres à l'esprit toqué passaient leurs samedis soirs cachés dans leur sous-sol.

Il accepta un verre du whisky apporté par Billy et tous les trois écoutèrent la radio en silence. Il faisait nuit noire dehors ; par la fenêtre ouverte, Billy sentait que la pluie n'allait pas tarder à tomber. Il pleuvait beaucoup à Seattle, hiver comme été. C'était un des grands sujets de conversation entre les gens. La météo et Boeing. Et toute cette verdure. Bien sûr, on la paye avec la pluie. Mais que tout est beau quand il ne pleut pas, non ? Pensez à ces imbéciles à Harlem. Mais eux ne parlèrent pas de ça. Ils restèrent assis à écouter la radio en attendant que tombe la pluie.

Oncle Vance finit par briser la glace :

« On m'a raconté que vous aviez gagné une belle somme d'argent contre un Blanc à votre bowling. Six cents dollars, c'est ça ? »

Luanne regarda Billy, qui sourit et dit :

« Exact.

– Beau pactole, dit Luanne. On va manquer de whisky. »

Oncle Vance regarda Billy, mal à l'aise, puis, d'un air gêné, il fourra une main dans la poche de son manteau dont il tira une enveloppe qu'il ouvrit avec ses gros doigts et dont il sortit trois cigarettes fines de marijuana.

« J'ai ces petites choses, dit-il. Vous voudriez en fumer quelques taffes ? »

Billy acquiesça, amusé, et Luanne dit :

« Si c'est pas gentil, ça. »

Et la présence de Billy ne fut plus un souci pour Oncle Vance qui lécha l'un des joints, l'alluma, se remplit les poumons d'air et de fumée, et, les yeux exorbités, le passa à la fille ; elle prit une bouffée et passa la cigarette à Billy qui tira fort dessus en priant pour que ce soit de la bonne qui fasse effet rapidement. Le joint tourna encore quelques fois avant que Billy ne comprenne qu'il n'en retirerait aucun bien-être ; l'herbe était sans doute cultivée localement, ce qui expliquait tous les résidus. Il planait un peu, mais le whisky gâchait l'effet et la tension ne semblait pas s'être dissipée. Brusquement, il se leva. « Faut que j'aille travailler », lança-t-il. Vance tenta poliment de prendre un air désolé mais n'y parvint pas, et Luanne, elle, paraissait manifestement contente qu'il parte. Vance et elle avaient sans doute rendez-vous, de toute façon ; Billy était arrivé sans prévenir. Billy voulait dire adieu à Luanne, mais avec Vance à côté, si coincé et respectable, c'était impossible.

Vance l'accompagna au bout du couloir.

« On pourrait peut-être parler affaires, un de ces jours, dit-il.

– Pourquoi pas », dit Billy.

Il éprouva un vif désir pour quelque chose d'indéfinissable. Il leva les yeux vers Oncle Vance dans le couloir sombre. *Lui* pouvait revenir ici, gagner discrètement le trou à rats, des cigarettes illégales au fond de la poche pour voler quelques plaisirs qu'il n'obtenait apparemment pas dans le cercle respectable qu'il fréquentait, et il pouvait même être fier de lui ; Billy et lui pouvaient se retrouver sur ce terrain neutre, partager la fille, même, et le whisky et la marijuana, et parler affaires, aussi. Ça paraissait ridicule.

« Vous devriez investir une partie de cet argent, dit Oncle Vance. Tant que vous l'avez encore. Il faut penser à l'avenir, fiston. Vous le savez. Il gloussa doucement. Les choses vont finir par changer, Billy, et ceux d'entre nous qui seront en fonds se retrouveront au sommet.

– Ah ouais ? ne put s'empêcher de dire Billy. Et vous prévoyez ça pour quand ?

– On se calme, Billy. Peut-être pas tout de suite, peut-être pas de notre vivant ; mais on a des enfants, vous et moi, et on doit penser à eux. Peut-être que tout sera différent pour eux. »

Billy quitta l'immeuble et attrapa un bus pour le bowling. Il était furieux. Bien sûr, Vance avait raison et son attitude était la bonne ; bien sûr, Luanne et ses amis *négros* avaient raison, le changement n'arriverait jamais et c'était trop de boulot, et ils avaient trop la rage et étaient trop passionnés pour attendre quoi que ce soit ; bien sûr, les libéraux avaient raison eux aussi, le changement était proche ; les négrophiles avaient raison, parce que les nègres étaient bien jolis à regarder ; et les négrophobes avaient aussi raison parce que les nègres étaient sales et paresseux et concupiscents, et il en allait donc naturellement que tout le monde avait raison sauf Billy, et il était seul, et ça, c'était tout bonnement dur à vivre. Mais je ne *veux* pas être nègre ; je ne *veux* pas être blanc ; je ne *veux* pas être un homme marié ; je ne *veux* pas être un homme d'affaires ; je ne veux pas être seul. La vie ressemblait à un grand huit. Cela le terrifiait, assis là, dans le bus, comme si le temps l'avait englouti dans de noires mâchoires.

Le gros entra en trombe dans le bowling peu après minuit, suivi de ses deux acolytes. Il fonça vers Billy qui était assis à la place du client à son stand de cirage et observait un jeu de la neuf à la table numéro un.

« Descends par ici, mon pote, dit le gros. Faut qu'on cause. »

Billy baissa les yeux vers lui et sourit.

« Chuis bien où chuis.

– À quoi tu joues, ce soir ?

– T'as braqué une banque ou quoi ? »

Le gros afficha un sourire évasif.

« J'ai du blé. À quoi tu veux jouer ?

– Qu'est-ce qui te dit que j'ai envie de jouer tout court ? Chuis *fatigué*. J'ai *trimé* toute la journée, mec.

– Alleeez, bordel. Tu vas bien jouer. Dans quoi t'es l'meilleur ?

– Le *one-pocket*.

– Ça, jamais. T'es le meilleur joueur du monde à çui-là. »

C'est reparti pour un p'tit tour de manège, pensa Billy.

« Ben j'ai apporté du fric, j'aimerais le dépenser. »

Une petite foule de spectateurs se formait. Tout allait recommencer comme la nuit précédente, à une exception près : Billy n'aurait plus l'avantage émotionnel. Il ne savait pas exactement en quoi consistait cet avantage ni comment on l'obtenait, mais il savait qu'il l'avait perdu. Pour autant, il ne croyait pas une seconde que le gros pourrait le battre. Ils s'engueulèrent, épatèrent la galerie, blaguèrent, s'insultèrent, et Billy obligea le gros à montrer son fric, et ils finirent par jouer au snooker tout au fond de la salle. Billy perdit les trois premières parties, chaque fois à cause de la cruciale numéro sept, paya cent cinquante dollars et arrêta. Ils comptabilisèrent leur temps de jeu, puis le gros lança :

« J'ai pas sommeil. Bordel, et si on se faisait un jeu de la neuf pour rire ? Cinq dollars la partie.

– Ok », dit Billy.

Il s'installèrent à la table numéro un et Billy plaça les bonnes billes dans le triangle. Le gros remporta le tirage au sort et se tint prêt pour ouvrir la partie. Il jeta un coup d'œil à ses deux comparses appuyés contre la table numéro trois, et il rit. Les deux autres lui adressèrent un sourire. Le gros se tourna alors vers Billy, toujours gondolé :

« Je te tiens, fiston, et je vais pas te lâcher.

– C'est ce qu'on va voir. Si t'es trop bon, je remballe ; mais t'es pas si doué que ça.

– Mais non, tu remballeras pas, dit le gros avec assurance. Je te *connais*. Et t'es *mort*. »

Ils se dévisagèrent, et Billy sut que le gros avait raison ; il n'arrêterait pas, aucun d'eux n'arrêterait tant qu'il n'aurait pas mis l'autre sur la paille. Point barre ; c'était tout, le noyau de vérité qu'il avait cherché toute sa vie : faire quelque chose qui n'ait pas de fin, prendre tous les risques.

Ils jouèrent jusqu'à 16 heures le lendemain ; la plupart des spectateurs étaient rentrés chez eux dormir un peu, puis étaient revenus. Ils jouèrent pour cinq dollars la partie pendant plusieurs heures avant de monter à dix. Billy ne se rappelait pas de qui venait l'idée. Ça n'avait pas d'importance. À la fin, il avait tout perdu : sa cagnotte, son salaire, ses gains, tout. Il avait joué du mieux possible, il n'avait pas lâché ; seulement, sur le long terme, le gros avait un peu mieux joué que lui, en conséquence de quoi il lui avait pris son argent. C'était d'une telle banalité. Quand tout fut terminé, Billy paya sa part du temps de jeu, se rendit dans les bureaux du bowling et demanda au gérant s'il pouvait avoir une avance sur son salaire. En revenant, il avait toujours sa queue de billard à la main. Le gros et ses amis étaient assis au comptoir du buffet et mangeaient des cheeseburgers. Billy dévissa sa queue, et au lieu de la replacer dans son râtelier en bois à la caisse, il se pencha et sortit sa mallette en cuir qu'il épousseta avant d'y glisser les deux moitiés de sa queue. L'un des petits Blancs voulait lui parler, mais Billy le rabroua et s'éloigna.

« Tu vas où, Billy ? » demanda le jeune.

Il sourit. « Je sors regagner mon pognon, gamin. Tu crois que ça me plaît, de perdre ? »

Mais il savait que c'était un mensonge et que c'était la honte qui le poussait dehors. À l'extérieur, il pleuvait autant sur la ville que dans son cœur. Conscient de cette ironie, il prit un taxi qui le conduisit au dépôt des bus Greyhound. Il ne téléphona pas à sa femme. La honte qu'il éprouvait l'incluait elle aussi. Je suis un enfant, pensa-t-il. Quand est-ce que je vais grandir ?

SEIZE

« Le jour ou la nuit, c'est du pareil au même dans ces maudites boîtes ouvertes vingt-quatre heures sur vingt-quatre, dit Billy lors d'une de ces soirées interminables quelques jours avant qu'il ne soit tué. C'est ça l'enfer, vieux ; ils font tourner l'air conditionné, sont ouverts toute la nuit, passent *de la musique douce*, et au bout d'un moment, tu sais plus quel jour t'es, ni même si c'est l'hiver ou l'été. Dans ces endroits, t'évolues dans un temps mort, t'es déconnecté, comme en rêve, tu vois ce que j'veux dire ? Tu sais même plus que t'as la dalle. C'est comme à la sortie du cinoche, tu sais : dehors, le soleil brille ; toi, t'as les yeux qui papillotent et les gens qui s'affairent tout autour, et tu te demandes dans quel monde de merde t'as bien pu tomber.

« Mais comment tu fais pour rester à l'écart ? Parce qu'après tout, là-bas, tu t'sens tellement en *sécurité*. Et puis bon, je prends mon pied, au billard. C'est pas que c'est facile non plus, hein ! Toi t'as jamais été un as du billard, pas vrai ? Tu l'as peut-être senti, d'ailleurs. Tout est *connecté*. Tu sais, c'est à toi de jouer. C'est là que tout commence. Tu t'approches de la table, tu évalues ton coup, tu regardes la disposition des billes, et là, déjà, tu le sens, la façon dont les billes sont *connectées* entre elles, immobiles sur la table, dont toi tu es connecté à *elles*, la façon dont la queue devient la prolongation de ton bras, et tu mets du bleu, et là encore, tu sens la connexion, et ça devient bon, vieux, parce que t'accumules toute cette énergie positive, tu sais que tu peux jouer n'importe quel coup et que tu le réussiras – c'est pas un truc palpable, mais c'est *là* – et ça fait du bien, comme un poivrot qui entre dans un bar et qu'est complètement bourré au moment où il se pointe, mais il voit tout cet enquillement de bouteilles, les sent comme elles sentent sa présence et il s'installe au bar, connecté au monde entier, et il commande à boire, et il s'envoie son shot dans le gosier et tout lui remonte au cerveau. Y se passe la même chose pour moi à la table de billard. Je sens le truc. C'est là. Bref, je prépare le coup dans ma tête, je me penche, et un truc se passe entre la blanche, la bille de visée, la poche et moi, et je sens que ça monte, je joue, et ça *marche.* T'as attendu ce moment toute ta vie. La connexion s'est *faite*. La boucle est bouclée. Tu l'as en toi, maintenant.

« Si tu manques le coup, que la bille ne tombe pas dans la poche, que tu fais une fausse queue ou je sais pas quoi, la connexion est rompue et une part de toi meurt avec. Ça aussi, je l'ai senti. Je *sais* que c'est la vérité. Fini, foutu, et c'est pas avec un coup à cent dollars non plus que tu vas le récupérer. Quand tu perds, c'est pour toujours, et quand tu gagnes ce n'est que pour une ou deux secondes. C'est la vie. La vérité vraie. Je te baratine pas. J'ai aucune raison de le faire.

« Y a pas deux trucs de ce putain de monde qui soient pas connectés, voilà ce que je pense ; la connexion te fait avancer, et les connexions ratées te foutent en l'air. Imagine que tu voies cette femme, par exemple ? Tu envoies un tas de bonnes ondes pour savoir si ça accroche avec elle, et si elle réagit pareil, *bam*, vous êtes connectés ; pas besoin de prononcer un mot, c'est là et vous le savez tous les deux. Mais tu sais ce qu'on fait vraiment ; on devient distrait, on déconne, on fait le malin, on s'intéresse qu'à sa pomme et on bousille la connexion. Est-ce qu'on s'en rend compte ? Même pas, mec, on continue d'essayer et ça fait qu'empirer. C'est comme si tu crevais d'envie de casser une vitre avec ton poing, tu vois, et si tu cédais à ce désir sans réfléchir, alors *bam*, pendant une demi-seconde, t'aurais l'impression d'être le roi du monde ; mais au lieu de ça, tu commences à avoir la trouille de te couper, toutes ces conneries, et t'hésites, alors tu t'en veux à mort et tu finis par exploser la vitre, sauf que tu le fais en toute conscience, et du coup t'en retires aucun plaisir. »

Billy avait le teint gris et l'air fatigué, et Jack ne comprenait pas pourquoi il parlait comme ça. Plus tard, il devina que Billy avait déjà pris sa décision et saisissait par là sa dernière chance de dire à Jack qui il était vraiment.

« Enfin, voilà, dit Billy, je sais que tout ça paraît débile, t'imagines bien, une *philosophie* de la *salle de billard* ; mais bon sang, j'ai regardé autour de moi et je me suis demandé : c'est quoi ma vie, en fait ; et la réponse m'est venue en moins de deux, ma vie, c'est ce que *j'ai*, et si j'y trouve rien d'important, c'est que je suis mort. Mais tu sais comment c'est, des fois, quand tu planes et que *tout* semble important ? Ben c'était pareil. Si ce que je ressens pour le billard n'est pas important, alors qu'est-ce que je suis, bordel ? Alors je me suis posé pour essayer de mettre des mots là-dessus, et le seul qui me soit venu à l'esprit, c'était cette histoire de *connexion*. »

Il baissa les yeux vers le visage dur et buriné de Jack. « Toi et moi, maintenant, on est connectés. C'est bien. Quand la connexion sera brisée, tout sera fini et ce sera vraiment dommage, mais ce sera fini et faut être idiot pour vouloir continuer quand c'est terminé. Tu piges ? Nous on l'*a*, t'as même pas besoin de l'admettre, quand on pense l'un à l'autre, on se sent bien, et c'est *ça*. Mais quand ça casse, ça casse, et y a plus rien à faire. Rien n'arrive deux fois. »

À présent, Jack comprenait Billy parfaitement, et il était allongé sur son lit sans dire mot, les bras le long du corps. Il ne semblait rien regarder de précis même s'il avait les yeux ouverts. Il se sentait incapable de bouger ou de parler, mais voulait que Billy parle, lui voulait que ce soit Billy qui dise les choses, et qu'elles soient dites une bonne fois pour toutes.

Très doucement, Billy reprit la parole : « J'parle pas du sexe. La connexion est pas là. C'est toi et moi, la connexion. T'es en vie et moi aussi et on s'aime. Tu le sais, ça ? Le sexe, c'est... une *joie*. Je le reconnais. Combien de fois on a tout gâché parce qu'on avait peur d'admettre qu'il y avait de la joie là-dedans ? Combien de fois on a fait comme si c'était qu'une branlette ? Combien de fois on a fait comme si ce n'était pas de *l'amour*. Alors maintenant tu sais que c'est de l'amour, je le sais aussi et je te dis que je t'aime. Et je veux que tu me le dises. Que tu l'exprimes. Avec des mots. »

Billy attendit. Jack n'arrivait pas à parler. Ne voulait pas parler. Il était gêné. Il avait redouté cela, que leur relation devienne romantique. C'était affreux, et parce qu'il aimait Billy, il voulait le lui dire, mais pour lui, le mot ne signifiait pas la même chose que pour Billy, et pour cette raison, il ne pouvait pas parler.

« Jack, dit Billy. Je veux que tu m'embrasses. Une fois. C'est tout. Tu ne peux pas parler ; au moins, au mieux, embrasse-moi. Tu dois le faire. Si tu m'aimes, embrasse-moi. »

Jack ferma les yeux.

« Non.

– D'accord. Très bien. »

Jack dut recomposer le déroulement des événements à partir de bribes et de fragments, mais voilà ce qui arriva : Clifford, le fou furieux de la prison et leader de la meute de loups, décida qu'il n'aimait pas Jack, sans doute à cause d'une remarque involontaire – ils n'avaient jamais échangé plus qu'une demi-douzaine de mots dans l'année –, et Clifford laissa entendre qu'il s'en prendrait à Jack dans la semaine, et pariait cinq contre un qu'il lui réglerait définitivement son compte. Billy l'apprit. Clifford le terrifiait, mais le lendemain matin, alors que Jack et lui venaient d'avoir leur dernière longue conversation, il se présenta à la bande de Clifford dans le préau, l'allure d'autant plus frêle au milieu de tous ces nègres baraqués, et dit à Clifford : « Si tu fous pas la paix à Levitt, tu vas le regretter, crois-moi. » Les autres s'esclaffèrent, l'un d'eux tendit un bras rapidement et Billy recula, trébucha et faillit tomber. Jack remarqua le manège, et plus tard, il interrogea Billy qui se contenta de répondre qu'il avait fait un pari. Mais il avait une drôle de mine, le teint gris, les traits tirés, et cette nuit-là, dans leur cellule, il ne décrocha pas un mot. Clifford avait fait passer un message à Billy ; il s'en prendrait à Jack le lendemain après-midi.

Jack fut témoin de presque toute la scène durant la promenade du matin dans la grande cour. C'était une journée chaude et ensoleillée, les hommes traînassaient et discutaient par petites grappes ou tournaient en rond dans leur coin. Jack observait les parties de dominos quand il aperçut Billy s'éloigner de l'un des groupes pour se diriger vers celui de Clifford, à l'autre bout du préau, à l'ombre. Jack vit Clifford se détacher des siens en faisant un signe de la main, sourire aux lèvres ; vit les deux hommes s'approcher l'un de l'autre. Pour un gardien dans son mirador, pour n'importe qui, on aurait simplement dit deux hommes sur le point de se frôler alors qu'ils traversaient la cour ; une coïncidence. La seule raison qui avait poussé Jack à les observer était la démarche terriblement raide de Billy ; il avait l'air de défiler, le visage amaigri et apeuré, la tête dans les épaules. Il avait une drôle d'attitude ; généralement, il était plus relax et joyeux. Clifford approchait de Billy, se dressait devant lui, gigantesque, noir, mais lui aussi avait les traits tirés ; il se croisèrent, très près, s'effleurèrent un dixième de seconde, sans s'arrêter et pendant un moment ; Jack pensa qu'il s'agissait d'un échange de contrebande. Le visage de Clifford était tourné vers Jack, à présent, et affichait de l'étonnement, bouche bée, les yeux écarquillés. Billy, vu de dos, avançait lentement et semblait avoir les bras croisés sur la poitrine. Puis Jack vit Clifford mettre un genou à terre. Il arborait toujours cet air étonné. Puis il tomba vers l'avant, face contre terre, les jambes se tordant et tressautant légèrement dans sa chute. Tout le monde se détourna, y compris Jack. Personne ne vit Billy s'effondrer.

Clifford mourut trois heures plus tard, un manche de cuiller aiguisé planté dans l'abdomen. Billy mit quasiment cinq heures à mourir. Le couteau de Clifford avait une lame de presque dix-huit centimètres et Clifford l'avait enfoncé jusqu'à la garde. Un maton prévint Jack qui était dans sa cellule en attendant qu'une enquête soit ouverte. Le gardien était jeune. Il dit :

« Ton pote, il a clamsé.

– Quand ? demanda Jack.

– Oh, il y a environ une heure, une heure et demie. Ça va être un beau bordel, ici, une fois de plus. »

Le gardien poursuivit sa route.

Cette nuit-là, Jack pleura à s'en fendre l'âme. Il ne trouva aucune pensée réconfortante. Il ne parvint même pas à se mettre en colère, il était simplement désespéré, et plus seul qu'il ne l'avait jamais été de sa vie. Il ne lui restait plus rien à faire sinon pleurer, et il pleura.

TROISIÈME PARTIE

Des vies utiles

1956-1960

DIX-SEPT

Jack Levitt avait vingt-six ans quand il sortit de San Quentin. Il avait terminé le lycée et avait même suivi deux cours dispensés par le service de la formation continue à l'université de Californie ; il avait travaillé aux cuisines ainsi qu'à la boulangerie, et n'avait été mêlé à aucune bagarre. Pour les gardiens, il représentait un bon risque, et les gens de la réinsertion considéraient qu'il avait fait de grands progrès vers la maturité. Après la mort de Billy Lancing, Jack fondit en larmes et ne pleura qu'à une seule autre occasion, quand on annonça que Claymore s'était évadé d'Alcatraz.

D'après les journaux, Claymore ne s'était pas évadé, mais s'était noyé durant sa tentative de fuite. Il s'est forcément noyé, soutenaient les autorités fédérales, puisque personne n'a jamais réussi à s'évader. Les autorités insistaient : c'est vrai, son corps n'a pas été retrouvé, mais c'est parce qu'il a dû être emporté vers le large. Jack n'y croyait pas et ne pensait pas que quiconque puisse croire à cette version des faits. Claymore s'était évadé et Jack en pleura, à la plus grande stupéfaction de son compagnon de cellule, un vieux perceur de coffres-forts. Billy s'était senti « connecté » à cet homme et c'est ce qui fit pleurer Jack. Il regrettait que Billy ne soit plus là pour fêter la liberté de Claymore. Il souhaita qu'il y ait un paradis pour que Billy puisse baisser les yeux, voir et se réjouir.

Le plan d'évasion de Claymore était très simple : il attendit un jour de brouillard et profita d'un instant où personne ne le regardait pour sortir, plonger dans la baie et nager. Rejoindre le rivage à la nage depuis Alcatraz sans entraînement intensif ni graisse sur le corps, etc. n'était pas censé être à la portée de l'endurance humaine, surtout à cause des forts courants ; mais si le désir de liberté de

Claymore était assez fort, il pouvait y arriver. Ensuite, il lui faudrait patienter jusqu'aux premières heures du jour, terré quelque part le long de la côte de San Francisco ; et s'il y survivait, s'il ne mourait pas d'hypothermie, ne s'affaiblissait pas à force d'immobilité, alors il pourrait se faufiler à travers les rues où patrouillait la police jusqu'au quartier de Fillmore. Une fois là-bas, il ne craignait plus rien. Il n'aurait aucun mal à trouver des nègres qui ne le livreraient pas aux flics. Ce scénario n'était pas impossible, seulement difficile – à peu près aussi difficile que d'escalader le mont Everest. Quelques années plus tard, trois autres détenus s'évadèrent du Rocher, après quoi les autorités fédérales se découragèrent. Tout l'intérêt d'Alcatraz était sa situation dissuasive, mais si les prisonniers pouvaient en partir quand ça leur chantait, eh bien… Aujourd'hui, la prison est donc fermée, désertée, et constitue un monument à la bêtise prodigieuse de l'homme autant qu'à son courage et à son amour de la liberté, eux aussi prodigieux.

L'évasion de Jack de San Quentin, cette insulte à la fierté de l'âme humaine, fut beaucoup moins spectaculaire. On lui accorda une liberté conditionnelle au bout de dix-huit mois, malgré son mauvais dossier et malgré son attitude plus répréhensible encore lors de son passage devant la commission. Il eut envie de leur foutre son poing dans la gueule. Cela faisait trop longtemps qu'il s'interdisait de penser à sa sortie, et avec cette convocation, il ne pouvait plus s'enlever l'idée de la tête ; il voulait tellement sortir de là qu'il fut terrifié que la commission, une poignée d'hommes qui ne le connaissaient ni d'Ève ni d'Adam, lui refuse la liberté. Il se présenta devant eux le visage rouge, les traits tendus et les poings serrés ; répondit à leurs questions en essayant de montrer des remords, de la maturité ; rêva de les réduire en bouillie, et lorsqu'il regagna sa cellule, il fut persuadé d'avoir complètement gâché ses chances et de devoir attendre encore au moins un an.

Mais il avait tort ; son dossier à San Quentin était bon et on le considéra prêt pour une conditionnelle. Il quitta donc la prison fermement résolu à ne jamais y remettre les pieds, autant pour leur bien que pour le sien. Mais cet endroit aussi étrange que terrible avait tenté de lui venir en aide. Ces gens, cette institution l'avaient traité comme un homme chaque fois que les gardiens le leur avaient permis, avaient cherché un moyen de percer son épaisse carapace pour entrer en contact avec lui, et s'ils avaient échoué, au moins ils avaient essayé, et l'on pouvait bien débattre pour déterminer si cette réhabilitation était due à San Quentin ou à Billy Lancing, toujours est-il qu'il était réhabilité. Il sortit en voulant faire quelque chose de sa vie.

Un boulot l'attendait dans une boulangerie située sur Union Street, près du quartier de Fillmore. Le magasin était en retrait de la rue, et devant, sous un auvent rayé, étaient disposées de petites tables en marbre avec des chaises en fer. Trois acacias bien taillés complétaient le décor ; un jeune garçon en veste blanche s'occupait du service à l'extérieur et vendait les pâtisseries exposées dans la vitrine à l'intérieur. Le propriétaire ne quittait jamais son haut tabouret derrière la caisse ; c'était un homme de petite taille, généralement vêtu d'un costume trois-pièces gris, visage pâle et rebondi, crâne dégarni, bouche amusée et des yeux d'une couleur indéfinie qui lui faisaient un regard vide. Il s'appelait Saul Markowitz et ouvrait la boulangerie tous les matins à 6 heures pile en remontant la grille d'un air las, puis en déroulant l'auvent, et à cette heure-là, ses meilleurs clients étaient les employés de maison qui travaillaient chez les riches de Pacific Heights et venaient prendre une petite tasse de *caffé Wien* accompagnée d'un *croissant* chaud ; ces croissants tout frais étaient la spécialité de la boutique, et les employés de maison en achetaient une boîte bordée d'aluminium qu'ils rapportaient chez leurs patrons. À cette heure, on croisait aussi quelques fêtards sortant d'une nuit blanche, soûls, qui s'attablaient dehors pour manger leurs croissants et qui versaient du cognac dans leur café, jacassant à la manière sèche de ceux qui n'ont rien d'autre à faire de leurs dix doigts. Saul Markowitz connaissait la plupart de ses clients par leur nom, y compris les employés de maison ; il leur parlait, échangeait des plaisanteries et gardait les yeux baissés. Beaucoup de ses clients pensaient qu'il les méprisait, ce qui ne les empêchait pas de revenir.

Saul Markowitz recrutait souvent ses aides à San Quentin ; ils sortaient de prison, travaillaient, restaient avec lui quelques semaines voire quelques mois, et puis passaient à autre chose. Il reprenait toujours un ancien détenu. Au début, Jack ne comprenait pas ce que M. Markowitz attendait de lui. Il savait que M. Markowitz était connu pour son sens de l'humour particulier : peut-être qu'employer d'anciens taulards était une forme d'humour. Le célèbre journaliste Herb Caen lui avait demandé pourquoi il avait appelé sa boulangerie « Chez Rosenbloom » et, d'après ce que disait l'article, il avait répondu : « Qui fréquenterait une boutique appelée "Chez Markowitz"? »

Mais Jack était content d'avoir ce boulot et reconnaissant envers Saul Markowitz; il travaillait dur et ne faisait pas d'ennuis. Jack assistait les deux boulangers. Il portait un T-shirt blanc, un pantalon de travail blanc, un tablier blanc et, la plupart du temps, il avait le visage barbouillé d'un mélange de sueur et de farine fine. Son travail consistait à porter des sacs de farine, graisser des plats, mettre ces plats au four, les en retirer, remplir les vitrines, laver les casseroles et les plateaux, et se gaver de pâtisseries. C'était un bon boulot avec une paie honnête pour un travail pénible effectué dans la chaleur, mais au bout d'un moment, l'odeur l'écœura, surtout lorsqu'il devait se pencher dans le fût de lard pour récupérer tout au fond les restes de graisse d'un blanc morbide. Les boulangers formaient un duo pas franchement bavard dont le seul sujet de conversation, quand ils ne lançaient pas d'ordres ou ne juraient pas, était les syndicats. Ils ne semblaient pas avoir de vie en dehors de la boulangerie. Ils laissaient Jack tranquille et Jack faisait de même avec eux.

À vrai dire, personne ne lui prêtait attention. Il faisait ses heures, regagnait son meublé sur Pine Street, lisait, allait au cinéma, voyait son contrôleur judiciaire et c'était à peu près tout. Il respecta les règles de sa conditionnelle pendant deux semaines

– dans son cas, il lui était interdit de boire –, et quand il céda, il s'organisa comme s'il préparait un plan d'évasion désespéré, remonta plusieurs rues pour acheter une pinte de whisky qu'il cacha sous sa veste, gravit la colline jusque chez lui, verrouilla la porte de sa chambre, le tout plombé par l'appréhension et l'impatience profonde d'un adolescent allant avec sa première prostituée. Assis au bord du lit, il dévissa la bouteille, but une gorgée rapide et s'énerva dans la foulée. C'était dégueulasse qu'il soit obligé de se cacher comme ça, juste pour boire un coup.

Tant pis, ce serait leur faute. Il descendit presque la moitié de la pinte, enfonça la bouteille dans sa poche revolver et se mit en route pour Market Street. Il quitta sa chambre en rogne, déterminé à chercher la bagarre, mais en arrivant sur Market, il se sentit mieux et se baguenauda avec la foule du début de soirée, savourant la liberté absolue qui accompagnait ses pérégrinations, toutes ces façons qu'avaient les gens de s'habiller, l'allure et le parfum des femmes, le bruit des trams, l'éclat des lumières, la musique étrange et excitante des vendeurs de hot dogs, l'aspect éculé de ce tableau d'ensemble, son caractère trivial, cette vulgarité, vulgaire seulement pour celui qui n'a pas été tenu à l'écart aussi longtemps, et dans un lieu aussi morne qu'une prison. Les journaux parlaient sans cesse de « nettoyer » Market Street, et Jack se demandait pourquoi ils voulaient faire une chose pareille. Ne voient-ils pas la beauté de cet endroit ? Ne comprennent-ils pas que pour certaines personnes, l'opéra, le théâtre, le ballet, c'est la barbe, alors qu'un peep-show sur Market Street, c'est de l'art ? Ils veulent que tout soit chic et gris. Ne comprennent-ils pas combien le bon goût paraît horrible aux gens qui ne le possèdent pas ? Mais ils s'en foutent bien, des gens qui ont mauvais goût ! Mais pas moi. À moi, ils me plaisent. Ils se parfument avec des eaux de toilette bon marché et se baladent avec des radios. Ils achètent des merdes de chien en plastique, des tortues peintes, des fanions, des panneaux qui disent : « Je nage pas dans tes chiottes, alors s'il te plaît, pisse pas dans ma piscine ! », ils achètent du pop-corn odorant qu'ils mangent dans la rue, vont voir de mauvais films, ils se tiennent dans l'embrasure des portes et boivent des gorgées discrètes de whisky exactement comme je suis en train de le faire, et ce sont des gens d'une grande bonté.

À cet instant, rayonnant sous l'effet du whisky, Jack aimait tout le monde. Bon sang, il aimait même ce policier dont l'approche lui fit cacher sa bouteille tant il eut peur d'être de nouveau expédié à San Quentin pour trois ans. Mais le policier, ce salaud, s'éloigna et Jack but une autre gorgée. Je vais pas me bourrer la gueule et agresser mon prochain. Et retourner en prison. Sûr que non. Je vais me bourrer la gueule et aller voir une toile, un western de merde en Technicolor plein de bruit et de faux problèmes, ou peut-être même lever une de ces putes sublimes à l'air pas net…

Soudain, il fut pris de violents vertiges. Il n'avait plus l'habitude de boire. Mais ce n'était pas ça. C'était l'idée de coucher avec une femme qui lui faisait tourner la tête, et il le savait. Il s'adossa à un immeuble, regarda passer le flot des gens, et il but une autre gorgée d'alcool sans réfléchir. La bouteille était vide. Il traversa le trottoir vers une poubelle où il laissa tomber la bouteille. Deux marins le dépassèrent, et l'un d'eux scruta Jack, grimaça et s'arrêta.

« Hé, vieux, l'interpella le marin, où est-ce qu'on peut baiser dans c'te ville ?

– J'ai l'air de savoir ?

– Ouais, t'as tout à fait la gueule du mec affranchi. Alors ?

– Chais pas. Demandez à un tacos.

– Pourquoi t'y as pas pensé, Normie ? dit le marin à son compagnon. Putain, je croyais que t'étais à la coule. »

Trois heures plus tard, ils étaient soûls comme des barriques et on leur demanda très poliment de quitter ce bar perdu au fin fond de Mission District, le quartier latino. L'endroit étant plein de Mexicains, les deux marins et Jack se dirent à coup de murmures et de gloussements qu'il serait idiot de provoquer une bagarre. Ils vidèrent les lieux et marchèrent sans but jusqu'à ce qu'ils croisent un taxi. Une fois à l'arrière, l'un des marins dit :

« On va où maintenant ? Faut qu'on se trouve un bordel.

– Le plus près est à Stockton, indiqua le chauffeur par-dessus son épaule.

– Je dois rentrer », marmonna Jack à contrecœur.

Il donna son adresse au chauffeur et ils se mirent en route.

« Rentrer ? dit l'un des marins. Pourquoi il faut que tu rentres chez toi ? Ce qu'il nous faut c'est un bordel et une partie de jambes en l'air.

– Pas de partie de jambes en l'air pour moi, dit Jack. Chuis trop cuit pour en profiter. Autant que la première soit bonne. Et je bosse demain. Voilà pourquoi. »

Ils ne parvinrent pas à le convaincre et durent le déposer devant chez lui, sur Pine Street.

« Nous, on va à Stockton », dit l'un d'eux. Il passa la tête par la vitre arrière, et d'un coup, vomit sur l'aile du taxi, juste au moment où il redémarrait. Jack agita la main et gravit l'escalier, ivre et terrifié. Il était en sécurité, à présent. Personne ne pouvait le ramasser pour l'envoyer en prison. Il était en sécurité. Mais il ne pouvait pas sortir se soûler comme ça de nouveau. Il risquait d'être mêlé à une bagarre ou de se faire pincer et renvoyer direct à San Quentin. Ils le tenaient. Il était libre mais ne pouvait rien faire. Ces marins. Qui parlaient de leurs soixante-douze heures de *liberté* ? Qu'est-ce qu'ils y connaissaient, à la liberté ? Il s'endormit.

Le lendemain matin, il eut une méchante gueule de bois totalement disproportionnée par rapport aux joies de la soirée et il travailla avec lassitude. Dehors, alors qu'il glissait un plateau de tarte aux cerises (au parfum écœurant) dans la vitrine, un groupe d'oiseaux de nuit prit place autour de deux petites tables rondes, et derrière eux, Jack aperçut une Rolls-Royce garée dans la zone jaune. Une paire de chaussures d'homme qui sortaient par la vitre arrière attira l'attention de Jack. Il eut un sourire douloureux et espéra que l'homme dans la voiture se sentait encore plus mal que lui. Une fois le plateau en place, il se redressa, sentit des aiguilles lui transpercer l'arrière des yeux et il se retrouva nez à nez avec une femme qui faisait partie du groupe de noceurs, jolie, cheveux emmêlés et regard vitreux. Elle avait l'air riche, chic et jeune. Le rouge à lèvres qu'elle venait d'appliquer paraissait sombre sur sa peau, sa bouche était gonflée et rouge sur les bords. Elle dévisageait Jack derrière ses lunettes de soleil. Elle pointa la vitrine du doigt.

« Donnez-moi une de ces tartes à la con, là », dit-elle d'une voix traînante mais étudiée.

M. Markowitz et le garçon étaient tous les deux dehors, penchés au-dessus de la bande de soûlards, mais Jack dit : « C'est pas mon boulot », et retourna dans l'arrière-salle. La vulgarité de la femme l'avait énervé, peut-être parce qu'il avait toujours cru que les riches avaient un vocabulaire propre pour aller avec leur argent. Mais peut-être que cette femme n'était pas riche du tout, peut-être qu'elle ne faisait que fréquenter des gens plus argentés qu'elle. Peut-être qu'aucun d'eux n'était riche et que la Rolls était une voiture volée. Peut-être que le type affalé à l'intérieur était mort, deux balles logées dans la poitrine. Ah ah. Peut-être que la femme aura pitié de moi et achètera ma liberté.

M. Markowitz entra dans la boulangerie, le visage calme et résolu. Il s'approcha de Jack qui graissait des plats.

« Écoute, fiston, dit-il. Une des clientes prétend que tu l'as insultée. Qu'est-ce qui s'est passé ?

– Rien, rétorqua Jack. Il continua de graisser le plat. Elle m'a demandé de la servir et j'ai répondu que ça n'était pas mon boulot. C'est tout. »

M. Markowitz haussa les épaules, le regard vide.

« Je lui dirai que c'est une règle syndicale ou quelque chose dans le genre. Tu es sûr que tu n'as rien fait ? Elle est un peu bizarre. »

Jack lui rapporta la conversation aussi précisément que possible, le cœur au bord des lèvres à cause de l'odeur de saindoux, agacé que Markowitz soit planté là à l'interroger au lieu de lui faire confiance.

« Ça lui ressemble. Mais il faut bien faire tourner les affaires.

Tu aurais dû la servir. Et si tu filais dehors t'excuser ? T'es d'accord ? »

Il tapota Jack sur l'épaule en souriant.

« Je suis obligé ? »

M. Markowitz le dévisagea.

« Non, tu n'es pas *obligé*. Mais bon sang, quel est le…

– Ok, très bien », dit Jack.

Il se dirigea vers les tables, se frottant les mains sur son tablier pour en retirer le saindoux.

Il y avait trois femmes et deux hommes, et l'un des deux hommes, cheveux bouclés gris et moustache grise, avait l'air gêné. L'autre, plus jeune, qui était affalé sur sa chaise, arborait l'expression de celui dont l'indignation est justifiée. Les trois femmes, ivres, avaient la beauté inaccessible. L'homme aux cheveux gris, lui, ne semblait pas soûl.

« Désolé si j'ai pas dit ce qu'il fallait, lança Jack à la femme.

– C'est comme ça que tu t'excuses, mec ? Ce n'est pas parce qu'on est un ex-taulard qu'on doit manquer de manières. Excuse-toi correctement.

– John, dit l'homme aux cheveux gris. Pour l'amour du ciel. »

Jack regarda M. Markowitz et dit :

« Ouais, c'est ça. »

M. Markowitz ne laissait transparaître aucune émotion et n'affichait même pas son sourire habituel.

« C'est juste que ça me rend fou de voir cette espèce de *raclure* insulter une femme comme Sally, c'est tout », dit le jeune homme.

Il avait une voix désagréable, crispante et cultivée.

Sally quant à elle aussi souriait à Jack, à travers les vapeurs d'alcool, la bouche tordue.

« Moi ça me va très bien, déclara-t-elle. C'est peut-être ça qui te dérange, John. Ça et le fait que t'es une lopette.

– Mon Dieu », soupira l'homme aux cheveux gris.

Jack se sentait impuissant. Il savait qu'on l'avait appelé pour jouer la pièce d'exposition, qu'il était un objet de divertissement pour ces gens ; il devinait qu'il était censé se mettre en colère. De toute évidence, M. Markowitz leur avait parlé de lui. Le jeune homme se levait, mal assuré sur ses jambes, comme s'il s'apprêtait à se battre contre Jack. Tout paraissait décousu ; Jack était encore malade à cause de sa cuite et ne voulait pas perdre son travail. Il dévisagea Saul Markowitz, qui se contenta de lui renvoyer son regard.

« Saloperie de raclure », cracha John. Il se tenait sur le trottoir genoux fléchis.

Jack dit à son patron :

« Qui allez-vous soutenir ?

– Quel choix cornélien, dit Sally.

– Personne », répliqua Saul Markowitz. Il se tourna vers John. « Je pense que vous avez trop bu, John. Vous devriez peut-être rentrer chez vous. L'addition est pour moi.

– D'accord, dit John sans bouger. Mais cette satanée raclure, vous en faites quoi ? Est-ce qu'il va me demander pardon ou est-ce que je vais devoir lui régler son compte ? »

Il sourit vaguement, et soudain, décocha un crochet violent mais trop ample en direction de Jack.

Jack le para facilement du gauche et lui assena un uppercut du droit. John, toujours debout, partit en arrière et recula d'au moins douze pas avant de s'effondrer sur le trottoir, genoux repliés et bras écartés.

« C'était drôlement facile, dit Sally au milieu du silence.

– John, vous videz les lieux, dit Saul Markowitz ; et toi, tu es viré. »

Il sortit son gros portefeuille, en sortit deux cents dollars et les tendit à Jack.

« Je suis désolé. Mais tu aurais pu t'en débarrasser sans ça. »

Jack prit l'argent, le compta et le fourra dans son pantalon. L'homme aux cheveux gris s'avança vers Jack.

« Je te raccompagne.

– Je dois récupérer mes vêtements.

– Navré de toute cette histoire, déclara M. Markowitz.

– J'imagine », dit l'homme aux cheveux gris.

Jack rentra chercher ses affaires dans son casier, dit au revoir aux boulangers et sortit par-devant. Ils avaient remis John sur pied et l'avaient installé à l'arrière de la Rolls, avec l'homme sans connaissance et deux des femmes. Jack et Sally prirent place devant, Jack du côté de la portière. C'était la première fois qu'il voyait l'intérieur d'une Rolls-Royce ; ce n'était pas aussi luxueux qu'il l'avait imaginé, mais il aimait l'odeur du cuir.

« Quelle putain de matinée pourrie et déprimante, dit Sally. Comme tous les matins de merde de ma vie de merde.

– Et si tu la fermais un peu ? dit le conducteur doucement. C'est toi qui as commencé, je te rappelle.

– Je sais. »

Elle posa la main sur la jambe de Jack et la serra.

« Je voulais juste voir cette montagne de muscles en action. Et c'est tellement facile de mettre John en rogne. Suffit de s'attaquer à sa putain de virilité *macho* et il part au quart de tour.

– Tu es obligée d'utiliser ce mot sans arrêt ? » demanda l'homme grisonnant. Il engagea la voiture silencieuse sur la colline qui menait à Pacific Heights.

« On va finir par croire que tu ne comprends pas tout ce qu'il sous-entend. »

Pendant ce temps, les deux femmes à l'arrière parlaient au type dans les pommes, et celle qui était penchée au-dessus de lui déclara :

« On va avoir besoin d'aide pour Charles.

– Je vais me SUICIDER ! brailla une voix derrière.

– Mais non, Charles, dit une femme. On va te ramener à la maison et te préparer un bon bain.

– Je vais me TRANCHER LA GORGE ! » hurla Charles.

Sally ricana et se colla à Jack. Il devinait son parfum. Elle n'avait pas retiré la main de sa cuisse, ce qui ne le gênait pas du tout. Rien ne le gênait. Il avait été l'attraction un peu plutôt, et maintenant, c'était à leur tour de le divertir.

Ils se rangèrent devant une grande maison blanche sur Pacific Street avec un toit en tuiles rouges et des balustrades en fer forgé aux fenêtres du deuxième étage ; Jack et l'homme aux cheveux gris accompagnèrent Charles à l'intérieur. Une femme noire en uniforme noir ouvrit la lourde porte à panneaux et lança un : « Mon Dieu » avant de les aider à soutenir Charles dans l'escalier et de les conduire dans la plus grande chambre que Jack ait jamais vue. La pièce était intégralement décorée en rouge écarlate et ivoire, et pendant qu'ils déshabillaient Charles, son épouse entra et tira les rideaux, et Jack aperçut la marina en contrebas, les yachts, le bleu vif éclatant de la baie ; et au-delà, mais qui semblait si proche, Alcatraz. En regagnant la voiture, Jack dit :

« La maison lui appartient ?

– Oui.

– Il doit être sacrément riche. »

L'homme aux cheveux gris éclata de rire. Ils firent d'autres arrêts. Ils débarquèrent John, réveillé et maussade mais muet, devant un immeuble sur Washington ; l'homme aux cheveux gris ramena son épouse, l'autre femme assise à l'arrière, chez eux dans une autre demeure de Pacific Heights qui n'était pourtant pas aussi vaste que la première. Puis il raccompagna Sally à son appartement dans l'est de Telegraph Hill. Avant de descendre de voiture, elle embrassa Jack sur la bouche et dit : « Je suis vraiment désolée de t'avoir fait renvoyer. Passe me voir si tu as besoin d'un boulot ou de quoi que ce soit. » Elle sortit une carte de son portefeuille et la tendit à Jack. Puis les deux hommes se remirent en route.

« Où va-t-on ? »

Jack lui donna son adresse.

« Tu l'as cherché autant que les autres, dit l'homme. On a toujours tendance à rejeter la responsabilité sur les autres, mais c'était ta faute aussi. Tout ce que tu avais à faire était d'évaluer la situation.

– J'emmerde la situation, dit Jack. J'ai sommeil, j'ai une gueule de bois et tout me fait chier. Vous vouliez me raccompagner juste pour me balancer que tout est ma faute ?

– Non, je me suis dit qu'on pourrait peut-être discuter autour d'un verre. J'imagine que pour toi, les boulots ne courent pas les rues.

– Je ne suis pas censé boire, dit Jack. Mais on s'en fout. Je ne suis pas non plus censé me faire virer. Vous savez, si votre copain décide de porter plainte, ça peut me renvoyer en taule. J'ai commis une voie de fait.

– Il ne fera rien. Tu l'as humilié ; il adore ça. »

Ils descendirent Columbus jusqu'à Broadway et garèrent la voiture. Après avoir pénétré dans un petit bar et s'être installés, l'homme, qui se présenta sous le nom de Myron Bronson, commanda deux whiskys irlandais allongés à l'eau.

« Nous étions à une fête hier soir, expliqua-t-il. Et quand elles durent trop longtemps, elles se terminent toujours mal. Il faut que tu comprennes qu'en temps normal ces gens sont très sympathiques. Mais ce matin, ils étaient tous d'humeur à se détester et tu t'es fait virer. Ce soir, ils auront tout oublié ou s'en souviendront dans le contexte d'une cuite, histoire d'éveiller leur sentiment de culpabilité.

– Et vous ? Vous n'êtes pas soûl. Qu'est-ce que vous faites avec eux ? »

Bronson sourit.

« J'ai appris à boire il y a longtemps, quand il existait des règles. Mais John pourrait te surprendre. C'est un gars très bien. Celui que tu as frappé. Il est avocat, un excellent avocat, avec ça.

– Et vous ? Vous êtes dans quelle branche ? »

Jack pensait à la Rolls garée dehors.

« J'ai de l'argent. Je ne fais pas grand-chose, en fait. J'ai une table dans un bureau qui me coûte plus que ce que certains gagnent en une année, mais je m'en sers peu. »

Il leva deux doigts pour commander d'autres whiskys.

« Vous êtes riche, quoi.

– Je suppose qu'on pourrait dire ça. Oui. C'est sûr.

– Vous l'avez gagné, cet argent, ou on vous l'a donné ? »

Bronson eut l'air amusé.

« Pourquoi me poses-tu toutes ces questions ? Tu essayes de prendre ta revanche ? La provenance de l'argent ne change rien, du moment que je l'ai. Il est impossible de *gagner* les sommes que je possède, donc on peut dire qu'on me les a données ; mais je ne suis pas comme J.P. Morgan, le banquier ; je ne crois pas que ce soit un don de Dieu. Mais je suis content de l'avoir. Arrêtons de parler d'argent.

– Oui, c'est tellement chiant », dit Jack.

Il finit son deuxième shot.

« À moi de vous payer un verre. » Il agita la main en direction du serveur.

« Finie la gueule de bois ? demanda Bronson.

– Je me sens mieux, oui. »

Ce riche lui plaisait bien. Il aimait sa façon de s'habiller, il aimait ses cheveux un peu longs et bouclés, sa moustache, ses beaux yeux gris et son sourire amusé. Ce riche ressemblait plus à un bon riche qu'à un mauvais, même si Jack n'était pas sûr de pouvoir les différencier, et le simple fait d'être en sa compagnie lui faisait oublier ses nouveaux problèmes, comme s'il lui suffisait de faire une demande à Bronson pour que celui-ci lui tende une liasse de billets et que tout s'arrange. C'était une sensation agréable. Il aurait voulu savoir si Bronson se sentait comme ça tout le temps ; à n'avoir jamais besoin de se préoccuper d'argent.

« Qu'est-ce que ça fait d'être riche ? Sans déconner. On n'est pas amis, on ne se reverra sans doute jamais. Donc vous pouvez me répondre.

– J'imagine que tu as raison. Quand j'étais gamin, j'étais mormon. L'Église m'a envoyé en Allemagne pour que je devienne missionnaire. Le pays traversait une période d'inflation terrible. 1923. Un journal coûtait dix mille marks. Les familles de la petite bourgeoisie se nourrissaient de soupe au chou. Personne n'avait de dentifrice. Certains se contentaient de me rire au nez. Ça ne me dérangeait pas. D'autres croyaient que je pouvais apporter une solution à leurs problèmes, et c'est là que ça coinçait. J'en ai eu des insomnies en repensant à cette lueur d'espoir qui brillait dans leurs yeux, comme si tous leurs ennuis venaient du fait qu'ils avaient choisi le mauvais dieu. Mais ça n'arrivait pas souvent. Bref, tout ça m'est apparu comme une gigantesque imposture; l'Église, la religion, la foi en un mythe, tout. Mais je n'ai pas arrêté à ce moment-là, parce que, tu vois, l'argent venait de l'Église. Et de ma famille. Si bien que pendant des semaines après avoir compris qu'il n'y avait pas de Dieu, j'ai poursuivi mes activités de missionnaire. Je me sentais idiot. J'ai fini par tout abandonner et je me suis installé à Paris pour devenir poète. Il rit. Mon père et ma mère ont refusé catégoriquement de m'envoyer de l'argent. J'ai refusé catégoriquement de rentrer au bercail. Tous ces choix catégoriques exprimés par correspondance. Puis mon père a changé d'avis et m'a envoyé de l'argent. Je suis devenu un expatrié. Je dépensais presque tout mon argent en filles et le reste du temps, quand je n'essayais pas de nouer des liens avec les Américains plus âgés, je m'enfermais dans ma chambre à lire les numéros de *Black Mask* ou à m'efforcer d'écrire des poèmes sur ce que j'avais vu en Allemagne. J'imagine qu'ils étaient tous plus mauvais les uns que les autres, ce qui ne m'a pas empêché d'en publier certains. Mon problème était d'arriver à faire comprendre leur importance aux prostituées françaises. Par ailleurs, ma conscience artistique me tiraillait. Le truc, c'est que je voulais avoir de l'argent, beaucoup. En même temps, je refusais de croire que c'était ce que je voulais, parce que ce genre d'ambition me paraissait d'une bassesse infinie. Bref, je suis finalement retourné à New York après avoir épuisé la manne parentale, et là, "j'ai plongé pour retrouver les racines de ma terre natale", comme on dit. En clair, j'ai crevé de faim. Ça a duré six mois. C'était affreux. Je crois que je suis devenu fou. J'ai commencé à gagner de l'argent; j'avais un don pour pratiquer le genre de chantage complexe nécessaire pour vendre des assurances-vie, et après quelque temps, j'ai commencé à investir.

Puisque je me considérais déjà comme un cynique et un voleur, je n'ai eu aucun scrupule à doubler, puis à tripler mes investissements. Il adressa un sourire à Jack. Tu n'imagines pas le type passionné que j'étais, à l'époque. J'étais un prêtre. Je gagnais beaucoup d'argent et je me suis débrouillé pour le garder. C'est tout. Je suis toujours dans les assurances. Je possède trois sociétés. »

Plus tard, en déposant Jack devant son immeuble, Bronson dit :

« N'en veux pas trop à Saul Markowitz. Il a passé cinq ans dans un camp de concentration. C'est un homme très réservé.

– Je n'ai pas le moindre souci au monde », répondit Jack.

Ivre de whisky de qualité, il salua Myron Bronson de la main et gravit les marches de son escalier quatre à quatre. Quand il se réveilla l'après-midi suivant, il regretta de n'avoir pas soutiré quoi que ce soit à Bronson, puis il se dit qu'il n'y serait sans doute pas parvenu si l'histoire que lui avait racontée cet homme était vraie. Elle n'en avait pas vraiment l'air. C'était trop facile. Pourtant, il se doutait bien que ce genre de choses pouvait arriver.

Cela serait resté sans suite, une de ces rencontres bizarres que font les gros buveurs, si Jack n'avait pas retrouvé la carte de Sally quelques jours plus tard sur son bureau. Il avait déjà vu son contrôleur judiciaire, et ensemble, ils avaient essayé de lui trouver un nouveau boulot. Saul Markowitz avait déjà téléphoné au contrôleur pour arranger les choses et cette affaire n'aurait donc pas de conséquences. Quand il remit la main sur la carte, Jack se rappela qu'elle avait parlé de lui obtenir du travail. Il décida d'utiliser ce prétexte pour la revoir. Et peut-être même qu'il y gagnerait un job par la même occasion. Mais ce n'était pas ce qui le poussait à lui rendre visite. Il n'avait pas couché avec une femme depuis deux ans, et rien que l'imaginer le faisait défaillir de désir. C'était comme de sortir de San Quentin ; au début, il n'y avait qu'une seule façon de vivre, on s'y habituait, on se persuadait qu'il n'y avait rien d'autre jusqu'à ce qu'on se rappelle tout ce qu'il était possible de faire, et le besoin devenait terrible, au point d'occulter tout le reste. Jack se lava, enfila son pantalon et sa veste sport mal taillés, et, pour brûler le trop-plein de nervosité, marcha du croisement de Pine et Jones jusqu'à Telegraph Hill. En arrivant à l'appartement, après avoir gravi deux fois la mauvaise rue, il était en nage et furieux, presque certain qu'elle serait absente, ou qu'elle ne serait pas seule et qu'il aurait dû téléphoner, ou qu'elle ne se souviendrait pas de lui, ou se souviendrait de lui et le battrait froid – mais il avait tort sur toute la ligne. Elle ouvrit la porte et se mit à rire en le reconnaissant, puis le fit entrer, et il passa devant elle, l'estomac complètement noué, le visage en feu. Il se sentait comme un gamin réclamant que l'épicier lui fasse cadeau d'un bonbon.

DIX-HUIT

Elle n'est pas sublime, se dit-il ; seulement très jolie. Elle avait les pommettes hautes, le nez bien dessiné, et la chevelure noir bleuté d'une indienne, ses yeux étaient d'un bleu aussi intense que les siens, son teint pâle. Elle avait les cheveux attachés haut pour dégager son cou fin et le mettre en valeur, et au moment où elle se tourna pour le conduire à l'intérieur, Jack baissa automatiquement les yeux vers ses chevilles. Elles aussi étaient fines. Jack tomba amoureux. Il ne sut pas très bien quand exactement il tomba amoureux, mais se souvint qu'en jetant un coup d'œil à ses chevilles il avait pensé : « Je suis amoureux. Je l'aime. » Il se sentait idiot.

Après deux verres rapides et vingt minutes d'une conversation tendue (pour Jack), ils passèrent au lit. Le téléphone interrompit la conversation deux fois ; le premier appel venait d'une amie de Sally, le deuxième était son rencard pour la soirée, à qui elle déclara, sans quitter Jack des yeux : « Non, je suis vraiment désolée. Mes putain de règles ont commencé et je me sens hyper mal. Je vais prendre deux comprimés et…, elle lança un clin d'œil à Jack, aller me pieuter avec un bon gros roman. » Quand elle eut raccroché, Jack dit :

« C'est vrai ?

– Quoi ?

– Que t'as tes règles ?

– Non, mais c'est une excuse géniale. Un tue-l'amour radical. »

Elle se tenait au milieu de la pièce, les yeux baissés vers Jack. Il était assis jambes croisées sur un coussin à côté d'une petite cheminée.

« Tu n'es pas venu jusqu'ici pour discuter, si ?

– Tu avais parlé d'un boulot. »

Elle rit.

« C'était juste pour te faire venir. Je n'ai pas de boulot à t'offrir. Sauf si tu voulais être payé pour coucher avec moi. Est-ce que tu as déjà pris de l'argent pour ça ?

– On me l'a jamais proposé. Il resta sur le coussin. Mais je n'ai jamais rencontré de nana comme toi non plus.

– Je suis une débauchée. Le cocher m'a prise à l'arrière du carrosse familial quand j'avais douze ans ; après ça, tout n'a fait qu'empirer.

– Pourquoi tu racontes toutes ces conneries ? »

Jack était un peu agacé. Il était venu là pour violer, pas pour être séduit par une pute à la langue bien pendue. Elle le surprenait et il n'aimait pas ça. Il se sentait inférieur, jeune, même les meubles coûteux de l'appartement l'intimidaient.

« Tu crois qu'il existe une façon de parler qui ne soit pas une vaste connerie ? » demanda-t-elle. Elle avait les mains sur les hanches et son visage était dans l'ombre. « J'attendais que tu me sortes la rengaine habituelle, mais tu ne sembles pas savoir t'y prendre. T'as jamais appris à emballer les nanas dans mon genre ? Tu es censé parler par sous-entendus, puis t'approcher de moi par-derrière pendant que je prépare les cocktails, et glisser ta main sur ma chatte. Et quand je me retourne en grognant comme une truie, je te roule une grosse pelle bien baveuse. Après, on se désape. »

Jack se leva.

« Je comprends rien de ce que tu racontes, mais si tu veux aller au pieu alors on y va. »

Elle sourit.

« Comme ça ?

– Comme ça.

– T'as pas peur que je sois en train de me moquer de toi ?

– Non.

– Alors d'accord ; l'un de nous va devoir mener la danse, et l'autre, suivre. Il faut qu'un de nous fasse le premier pas. Tu es du genre à faire le premier pas ou tu préfères les filles qui font tout le boulot ? Ou sinon, on pourrait genre se dévisager et puis se dire *Ooh !* avant de se tomber dans les bras.

– Je veux le faire sans tout ce bordel. J'ai pas couché avec une femme depuis longtemps. »

Quelque chose changea dans les yeux de Sally, mais sa bouche était toujours amusée.

« Oh vraiment ? Moi non plus.

– *Tu t'arrêtes jamais !*

– Bon, qu'est-ce qu'on attend, là, à parler.

– Putain, comment je peux savoir ? On y va. »

Il la prit par la main et l'emmena dans la chambre. Le lit était défait. Il avait peur qu'elle lui demande de ne pas faire attention au désordre, mais il aurait dû se douter qu'il en irait autrement. Elle s'écarta de lui en chantonnant et commença à se déshabiller, retirant son pantalon comme un homme, passa son pull par-dessus sa tête, puis s'avança vers Jack pour qu'il lui dégrafe son soutien-gorge. Cela dissipa les doutes de Jack, et pour la première fois cette nuit-là, il se sentit vraiment passionné et heureux. En quelques minutes, ils étaient nus sur le lit et ne parlaient plus.

Jack craignait qu'après tout ce temps les choses ne prennent fin trop vite et fit de son mieux pour retarder le moment de la pénétration, puis même cela devint dangereux et il entra en elle rapidement ; son intuition avait été bonne car ils eurent terminé presque avant d'avoir commencé ; mais Jack n'avait pas eu le temps de le regretter que Sally lui taillait une pipe, ses appétits augmentant plutôt que diminuant, et il n'eut pas non plus le temps de réfléchir à ce qu'il devait faire parce qu'il n'y avait plus qu'à agir, alors il se perdit dans l'animalité de l'acte, et pendant l'heure qui suivit, il disparut dans l'extase dont il avait oublié l'existence. C'était trop bon pour réfléchir, trop enivrant pour se poser des questions, et au troisième orgasme, il faillit s'évanouir, et même si ses yeux grands ouverts ne voyaient plus que des taches de couleurs vives, comme s'il avait perdu la capacité de discerner les formes, avec un dernier spasme qui le fit grincer des dents il céda et perdit connaissance.

Le téléphone les réveilla vers minuit. La sonnerie assourdissante retentit environ quinze fois ; ils fumaient dans la pénombre quand elle s'arrêta. Jack sentait sa peau lisse contre lui, mais il avait dépassé le stade de l'excitation.

« Je suppose que je devrais te dire que tu es un amant merveilleux. Histoire de préserver ta virilité. Mais ces foutaises *machos* me filent la gerbe. Tu as quelque chose. Mais pas comme amant. Enfin, ça va, mais tu manques d'expérience. T'as de la vitalité, mais un ado pourrait faire mieux. Et n'importe quelle femme, bien sûr. Il te faut de la pratique, c'est tout. »

Jack rit.

« Bon Dieu, t'es complètement timbrée, comme nana. Tu dis tout ce qui te passe par la tête, hein.

– Tu crois qu'il existe des sujets trop passionnants ou trop affreux pour qu'on en parle ?

– J'imagine que non. J'ai envie de boire un verre.

– Prépares-en deux, alors, chéri. »

En revenant avec la bouteille et les verres, il la trouva assise, la lumière allumée. Elle était très belle, et il était convaincu d'être amoureux d'elle. Il voulut le lui dire mais eut peur de sa réaction. Elle semblait bien capable de se moquer de lui ou de l'analyser. Ce n'était pas ce qu'il voulait.

« Comment vous vous débrouillez entre mecs, en prison ? »

Jack se contracta à l'intérieur, mais parvint à vider son verre sans réagir.

« Ça ne te regarde pas, dit-il finalement.

– Ah. Est-ce que j'ai mis le doigt sur quelque chose de sacré ? Ou de vulgaire ?

– C'est que…

– Non, mais je comprends. Ça te gêne. J'imagine que je peux me représenter comment vous faites. J'imagine aussi que vous n'avez pas le choix. Putain, qu'est-ce que j'aimerais avoir un pénis ! »

Un peu plus tôt, Jack était en colère, exaspéré, mais là, il ne savait plus quoi penser.

– *Hein ?* »

Elle rit.

« Pas dans un sens freudien à la con. Je voudrais juste être un mec pendant quelque temps, ou au moins avoir un pénis. J'aimerais coucher avec une femme ou avec un autre homme. J'aime tellement ça que je pourrais baiser la terre entière ! T'as pas envie, des fois ?

– Bien sûr que non. Tu dois être nympho ou un truc dans le genre.

– Tu déconnes ? Tu sais ce que c'est qu'une nympho ? C'est une femme toute maigre qui a les nerfs et qui baise pour éviter de devenir dingue. Ça ne correspond pas du tout à ce que j'ai. Je ne suis pas frigide ; je ne suis simplement ni tendre ni timide, contrairement à ce que veulent nous vendre les manuels sur la féminité américaine, c'est tout.

– C'est quoi ton problème, alors ?

– Je te l'ai dit. Parfois, je veux tout avoir. Et ça n'arrivera pas. Jamais. »

Les traits de son visage avaient quelque chose de terriblement mélancolique, aussi Jack se pencha et l'embrassa avec tendresse, ne connaissant pas d'autre moyen de lui dire qu'il comprenait. Il était sur le point de murmurer qu'il l'aimait quand elle s'écarta de lui et renversa la tête en arrière avec impatience.

« Fais pas ça. J'aime pas embrasser pendant que je réfléchis.

– Alors arrête de réfléchir. »

Elle rit et eut un hoquet.

« Oups. Trop bu. »

Elle tendit son verre qu'il ne remplit qu'à moitié et but lui aussi une gorgée bruyante à la bouteille.

« Ça te dérange si je passe le reste de la nuit ici ? demanda-t-il. Je suis trop bourré pour rentrer chez moi. »

Comme elle ne répondit pas tout de suite, il changea de sujet.

« Putain, qu'est-ce que je donnerais pas pour que les gars de San Quin me voient.

– Je sais ! s'exclama-t-elle. On n'a qu'à aller s'éclater à Las Vegas quelques jours.

– Ce soir ?

– Mais non, idiot. Demain matin. On prendra l'avion. On baisera toute la journée et on jouera aux machines à sous toute la nuit. Ça te plaît ? »

Cela plaisait beaucoup à Jack, autant qu'un fantasme masturbatoire d'adolescent, mais concret.

« T'es une sacrée fille, toi. On dirait un mec, tu le sais, ça ? »

Elle gloussa.

« C'est-à-dire ?

– La façon dont tu parles. C'est tout. La façon dont tu penses.

– C'est mal ?

– Carrément pas. Et si on dormait ?

– Si t'as l'impression qu'il se passe un truc bizarre pendant la nuit, tu t'inquiètes pas, ce sera moi et mes petits jeux. »

Jack s'endormit en pensant qu'il était très loin de San Quentin, très loin de tout ce qu'il avait toujours connu. Qu'il était facile de s'endormir en se disant que cette situation durerait toujours.

Le lendemain matin, il s'étonna que Sally veuille toujours aller à Las Vegas.

« On prend un taxi pour que tu passes chez toi récupérer des affaires et ensuite, on fonce à l'aéroport. Ça devrait nous faire arriver en milieu d'après-midi. »

Jack se gratta la tête.

« Et si tu me laissais nous préparer un petit déjeuner ? Je faisais la cuisine, en taule.

– D'accord. Je m'occupe des réservations. »

Jack alla dans la minuscule cuisine. Depuis la fenêtre au-dessus de l'évier, il apercevait Alcatraz qui scintillait dans la baie sous un ciel parfait. Il n'était que 7 heures, mais quelques voiliers étaient déjà de sortie, leurs voiles blanches et leurs spinnakers bariolés s'inclinant sous le vent. Jack pouvait deviner ce que les détenus du Rocher pensaient de ces voiliers. Ils espéraient ardemment pouvoir mettre la main sur l'un d'eux et naviguer jusqu'au Mexique ou au Vénézuela. Il se demanda ce que les plaisanciers pensaient d'Alcatraz. S'ils n'étaient pas du genre à culpabiliser, ils devaient le trouver intéressant – c'était l'une des attractions de la baie. Jack se sentait bien rien qu'à se dire qu'il n'était pas sur le Rocher ; il ne plaignait pas ceux qui y étaient enfermés ; il ne plaignait personne. Il se sentait trop bien. Son corps se souvenait encore de la nuit et pour l'instant, rien au monde ne pouvait l'inquiéter. C'était un tel pied d'être sorti de prison. Il eut une pensée pour Claymore. Il avait dû le savoir lui aussi. Jack ne le découvrait qu'à présent. Jusque-là, il n'avait été qu'un voyou, avec un avenir de voyou, la vanité et la sensiblerie d'un voyou qui croyait que le monde entier en voulait à sa peau. C'était idiot ; aujourd'hui qu'il avait mûri, le temps était venu de profiter de la vie. Et quelle chance d'être tombé là où il se trouvait !

« Tu sais, lança-t-il, si on ne m'avait pas expédié en taule, je ne serais pas là maintenant. »

Elle entra dans la cuisine vêtue d'un pull bleu presque aussi clair que ses yeux, ces yeux bleus si remarquables, pénétrants, francs, et qui, dans la lumière du matin, semblaient teintés de couleur lavande comme ceux d'un chat siamois. Il l'attira contre lui pour l'embrasser, ce qui parut la rendre gamine et innocente, dans sa façon de lui poser les mains sur la poitrine et de le regarder.

« Ça en valait la peine ?

– Quoi ?

– Ces années en prison. Pour atterrir ici. »

Il éclata de rire.

« Tu m'étonnes que ça les valait.

– Tu le referais ?

– Nan. »

Elle rit à son tour et regarda Jack allumer le gaz, graisser la poêle, casser les œufs dans l'huile crépitante comme si c'était un rituel de la plus haute importance.

« Tu sais, dit Jack, ça me fait bizarre de préparer des œufs seulement pour deux. J'ai l'habitude d'en faire pour des centaines de personnes.

– Ils ont des œufs normaux, là-bas ?

– En général, ils sont en poudre, mais une fois de temps en temps on en avait des frais. Un ami, qui a été mon compagnon pendant un bail, blaguait tout le temps là-dessus : "C'est parti, soixante-quatre au plat, trois cent quarante-trois frits, deux cent vingt-huit tout brouillés, et *que ça saute !*" »

Ils rirent, et Jack se souvint de Billy, ses épaules étroites voûtées pour mimer l'efficacité, tête penchée pour la précipitation.

« Il disait tout le temps des trucs comme : "J'me demande bien c'que *les pauvres* ils bouffent, eux, si nous on n'a qu'ça !"

– En parlant de pauvres, j'ai réservé au Sands. »

Ils prirent place à la petite table dans l'alcôve pour manger leurs œufs en sirotant du café. « Écoute, dit Jack, j'aimerais y aller, vraiment, mais je ne suis pas censé quitter le comté sans la permission de mon contrôleur judiciaire, et je crois pas qu'il serait partant pour ce genre de virée. Je devrais être en train de chercher du travail. »

Sally grimaça.

« Tu fais tout ce qu'il te dit de faire ? »

Jack s'énerva un peu.

« Non, mais il est pas question que je retourne en taule juste pour une fête. En plus, j'ai pas le blé pour aller à Vegas. » Il baissa les yeux vers son assiette. « Il n'y a pas à y revenir, bébé.

– Vous, les durs à cuire, vous me tuez. J'imagine que tu piquerais une crise si je te disais que j'avais l'intention de payer le voyage. J'en ai plein, du fric. »

Pendant un instant, Jack se demanda si elle voulait être avec lui autant qu'il voulait être avec elle ; mais il rejeta l'idée. Elle termina ses œufs et alluma une cigarette, tirant dessus avidement avant de faire tomber la cendre dans son assiette.

« Il a besoin de savoir, ton contrôleur judiciaire ?

– En tout cas, tu peux être sûre que moi, je vais nulle part sans lui dire. »

À ces mots, Jack se demanda s'il était franc ou s'il ne faisait que poser des limites à ses actions dans son intérêt à elle.

« Peut-être que je devrais me trouver un autre mec, alors. T'es chiant, ce matin. »

Jack était en terrain plus familier.

« Je suis pas assez *macho*, c'est ça ? »

Elle leva les yeux vers Jack qui s'était fendu d'un sourire et fut bien obligée de rire.

« Très bien, je suis désolée. Je ne m'excuse jamais. Je ne sais pas pourquoi je viens de m'excuser.

– P't-être parce que je suis plus costaud que toi.

– En partie. Espèce de vantard. »

Après le petit déjeuner, Sally rangea la cuisine pendant que Jack l'observait avec approbation. Une bonne chose à savoir, elle était ordonnée. Une fille qui avait de l'argent, mais avait assez les pieds sur terre pour entretenir son intérieur. Comme s'il voulait la comparer à ce qu'il considérait être les qualités d'une bonne « maîtresse de maison », pensa Jack avec consternation. Comme s'il voulait l'épouser. Enfin, si elle réussissait tous les tests. Riche, soigneuse, bonne au pieu, belle. En revanche, elle avait la langue trop bien pendue et s'exprimait comme un homme, mais il finirait bien par réussir à lisser les plis. Il se dégoûtait. Il alla prendre une douche.

Finalement, elle eut le dernier mot et ils se rendirent d'abord à Los Angeles en avion, Sally trouva une cabine téléphonique d'où elle appela au moins dix personnes et parla pendant plus d'une heure tandis que Jack buvait quelques verres au bar, puis ils montèrent dans un avion direction Las Vegas. Il y avait un piano, dans cet avion, et un homme qui chantait à la demande en s'accompagnant. C'était le milieu de l'après-midi, mais la plupart des passagers étaient à moitié soûls. Ils passèrent cinq jours à Las Vegas, et le troisième, Jack contacta son contrôleur judiciaire pour lui expliquer la situation et obtint la permission d'épouser Sally. Le contrôleur lui dit qu'il s'en lavait les mains, et que le moindre écart de conduite suffirait à le renvoyer en prison. Jack prit la peine de bien préciser que Sally avait beaucoup d'argent, ce qui lui laissait du temps pour trouver du travail, ou même reprendre ses études, mais cela ne calma pas son contrôleur qui rétorqua que Jack avait déjà commis assez d'infractions pour retourner à San Quentin, et que lui-même tirait déjà un peu trop sur la corde en ne le dénonçant pas. Sans parler, ajouta-t-il, qu'il lui avait trouvé un job qui, si tout se goupillait bien, pouvait lui rapporter de beaux revenus. C'était pour une boîte qui vendait de la moquette, un boulot de poseur. Il dit à Jack que ces gars gagnaient autour de dix mille par an une fois bien installés. De toute évidence, il était fier d'avoir dégoté cette opportunité de travail à Jack et lui en voulait donc d'avoir filé à Vegas pour épouser une fille pleine aux as. « C'est pour moi, ce job, lui répondit Jack. Ç'a vraiment l'air génial, vieux, vous savez que je le veux, ce job. » Le contrôleur s'adoucit un peu et Jack lui promit de rentrer dans quelques jours au plus tard, prêt à se mettre au travail. En raccrochant, il transpirait tellement, même dans l'air climatisé de la chambre plongée dans le noir, qu'il dut prendre une douche.

DIX-NEUF

Ils s'étaient disputés au sujet de cet appel au contrôleur judiciaire.

« Tu ne fais rien de criminel, dit-elle. Ils ne peuvent rien contre toi. Ça ne les regarde pas.

– Ils pensent que si.

– Ça ne me plaît pas du tout. Je déteste cette façon qu'ils ont de te mener par le bout du nez.

– C'est la règle du jeu, je dois l'appeler. » Il tendit la main vers le téléphone et Sally quitta la chambre. Il ne la revit pas pendant deux jours.

Après sa douche, il descendit au casino, vêtu du pantalon jaune citron et de la chemise sport bleue que Sally lui avait offerts, sentant la moiteur de l'air conditionné à travers le tissu fin. Sally n'était à aucune des tables ni aux machines à sous, mais cela ne le fit pas paniquer. Il était trop heureux de la façon dont les choses se passaient. Il devait sans cesse se dire qu'il n'était plus en prison ni en train de trimer dans une boulangerie, écœuré par l'odeur du saindoux, ou en train d'essuyer la farine collée à son visage. Voilà qu'il était un rentier bien de sa personne découvrant « l'univers de Vegas », un jeune homme dont le destin avait effectué un virage à cent quatre-vingts degrés, fiancé à une femme aussi belle que riche. Jack se demanda comment c'était de ne jamais plus avoir à s'inquiéter pour l'argent. Non pas qu'il s'en soit tant inquiété avant, mais aujourd'hui, il pouvait faire tout ce qu'il voulait. Il se dit qu'il avait envie d'aller à la fac suivre des études en sciences humaines. Il sentait que cela lui permettrait de mieux apprécier l'existence. Il ne voulait pas gâcher sa vie comme les autres gâchaient la leur.

Il les regarda jouer : ces abrutis fébriles qui misaient n'importe comment à la petite roulette avec leurs grosses piles de jetons à cinquante cents, un autre qui se barricadait comme aux dominos derrière des plaques coûteuses dont Jack ne connaissait même pas la valeur ; ils misaient sur des numéros, sur la troisième colonne ou en carré, sur les rouges ou les noirs, les pairs ou les impairs, misant à l'avantage de la maison dans un tripot (c'était peut-être un palace pour certains, mais aux yeux de Jack, il ne s'agissait que d'un tripot juste assez chic pour payer à bouffer aux flambeurs), payant des intérêts exorbitants quel que soit le risque pris dans la mise. Jack n'avait pas toujours méprisé les joueurs, mais maintenant qu'il allait peut-être devenir riche, il ne les comprenait tout bonnement plus. Toutes les fois où il avait joué par le passé, c'était pour l'argent, jamais pour le plaisir. Le plaisir était venu en gagnant de l'argent parce qu'il avait besoin d'argent. Les gens qu'il voyait autour de lui dans ce casino n'avaient pas l'air d'en manquer, du moins pas au point de vouloir faire couler la baraque. Il n'est évidemment pas insensé de miser au désavantage de la maison si votre revenu est si faible que quoi qu'il arrive vous n'avez aucune chance. Un homme qui se fait cinquante billets par semaine en sachant qu'il ne gagnera jamais plus peut le faire dans l'espoir sincère de remporter le jackpot quasiment sans prendre aucun risque, parce que quand on mise des cacahuètes, on ne peut perdre que des cacahuètes. Les nègres qui investissent l'argent des aides sociales dans le craps sont beaucoup plus malins que le gentleman des classes moyennes qui parie, sans raison, les trois cents dollars qu'il peut se permettre de perdre : le nègre s'attend à gagner et le gentleman, à perdre. Le jeu est fait pour le pauvre, en conclut Jack. Les riches ou les personnes aisées ne font que se ridiculiser. Il aimait sa nouvelle attitude vis-à-vis de ces choses ; il se sentait supérieur à tous ceux qui se trouvaient dans la salle.

Sally s'énerva quand, après quelques paris faits sans trop d'enthousiasme à la table des dés, Jack arrêta de jouer. Elle avait la fièvre du jeu. Son truc, c'était les machines à sous ; elle enfonçait les lourdes pièces de un dollar dans la fente à peine les rouleaux avaient-ils cessé de tourner et la machine de cliqueter, pendant que Jack se tenait à côté, en observateur ironique. Sally pensait que ce jeu était le plus intéressant parce qu'il était « réglé pour rapporter ». Ce qui permettait ensuite aux clients d'utiliser leurs gains pour aller jouer à une table où, là, ils se faisaient plumer et perdaient tout. Mais Sally était plus maligne que les autres, et une fois l'argent en poche, elle s'arrêtait; rien ne pouvait la forcer à s'installer à l'une de ces grosses tables dangereuses. Jack lui rit au nez :

« Réglé pour rapporter ? T'as vu ça où ?

– Oh, tout le monde le sait. Certaines de ces machines sont réglées pour rapporter jusqu'à 90 %, dit-elle avec désinvolture.

– Ce qui fait toujours 8,5 % de moins que le craps. »

Elle le regarda de travers.

« Qu'est-ce que tu racontes ?

– C'est simple. Tu mets cent dollars dans cette machine, elle t'en rend quatre-vingt-dix. Si tu mises cent billets au craps, un dollar à la fois sur le onze, tu en récupères quatre-vingt-dix-huit et cinquante cents. Si les probabilités sont bonnes. Quoi qu'il arrive, tu perds de l'argent. Tu ne peux pas, dit-il avec dogmatisme, transformer une probabilité de perdre en gain. Quoi que tu fasses.

– C'est ridicule. Ils doivent vouloir dire que les machines te rapportent 90 % *du temps*; c'est complètement différent.

– N'importe quoi.

– T'es vraiment agaçant. »

Mais au bout de quelques minutes, elle alla à une table de craps et paria religieusement sur le onze, un dollar à la fois. En sept heures, elle perdit plus de trois cents dollars et se coucha avec une migraine terrible. D'après elle, tout était la faute de Jack.

« Je gagne *toujours* aux machines », dit-elle.

Elle n'avait jamais été aussi féminine, et c'est ce que Jack aimait chez elle. Mais au réveil, l'ancienne Sally avait refait surface. « Tu avais raison, lui dit-elle. J'avais tort. Mais merde, on est ici; on peut bien jouer aux machines à dix cents pour s'amuser. » Effectivement, ils y passèrent un moment agréable et gagnèrent même quelques dollars.

Ils étaient éméchés presque tout le temps, ce qui les freinait juste assez quand ils faisaient l'amour pour ne pas s'épuiser ; mais quand cela arrivait, il n'y avait rien de meilleur, et après, Jack restait allongé à ses côtés et ne voulait plus jamais la quitter. Jamais. Il la voulait près de lui. Il n'osait pas le lui dire tant il avait peur qu'elle se moque de lui et qu'il la perde.

Lors de leur deuxième nuit là-bas, Jack avait voulu voir un spectacle qui n'intéressait pas Sally. Elle était encore amoureuse des machines, alors Jack alla voir le spectacle sans elle, très intimidé, très conscient que ces gens étaient de grandes vedettes, célèbres dans le monde entier, et qu'il pouvait très bien les croiser un peu plus tard au casino, aux toilettes ou ailleurs. C'était terriblement excitant. Quand il raconta à Sally l'état dans lequel cela le mettait, elle se moqua de lui :

« Ce sont des connards tous autant qu'ils sont. Crois-moi. Mais ne te gêne pas, adule-les si ça te fait plaisir. C'est de ça qu'ils vivent.

– Je ne les adule pas, enragea Jack.

– Bien sûr que non.

– Tu te payes ma tête.

– Pourquoi pas ? Ça te blesse dans ta virilité ?

– Fais chier ! »

Il alla au bar. Quand il revint aux machines à sous, elle avait disparu. Il la chercha en vain. Il monta à la chambre où elle ne se trouvait pas non plus et il commença à s'inquiéter. Son absence le rendait toujours nerveux, ce qui, en soi, était irritant. Cependant, il se déshabilla et se mit au lit avec une bouteille de bourbon I.W. Harper et un polar. Une fois bien groggy, il jeta le livre à travers la pièce et éteignit la lumière. Mais le sommeil ne vint pas. Il resta dans le noir à attendre. Il savait qu'elle connaissait d'autres clients de l'hôtel ; elle voyait toujours quelqu'un à qui faire signe, ou des groupes de beaux jeunes gens, qu'elle décrivait avec désinvolture comme « ceux de la télé », venaient lui parler, et pas une seule fois elle ne leur présenta Jack. Elle devait être à une fête quelque part. Il patienta au moins trois heures, et quand enfin elle réapparut en allumant la lumière, comme si elle croyait qu'il ne serait pas là ou qu'il serait en train de dormir, il dit :

« Où t'étais passée, bordel ? »

Elle se retourna :

« Demande-moi ça encore une fois et je me casse pour de bon. Son visage était dur. C'est vrai, merde, tu te prends pour qui ? »

Jack acquiesça, écœuré par le soulagement qu'il éprouvait.

« Ok. Tu as raison. Allez, viens te coucher. J'ai envie de toi. »

Elle se déshabilla lentement, au milieu de la pièce, en faisait tomber ses vêtements à ses pieds.

« Là-dessus, on est sur la même longueur d'ondes, dit-elle. Sans ça, comment les hommes et les femmes pourraient se parler ? »

Elle rit, nue, les bras au-dessus de la tête dans une pose délibérément aguicheuse.

« Je te plais ? le taquina-t-elle.

– Approche, que je puisse toucher.

– Viens me chercher. »

Ils firent l'amour par terre, au milieu de la petite chambre, et après un moment d'absence au monde, elle dit :

« On devrait marquer le coup. Se marier. Qu'est-ce que t'en penses ?

– Je t'aime. J'avais peur que tu te moques de moi si je te le disais. Mais je t'aime. Je veux t'épouser.

– Moi aussi je t'aime. Il faut qu'on se marie. C'est trop bon. Je ne me moquerai jamais de toi. »

Elle se hissa sur lui et ils s'embrassèrent avec fougue, Jack conscient du besoin de rendre ce baiser sincère, et au bout d'un moment, elle se redressa et le chevaucha en douceur, les bras écartés, le corps oscillant avec lenteur, sa chevelure noire sur les épaules, les yeux dans les yeux ; cela commença dans la tendresse mais se chargea rapidement d'érotisme, et Jack se sentit diabolique, comme s'il avait un pouvoir infini.

« Je vais t'envoyer au septième ciel, dit-il entre ses dents.

– Vas-y. »

Peu à peu, elle accéléra la cadence jusqu'à ce qu'ils se cabrent et convulsent, comme des animaux, et quand ils atteignirent enfin l'orgasme, il la serra si fort qu'il faillit lui briser les côtes :

« *Ouf!* » lâcha-t-elle.

***

Elle avait de nouveau disparu. Il fit le tour du casino, du café, de la piscine. Tous ces lieux étaient bondés de monde et il y régnait un vacarme permanent qu'il associait au bruit moins élevé mais tout aussi constant de San Quentin. Si ce n'est que ces gens n'étaient pas en prison, pas même dans une prison métaphorique. Jack avait connu des détenus qui disaient que nous vivons tous dans une prison, que la vie est une prison ou que la société est une prison, que notre propre identité peut être une prison ; mais Jack n'y croyait plus : la prison, c'est la prison, et rien d'autre. Les gens pouvaient bien avoir des *tracas,* se sentir étouffés ou limités, ou même piégés, mais ils n'étaient pas en prison. Ça n'avait rien à voir. Cet hôtel était peut-être une « prison dorée » pour les blasés et les esseulés, il n'avait toutefois rien de commun avec une prison.

Pour preuve, Jack sortit de l'immeuble et s'enfonça dans le désert. La transition fut spectaculaire ; en plein après-midi, il faisait une chaleur accablante, et au loin, les montagnes violettes vacillaient dans cette fournaise, disparaissant presque derrière les brumes thermiques. Des bruits s'élevaient de toutes parts, mais pas un n'était une voix humaine. En entendant les voitures sur l'autoroute derrière lui, Jack s'éloigna rapidement en foulant le sol calciné vers les montagnes. Cela lui rappelait beaucoup les paysages de l'est de l'Oregon, mais en moins haut, et d'une certaine manière, en plus sale. Ici, la nature n'était pas plus belle que les créations de l'homme, parce que la nature avait oublié d'installer la climatisation ou de faire le ménage, et la vue n'était impressionnante qu'à distance. Au bout de quelques minutes, Jack cessa de croire en la climatisation – il ne semblait pas possible que la fraîcheur existe dans une telle étuve.

D'un autre côté, il était content d'être seul et se satisfaisait d'avoir à payer sa solitude en absorbant cette chaleur terrible. Il se retourna, il aperçut les voitures trembler le long de l'autoroute comme des mirages et les pylônes haute tension onduler à travers l'espace brûlant du désert. Il lui faudrait marcher des kilomètres pour s'échapper complètement, pour ne plus voir les immeubles, les voitures, les grues ; et même là, il croiserait sans doute des touristes en randonnée équestre qui enduraient la chaleur pour pouvoir dire ensuite qu'ils n'avaient pas passé tout leur temps dans les casinos et qu'ils pouvaient le prouver en exhibant d'horribles cloques noires dues aux coups de soleil. Jack rebroussa chemin et se sentit plus léger à la seconde où il retrouva la climatisation en entrant dans l'hôtel. Mais il avait aimé sa solitude ; il avait même oublié, le temps de quelques minutes, de s'inquiéter pour Sally. Il repartit à sa recherche, à présent qu'il était plus frais.

Sa solitude était complétée, il n'était plus vraiment seul, il ne supportait plus d'être seul, c'est-à-dire sans *elle*. Il avait besoin *d'elle*. Ce qui lui fit penser à Billy Lancing, combien il avait eu besoin de Billy et combien Billy avait eu besoin de lui. Sans Billy, Jack n'aurait pas été capable de comprendre ce qu'il ressentait exactement, ou de comprendre que sans *elle*, il était seul. Désormais, il pouvait se dire froidement que Billy était mort par amour pour lui ; il pouvait en tirer de la fierté. Quelqu'un l'avait *aimé à ce point !* Il ne se torturait pas l'esprit en pensant que lui n'aurait jamais donné sa vie pour Billy ; ils ne s'étaient pas aimés avec la même intensité, il le savait, l'admettait et n'en avait pas honte. Mais voilà qu'il aimait Sally jusqu'au sacrifice, et Billy lui avait montré ce que cela impliquait.

Il fit le tour du casino. Non, pas un seul en vue. Pas de nègre au Sands. Uniquement de gros hommes d'affaires blancs qui prenaient l'accent des nègres en lançant leurs dés au craps, mimaient ce qu'ils avaient vu dans des films ou lu dans des feuilles de chou, mais n'avaient jamais vu ni éprouvé. Des types qui émargent à vingt-cinq mille dollars par an, et qui flambent un peu du surplus pour avoir l'impression d'être cool. Nom de Dieu, tu sais pas qui était à la table juste à côté de moi ? *Frank Sinatra !* T'aurais dû voir ces mises de dingue ! J'avais pas l'air con, avec mes trois cents billets. Du coup, j'lui sors : « Alors, Frank, qu'est-ce que tu penses de… » C'est ça, tu parles. Tu as perdu tes trois cents dollars, ou devrions-nous plutôt dire tes trois cent cinquante, un peu plus à l'agonie à chaque dollar perdu, avec la sueur qui te coulait des aisselles vers ton bide coupé en deux par ta ceinture trop serrée ; l'entrejambe en feu à cause de l'angoisse au point que tu croyais avoir chopé des morpions ; tu soufflais la formule : « *Tennessee Toddy, all ass and no body !* » à une paire de dés si moites qu'elle te glissait presque des doigts ; et puis tu es retourné à ta chambre assombri par le désespoir parce que tu as perdu au lieu de gagner et que la nuit précédente, tu avais mis la main sur le genou de la femme de ton boss ou que tu avais baisé ta secrétaire, et que tu te demandais à présent si ça avait vraiment été une bonne idée, son déchaînement et sa façon de dire qu'elle t'aimait, et ta femme à la maison qui croit que tu passes une soirée entre mecs. Ou peut-être que tu t'es payé une call-girl, et que maintenant, tu te demandes quand ta bite va se mettre à suinter du pus verdâtre comme c'est arrivé en Allemagne où tu as fait tes classes. Ou peut-être que tu as gagné beaucoup d'argent, vraiment beaucoup, et que ta femme était avec toi, que tu donnais l'impression d'être dans le vent avec tes lunettes de soleil, à parler de tes chances de gagner, des jeux recommandés par Scarne, ce magicien adepte de la manipulation des cartes ; à boire du lait aux tables de jeu comme un pro tout en te demandant comment tu allais pouvoir empêcher ta femme de dépenser le blé (c'était du fric ou du blé, mais pas de l'argent) que tu venais de gagner et que tu crevais d'envie de sortir de ta poche pour l'embrasser avidement et hurler que tu avais *gagné*, et ne jamais le dépenser parce que l'argent te donnait des cauchemars…

Ou peut-être que tu passais simplement un bon moment. Merde.

Jack méprisait sa propre condescendance. Il avait perdu son calme au casino. C'était idiot. Bon, il n'y avait pas de nègres à l'hôtel. Et alors ? Qu'est-ce que j'en ai à foutre ? Ce n'est pas mon problème. Pourquoi le reprocher aux clients ? C'était une bande de cons, comme les autres, voilà tout.

Lorsque Sally revint après deux jours et deux nuits sans donner de nouvelles, Jack ne lui demanda pas où elle était allée. Il se rasa, prit une douche, l'emmena en centre-ville et l'épousa. Aussi vite que possible. Elle resta très silencieuse, quasiment comme une bonne épouse, et finit par suggérer de rentrer à San Francisco sur-le-champ. Dans l'avion, elle avoua à Jack que ses finances étaient presque à sec. Son argent provenait de la pension alimentaire qu'elle ne recevrait plus. Ces deux derniers jours, elle était à Los Angeles pour parler à son avocat et à celui de son ex-mari afin d'essayer de trouver un accord. Mais il n'y avait rien à faire ; elle n'avait plus un sou. Elle eut l'air surpris lorsque Jack éclata de rire.

« Qu'est-ce qu'il y a de si drôle ?

– J'ai un boulot qui m'attend. On dirait qu'on va en avoir besoin. »

En son for intérieur, toutefois, il était amèrement déçu. Il voulait lui demander pourquoi ils ne se contentaient pas de vivre en concubinage pour pouvoir garder la pension. Mais il connaissait la réponse ; Sally voulait *se marier*. Très bien, ils étaient donc mariés. Jack savait qu'être riche n'avait été qu'une illusion, et cela ne le dérangeait pas tant que ça. Mais elle aurait quand même dû lui demander son avis, ou au moins lui en parler.

Elle se pelotonna contre lui.

« Mon mari et protecteur, dit-elle. Mon soutien de famille.

– Tu parles ! »

Ils s'esclaffèrent.

VINGT

Le premier mari de Sally était acteur ; ils s'étaient rencontrés alors qu'elle n'avait que vingt ans, à l'université de Mills – une boursière au milieu de filles privilégiées, les cheveux en bataille et habillée n'importe comment –, et lui s'était présenté pour un rôle dans l'une des pièces de la fac. Il dégageait quelque chose qui lui fit forte impression, le regard fatigué de l'affamé – en manque de nourriture, de reconnaissance, d'amour, de célébrité, elle ne savait quoi d'autre encore. Mais après l'avoir vu jouer, elle était sûre d'une chose : s'il y avait une justice dans l'univers, ce jeune homme allait devenir riche et célèbre. Il avait du talent, du genre qui vous fait aimer celui qui le possède, mais à cette époque, Sally était la seule à le voir. La plupart des filles le trouvaient mignon mais bizarre. Elles ignoraient qu'il avait un talent d'acteur parce qu'elles ignoraient ce qu'était le talent. Elles voyaient simplement qu'il traînait aux répétitions, était timide, ne fumait pas et se curait le nez en cachette. Elles le ridiculisaient parce qu'il oubliait son texte ou à cause de sa façon de froncer les sourcils ou de se pincer le nez entre le pouce et l'index quand il essayait de se rappeler quelque chose. La majorité de ces filles appartenaient à l'école du jeu amateur, tout en grâce fluide, et trouvaient ses mouvements saccadés. En dehors de Sally, tout le monde le considérait comme le maillon faible de la production. Ils craignaient tous qu'il ne s'arrête en plein milieu de la pièce, ne se cure le nez et claque des doigts pour qu'on lui souffle son texte.

Évidemment, il ne fit rien de tel. Quand elle eut terminé son travail en coulisses, Sally se faufila à l'arrière de la salle pour regarder la pièce et il paraissait seul en scène. Les subtilités, les coups d'éclat des autres acteurs étaient éclipsés par les jeux de lumière et la présence du public, lui seul était naturel, vrai et pourtant plus frappant que la réalité ; on entendait distinctement la moindre phrase qui sortait de sa bouche, même quand il était censé marmonner, et l'on pouvait prévoir le trajet de chaque mouvement qu'il esquissait, le vivre avec lui et même participer à l'action. Il était également le seul à ne pas avoir de maquillage grotesque. Au moment du salut, Sally s'aperçut qu'elle était l'une des rares spectatrices à avoir reconnu sa beauté, ce qui la mit dans tous ses états ; elle sortit du théâtre à la hâte, les larmes aux yeux, marchant sans but à travers les bosquets d'eucalyptus, remplie de haine pour ces gens qui ne pouvaient pas, ne voulaient pas reconnaître son talent, l'amour qu'elle éprouvait pour lui et pour elle-même exacerbé.

Un mois plus tard ils étaient mariés, et Sally lui offrit les deux choses dont il manquait : l'ambition et des indications sur la marche à suivre. Elle découvrit que cet homme n'était qu'un bon à rien qui n'aimait qu'une chose : naviguer sur la baie, et qui ne s'intéressait au jeu d'acteur que parce qu'il savait qu'il était doué pour ça et que des gens étaient prêts à payer une fortune pour avoir un bon acteur. Il espérait être repéré, mais en attendant, il se satisfaisait de vivre une existence de marginal sur l'argent qu'il empruntait à d'autres, sur le chômage, le G.I. Bill et tout ce qui se présentait à lui. L'autre raison pour laquelle il aimait jouer, apprit-elle, était que les acteurs travaillaient la nuit quand il était impossible de naviguer.

Sally bouleversa la vie de cet homme. Elle abandonna ses études et prit deux jobs, comme mannequin dans le rayon mode d'un grand magasin la journée et comme guichetière dans un cinéma sur Market Street le soir, faisant bouillir la marmite pendant qu'il lisait laborieusement des livres sur le métier d'acteur, suivait quelques cours à l'université publique de la ville et jouait de petits rôles dans le circuit amateur de San Francisco. Elle ne l'obligea pas à vendre la demi-part qu'il possédait de son petit El Toro, mais lui donnait tant à faire qu'il avait à peine le temps de sortir en mer. Si la télévision ou des gens du cinéma venaient en ville filmer des extérieurs, elle l'envoyait se présenter pour de la figuration, et pendant ce temps, ils mettaient de l'argent de côté pour le jour où ils iraient vivre à Hollywood. Le miracle arriva, on le « repéra » dans l'une de ses apparitions au cinéma, on reconnut ses qualités et on lui proposa un contrat.

Durant les deux années qui suivirent, on le vit se faire tirer dessus, être frappé, poignardé, pendu ou bien être réduit en bouillie par les différents avatars du flingue le plus rapide de l'Ouest, et il décrocha des rôles dans deux films. Le premier était un film de science-fiction où le comptable d'une société menant des recherches gouvernementales top secret, était « absorbé » par une boule de matière visqueuse. Dans l'autre, un film d'aventures qui se déroulait dans les régions boisées du Minnesota, il jouait un bûcheron qui perdait la tête et trouvait la mort en abattant un arbre (la cime brisée l'écrasant dans sa chute). Ensuite, il joua dans *Playhouse 90* un beau rôle de garçon de ferme qui convoite la femme du contremaître – une intrigue secondaire dans cette version de *Désir sous les ormes* où, par ailleurs, un rocher au lieu d'un arbre symbolisait Dieu ; et enfin, il devint la vedette d'une série.

C'était un western, et il jouait le shérif d'une petit ville minière dans le Colorado. L'idée centrale était qu'il ne possédait pas d'autre arme qu'un couteau glissé dans sa manche. Il ne dégainait son couteau qu'en dernier ressort, s'il était poussé à bout, et quand cela arrivait, malheur à celui qui lui cherchait des noises car le shérif ne se battait que s'il était sûr de tuer. Ils filmèrent vingt-six épisodes d'après des scénarios originaux, et cinq ans plus tard la série continuait d'être rediffusée. Entre-temps, il avait signé un contrat avec Walt Disney et il était devenu quelqu'un. C'était un acteur riche et célèbre. Depuis, on le voyait partout qui entretenait des conversations sérieuses avec des chiens ou qui tuait des Indiens à contrecœur.

Sally le quitta. Elle ne supportait pas son succès, de voir que s'il n'avait pas du tout grandi en tant que personne, il s'était élevé dans la société contrairement à elle. Elle ne supportait pas non plus de voir le talent qu'elle avait aimé être utilisé comme un simple outil. Elle savait par ailleurs qu'elle en portait la responsabilité et cela la blessait. D'autant plus que *lui* ne s'en rendait pas du tout compte, qu'il ignorait que sa grande beauté d'acteur était gâchée, gaspillée pour produire de la merde. Lui était comblé. Les jours où il travaillait, il se levait tôt pour partir au studio, se maquillait, attendait qu'on l'appelle pour jouer son rôle, suivait les ordres du réalisateur à la lettre, et une fois le tournage bouclé, il rentrait chez lui. Les jours où il ne travaillait pas, il sortait en mer. Il s'était offert une goélette de vingt mètres de long avec un équipage de cinq personnes. À la tête de cet équipage, un vieux Mexicain mal dégrossi qu'il avait rencontré à Santa Monica était devenu son inséparable compagnon et faisait même de la figuration dans tous ses films. Après le départ de Sally, il vendit la maison, emménagea sur son bateau amarré à Santa Monica, et quand la procédure de divorce fut entamée, il se présenta au tribunal, accepta de reverser un tiers de ses revenus à Sally, à qui il serra la main. Tout le monde était satisfait sauf Sally.

À son retour à San Francisco, elle découvrit qu'au sein de la bande qu'elle fréquentait et dont l'ambition principale était d'avoir leur nom dans la colonne de Herb Caen, son statut d'ex-femme d'une des stars montantes de Hollywood lui conférait une certaine valeur, et au lieu de reprendre son nom de jeune fille, elle garda celui de son ex, s'en servant autant comme d'un bouclier que comme d'une carte de visite. À Hollywood, elle n'était rien, tout juste l'épouse d'un acteur, quelqu'un que l'on ne manquait pas de saluer, mais sans plus ; à San Francisco, en revanche, elle était une célébrité, celle qui avait renoncé à *tout ça* pour revenir dans la seule ville vraiment cultivée et excitante que connaisse l'Occident. Sally savait parfaitement que ce n'était qu'un mensonge ; elle savait qu'elle avait fui toute cette excitation, toute cette créativité bouillonnante parce que, là-bas, elle n'avait été qu'une spectatrice ; elle savait qu'elle était revenue à San Francisco pour y trouver quelque chose, une place, où elle pourrait de nouveau être essentielle. Elle épousa donc Jack Levitt. Événement dûment chroniqué par Herb Caen, et tout San Francisco, ou du moins toute la clique de Sally, en resta bouche bée. Ses amis furent d'autant plus éberlués quand ils passèrent à son appartement de Telegraph Hill et découvrirent que Sally n'y vivait plus et qu'elle n'avait même pas laissé d'adresse.

En fait, elle en avait sa claque du beau monde. Elle avait trouvé quelque chose qui avait du sens, et en avait assez de gâcher sa vie. Elle était enfin amoureuse – cette fois, il s'agissait vraiment d'amour – et se réveillait tous les matins avec cette lumière au fond du cœur, cette joie impatiente à l'idée de transformer leur vie en quelque chose de permanent et de précieux.

Mais ça n'allait pas être simple. D'une part, Jack n'obtint pas la place de poseur de moquette censée leur rapporter dix mille dollars par an. Peut-être que sa tête ne revenait pas au type en charge de l'embauche. Jack profita donc de l'argent qui leur restait pour chercher du travail. Suivant le conseil de Sally, il s'inscrivit au registre de l'administration fédérale, passa le concours d'entrée dans la fonction publique en même temps que des centaines d'autres, et malgré l'anxiété qui avait contaminé la cafétéria où se déroulait l'examen, Jack pensa ne pas s'en être trop mal tiré ; il était presque certain d'avoir une note au moins équivalente à l'échelon 6 du barème général des traitements, et peut-être même plus. En attendant, son contrôleur judiciaire et lui cherchèrent d'autres sortes de boulots (Jack ne lui parla pas du concours), et de l'après-midi au soir, avec Sally, il aménageait leur nouvel appartement pour essayer de le rendre habitable.

Une fois arrangé, il y avait des tableaux et des dessins sur tous les murs, des rideaux aux fenêtres, des livres et des bibelots sur les étagères, de la nourriture dans le frigo, et d'une certaine façon, peut-être à cause des efforts qu'ils avaient fournis pour investir les lieux, un sentiment d'appartenance, celui d'avoir un foyer où ils se sentaient bien et à l'aise. Le loyer s'élevait à soixante-cinq dollars par mois sans compter le gaz et l'électricité, mais le chauffage et le ramassage des ordures étaient gratuits. Ils firent ouvrir une ligne téléphonique, la moins chère, celle qui n'était pas sur liste rouge, et ils étaient chez eux.

Jack trouva un boulot comme voiturier pour une boîte de nuit sur Broadway et ils attendirent la réponse de l'administration. Quand elle arriva, Jack la lut dans l'entrée de son immeuble, pas vraiment surpris du contenu. À l'inverse, Sally se mit dans une colère noire.

« Si cette putain d'administration ne peut pas embaucher d'anciens détenus, mais alors, bordel de merde, qui est-ce qu'elle embauche ?

– Qu'est-ce que tu croyais ? »

Il ne sentit venir l'énervement qu'au moment où Sally lut la lettre. Elle se tenait dans la cuisine et lui était adossé à la porte.

« Ils pensent que je suis un criminel pourri jusqu'à la moelle ; tu filerais du boulot à un criminel pourri jusqu'à la moelle ?

– Qu'est-ce qu'ils entendent par "indigne de confiance" ? s'exclama-t-elle. Qu'est-ce qu'ils en savent, *eux*, putain !

– Pas la peine d'en faire un plat, non plus. » Il lui prit l'enveloppe et la lettre et les jeta dans la poubelle sous l'évier. « J'ai été con d'avoir voulu tenter ma chance.

– C'est la plus grosse connerie que j'aie jamais entendue de ma vie, et ça, c'est criminel ! » hurla-t-elle. Elle se pencha pour récupérer la lettre. « Je vais l'apporter à l'Union pour les droits des libertés civiles ! Ils vont voir ce qu'ils vont voir ! »

Jack était amusé, mais toujours en colère.

« T'as raison, ça va tout arranger. Écoute, oublie cette histoire. »

Elle le dévisagea.

« Oublier ? Pourquoi ? C'est une injustice et l'injustice est un crime. Il faut qu'on fasse quelque chose !

– Oh, je t'en prie ! Évidemment que c'est une injustice. Un crime. Et alors ? Tu crois que la société ne commet pas de crimes ? Mais bon Dieu, elle en commet sans arrêt. Et s'en tire à bon compte. J'ai commis des crimes, moi aussi, t'es au courant. Alors si j'en suis capable, la société aussi. Elle vaut pas mieux que moi, comme je vaux pas mieux qu'elle. En gros, on est quittes, tu piges ? Tu crois que je pourrais me regarder en face si je ne pensais pas que la société était un gros tas de merde ? Fait chier à la fin !

– Qu'est-ce qui te prend ? »

Jack avait le visage rouge et la colère brillait dans ses yeux. Il alla faire les cent pas dans le salon mais il y avait trop de meubles sur son chemin, et après avoir trébuché deux fois, il s'effondra dans un fauteuil.

« Comment ça, qu'est-ce qui me prend ? Mais merde, tu fais comme si t'avais des droits ou je sais pas quoi ! Tu délires ? Écoute bébé, j'y ai beaucoup réfléchi et la justice, ça existe pas, alors autant l'oublier et faire de son mieux. Tu piges ?

– Je déteste quand tu dis "tu piges". Ce mot est dégueulasse.

– J'arrêterai quand tu arrêteras de gueuler des "putain" toutes les trois minutes. Ok. ? »

Elle retourna bruyamment dans la cuisine, mais revint quelques minutes plus tard, la lettre toujours à la main.

« L'Union américaine pour les libertés civiles va mettre ces connards en pièces. Le but de la prison est de réinsérer les gens, ils n'ont aucun droit…

– Mais où t'as pêché ça ? Le but de la prison est de punir, et toute amélioration est uniquement le fruit du hasard. La société n'en a rien à foutre de ce qui t'arrive, et tu le sais. La société est un animal, comme nous tous.

– Je ne te savais pas si philosophe.

– Je ne te savais pas si naïve. »

Mais Sally envoya la lettre à l'UALC, et l'UALC ne fit rien, la réputation des services de l'administration civile ne fut pas mise à mal, et Jack continua de travailler comme voiturier à North Beach.

Peut-être que ce qui permit au mariage de tenir durant ces premiers mois fut autant l'innocente sincérité de Jack que le reste. Il voulait vraiment que ça marche. Il avait gâché une bonne partie de sa vie à ne penser qu'à lui-même, se disait-il, et le temps était venu de se comporter en adulte, de donner un vrai sens à sa vie en s'occupant des autres, en fondant une *famille* – il n'avait jamais eu de famille donc il pouvait commencer de zéro en suivant les règles, raisonnait-il.

Il en avait assez entendu et lu sur le mariage pour savoir que le sexe était central, le cœur même de la relation entre un homme et son épouse, si bien qu'il s'efforçait de se montrer plus qu'aimant avec Sally, passionné même, de lui offrir le genre d'amour viril qui les avait d'abord attirés ; ce qui lui avait tant manqué dans sa vie, il le lui accordait, pour parfaitement bien commencer et terminer chaque journée, qu'il en ai envie ou pas. Il se persuada qu'il en avait le devoir, et durant les semaines suivant leur installation dans leur nouvel appartement, et alors qu'il s'habituait à la routine du travail, il fit semblant que tout allait bien. Ce qui était faux ; il le savait, le niait, voyait les choses empirer, et en rentrant chez lui à 2 ou 3 heures du matin après avoir glissé le dernier client aviné dans la dernière voiture de luxe, il repoussait désespérément l'espoir que pour une fois, Sally dormirait et qu'il pourrait grimper dans son lit et se reposer. « Le sexe, c'est pas désagréable, mais il y a des fois où je préférerais te trancher la gorge », avait-il lu dans un polar, et cette envie lui était familière. Il détestait se forcer à être passionné, détestait devoir être hypocrite à ce sujet, cette chose qui, en théorie, était fondamentale dans leur mariage, peut-être était-ce d'ailleurs *la seule*, se disait-il souvent. Les désirs de Sally semblaient illimités. Il pensait que, bien sûr, cela valait mieux que le contraire. Il avait lu des histoires de ce genre ; le couple se marie et à partir de là, le bonhomme se retrouve à devoir jouer les violeurs avec son épouse néovierge. Il était heureux que Sally ne soit pas comme ça, mais se demandait si lui ne l'était pas.

Plus ça allait, plus il était terrifié de découvrir qu'au fond il était homosexuel. Il ne pouvait pas ignorer cette réalité : en y réfléchissant, jusqu'à Sally, l'apogée de son développement émotionnel avait été atteint avec Billy Lancing ; et même si tout un tas d'indices prouvaient qu'il aimait Sally davantage et d'une façon bien différente, il s'était profondément attaché à Billy, ils avaient fait l'amour ensemble, alors qu'à présent il était épuisé rien qu'à l'idée de coucher avec sa femme. Il essayait de se représenter comment ce serait de retourner avec un homme, chercha en lui un frisson de plaisir coupable, mais cela lui paraissait toujours idiot et répugnant, comme s'il adoptait le point de vue d'une tierce personne. Puis il se demandait si ce n'était pas dû à la différence principale, biologique, entre les hommes et les femmes – à savoir que les femmes pouvaient enchaîner les orgasmes, tandis qu'un homme finissait immanquablement par débander. Il voulait poser la question à quelqu'un, arrêter un inconnu dans la rue et lui dire : « Dis donc, vieux, tu couches avec ta femme deux fois par jour ou c'est moi qui en fais un peu trop ? »

Il voyait ce qu'ils voulaient dire quand ils expliquaient que le sexe était important ; il était presque incapable de penser à autre chose. Mais il était tout aussi déterminé à ne pas être le premier à recourir au coup de « la migraine » ou du : « Pas ce soir, chérie, je suis crevé. » C'était un truc de femme. Et aux dernières nouvelles, dans ce mariage, Sally était la femme, pas lui. Il remerciait les dieux de la biologie qu'il y ait au moins trois ou quatre jours par mois où même Sally perdait de son appétit, mais il découvrit qu'y compris dans ces moments elle se montrait désireuse, si ce n'était avide de le satisfaire par d'autres moyens, et ne rechignait pas totalement à ce qu'il s'occupe d'elle. Il n'avait donc aucun répit. Il se demandait souvent si la vie intime des autres était aussi étrange que la sienne, aussi éloignée de l'image publique du mariage. Une chose était sûre, cela ne ressemblait à rien de ce à quoi il avait pu rêver. Il était content de ne pas avoir interrogé d'inconnu dans la rue parce qu'il savait à présent que l'inconnu aurait menti comme Jack mentirait si on lui posait des questions sur sa vie privée. L'adjectif « privée » n'était sans doute pas employé pour rien.

Mais d'autres interrogations le taraudaient ; le Problème du Sexe prenait de la place, mais pas toute la place. Il y avait aussi le problème de la culture, de ce qu'il voulait faire de sa vie, du moyen de se bonifier pour profiter au mieux de la vie, d'apprendre à jouir de toutes les opportunités qui se présentaient et de comprendre les difficultés de l'existence pour qu'elles ne le troublent plus. Il désirait mener une vie pleine où il y aurait de l'amour, un métier qu'il puisse apprécier, du sport, de l'art, des livres, du théâtre, des loisirs, des amis et surtout – l'essentiel, la réussite ultime – des enfants. C'était très important pour Jack. Les gens se mariaient d'abord pour cette raison. C'était la seule explication rationnelle à la monogamie – les gens se mariaient pour que les enfants puissent avoir des parents et un foyer, être élevés correctement, avec de l'amour, apprendre à comprendre le monde pour ne pas le combattre, ne pas être aussi aveuglés par l'égoïsme que Jack l'avait été pendant tant d'années. Évidemment, il voulait un fils. Il se disait qu'avoir un fils, puis un deuxième, peut-être, et puis une fille ou deux était la clé d'une existence comblée. Il avait assez contemplé le vide de la vie pour ne jamais l'oublier. Il n'était pas idiot au point de croire qu'il avait *gâché* sa vie ; non, ce n'était pas ça, mais il en avait assez du néant et voulait sa part de plénitude. Il croyait naïvement qu'il y avait droit. Il avait travaillé pour l'obtenir. Il avait consacré plus d'un quart de siècle à la gagner.

Il pensait même, sans doute avec une légère suffisance, que ceux qui, contrairement à lui, n'avaient pas traversé ces épreuves, et par là il entendait ne s'en étaient pas désembourbés, n'avaient pas vu le pire de la société et de l'homme comme lui l'avait vu et ne savouraient donc pas les plaisirs intenses qu'offrait la vie parce qu'ils n'avaient rien à quoi les comparer. Avoir un appartement à soi, par exemple, était relativement important pour le pékin moyen, mais pas autant que pour Jack qui éprouvait un plaisir sincère à payer pour avoir quatre murs autour de lui, des murs dont il pouvait sortir quand bon lui semblait. Il croyait également, là aussi non sans un soupçon de suffisance, que son parcours lui avait permis de mieux comprendre certaines des œuvres de littérature qu'il lisait à présent avec grande attention, parce qu'il avait vu et ressenti certaines choses que ces auteurs décrivaient, et il n'avait pas encore épuisé les plaisirs de « la vie » ni ses souffrances qui étaient censés être le sujet de la littérature.

Au début, Sally l'aida. Elle l'emmena à l'opéra, aux places les moins chères, et fit de son mieux pour lui expliquer ce qu'ils voyaient et pourquoi c'était génial; d'un autre côté, elle l'accompagnait aux matchs de football et de base-ball et l'écoutait lui expliquer ce qu'ils voyaient et pourquoi c'était supposé être excitant. Elle l'emmena voir des films d'auteurs, des expositions dans des galeries, assister à des soirées poésie, et riait tout en éprouvant de la tendresse à observer la façon dont il semblait tout découvrir pour la première fois. Un jour, ils se préparèrent un pique-nique et descendirent l'autoroute qui longeait la côte, et quand ils grimpèrent au sommet de la colline qui surplombait Pacific Manor et qu'ils virent l'océan, la longue plage en arc de cercle, le terrain en pente au-delà des quelques habitations vers les montagnes d'un marron doux, Jack fut bouleversé; la transition était si brutale : des kilomètres et des kilomètres de pavillons Henry Doelger, l'alternance sans fin de rose, bleu, vert, marron et blanc; et puis soudain, ce vaste océan bleu qui explosait de l'autre côté de la colline. Il gara la voiture sur le bas-côté et sortit, juste pour s'en mettre plein la vue. Quand il remonta en voiture, il dit :

« Tu sais, j'aimerais vivre là, un jour.

– Ce serait bien, avoua-t-elle, à part pour le sel qui ronge et détruit tout. Et le brouillard, qui ne se lève pas souvent.

– Ça ne me dérangerait pas. Le paysage est tellement vaste. »

Ils traversèrent différentes villes balnéaires, montèrent vers le Devil's Slide après Pedro Point, d'où Jack vit les vagues se fracasser contre les falaises ocre, à plus de cent mètres en contrebas de la bande étroite de l'autoroute; l'eau paraissait incroyablement profonde et bleue, et à quelques encablures de ces falaises se trouvait un ruban d'écume sale qui se mouvait avec lenteur, et Jack se demanda si cela signifiait que la marée se retirait, à moins que cela n'ait aucun rapport avec la marée. Il s'aperçut qu'il ignorait tout de ce phénomène. Il avait tant de choses à apprendre, y compris des choses infimes comme les marées, mais que tout le monde devrait connaître. Du coup, il se demanda ce qu'il avait fait pendant tout ce temps.

Enfin, la route devint rectiligne, puis ils dépassèrent la petite communauté déglinguée de Montara avant d'arriver à Moss Beach, et Sally lui montra où tourner pour emprunter une piste qui conduisait au bord de mer.

Effectivement, la marée se retirait, et pendant qu'ils déjeunaient sur la plage, ils voyaient les déferlantes commencer à se briser de façon spectaculaire sur les longs doigts bruns des récifs et regardèrent un lagon calme se former sous leurs yeux. Il flottait dans l'air une odeur d'iode, de kelp, et Jack fut submergé par l'envie de patauger dans le lagon, de se jeter à l'eau. Il prit Sally par la main, l'emmena là où la mer venait lécher le sable, et ils firent quelques pas dans l'eau envahie par les algues qui ondulaient doucement. Sally parut comprendre sa réaction et ne dit rien; elle voyait qu'il découvrait cette immensité pour la première fois et ne voulait pas tout gâcher en admettant que cela n'avait plus le même attrait pour elle qui avait fait cette découverte à l'âge de douze ans et s'en était lassée à dix-huit. Mais elle suivit Jack dans l'eau, grimpa sur les rochers glissants avec lui et le regarda explorer les petites flaques laissées par la marée, accroupi et fasciné par ce calme et cette beauté parfaits, la fuite des bernard-l'ermite, les minuscules crevettes vertes, les poissons de roche, les limaces de mer et les anémones fleuries, cette communauté si paisible à ses pieds; elle écouta ses exclamations, répondit à ses questions, lui expliqua qui était quoi jusqu'à ce que des élancements lui vrillent l'arrière des genoux et qu'elle ait les yeux qui piquent sous l'effet de la réverbération; et quand elle se redressa et proposa d'aller fumer une cigarette accompagnée d'un café, il la fusilla du regard avant de se concentrer de nouveau sur l'eau, si bien qu'elle finit par le laisser seul.

Elle l'observa depuis la plage alors qu'il s'enfonçait entre les rochers jusqu'à atteindre le bord du récif, les yeux rivés sur le grand large, les brisants venant s'écraser près de sa silhouette miniature, et elle savait qu'à cet instant un flot d'idées romantiques lui envahissait l'esprit au sujet de la vie, l'océan, la nature, la taille de l'univers, la petitesse de cette créature qu'est l'homme, etc, etc. Mais elle n'avait pas envie de s'en moquer ; elle se représenta ce jeune homme, enfermé dans une cellule de prison Dieu sait où, coupé de toute pensée d'immensité, et elle éprouva soudain une grande pitié pour lui, sa jeunesse perdue, sa croyance naïve et infantile que le passé était bien derrière lui et qu'il pouvait recommencer de zéro, enterrer tout ce qu'il avait été et devenir une personne cultivée. Elle en concevait une telle amertume qu'elle en aurait pleuré.

Jack s'amusait comme un fou. Il jouait un jeu avec l'océan. Il se tenait tout au bord du récif pour regarder les rouleaux enfler devant lui, monter plus haut que sa tête puis se briser à ses pieds. C'était une sorte de défi – il avait déjà constaté que le récif coupait en partie l'élan des vagues qui ne pouvaient donc pas l'atteindre violemment, aussi il les observait s'approcher, se mettait au défi de ne pas avoir peur, de réprimer l'envie de reculer d'un bond quand une déferlante arrivait : s'il prenait peur, l'océan gagnait ; dans le cas contraire, il était vainqueur. Ce jeu était tellement prenant – les vagues étaient si belles, si vertes quand elles se dressaient devant lui, il les contemplait dans toute leur splendeur et se demandait pourquoi l'eau bleue tournait au vert quand elle était très *claire* – qu'il en oubliait d'éprouver de la peur et remportait chaque manche haut la main. Il ne pensa pas une seconde à Sally, pas depuis qu'elle l'avait laissé là, ébloui par la lumière du rivage, à l'instant où il avait levé les yeux vers elle et avait vu son expression proche de la colère, juste avant qu'elle ne s'éloigne. Là, il ne pensait plus à grand-chose et se contentait de regarder l'eau magnifique. Il en avait même oublié la marée, et ce fut avec une surprise profonde qu'il vit une vague monter plus haut que les autres et foncer vers lui avant de l'atteindre à la poitrine ; il fut soulevé comme une feuille, sentit une énergie douce beaucoup plus puissante que tout ce qu'il connaissait l'envoyer valser dans le récif, le rouler sur le rocher, puis le jeter dans le lagon alors qu'il battait des bras et des jambes. Il avait bu la tasse, elle avait un goût amer. Il continuait d'agiter les bras pour retrouver l'équilibre, puis ses pieds touchèrent le fond par hasard et il se redressa d'un coup. Il avait atterri à plus de cinq mètres de là où il s'était tenu et avait de l'eau jusqu'à la taille. Les vagues semblaient très loin ; il leva les yeux et en vit une autre monter à l'assaut du récif et cracher une giclée d'écume sale dans sa direction. Il s'essuya la bouche et rit. En pensant à Sally, il se tourna et la vit debout au loin, sous le promontoire, les mains sur les hanches. À cette distance, il ne voyait pas si elle était effrayée ou pas, mais il agita un bras pour montrer qu'il allait bien et commença à revenir vers elle.

« T'es complètement dingue ou quoi ! » hurla-t-elle de rage.

Soudain, il eut l'impression d'être un petit garçon.

– Promis, maman, je recommencerai pas. »

Trois plongeurs en combinaison descendirent l'escarpement depuis le parking, des hommes baraqués, massifs, transportant des sacs de jute, des masques et des tubas ; l'un d'eux remarqua les vêtements trempés de Jack qui commençaient déjà à sécher au soleil et éclata de rire :

« T'es tombé dans l'eau, mon pote ?

– Je t'emmerde, connard », rétorqua Jack.

L'homme eut l'air choqué et s'éloigna avec ses amis.

« Je rêve ! » dit l'un d'eux.

Jack et Sally étaient heureux et fatigués en regagnant la ville, même s'ils avaient mal à la tête à cause de toute cette lumière. Ils se dirent que pour leur prochaine journée à la plage, ils emporteraient des lunettes de soleil.

De retour à la maison, ils voulurent faire l'amour mais étaient trop épuisés. Ils se contentèrent d'un bain chaud, puis Sally alla au lit avec un livre et Jack partit travailler. Quand il rentra, à deux heures et demie du matin, elle dormait à poings fermés. Sincèrement soulagé, il se glissa à ses côtés, sentit la chaleur de son corps et s'enfonça dans un sommeil délicieux et réparateur.

VINGT ET UN

L'ennui qu'inspirait à Sally le programme de découvertes de Jack tourna rapidement en critique. Ses idées divergeaient profondément de celles de Sally, et au bout d'un moment, il prêta moins attention à ses conseils, et ne s'aligna plus sur ce qu'elle jugeait bon ou mauvais. Cela en devenait parfois irritant. Par exemple, il rama pendant un mois à essayer de lire *Ulysse* parce que Sally lui avait dit que c'était le plus grand roman jamais écrit. Une nuit, il finit par lâcher :

« Bébé, j'y arrive pas. Il pue l'arnaque, ce bouquin. C'est trop pour moi. J'adore Bloom, mais je supporte pas la folle qui lui sert de femme et encore moins ce connard de Stephen. C'est une merde, ce type. Je veux pas lire de bouquin sur des merdes.

– Peut-être que c'est un peu trop complexe pour toi. »

Jack s'aperçut qu'elle était là à ne rien faire, qu'elle n'avait sans doute pas bougé le petit doigt depuis qu'il était rentré et pendant Dieu sait combien de temps encore avant ça.

« Peut-être. Peut-être que je devrais me remettre à la B.D. Mais et toi, bon sang, comment tu fais pour rester là à rien foutre ? Ça te rend pas dingue ?

– Je réfléchis. Mais tu ne sais peut-être pas ce que ça fait.

– Nom de Dieu », fut tout ce qu'il trouva à répondre.

Elle gloussa :

– "Stephen Dedalus est une merde". On dirait le genre de phrase qu'on lit dans les toilettes publiques. Ça vaut bien "Donald Duck est juif" ou "Platon suce".

– On écrit ça dans les toilettes pour dames ?

– Non. Je vais toujours dans celles des hommes.

– On a de la chance. Au moins on a de l'humour. Ça nous sauve la mise. La plupart du temps.

– De quoi donc ?

– Ben, tu sais. Ça nous épargne des engueulades.

– Moi, je trouve que les engueulades, c'est bon pour un mariage. Ça permet de faire le ménage. En évitant de laisser pourrir les trucs qu'on voudrait enterrer. »

Jack était d'accord et ils eurent une longue conversation sur le mariage, ses difficultés, la chance qu'ils avaient d'incarner de si beaux exemples d'êtres humains chaleureux, généreux et aimants. Ils se couchèrent satisfaits, heureux de savoir que leur mariage était parfait. C'était une sensation qu'ils éprouvaient souvent et qui pouvait durer des jours. Mais plus ça allait et plus ils se disputaient pour des choses sans lien avec le mariage, des sujets qui n'avaient pas vraiment d'importance comme l'art, la littérature, la musique, ou la politique. Et si tous deux admettaient que le goût était une affaire très personnelle, ils se chamaillaient comme si chacun était du côté du bon goût, et que donc, forcément, l'autre devait blaguer ou être sur la *défensive*. Jack ne put terminer *Ulysse*, mais dévora *Tant qu'il y aura des hommes*, et à la fin, il serra le livre contre sa poitrine et déclara : « Ce salaud a vraiment vu du pays ! Bon sang, quel livre ! » Mais Sally se contenta de grogner : « Nullité », laissant à Jack le soin de deviner si elle parlait de lui ou de James Jones.

« Au moins, quand il a un truc à dire, il le dit », insista Jack. Il illustra son propos en citant le texte et s'aperçut à la réaction évasive de Sally qu'elle n'avait pas lu le livre, mais connaissait le sujet à cause du film et des critiques. Elle finit par reconnaître son ignorance, mais ne voyait pas ce que ça changeait.

Elle l'emmena voir *En attendant Godot*, peut-être par méchanceté, espérant qu'il serait perdu et ne se sentirait pas à sa place ; mais en sortant du théâtre, quand elle se mit à parler de l'utilisation que faisait Beckett du langage, Jack l'interrompit et dit :

« Bordel, c'est pourtant simple. Ils attendent, et c'est tout. On se fout de savoir pourquoi ils attendent.

– Ça ne compte pas ? dit-elle en automatique.

– Non. Ils attendent, point barre. Qu'est-ce que tu veux y voir d'autre ?

– Ce n'est pas si simple, dit-elle sans en être trop sûre.

– Moi j'en ai connu plein, de ces moments d'attente. Je sais comment c'est.

– Moi aussi. Qu'est-ce que tu crois que je fais toute la journée ? »

Et c'était vrai. Sally attendait – elle ne savait pas quoi. Attendre jour après jour, peut-être pour trouver le courage de partir. Ce n'était pas vraiment le mariage dont elle avait rêvé, et elle prenait souvent un plaisir malsain à se demander si aucun mariage pouvait lui convenir. Elle se sentait prisonnière, prise au piège, sa liberté envolée. C'était à devenir folle. Certains jours, elle ne quittait pas la maison, dans l'attente du retour de Jack, repoussait les tâches ménagères à plus tard, et quand Jack arrivait enfin, une déception terrible la submergeait. Elle en ignorait la cause. Souvent, elle se réveillait pleine de bonnes résolutions – nettoyer l'appartement de fond en comble, trouver du travail pour mettre du beurre dans les épinards et faire plus de choses – mais la routine monotone du matin, petit déjeuner, toilette, vaisselle, lecture du journal entamait sa détermination et elle finissait vissée sur sa chaise. Éplucher les petites annonces pour trouver du travail la déprimait. Les femmes étaient très demandées, mais personne ne semblait vouloir leur payer un salaire décent. Non sans remords, Sally comprit que si elle trouvait quelque chose, elle voudrait prendre Jack par surprise, ne rien dire jusqu'à ce qu'il réclame qu'elle gagne plus d'argent que lui. Mais la réalité était que ces emplois exigeaient de l'expérience et qu'elle n'en avait aucune. Leur vie était ennuyeuse, elle vieillissait et se transformait en femme au foyer.

Rien de pire que les après-midi. Même si elle avait trouvé à s'occuper, si elle avait été une bonne maîtresse de maison, il n'y avait rien à faire l'après-midi. En général, elle voulait faire la sieste et c'était le moment où Jack se levait. S'il partait tôt, elle lui en voulait de l'abandonner, et s'il prenait son temps, qu'il lisait ou prenait un café à la cuisine, elle en avait après lui parce qu'il était dans ses pattes. Quand enfin il partait, elle avait absorbé trop de caféine pour dormir et était trop nerveuse pour faire autre chose que rester assise. Cela la rendait folle. Elle croyait perdre la tête quand un incident vint briser l'uniformité de son quotidien.

Dans son travail, Jack devait gérer beaucoup d'ivrognes et il savait que pour que tout se passe bien, il n'y avait pas trente-six solutions à part les mettre dans leur voiture ou, s'ils étaient vraiment trop éméchés, leur appeler un taxi et se débarrasser d'eux ; il savait qu'il ne pouvait répondre à aucune provocation, qu'il devait encaisser les insultes sans perdre son sang-froid, et à vrai dire, ça n'était pas si compliqué. Après tout, cela faisait partie du boulot. Mais un soir, après une série particulièrement pénible de banlieusards aussi bourrés que méprisants, il remontait Broadway à pied pour rentrer chez lui quand il croisa quatre adolescents en train de se disputer et qui bloquaient le trottoir. Il tenta de les contourner, mais l'un d'eux s'en prit à lui, le projeta contre un immeuble et l'injuria. Jack, qui voulait vraiment rentrer, essaya de s'éloigner, mais les gamins l'encerclèrent. Il avait toujours ce physique de gros dur (il ne portait pas encore de lunettes) et peut-être que ces mômes, noyés dans leur ennui mortel, se sentaient mis au défi par cette dureté flagrante. Voyant qu'ils se liguaient contre lui, quelque chose céda au plus profond de son être, et il les affronta avec une vraie joie, en attrapa deux par le cou pour leur fracasser la tête l'un contre l'autre, donna un coup de pied dans l'estomac à un troisième qui, pour le plus grand plaisir de Jack, lâcha un grognement de surprise ; puis, poings sur les hanches, il observa le dernier qui reculait, bouche bée de peur. Jack ricana avant de se jeter sur l'adolescent et de le frapper à la poitrine aussi violemment que possible, et le môme se tordit de douleur. Deux agents en patrouille avaient été témoins de la scène et traversaient la rue alors que le quatrième gamin se pliait en deux. Ils mirent la main sur Jack, et après avoir appelé une voiture en renfort ainsi qu'une ambulance, l'emmenèrent au poste en centre-ville. Les deux flics étaient ravis de ce qu'avait fait Jack, mais ils étaient bien obligés de le menotter. En apprenant qu'il était en liberté conditionnelle, ils regrettèrent de l'avoir embarqué.

Persuadé d'être aussitôt renvoyé à San Quentin, Jack rentra farouchement dans sa coquille en maudissant son irrépressible dureté. On lui proposa de passer un coup de fil et, de rage, il secoua la tête ; puis il finit par sortir de son entêtement et appela Sally.

« Je suis en prison.

– Mon Dieu, je vais te trouver un avocat. »

Le lendemain matin, après bien des tractations, Jack fut relâché. Il n'avait jamais vu ni entendu autant d'imbécillités, au point que cela confinait au sublime. Ils étaient réunis – son contrôleur judiciaire, son avocat (Jack pensait voir John, l'homme qu'il avait frappé devant chez Rosenbloom, mais fut surpris d'être représenté par Cyril Whitehead, l'un des plus célèbres avocats pénalistes du pays), Sally, les quatre voyous, leurs parents, un représentant du bureau du procureur général, deux ou trois autres avocats avec cet air replet et bien élevé lié à la profession – tous ces gens qui se tournaient autour, parlaient, se touchaient, tour à tour souriants ou sérieux, et tout ça pour aboutir à la conclusion que s'il était interdit aux personnes en liberté conditionnelle de *se battre*, celles-ci avaient le droit de *se défendre* ; quant aux quatre morveux, eh bien, ils appartenaient tous à de bonnes familles très influentes, et au fond, c'étaient de bons petits ; d'ailleurs, ils étaient vraiment désolés (désolés de s'être pris une dérouillée, pensa Jack) et promirent de ne jamais recommencer etc, etc. Jack et Sally rentrèrent chez eux, et pendant les semaines qui suivirent, Sally se montra aimante et dévouée. Elle avait failli le perdre ; ce genre de chose pouvait arriver d'un coup.

Pour sa part, Jack comprenait ce que traversait Sally, coincée à la maison toute la journée, et il trouva la solution idéale : il était temps d'avoir des enfants. Même s'il ne gagnait que soixante-douze dollars cinquante par semaine, ce qui n'était pas suffisant pour nourrir une famille, il valait mieux se lancer tout de suite et sortir Sally de son abattement perpétuel plutôt que de ne rien faire et risquer le pire. Quoi de plus rationnel ? D'autant plus que Jack devinait que voir Sally enceinte l'inciterait à se prendre en main pour améliorer leur situation, trouver un métier qui lui plaise et rapporter le salaire dont ils avaient besoin. Tout semblait se mettre parfaitement en place : voilà pourquoi la femme restait à la maison et les hommes essayaient de s'amender ; les enfants. Il lui suffisait d'y penser pour avoir une idée riche et sensée de la réalité.

Il fut étonné d'apprendre ce soir-là que Sally ne voulait pas d'enfants. Pas tout de suite. Il avait toujours *cru* le contraire et soudain, il s'aperçut qu'ils n'en avaient jamais vraiment discuté, pas sérieusement. Il s'énerva.

« Écoute, moi je suis prêt. On ne rajeunit pas et j'ai lu que c'était mieux d'avoir des enfants tôt pour éviter d'en avoir marre trop vite. Et puis ça t'occuperait, ça te ferait des projets. Alors ? De quoi tu as peur ?

– Peut-être que je suis déjà trop vieille. »

Ils étaient couchés, la lumière du plafonnier encore allumée. Elle semblait légèrement effrayée. Elle avait les cheveux attachés avec des barrettes, ce qui faisait ressortir son nez et lui donnait un air de mégère. La lumière lui faisait un teint cireux peu seyant, des yeux plus petits et plus du tout bleus.

« On va le faire quand même. Et autant s'y mettre dès ce soir. T'as ton diaphragme ou pas ? »

Elle le dévisagea, méfiante.

« Tu sais que quand je m'attache les cheveux, c'est que j'ai pas envie. Alors quoi, tu prévois de me violer ? »

Il grinça des dents. Elle était aussi appétissante qu'un cadavre.

« S'il le faut.

– T'es sérieux, en plus. Il suffirait que tu te décides et tu le ferais. » Elle rit avec aigreur. « J'aurais dû le savoir. On en revient toujours à ça. C'est ton mode de fonctionnement. Tu t'assois, tu réfléchis, et quand tout est clair dans ta tête, tu agis. Rien d'autre ne compte. Seulement toi. Pas étonnant qu'ils t'aient foutu en prison.

– Il faut qu'on ait des enfants, insista-t-il. Ou alors c'est que rien n'a de sens.

– Eh bien peut-être qu'effectivement rien n'a de sens. »

À son ton, elle paraissait dire adieu à quelque chose d'ineffable, quelque chose qui avait de toute façon disparu depuis longtemps, puis elle tendit les bras vers lui et ils firent ce qui passa pour de l'amour. Juste pour être sûrs, il firent l'amour quinze nuits d'affilée et ironiquement, ces accouplements hâtifs furent les moins aimants de leur mariage. Quand Sally eut huit jours de retard sur ses règles (elle était très régulière), elle prit la poudre d'escampette et ne reparut pas avant une semaine.

Jack faillit sombrer dans la folie. Il croyait qu'elle s'était jetée du haut du Golden Gate ou avait commis un autre acte tout aussi dramatique et définitif. Lui-même étant d'un caractère borné, il refusa de partir à sa recherche. Il n'en avait pas le droit. Après tout, ils n'étaient que mariés, ainsi qu'elle l'avait dit un jour, pas cousus l'un à l'autre.

En fin de semaine, il était posté devant le parking sur Broadway, enveloppé dans son manteau trois-quarts blanc, les mains dans les poches en attendant l'arrivée de la foule au club, quand une grosse Rolls-Royce s'arrêta à son niveau ; Myron lui tendit la main et lui sourit.

« À quelle heure est-ce que tu termines ?

– Dans deux heures. Comment allez-vous ?

– J'ai un message de la part de ta femme. »

Jack n'était pas surpris et ne laissa rien transparaître.

« Dans ce cas, retrouvez-moi au Vesuvio vers 13 heures, d'accord ?

– Ça se trouve où ? »

Jack lui donna l'adresse, après quoi l'énorme voiture de luxe fit marche arrière et s'éloigna lentement.

Le Vesuvio était aussi bondé que d'habitude, mais Jack n'eut aucun mal à repérer Bronson et sa magnifique tignasse tout en boucles et reflets argentés. Ils choisirent une table près de la fenêtre, Bronson commanda des Bushmills et ils discutèrent.

Depuis tout ce temps, Sally était chez Bronson, dans son élégante maison de Pacific Heights, se soûlant avec son excellent brandy et le tannant pour qu'il lui trouve un avorteur sur-le-champ. L'un des péchés de la pauvreté, déclara Bronson avec un sourire timide, était l'absence de fonds pour se payer un bon avorteur. Il lui aurait donné l'argent, expliqua-t-il à Jack, si seulement elle avait été un peu malhonnête et ne lui avait pas dit pourquoi elle en avait besoin ; Bronson, lui, ne croyait ni en la contraception ni en l'avortement.

« Vous êtes catholique ou un truc comme ça ?

– Non, c'est juste que je ne crois pas à ces choses. Quand j'étais tout jeune, pas plus vieux que toi, je me suis fait faire une vasectomie ; j'imagine que je voulais être stérile pour pouvoir profiter des plaisirs de l'existence sans avoir à m'inquiéter d'être poursuivi en justice ou pire, de finir marié. Il sourit. Depuis, je me suis marié trois fois, et il se pourrait qu'il y ait une relation de cause à effet. Bref, je n'aime pas l'idée de tuer le possible. Bien sûr, aujourd'hui, j'ai les moyens d'avoir ce genre d'éthique. »

Jack n'était pas très intéressé par les problèmes de Bronson.

« Dites-lui de rentrer à la maison. »

Il aurait voulu dire : “ J'ai besoin d'elle ”, mais n'en fit rien.

« Elle m'a demandé de te transmettre un message. Comprends bien que la formulation est la sienne, pas la mienne, et que par ailleurs, je ne vais pas la mettre à la rue. Je ne crois pas que c'est ce que tu voudrais. Elle traverse une période terrifiante ; je pense qu'elle a peur de perdre la seule chose qui garantisse sa liberté, ou du moins qui lui fasse penser qu'elle est libre ; elle craint qu'avoir un enfant la vieillisse. Je sais que c'est faux, qu'au contraire cela la comblera, mais elle ne voit pas les choses de cette manière… »

Sa voix se perdit et il regarda par la fenêtre.

« Et ? Quel est le message ? »

Bronson soupira. Sans tourner la tête, il déclara :

« Elle m'a demandé de te répéter ceci : “Dis à ce fils de pute que j'aurai l'enfant dans un endroit où il ne pourra pas me trouver et qu'ensuite je le foutrai à l'orphelinat.” »

Bronson savait combien ces mots étaient cruels, mais il fut tout de même secoué en voyant Jack se décomposer. Bronson n'était pas né d'hier, mais il n'avait jamais rien vu de tel, pas même en 1929. Le visage de Jack prit une couleur de boue pâle. Sa bouche se figea et son regard semblait s'être transmué en plomb ; du métal froid, mort, inanimé. Il regarda Bronson comme s'il venait vraiment de mourir à cet instant précis, au son de ces mots. Bronson sentit quelque chose comme de la terreur lui retourner les entrailles et but une petite gorgée d'alcool pour dissimuler son expression.

Jack ne vit pas la réaction de Bronson ; il ne voyait rien. Vingt années de sa vie venaient de s'évanouir et il était nu, debout sur un parquet froid dans un couloir sans fin de lits miteux à la structure métallique de mauvaise qualité, il était seul et il n'y avait là personne pour lui faire oublier l'effroi qui l'avait réveillé. Il ne pouvait pas appeler à l'aide parce que, dans ce cas, quelqu'un serait venu et l'aurait giflé pour avoir fait du raffut, et les autres garçons auraient ri de sa frayeur, d'avoir fait un cauchemar et de ne pas avoir été capable de le garder pour lui. Et pourtant, tout au fond de lui demeurait la terreur, cette vieille terreur, la terreur sourde, indéfinissable, vaine et silencieuse à en mourir qui l'avait jeté dans une peur effroyable du vide à son réveil, l'avait tué dans l'instant, et vingt ans plus tard, elle lui ôta une fois de plus la vie, et il resta aussi figé que la pierre pendant plusieurs minutes ; des minutes où il fut sourd au brouhaha qui régnait au Vesuvio, où il fut aveugle à l'expression douce, apeurée et inquiète de Myron Bronson qui l'observait ; puis, par un effort incroyable, il sortit de sa léthargie, enfouit de nouveau ces souvenirs et dit :

« Dis-lui que si elle fait ça, je la tue. » Il se leva et quitta le bar.

Elle revint tard dans la nuit et le trouva allongé comme une pierre dans leur lit, lui embrassa le corps et le ramena à la vie à force de lui murmurer son amour à l'oreille, lui dit qu'elle n'était pas sérieuse, ne pouvait pas l'être, qu'elle avait voulu lui faire le plus de mal possible, qu'elle avait su que ces mots feraient leur effet, qu'elle se détestait de lui avoir fait subir ça et que maintenant, elle voulait l'enfant, l'aimait déjà, le voulait vraiment, son enfant à lui, à elle, et qu'elle l'aimerait, cet enfant, toujours, comme elle aimerait toujours Jack; enfin il revint à la vie, en montra les premiers signes quand les larmes se mirent à lui rouler abondamment sur les joues, puis de gros sanglots déchirants s'échappèrent de sa poitrine alors qu'ils étaient agrippés l'un à l'autre, tous les deux hoquetant, muets, jusqu'à ce que la crise passe et qu'ils s'endorment.

VINGT-DEUX

Ils bataillèrent pour savoir où le bébé devait naître. Sally avait lu des livres sur l'accouchement naturel et ce qui y était lié, avait contacté des amis qui avaient des enfants, leur avait rendu visite, et se mit dans la tête que la seule chose que les femmes voulaient vraiment mais n'avaient pas le courage d'affronter était d'avoir leur bébé chez elle, *naturellement*, sans antalgiques ni aide-soignante, ni quoi que ce soit d'autre qui pourrait interférer avec l'expérience féminine vieille comme le monde et la plus authentique. Elle avait même prévu d'avoir une sage-femme plutôt qu'un médecin pour cet instant final, presque fortuit, où une femme semblait avoir besoin d'un peu d'aide. Bien sûr, elle voulait que Jack soit à ses côtés.

« Il n'en est pas question, bordel ! Tu iras à l'hôpital.

– Mais c'est tellement *stérilisé*. Et de toute façon, ça coûte trop cher. »

Jack était catégorique : « N'importe quoi. C'est pas ça la raison. Tu veux vivre l'*expérience*. Moi aussi, je les ai lues, toutes ces histoires à la con. Tu veux avoir ce gamin naturellement, selon les règles dictées par Dame Nature, comme une foutue squaw pour que le gamin soit vraiment à toi, pour que tu comprennes vraiment le processus magique de la naissance. J'emmerde toutes ces foutaises. Tu crois que c'est la seule façon d'apprendre à aimer cet enfant ? Tu crois qu'il sera plus ton enfant si tu dois souffrir le martyre ? Si tu l'aimes, tu l'aimes. Point barre. Arrête de penser à toi, à ton expérience, à ce que ça te fera de le vivre ; pense au gamin. C'est sa naissance à lui, pas la tienne. Tous ces trucs, l'environnement médicalisé, la stérilisation, c'est pour lui, pas pour toi. Enfin, pour toi aussi. Tu veux risquer ta vie et la sienne juste pour vivre une putain d'*expérience* ?

– Tu ne comprends rien ! C'est ce que doit éprouver une femme dans sa chair si c'est une vraie femme !

– T'as des doutes ? Parce que si c'est le cas, dommage pour toi. Mon gamin naîtra dans un hôpital, y a pas à y revenir.

– T'as la trouille, c'est tout. Tu ne veux pas affronter tes responsabilités. Peut-être qu'inconsciemment tu ne veux tout bonnement pas prendre la responsabilité d'avoir des enfants. Peut-être que tu n'es pas prêt.

– Je peux tout affronter ; mais je m'en voudrais à mort de chercher les emmerdes. Et oui, j'ai peur, putain. Et alors ?

– C'est moi qui accouche ! Je l'aurai où je voudrai. »

Et c'est ce qui arriva. Rien de ce qu'il put dire, de la raillerie à la colère froide, ne put la faire changer d'avis, si bien qu'il finit par céder, s'imaginant plus ou moins qu'elle prendrait peur et déciderait au bout du compte d'aller à l'hôpital. Mais non. Elle accoucha dans leur lit, aidée d'un médecin, d'une infirmière et de Jack. L'infirmière fit sortir Jack pendant qu'elle préparait Sally – il ne comprit pas pourquoi, puisqu'il serait là pour « le grand show », comme Sally l'appelait. Le médecin arriva environ une heure plus tard, un petit homme pensif qui n'avait pas l'air de trouver que la situation sortait de l'ordinaire. Pendant qu'ils attendaient, Jack et lui s'installèrent au salon pour boire un café et discutèrent de littérature russe. Suivant les recommandations sournoises de Sally, Jack s'était attaqué aux auteurs russes et quelques volumes empruntés à la bibliothèque traînaient dans la pièce. Le médecin aimait Tchekhov, peut-être parce qu'il avait été médecin, tandis que Jack préférait Dostoïevski, peut-être parce qu'il avait fait de la prison. Jack et le médecin s'accordèrent sur le fait que la littérature russe était « pleine de vie ».

L'accouchement fut long et se déroula sans problème, mais fut très douloureux pour Sally. Elle avait le visage pâle et marqué par la souffrance. Jack, qui se tenait à côté d'elle et lui tenait la main, ne savait pas où poser les yeux. Il ne voulait pas voir le bébé sortir mais ne supportait pas de regarder le visage de Sally. Il trouva un compromis en observant le médecin jusqu'à ce que la tête du bébé émerge, et là, il n'était plus question de détourner le regard. Jack éprouva de l'angoisse et bien plus encore, comme si le rêve était terminé et que la vie était soudain réelle ; l'expérience était d'une telle ampleur qu'il ne pouvait que rester planté là et regarder son enfant être tiré vers la vie. Sally ne pleura pas quand le bébé commença à sortir ; elle n'émit que des grognements résolus ; une fois le bébé à l'air libre et alors que le reste était expulsé, elle lâcha un soupir, non pas de soulagement mais de mission accomplie, et Jack la dévisagea. Elle avait l'air de dormir. Il entendit la claque vigoureuse, et quand il se tourna, il vit une masse déplaisante, tout en couilles et en liquide visqueux, qui pendait des mains du médecin et qui, pleine de vie, braillait doucement. Alors que Jack l'observait, l'enfant émit un petit jet d'urine qui éclaboussa le devant de la blouse du médecin.

« Il est magnifique, déclara-t-il. Les plus résistants me font toujours pipi dessus. » Il adressa un regard admiratif à Sally. « Vous pouvez être fière de celui-ci. Un bien beau garçon.

– Je parie que vous dites ça à toutes les mères, fit-elle d'une voix faible.

– Bien sûr que oui. »

Myron Bronson téléphona pour prendre des nouvelles. Quand Jack lui eut tout raconté, il dit :

« Écoute, j'aimerais être le parrain du garçon. Tu serais d'accord ?

– Bien sûr.

– Ce qui signifie qu'il porterait mon nom. Ça te va ? Tu accepterais de lui donner mon nom ?

– Non, j'en ai déjà un. Désolé. Vous ne pouvez pas être parrain sans ça ?

– J'imagine que si. Comment s'appelle-t-il ?

– Billy. »

Il avait toujours su qu'il donnerait le nom de Billy Lancing au bébé, mais n'en avait pas parlé à Sally, qui commença par refuser car elle voulait l'appeler John (en référence à Jack) Myron ; mais quelque chose dans l'expression de Jack la retint et l'enfant fut baptisé dans la Grace Cathedral sous le nom de Billy Lancing Levitt. Le but de la cérémonie religieuse et de la paperasse qui l'accompagnait était surtout d'offrir à l'enfant un lien avec l'Église au cas où il en aurait besoin ; pas parce que ses parents étaient épiscopaliens. Ils décidèrent rationnellement qu'ils n'avaient pas le droit de le priver de la sécurité de la foi et décidèrent rationnellement que, de toutes les confessions, celle des épiscopaliens était la plus sûre. Myron Bronson arriva avec la traditionnelle timbale d'argent, agrémentée d'un billet de mille dollars roulé à l'intérieur, et ils conduisirent l'enfant à son baptême en Rolls-Royce. Cette histoire revêtait un air d'irréalité pour Jack, et tout au long de la cérémonie, il essaya de se concentrer sur l'image de son ami mort. Pourtant, il n'y avait là rien pour le lui rappeler ; même le nom ne semblait plus appartenir à ce bon vieux Billy mais au nouveau-né, avec son petit visage rouge dans sa grande robe blanche. Au début, le baptême avait paru être une bonne idée, mais là, au milieu de tous ces ornements somptueux, cela n'était plus qu'idiot et sentimental. Il n'allait pas ressusciter Billy ni célébrer ses qualités ; Jack n'était même pas sûr que l'ancien Billy ait eu d'autre qualité que la force de mourir. Bref, tout était stupide et Jack n'éprouvait strictement rien pour l'enfant ; ce n'était qu'une source d'irritation supplémentaire. Sauf pour le billet de mille dollars.

Ils dépensèrent beaucoup d'argent pour le petit, et avec ce qui restait Sally s'acheta des vêtements neufs. Après une classique dépression post-partum durant laquelle elle se plaignit d'être la femme d'un voiturier et d'avoir perdu sa beauté, elle s'investit totalement dans la maternité, allaita l'enfant, lut le Dr Spock chaque fois qu'elle parvenait à arracher le livre de poche en piètre état des mains de Jack et promena longuement Billy dans sa poussette vert et blanc ; et quand le bébé dormait dans son berceau, c'est-à-dire presque tout le temps, elle restait assise au salon, l'air épanoui. Pour la première fois depuis leur mariage, elle ne manquait jamais d'occupations et profitait de chaque moment où elle n'avait rien à faire pour se reposer ; elle ne rêvassait même pas, mais s'asseyait simplement et goûtait l'instant présent. Il s'écoula quasiment six semaines avant qu'ils ne refassent l'amour ; Jack en était malade de désir et ils passèrent un bon moment.

Tout semblait merveilleux ; avec le temps, Jack apprenait à aimer son enfant et tous les aspects de son existence lui convenaient. Quand il rentrait du travail tard dans la nuit, il allait voir le bébé, se penchait même pour l'embrasser et se disait que c'était incroyablement agréable – être capable d'aimer un être à peine conscient de son existence. Il ne voulait toutefois pas analyser cette émotion – elle était trop belle pour y réfléchir ou tenter de la définir ; il fallait la laisser tranquille et se contenter de la *ressentir*.

Il prêta plus d'attention aux autres enfants qu'il croisait dans la rue et se sentit fortement lié à eux ; il commença même à se demander si, quand le moment viendrait, le petit Billy parviendrait à trouver sa place parmi eux, et essaya de l'imaginer plus vieux. Puis il s'endurcit avec les plaisirs masochistes de la spéculation en passant en revue tous les désastres qui pouvaient emporter des enfants sans défense, ces choses contre lesquelles Jack ne pouvait rien, être difforme ou idiot, s'étouffer dans son lit ou se précipiter dans la rue et être renversé par un ado roulant comme un fou à moto, contracter la polio et passer le restant de ses jours avec des appareils orthopédiques ; devenir aveugle, sourd, ne pas apprendre à lire ; quand il eut compris qu'il se torturait pour satisfaire ses désirs morbides, il arrêta. L'avenir pouvait bien aller au diable, pensa-t-il. Puis il admit qu'il avait peur d'envisager l'avenir. Et s'il faisait de grands projets pour son fils et qu'il mourait ou devenait handicapé ? Tous ses projets s'écrouleraient et Jack en serait fou de chagrin. Le mieux, songea-t-il, était de ne pas faire de projets du tout ; laissons les choses venir normalement. Ou alors faire juste *quelques* projets, mais pas trop. Il devait offrir certaines choses à cet enfant, et pour ça, il fallait bien s'organiser un minimum.

Il se souvint qu'enfant il n'avait jamais rien obtenu de personne si ce n'est une discipline excessive ; quant aux jouets qu'on leur donnait à Noël, ils étaient abîmés, des jouets rafistolés dont on voyait bien que des enfants de l'Extérieur s'étaient fatigués et dont ils ne voulaient plus, exactement comme les habits qu'ils portaient ; il y avait des jouets dont les enfants ne se lassaient jamais, et ceux-là n'apparaissaient jamais à l'orphelinat : les gants de base-ball, les trains électriques qui fonctionnaient pour de bon ; il se souvenait également que tout ce qu'ils avaient était le don de l'autorité anonyme qui dirigeait l'institution, et les enfants ne recevaient que ce qu'ils méritaient.

Il pensait beaucoup à l'orphelinat ces derniers temps, sans apitoiement particulier, mais en revenant distraitement sur ce qui lui était arrivé là-bas, gardant le meilleur et rejetant le pire. Il voulait élever Billy correctement et le préparer, mais pas pour autant le blesser inutilement ; il ne devait surtout pas l'élever de manière laxiste pour se venger de l'orphelinat, ou se montrer trop dur et reproduire ce qu'il avait vécu. L'important était de trouver le bon équilibre. Billy ne recevrait pas de jouets moches de seconde main, ne passerait pas de nuit seul sans personne pour le réconforter ; d'un autre côté, il y aurait des larmes, de l'injustice, des calottes, des hurlements et de la discipline. Mais en son for intérieur, le garçon saurait que derrière tout cela, il y avait l'amour d'un être humain et non une machine abstraite. Bien sûr, tout se résumait à ça : cet enfant serait aimé. Ce n'était pas plus compliqué. Il serait aimé, il le saurait et cela lui donnerait la force d'affronter n'importe quelle injustice. Enfant, Jack n'avait pas connu l'amour ; il n'avait même jamais été apprécié. Ce qui l'avait presque détruit. Il n'était rien jusqu'à ce qu'il connaisse l'amour. Dès lors (c'est-à-dire à partir de la mort de Billy, pensa-t-il le cœur serré), sa vie n'avait cessé de s'améliorer, malgré quelques revers. Plus il aimait et plus il était aimé, meilleure en devenait sa vie. D'un coup, Jack sembla avoir trouvé une solution magique. Si seulement les gens s'aimaient ! Alors il n'y aurait plus aucun problème sur terre. Cela paraissait si simple. Si seulement nous nous tendions la main, quels sommets de joie humaine ne pourrions-nous pas atteindre !

Une nuit, il passa des heures à retourner cette idée toute bête dans son esprit, se demandant tour à tour pourquoi *ça ne pouvait pas fonctionner*, et pourquoi *ça ne fonctionnait pas*. Il essaya de penser aux gens qu'il détestait le plus au monde et s'aperçut qu'il ne détestait personne. Ce qu'il détestait était impalpable. Ce n'était pas une ni plusieurs personnes, c'était une chose. Il se demanda s'il serait capable de ne plus détester *cette chose* et conclut que non. Elle lui avait fait trop de mal. Et il réfléchit à la haine ; une sorte de passion, pas totalement déshonorante en elle-même, mais qui, comme l'amour, était capable des pires injustices. Comme ce que tant de gens éprouvaient à l'égard des nègres, une haine qui n'était dirigée contre personne en particulier, mais contre une idée, une représentation abstraite d'une catégorie de personnes qui était détestable. Parce qu'il fallait en avoir *peur*.

Ce n'était donc pas de la haine, mais de la peur. Et l'amour ne triomphe pas de la peur. Ou le peut-il ? Comment aimer quand on a peur ? Jack savait ce qu'il faisait quand il avait peur ; il frappait. Mais le plus drôle était qu'il n'avait jamais frappé le système, seulement des gens. Depuis vingt-cinq ans qu'il luttait contre l'autorité, pas un de ses coups n'avait atteint sa cible. C'était un grand combat, m'man ; mon gant ne l'a même pas frôlé. *Ça*. « Fiston, pas de bagarre tant qu'on sait pas si *ça* parle. » Et cette nouvelle de Nelson Algren, c'était quoi le titre ? « He Swung and He Missed. » Magnifique.

Jack était assez fier d'être arrivé à tant d'intéressantes conclusions philosophiques, jusqu'à ce que, quelques jours plus tard, il s'aperçoive qu'elles étaient toutes contenues dans un banal proverbe populaire des plus laconiques : « C'est David contre Goliath. » Il fut bien obligé d'en rire.

Mais quelque chose le troublait toujours. Il ne pouvait pas vraiment avoir gâché sa vie ; une bataille à la David contre Goliath ne pouvait pas être mauvaise ni vaine. Le proverbe devait être faux. Cela n'avait rien à voir avec Don Quichotte se battant contre un moulin à vent, parce qu'un moulin n'était pas criminel alors que la société, elle, l'était. La société était criminelle puisqu'elle commettait des crimes. Combattre la société *parce qu'elle commet des crimes* était forcément bien. Mais était-ce ce à quoi Jack avait consacré la plupart de son temps ? S'était-il battu pour obliger la société à cesser de tricher, de mentir, de voler, de tuer ? Ou s'était-il battu parce qu'il avait peur ? Il avait beau chercher, il ne trouvait rien dans son passé qui justifie son combat. Il n'avait pas attaqué la face obscure de la société ; il n'était même pas sûr de ce qu'était cette face obscure. Il s'était contenté de *lutter*. Ce qui le frustrait terriblement parce que, dans son cas, la société aussi s'était battue aveuglément et avec la force du désespoir. Qu'aurait-elle pu faire d'autre face à lui ? Ce n'était pas la société qui l'avait abandonné, mais ses parents inconnus dont il ignorait jusqu'aux nom ; et s'ils l'avaient abandonné, c'est qu'ils devaient avoir leurs raisons. Autant qu'il le sache, ils étaient morts tous les deux et donc irréprochables. Peut-être qu'ils ne l'avaient pas gardé parce qu'ils ne s'aimaient pas, manquaient d'argent, ou pour une dizaine d'autres raisons. Et s'ils l'avaient gardé et n'avaient pas eu d'amour à lui prodiguer ? Alors quoi ? Ne serait-il pas devenu un monstre encore pire que celui qu'il était ? Jack avait connu beaucoup de gens dont l'enfance avait été, du moins en apparence, tout à fait appréciable et qui, à côté de lui, étaient des fous furieux. Que penser de Dale Phipps, qui avait grandi dans un foyer catholique soudé et qui, pourtant, n'aimait rien tant qu'assassiner des gens ? Jack ne pouvait même pas affirmer avec certitude que Phipps n'avait pas été aimé quand il était gamin. Peut-être que la société n'avait rien à voir là-dedans. Peut-être que le lieu de notre naissance et l'environnement dans lequel on grandissait n'y changeait rien. Peut-être que certaines personnes étaient fondamentalement mauvaises et d'autres fondamentalement bonnes. Mais dans ce cas, que pouvait-il faire pour que son fils, Billy, devienne quelqu'un de bien ?

Rien.

Quel mot affreux. Rien. Ça le rendait malade. Il refusait d'y croire. Il exigeait d'avoir la possibilité de faire quelque chose. Il exigeait que son amour compte pour son enfant. Si ce n'était pas le cas, alors la vie ne valait rien. Il devait exclure que la vie n'était qu'une question de hasard, de pourcentages, parce qu'il ne pourrait pas le tolérer. Donc même si c'était vrai, il résolut de vivre comme si c'était faux. Il fallait bien qu'il y ait un moyen d'*influencer* l'autre.

Un après-midi, alors que Sally repassait des affaires qu'il venait de rapporter de la laverie, il lui dit :

« À ton avis, c'est pas ça, la réponse à ce putain de problème ? Je veux dire que la société, elle n'est faite que de gens, et beaucoup d'entre eux sont mauvais, donc la société est en partie mauvaise. Alors la solution c'est d'élever notre gamin pour qu'il devienne quelqu'un de bien ; et plus on sera nombreux à faire ça, plus le monde tournera rond. Et plus on fait d'efforts, je veux dire pour que nos mômes soient bien élevés, plus il y a de chances pour qu'à leur tour ils élèvent bien leurs propres gamins. Que ça fasse boule de neige, tu vois, jusqu'à ce que tous les salauds soient morts et enterrés. » Il se gratta la tête. « En gros, quoi. Tu me suis ? »

Elle lui rit au nez.

– T'as fumé ou bien ?

– Écoute, je suis sérieux. Qu'est-ce qu'on peut faire d'autre à part élever Billy pour qu'il ait pas le même genre d'emmerdes que nous ?

– Tu veux qu'on consacre toute notre vie à nous occuper que de *lui* ? J'aimerais faire aussi un peu autre chose.

– Mais non, ça le foutrait en l'air. Je voulais dire, faire qu'il soit quelqu'un de meilleur que nous.

– Comment ? »

C'était la question, bien sûr.

« Comment tu veux que je sache ! En prenant les choses l'une après l'autre. Billy avait toute une théorie sur la vie, tu vois. Je t'en ai déjà parlé. L'idée qu'on serait tous connectés. Et tu vois, les mauvaises connexions – tu te rappelles ? –, ben, moins il y en a, plus tu réussis ta vie. Donc j'imagine que le truc, c'est d'apprendre à Billy à comprendre ses *émotions*…

– Ta théorie, l'interrompit-elle, tu te rends compte à quel point elle est puérile ? "… n'envoie jamais demander pour qui sonne le glas : il sonne pour toi." C'est rien de le dire !

– Et alors ? c'est puéril, ça ? »

Une fois de plus, elle éclata de rire et la vapeur du fer siffla sous ses mains.

« Enfin, tu vois ce que je veux dire. C'est une idée vieille comme le monde contrairement à ce que t'as l'air de croire. Et ça n'a pas apporté tant de bien que ça, si ? C'est le genre d'idées qui circulent.

– Je suis pas sûr que ça soit la même chose, dit Jack sans conviction. Et puis c'est pas parce qu'elle circule depuis un bail qu'elle n'est pas bonne.

– Ce qui est sûr, c'est que tu fais un sacré philosophe, ces jours-ci. Bon sang, faut croire qu'avoir un bébé fait vraiment *réfléchir*. » Elle brandit un de ses sweat-shirts. « Tu crois que ça a besoin d'être repassé ? Il n'est froissé qu'aux aisselles.

– Non, laisse tomber.

– Tu t'es bougé un peu pour trouver un boulot mieux payé ?

– Pas aujourd'hui. Je voudrais prendre le temps de réfléchir à ce que je veux faire, tu sais, sur le long terme.

– C'est la journée philosophique. Pas le temps de réfléchir à la façon de mettre un peu de beurre dans les épinards.

– Allez, lâche-moi avec ça. »

Mais elle avait raison. Il avait esquivé toute idée de changement, remettant à plus tard l'autre idée, aussi désagréable que nécessaire, qu'il lui faudrait s'efforcer de découvrir quelle profession était faite pour lui. À vrai dire, garer des voitures ne le dérangeait pas. Il était plutôt heureux ; il semblait n'avoir aucune ambition.

« Il nous faut un appartement plus grand, tu sais, dit-elle. Tu pourrais emprunter l'acompte à Myron pour qu'on achète une maison. Si ce n'est qu'il est hors de question que j'habite dans un de ces putain de taudis comme ils font maintenant. Il y a des coins formidables à Sausalito…

– Non », dit Jack. Elle avait déjà abordé le sujet. « On ne vivra aux crochets de personne.

– Les mille dollars du baptême ne t'ont pas dérangé.

– C'était différent.

– Oui, on n'avait pas à les rembourser. »

Jack garda le silence. Pas moyen d'avoir une discussion avec elle. Elle ne comprenait rien.

« Écoute, je voudrais vraiment essayer de voir ce que je vais faire de ma vie. Peut-être que je vais passer un de ces tests d'aptitude ou quelque chose dans le genre.

– Ça serait pas du luxe, dit-elle sèchement. “Monsieur Levitt, nous avons conclu que vous montrez de grandes dispositions pour la philosophie ou le métier de pompiste.” » Elle le regarda. « Allez, excuse-moi. Je plaisantais, c'est tout. Mais je suis convaincue que tu devrais aller à la fac. Je pourrai travailler quand Billy sera un peu plus grand. Tu dois faire des études.

– Fait chier », lâcha Jack.

Mais il ne le pensait pas vraiment ; il était juste en rogne contre elle. L'idée qu'elle l'envoie à la fac était très tentante. Mais il y avait une autre solution.

« Écoute, je pourrais aller à la fac en continuant de travailler la nuit. Pourquoi pas ? Il était de plus en plus enthousiaste. Et pourquoi pas, hein ? J'irais en cours le matin et j'étudierais l'après-midi et au boulot. Je pourrais m'installer dans une voiture et bosser. J'avancerais vite, comme ça.

– Ça ne marcherait pas.

– Pourquoi ? Bien sûr que si ça pourrait le faire !

– Non. Parce qu'on n'a pas assez d'argent pour tous les frais annexes comme les bouquins et l'inscription ; et l'autre truc, c'est que je ne crois pas que tu arriverais à gérer huit heures de boulot et la fac en parallèle. C'est super dur, tu sais.

– Et puis merde à la fin. C'était qu'une idée.

– Oui, ça c'est ton rayon.

– N'importe quoi. »

Sally était souvent comme ça, depuis quelque temps ; elle voulait du changement, un nouvel appartement ou même une maison, et elle voulait que Jack se trouve une vraie profession ou au moins un job mieux payé ; mais d'un autre côté, elle n'aimait aucune de ses idées et semblait toujours se moquer de lui. Ce qui l'énervait. Dans l'ensemble, ils ne s'étaient jamais aussi bien entendus, mais ces engueulades sur l'évolution de leur vie actuelle lui laissaient toujours un goût désagréable dans la bouche ; d'autres fois, Sally parlait à peine, ce qui le faisait culpabiliser sans savoir pourquoi, alors il piquait une colère et lui demandait ce qui n'allait pas et si elle répondait, elle disait : « Rien. Pourquoi ça n'irait pas ? » Et sa culpabilité augmentait. À part ça, rien de grave. Le bébé avait beaucoup aidé. Jack avait eu raison à ce sujet. Mais il faisait attention de ne jamais le dire à Sally.

VINGT-TROIS

Lorsque Billy eut autour de sept mois, il attrapa un mauvais virus et fut extrêmement malade pendant trois jours. C'était la première fois qu'il était si mal et Jack éprouva un mélange de terreur et de confusion ; mais confus ou pas, il n'alla pas travailler afin de rester à la maison. Sally s'inquiétait, elle aussi, mais se montrait méprisante envers Jack.

« Il a la grippe, bon sang. Il ne va pas mourir ou je sais pas quoi. Je peux m'occuper de lui. Tu ne me fais pas confiance ?

– Je préfère autant rester à la maison. Qu'est-ce qu'il a dit, le docteur ?

– Je te l'ai déjà raconté. C'est quoi le problème, tu ne me fais pas confiance ?

– C'est à ce putain de médecin que je fais pas confiance. Qu'est-ce qu'il en a à foutre, lui ? »

La deuxième nuit, la fièvre monta à 40,5 C° et Billy restait allongé, rouge et brûlant, sans même pleurer ni s'agiter. Jack et Sally se penchaient au-dessus du berceau, n'osant pas se toucher ni parler de peur de faire un geste idiot. Jack voulait rappeler le médecin et prévenir « ce fils de pute » que s'il ne rappliquait pas dans les cinq minutes, Jack s'arrangerait personnellement pour qu'il ne puisse plus jamais avoir d'enfant à lui. Il ne passa pas le coup de fil. Le médecin se montrerait très patient, mais Jack saurait qu'en son for intérieur le médecin se moquerait de lui. Il fallait s'attendre à de la forte fièvre. Une poussée violente qui finirait par retomber. Ça s'appelait « la Crise ».

Jack et Sally s'installèrent au salon et attendirent que ça passe, radio allumée. Ils écoutèrent une table ronde sur la situation critique des agriculteurs californiens, suivie de sonates commentées de Beethoven. Puis la radio cessa de diffuser, et ni l'un ni l'autre ne se leva pour changer de station. Au bout d'une minute, Sally alla dans la chambre et revint, les traits tirés.

« Il n'est plus aussi brûlant », dit-elle. Elle s'assit et prit un numéro de *Ring Magazine* qu'elle feuilleta lentement.

Jack se leva à son tour pour aller voir le bébé et elle lui adressa un regard énervé, mais ne fit aucune remarque. Il regarda l'enfant, dans le noir. Il était là, les yeux ouverts, et ne bougeait pas. Jack posa une main sur son front. Il avait la peau fraîche, presque froide. Il se dit soudain que son bébé était mort. Ses jambes flanchèrent. Il alla à la cuisine et s'assit. Billy ne pouvait pas être mort. Ce n'était qu'une grippe, avait dit le médecin. Les bébés ne meurent pas de la grippe, si ? Même si on s'occupait bien d'eux ? *Pouvait-on faire son maximum et voir mourir son enfant malgré tout ?* Jack connaissait la réponse, mais il ne voulait pas laisser les mots se former dans son esprit. Il savait ce qu'il devait faire. Il devait se mettre debout et aller vérifier si le bébé était mort ou non. Une étrange pensée lui traversa l'esprit et l'aida à rester sur sa chaise. Que faisait-on d'un bébé mort ? Fallait-il appeler la police ou seulement les pompes funèbres ? Jack se souvenait de ce qui était arrivé à cet homme qu'il avait connu autrefois dans la salle de billard de Portland. Le bébé qu'ils avaient eu avec sa femme était mort trois jours après sa naissance et l'hôpital avait informé l'homme du prix du petit cercueil, du corbillard et de la cérémonie, et l'homme dut leur dire qu'il n'avait pas assez d'argent et pas de travail et qu'il avait dépensé tout ce qui lui restait pour l'accouchement ; si bien que l'hôpital mit le petit cadavre dans un sac plastique qu'on remit ensuite à l'homme pour qu'il s'en occupe lui-même. On lui donna également un polycopié avec les réglementations de la ville et du comté concernant la disposition des corps. Jack ne l'aurait jamais cru si l'homme n'était pas venu au Ben Fenne avec le bébé mort et le polycopié en demandant que quelqu'un l'aide. Les deux hommes à la table numéro un l'observèrent, puis échangèrent un regard, posèrent leur queue de billard, enfilèrent leur manteau et accompagnèrent l'homme dehors. Jack ne sut jamais ce qui arriva ensuite. Personne ne semblait vouloir poser la question.

Mais il s'était assez torturé comme ça. Il fallait qu'il se lève et qu'il entre dans la pièce. Il s'exécuta en sachant qu'à la surface de son esprit se trouvait l'espoir, le souhait que le bébé soit mort. Ce n'était que de la curiosité, le besoin de savoir s'il s'en réjouirait qui lui fit vaincre sa lâcheté.

Le bébé avait les yeux clos et des bulles sortaient de sa bouche entrouverte. Jack lui toucha le front. Frais, mais pas froid. Il prit Billy dans ses bras et resta ainsi un long moment. Étant donné ce qu'il éprouvait à présent, il savait que son désir de voir mourir le bébé n'avait été qu'un mensonge, et il se le pardonna facilement.

Jack retourna dans le salon. Sally leva les yeux du vide et dit :

« Qu'est-ce qui t'a pris si longtemps ? »

Elle ne se donna pas la peine d'étouffer l'angoisse terrible qui résonnait dans sa voix.

« Il va bien, dit Jack, rejetant aussitôt la tentation d'exagérer la situation et de mettre Sally à la torture. Sa température a baissé et il respire normalement. Jésus Marie Joseph, pas étonnant qu'ils appellent ça "la Crise"! Bon Dieu ! »

Mais Sally prit tout de même la température du bébé avec un thermomètre rectal pour avoir les chiffres exacts.

« 37,2, déclara-t-elle fièrement. C'est rien.

– Rien du tout », dit Jack joyeusement.

Parfois, Jack se demandait combien de temps Sally le supporterait. L'incident de la grippe n'était qu'un exemple – certes dramatique – des choses qu'une mère, un parent devait surmonter. Jack y parvenait parce qu'il passait un tiers de son temps dehors, mais Sally – elle était là nuit et jour, et prendre soin d'un enfant, surtout quand on apprenait à l'aimer davantage chaque jour, était un boulot monotone, difficile et dangereux. Jour après jour, cela pouvait vous miner jusqu'à vous vider de toute votre énergie ; cela pouvait rogner sur votre courage jusqu'à ce que vous vous réveilliez un matin, empli de terreur et de haine. Il arrivait à Jack d'éprouver cette sensation et il savait que ce devait être pire pour

Sally. Bien sûr c'était une femme, et les femmes étaient censément mieux équipées pour gérer ce genre de choses, mais tout de même… et quoi qu'il en soit, ce statut de femme au foyer ne ressemblait pas du tout à Sally. Elle avait été habituée à une vie bien plus excitante, à fréquenter des gens riches et célèbres, à boire beaucoup, être admirée, pourchassée et désirée – alors qu'à présent elle ne quittait presque jamais la maison, faisait la vaisselle, lavait des couches, rangeait, jouait avec Billy, lisait des magazines, regardait la télévision sur leur tout petit poste, et c'était à peu près tout. Ils sortaient rarement. Jack travaillait l'après-midi et le soir, et pendant sa soirée libre dans la semaine, il aimait rester à la maison et regarder un combat de boxe à la télé. Lorsqu'ils sortaient, ils allaient voir un film au Royal Theater, au bout de la rue. Une fois, ils virent l'ex-mari de Sally qui jouait un employé de la fourrière au grand cœur, qui relâchait tous les chiens et qui, sans qu'on sache trop comment, se retrouvait riche et propriétaire d'une énorme demeure, marié à une jolie femme avec qui il vivait heureux et avait beaucoup de chiens – quatre-vingt-sept –, etc. Le film était très mauvais, mais l'ex-mari s'en sortait bien – il était vraiment doué pour le cinéma – et voir tous ces clébards courir à travers la ville était plutôt drôle.

En rentrant, Jack paya la baby-sitter chinoise pendant que Sally allait directement se coucher sans dire un mot. Il la rejoignit, croyant qu'elle voulait faire l'amour, mais lorsqu'il posa la main sur son épaule, elle le repoussa. Il aurait voulu se mettre en colère, mais n'en était pas capable. Il comprenait. Elle se disait qu'elle était devenue une femme au foyer, une prolétaire avachie qui comptait le moindre sou, n'en finissait plus de laver des couches pleines de merde (il était interdit de les apporter à la laverie souillées) et dont la beauté s'était envolée ; son ex-mari, lui, était riche et célèbre, embellissait avec l'âge et sa virilité était de plus en plus marquée. Tout ça parce qu'elle avait épousé Jack. Il se demanda s'il arrivait aux autres femmes au foyer à travers le monde de se sentir comme ça, même sans ex-mari riche et célèbre. Il se demanda pourquoi elles ne perdaient pas toutes la tête et n'étaient pas prises de coups de folie périodiques. Surtout celles qui étaient belles, ou l'avaient été. Une vie si prometteuse qui finalement n'aboutissait à rien. Forcément, puisque ces promesses étaient fausses ; elles étaient forcément fausses, à tant promettre.

De son côté, tout allait bien, il quittait la maison tous les jours, évoluait au sein des foules de Broadway et constatait à quel point tout cela était vain, ce besoin effréné d'être diverti, émerveillé, pour finir coincé dans les embouteillages de Broadway, le visage rouge de fureur, klaxonnant l'abruti de poivrot devant soi. Il le voyait presque toutes les nuits, donc il *savait* ; et de toute façon, après le boulot, il faisait toujours un crochet par le Vesuvio pour se boire un pichet de bière, faisait marcher les jolies serveuses et taillait le bout de gras avec les habitués, avant de remonter Broadway par le tunnel jusque chez lui. Mais Sally, elle, ne bougeait jamais de la maison. Ce qui ne lui ressemblait pas du tout.

Si bien qu'il ne fut pas étonné quand, un jour, elle finit par exploser, mais il eut de la peine et se sentit fautif.

À son retour du travail, Sally était encore debout. Elle apprenait à tricoter, ce qui s'avérait plus difficile qu'elle ne l'avait imaginé, et elle était sur le canapé à tricoter une laine d'un vert éclatant. Elle ne disait jamais à Jack ce qu'elle confectionnait, mais en l'occurrence, ce devait être un pull pour Billy ou quelque chose dans le genre.

Il se laissa tomber sur le fauteuil rembourré et prit le livre qu'il dévorait à ce moment-là : *Le Hameau,* de Faulkner. Au bout d'un moment, il alla prendre une cannette de bière à la cuisine. Quelques minutes plus tard, il poussa un petit hennissement. Il avait la manie de ricaner quand il lisait un passage qui lui plaisait et de grogner pendant les passages compliqués ou idiots. Cette fois, une nouvelle affaire fumeuse de Flem Snopes le fit rire et Sally s'écria :

« C'est quoi, ça, bordel !

– Hein ? »

Il leva la tête vers elle, les yeux écarquillés. Pas évident de lâcher le comté de Yoknapatawpha.

Elle le fusilla du regard.

« T'as du rouge à lèvres de pute plein la bouche ! »

Jack se frotta les lèvres d'un air coupable en essayant de se souvenir de ce qui s'était passé. Mais oui, la serveuse l'avait embrassé parce qu'il lui avait laissé un pourboire de cinquante cents.

« C'est rien. Une serveuse.

– Pas étonnant que tu ne couches plus avec moi, hurla-t-elle. Tu t'es trouvé une salope de serveuse avec qui baiser !

– C'est vraiment ce que tu crois ? s'énerva-t-il.

– Je parie que t'as posé ton cul et que tu t'es dit que c'était le moment d'avoir une maîtresse. Espèce de minable de merde. Demain, je me casse. Personne ne me fait ça.

– Et personne n'a rien fait. Bon sang. C'est elle qui m'a embrassé, pas moi. Je lui ai donné un pourboire, c'est tout. Putain ! »

C'était une de ces engueulades dont ni l'un ni l'autre ne sortait vainqueur. Elle l'accusa de jeter leur argent par les fenêtres. Il nia. Elle l'accusa d'aller descendre des bières toutes les nuits après le travail. Il refusa de réagir. Elle lui jeta toutes les insultes qui lui venaient à l'esprit, et il répondait qu'elle devait bien savoir de quoi elle parlait. Elle finit par prendre le téléphone pour appeler Myron Bronson. Jack la suivit, lui prit l'appareil des mains et raccrocha. Elle le gifla. Il lui tourna le dos, alla s'enfoncer dans son fauteuil, s'empara de son livre, de sa cannette et fit semblant de reprendre sa lecture. Elle se dirigea vers la chambre pour faire ses valises. Puis les défit. Elle revint et lui dit :

« C'était vraiment une serveuse ? »

Il ravala la réponse acerbe qu'il avait préparée et rétorqua :

« Oui. Ce n'était rien, vraiment.

– Je suis désolée.

– C'est ma faute.

– Je m'imagine tellement de choses.

– Je peux comprendre. »

Mais ils ne firent pas l'amour cette nuit-là, ni celle d'après ou la suivante parce que, pas de chance, elle avait ses règles et qu'avant d'en voir la fin elle s'était volatilisée. En emmenant le bébé avec elle.

VINGT-QUATRE

Peu de temps après que Sally l'eut quitté, Jack fut libéré de sa conditionnelle, et il s'aperçut avec stupéfaction qu'il était sorti de San Quentin depuis trois ans. Il avait passé plus de temps dehors que dedans. Il voulait faire la fête, mais n'avait personne avec qui la faire. Il n'avait pas envie d'aller au Vesuvio divertir les poivrots avec son histoire de liberté conditionnelle. Il aimait bien discuter avec eux, mais là, ils ne pourraient pas comprendre. Bien sûr, il avait appelé Myron Bronson juste après le départ de Sally, espérant de toute son âme qu'elle s'était réfugiée chez lui, parce qu'il savait qu'avec Bronson l'enfant serait bien traité. Mais Bronson ignorait où elle était. Jack savait aussi que Bronson ne lui mentirait pas. Ce dernier lui proposa même de l'aider à la chercher, mais Jack refusa ; elle rentrerait à la maison quand elle serait prête. Il n'y croyait pas totalement ; il n'était même pas sûr de savoir pourquoi elle était partie.

Il se dit qu'il célébrerait seul sa liberté nouvelle, prit sa soirée et choisit d'aller boire dans le Tenderloin. Quelque part, il n'aspirait qu'à se mêler à la foule des voleurs et des ratés ; ce serait reposant, d'être avec des voleurs ; peut-être même qu'il croiserait un ancien de San Quentin et qu'ils pourraient parler du passé pour mieux dire combien c'était bon d'être à l'air libre.

Il n'en profita pas du tout. Il se mit à boire dans un bar sur Mason, à une rue de Market Street, et après avoir vidé huit verres d'affilée, il sentit ses boyaux se tordre, mais le reste était toujours aussi vide. Il ne connaissait aucun des clients et le bar dans son ensemble lui apparaissait chiant et miteux. Il s'en alla, et sur un coup de tête, tourna au coin de la rue en direction de la salle de billard, gravit la double volée de marches plongées dans le noir, évitant les cadavres de bouteilles de vin, les murs éclaboussés de vomi et d'urine, passa les portes en verre et pénétra dans l'énorme salle patinée par le temps. L'entrée s'ouvrait sur la longue rangée de billards, tous occupés sauf un, des hommes d'âge avancé en pantalon de couleur sombre et chemise blanche penchés dans le flot de lumière qui tombait sur les tapis vert émeraude. Il les dépassa ainsi que les grandes tables de billard anglais, s'avança vers le grand comptoir où il commanda une bouteille de bière, et s'assit pour suivre deux petites frappes engagées dans un jeu de la six. D'autres lascars se prélassaient dans les fauteuils de cinéma derrière les tables, et parmi eux, Jack aperçut un ou deux hommes plus vieux qui pionçaient, à l'abri. Les salles de billard ne changeaient jamais. Les voyous non plus. Les mêmes sourires entendus et voraces, les même coupes de cheveux étudiées, les mêmes échanges habiles.

En fait, la seule différence que Jack relevait entre cet endroit et le Rialto de Portland était que cette salle tournait vingt-quatre heures sur vingt-quatre, et sur les murs sombres étaient accrochés de vieux tableaux de grande taille, éclairés par des appliques spéciales. Les toiles étaient étranges sans pour autant détonner. L'une d'elles, de très mauvaise facture, représentait des hommes âgés jouant au billard, alors que toutes les autres ne semblaient pas appropriées à la fonction des lieux, à l'exception peut-être d'un nu allongé, reprenant la pose de *La Maja nue* de Goya. Les deux tableaux accrochés sur le mur opposé trouvaient leur place dans cette salle dans la mesure où ils évoquaient des temps lointains ; l'un montrait un groupe de femmes dans un harem, l'autre une troupe de lions sur une dune dans un crépuscule nord-africain tirant sur le vert – cette image, bizarre dans n'importe quel contexte, offrait ici une sorte de commentaire sombre et muet sur cette salle pleine de ratés. Jack s'assit et regarda les lions pendant un long moment.

« Levitt ? Jack Levitt ? »

Il se tourna. L'homme qui l'avait interpellé était un blond aux cheveux fins, avec des yeux d'un gris froid, et paraissait avoir autour de trente-cinqs ans. Jack ne le reconnut pas.

« Non, dit-il. »

L'homme sourit.

« Mais si. Tu n'as pas beaucoup changé. Kol Mano. Portland. Il y a environ un siècle. »

Mano, le flambeur. Jack le reconnaissait à présent. Ils échangèrent une poignée de main et Mano s'assit à côté de lui.

« Quoi de neuf ? » demanda Jack.

Mano haussa les épaules.

« J'ai entendu dire que tu étais à San Quentin. Ça fait combien de temps que t'es sorti ?

– Trois ans. Où t'as entendu parler de moi ?

– Ici et là. Tu te souviens de Denny Mellon ? Vous traîniez souvent ensemble à Portland. Lui aussi, il est dans le coin. Je l'ai vu à Emeryville il y a un mois.

– Je vois que t'as bonne mémoire.

– Faut bien. C'est mon gagne-pain. »

Il expliqua à Jack qu'il flambait toujours et ils commandèrent des bières. Jack n'était pas plus ravi que ça de voir Mano, mais c'était mieux que rien.

« Ma conditionnelle a pris fin aujourd'hui.

– Faut qu'on trinque alors.

– Ouais. C'est ça. Et cette bonne ville de Portland ?

– Horrible. Ça fait un bail que j'y ai pas foutu les pieds. Ils ont fermé le Rialto, détruit l'immeuble du Ben Fenne, ils ont fermé les salles de jeux où on jouait au poker, le désert. Ils ont élu une femme comme maire il y a quelques années et elle fait le ménage. Si tu voyais, mec, c'est dingue. Elle appelle tous les flics et leur dit : “Les gars, je sais où ça rackette ; je connais l'adresse de tous les tripots, les bordels et les rades qui continuent de tourner après la fermeture. Demain, je veux que ces lieux soient tous fermés et que les escrocs qui les gèrent quittent la ville. *Pigé* ?" Il rit. Donc les poulets rappliquent chez l'Écossais – tu t'en souviens ? – et lui disent : "Nom de Dieu, c'est qu'elle est sérieuse, la salope !" alors l'Écossais réfléchit une minute et il leur dit : "Ok, y a rien à ajouter." Il ferme boutique et rentre à Aberdeen. Bref, on se fait chier comme des rats morts. On peut encore jouer au poker ou à la casserole dans un ou deux endroits à Vancouver, mais ils réduisent tellement les cagnottes que ça vaut même plus le coup de jouer. Par contre, il reste les country clubs, les clubs universitaires, tout le bordel. Et ça, jamais ça ferme. » Il lorgna vers Jack.

« Dis, ça fait bien dix berges que je t'ai pas vu, non ? Il s'en est passé, des trucs, vieux. Tu te souviens que j'étais obligé de garder un doigt sur le trou que j'avais dans la gorge ? La tuyauterie est réparée.

– Sensass. Tu te sens mieux ?

– Ben j'ai perdu un super avantage psychologique. Tu te rappelles Mike, le gros ? Sa mère était avorteuse. Ben il a ouvert son tripot sur la Quatorzième, près du terrain de base-ball, et la moitié des voleurs de la ville ont commencé à s'y retrouver, des gars comme Clancy Phipps, Jack Morgan, tous les gros durs. Et bref, Mike avait des musiciens qui venaient jouer, et une nuit, il s'écharpe avec le joueur de basse, ça remonte à l'année dernière si je me trompe pas, et le type est vraiment furax, il rentre chez lui, il récupère la vieille pétoire de son père, il revient et explose la tête de Mike. Qui s'en est pas relevé. Dale Phipps aussi, il est mort.

– Hein ? Je croyais qu'il était dans les Marines. Comment il a été tué ? Denny m'a raconté qu'il avait buté pas mal de monde en Corée.

– Ouais, ben il est rentré à Portland, il s'est posé à Swan Island, s'est marié, a fait deux gamins, la totale. Une nuit, il rentre de son service et il découvre sa baraque qui part en fumée et les pompiers garés devant, des gens qui regardent, t'imagines la scène. Il se précipite à l'intérieur pour sauver sa femme et ses gosses et la maison s'effondre sur lui. Il a été tué. Mais sa femme et ses gamins ont pu sortir à temps. Ils l'ont vu retourner à l'intérieur. » Mano secoua la tête. « Un vrai héros. »

Jack le regarda. Il essaya de se souvenir de Dale Phipps, méchant, maussade et cruel, essaya de l'imaginer en héros et n'y parvint tout bonnement pas. Ils burent leur bière en silence pendant quelques minutes tout en observant un jeu de la six.

« Tu sais, reprit Mano, y en a beaucoup pour qui ça a mal fini ces dix dernières années. Et ça, ça fait réfléchir.

– Ah ouais, qui ça ? »

La curiosité de Jack était piquée ; il voulait tout savoir des échecs des autres. Il ne regrettait plus d'avoir croisé Mano.

« Tu te souviens de mon pote, Case ? Le petit Bobby Case ? Il est à Alcatraz. À dix-sept balais, il était complètement défoncé, s'envoyait de la merde comme si elle allait passer de mode, et il s'est fait coffrer en Arizona, il en a pris pour cinq ans là-bas, et ils l'ont chopé de nouveau parce qu'il faisait passer du hash par la frontière, ça lui a rajouté deux ans, plus un petit séjour à Lexington, et maintenant, je crois qu'il a pris perpète à Alcatraz. Je sais plus trop pourquoi. Ça faisait un bail qu'on se voyait plus.

– Qui d'autre ? voulut encore savoir Jack. Pour qui ça a mal tourné ?

– Ben, pour toi, sourit Mano.

– Tu te souviens de ce petit Noir, Billy Lancing ? Il était à cette fête à West Hills où je me suis fait pincer ?

– Bien sûr, que je connais Billy. Ça m'arrive de le croiser au quatre coins du pays. C'est un pro de l'arnaque. Ça fait quelques années que j'l'ai pas vu, mais il est toujours en activité. Je crois qu'il vit à Seattle maintenant.

– Non. Il est mort. Il est mort à San Quentin.

– Sans déconner. Tu veux une autre bière ?

– Non. »

L'un des voyous s'approcha d'eux et chuchota à Mano :

« Hé mec, tu m'allonges cinq billets ? Y a un baltringue qu'est prêt à me jouer. Tu marches ?

– Va te faire foutre, chéri, rétorqua Mano joyeusement. Tu trouverais pas ton cul si tu le cherchais à deux mains. Démerde-toi.

– Enculé », marmonna le gamin.

Il retourna à la rangée de fauteuils, mais celui qu'il occupait était pris par un vieux monsieur. Il lui lança un regard hargneux et décampa. Mano éclata de rire.

« Ces putain de mômes y connaissent que dalle. Y en a pas un qui ait le talent de Bobby Case. »

Jack avait chaud et les joues en feu. Il était furieux que Mano n'ait pas saisi l'allusion concernant Billy, même s'il n'y avait aucune raison qu'il l'ait comprise. Mais Jack en avait marre de le voir, il était déprimé et incapable de se soûler. Il sentit ses boyaux déjà noués se tordre un peu plus à l'idée que Sally l'avait quitté en emmenant le petit Billy avec elle.

« Bon bon bon.

– Écoute, je vais à Hot Springs dans deux jours. Tu veux être du voyage ?

– Moi ? Pourquoi ? »

Il y avait une lueur dans le regard de Mano qui ne lui disait rien qui vaille, une espèce de flou.

« J'aurais besoin d'un coup de main. Tu m'as l'air aussi costaud qu'avant. Tu vois, quoi.

– Garde du corps ?

– Si on veut.

– Quoi d'autre ?

– Rien. Qu'est-ce que tu t'imagines ?

– À ton avis ? »

La bouche de Mano s'étira en un sourire sans humour.

« Quand j'aurai besoin d'un bichon, j'en choisirai un plus joli que toi, chéri.

– Ok. Et non, je ne veux pas aller à Hot Springs. »

Mano haussa les épaules.

« Je demandais au cas où.

– Ça m'a fait plaisir de te voir. »

Pour finir, Mano s'éloigna avec sa bouteille de bière, remonta la rangée de voyous et murmura à l'oreille de l'un d'eux. Le gamin se leva et Mano prit sa place. Jack leur tourna le dos. Il se sentait terriblement mal à l'aise. Il vida son fond de bière en espérant que ça le rafraîchirait. Il ne voulait pas revoir Mano. Il ne voulait voir aucune de ces personnes. Il détestait cet endroit. Il se demandait bien ce qu'il foutait là et ce qu'il y cherchait. Ou alors c'était à cause du fantôme de Billy. Et dans ce cas, c'était idiot. Le fantôme de Billy – ou plutôt, *même* le fantôme de Billy avait mieux à faire que de traîner dans une salle de billard, même celle où il avait été arrêté. C'était son quartier général lors de son voyage de la dernière chance en Californie, au moment où il n'avait plus de fric, ne trouvait pas un seul pékin pour jouer contre lui, où il dut faire des chèques en bois pour pouvoir payer la bouffe ; c'était l'endroit où les deux gros flics en civil étaient venus et l'avaient embarqué pendant que le reste des clients regardait ailleurs ou filait par la porte de derrière, là où Billy avait levé les yeux vers les deux visages durs et fatigués, avait souri et lancé une blague qui n'avait faire rire personne, puis, alors qu'il sortait encadré par les flics, il avait dit au patron de lui garder sa queue de billard, et il avait avancé d'un pas leste, adoptant la démarche traînante du nègre qu'il prenait quand il voulait montrer qu'il ne faisait pas semblant d'être ce qu'il n'était pas, avant de descendre l'escalier qui le conduirait à sa mort. Seulement, il ignorait qu'il allait mourir à San Quentin. Et il n'aurait sans doute pas agi de la sorte si Jack n'avait pas été là. Mais ce n'est pas moi qui l'ai tué, pensa Jack plein de fureur, il s'est donné la mort. Pour moi. Il a fait ça pour moi.

Jack se leva et remonta le comptoir jusqu'à la caisse. Le petit homme au crâne dégarni qui était assis derrière le dévisagea d'un air absent.

« Est-ce que vous avez toujours la queue de billard de Billy Lancing ? »

Les mots, pâteux, lui obstruaient la gorge.

« Elle lui appartenait ? demanda l'homme d'un ton las.

– Il l'a laissée ici il y a quatre ou cinq ans. Il n'est pas revenu la chercher. »

L'homme se baissa et reparut avec un gros registre poussiéreux, l'ouvrit d'un coup et commença à passer en revue les listes de noms et de chiffres. Puis, le doigt arrêté sur une ligne, il leva les yeux :

« Quatre cent quatre-vingt-cinq.

– Elle est là ?

– J'en sais foutre rien, dit l'homme. Vous pouvez toujours vérifier. »

Il désigna une armoire en bois sombre. Jack s'approcha, chercha le tiroir, l'ouvrit et trouva l'emplacement correspondant au numéro. La queue y était, une Willie Hoppe Special. Jack la sortit. Une fine couche de poussière s'était déposée sur le côté exposé à l'air. Elle était encore en bon état.

« C'est la vôtre ? » fit une voix derrière lui.

L'homme du comptoir avait rejoint Jack pour s'assurer qu'il ne volait rien.

« Non. Le gars à qui elle appartenait est mort. Il y a deux ans.

– Ah ouais ? » L'homme ne semblait pas intéressé. « Mais ce n'est pas la vôtre.

– Non, j'imagine que vous devriez la vendre.

– Comment vous savez que le type il est mort ? Les gens nous laissent leurs affaires un sacré long moment.

– Il est mort. Croyez-moi. Je l'ai vu mourir. » Jack dévisagea l'homme. « Exactement, je l'ai vu être poignardé. Il est mort à l'hôpital, plus tard.

– Remettez la queue à sa place. Faudra que j'voie ça avec Earl. Merci.

– Je l'aimais, déclara Jack à ce total inconnu. Mais vous voyez, je le lui ai jamais dit. »

L'homme grimaça.

« Ah, d'accord. Bon ben… »

Il attendit que Jack repose la queue de billard, puis retourna au comptoir. Jack descendit l'escalier qui tombait dans Market Street, le cœur encore lourd.

Il avait donc fini par l'admettre, avec la seule combinaison de mots qu'il pouvait utiliser. Il ne se sentait pas mieux pour autant. Il avait aimé Billy et ça n'avait rien arrangé. Il aimait Sally, le lui avait souvent dit, mais ça n'avait rien arrangé. Il aimait le petit Billy mais ça n'avait rien arrangé. Ils avaient disparu, et à cause de son orgueil ridicule et de sa lâcheté, il refusait de partir à leur recherche. Soudain, il eut envie de se battre. Il n'était plus en conditionnelle, il pouvait se battre s'il en avait envie. Au pire, il risquait quelques jours en prison. Ça le défoulerait de cogner quelqu'un à la mâchoire. Il joua des coudes dans la foule de Market Street, espérant que quelqu'un le regarderait de travers ou le bousculerait. Le moindre prétexte était bon. Il passa devant un de ces vendeurs de hot dogs qui font aussi kiosques à journaux, envahis de petits durs à cuire à moitié mexicains, cheveux gominés et sapes à la mode. Il accrocha le regard de l'un d'eux, un bien gras avec une grosse bouche ridicule et des cicatrices d'acné sur les joues. Jack lui sourit, plein d'espoir.

Avec un naturel confondant, le gamin baissa les yeux; Jack attendit, mais quand le gamin releva la tête, il regardait ailleurs. Ça ne servait à rien. Il ne voulait même pas se battre. Tout ce qu'il voulait désormais était boire encore. Il marcha jusqu'à un magasin de vins et spiritueux dans la même rue et acheta trois bouteilles de Jack Daniel's. Très cher, le meilleur. Il prit un taxi pour rentrer chez lui.

Il ouvrit une des bouteilles dans le taxi et s'avala une grande rasade d'alcool.

« Faites pas ça, vieux, dit le chauffeur sans se retourner.

– Je trinque.

– Ah ouais ? Mais pas dans mon taxi. Vous fêtez quoi ? »

Faut toujours qu'ils se mettent à causer, pensa Jack. Ils doivent se sentir très seuls. Il parla au chauffeur de la fin de sa conditionnelle.

« Je fête mon troisième anniversaire dehors.

– Ah ouais ? Ils vous ont coffré pour quoi ?

– J'ai enculé un chauffeur de taxi et lui ai volé son fric.

Le type se gara aussitôt le long du trottoir, sortit et ouvrit la portière arrière.

« Tirez-vous.

– Bois un coup, vieux, sourit Jack.

– Eh merde.

– Allez, bois un coup et ramène-moi chez moi. C'est pas toi que j'ai enfilé, si ? »

Le chauffeur but une gorgée rapide et remonta en voiture.

« Vous me faites marcher.

– Évidemment que oui. T'es vraiment trop con.

– Laissez-moi tranquille, ok ? Je vous ramène. Je sais comment vous vous sentez. Alors pas la peine de vous en prendre à moi.

– Et à qui d'autre je pourrais m'en prendre ? Aux nègres ? Je peux m'en prendre à eux ?

Le taxi rit de dépit.

« Sûr. Ils prennent le pouvoir. Vous savez comment on appelle les taxis jaunes, maintenant ? Les taxis Mau-Mau. Ils n'embauchent plus que des Noirs.

– Tous ces salauds de nègres qui nous piquent tous les bons jobs, dit Jack avec amertume. Ils dirigent les banques. On les emmerde. Et je t'emmerde aussi. »

Le chauffeur soupira.

Lorsqu'ils arrivèrent, Jack descendit de voiture et paya.

« Dis voir, pourquoi tu monterais pas me tailler une pipe ? »

Le chauffeur lui lança un regard plein de haine et passa la première.

« Allez, je te filerai cinquante billets. »

Le chauffeur détourna les yeux ; Jack voyait bien qu'il réfléchissait ; monter, voir le fric, essayer de le récupérer tout en sachant que Jack se foutait de lui, mais tout de même tenté. Jack se moqua de lui :

« Tu vaux plus, c'est ça ? »

Le chauffeur grinça des dents et démarra. Jack rit sottement. Il se sentait mystérieux et désincarné. Il savait qu'il ne cherchait pas vraiment la bagarre. Quant au chauffeur, il ne faisait que son boulot. Aucune raison de frapper un travailleur. Rentre chez toi, mets-toi au lit et offre-toi une jolie cuite.

Le lendemain, il se réveilla avec la crève, de la fièvre et une gueule de bois. Il vomit plusieurs fois et essaya de boire du whisky, vomit de nouveau et retourna se coucher. Il fut malade pendant trois jours, le cerveau dilaté, abruti, et les mains qui sucraient les fraises. Il ne dessoûla quasiment pas de tout ce temps, ce qui ne l'aida pas à se débarrasser de son rhume ni de son malaise. Il cessa de se raser et de s'alimenter et le rhume finit par disparaître de lui-même, laissant Jack vidé, sobre et tremblotant. Il se rendit à l'épicerie acheter de quoi manger, et au retour, découvrit une carte postale dans la boîte aux lettres. La carte représentait le Tabernacle mormon, et au verso, il y avait un mot de Sally. Elle rendait visite à sa mère et son beau-père avec le bébé et rentrerait vendredi, je t'embrasse. Jack ne savait même pas qu'elle avait une mère et un beau-père ; si elle les avait déjà mentionnés, il avait oublié. Il alla se coucher après avoir mangé et retourna au travail cette nuit-là.

VINGT-CINQ

Mais il ne pouvait pas laisser éternellement ses émotions faire le yo-yo selon l'humeur de Sally. Il avait beau essayer, il ne la comprenait pas, sauf si ce qui sautait aux yeux était vrai et qu'elle en avait assez d'être avec lui. Peut-être que pour elle, le mariage n'avait été qu'une expérience, et l'expérience avait échoué. Peut-être que tous les mariages ressemblaient à celui-ci, et que s'il n'existait pas de lien plus fort que l'amour – ou n'était-ce que de la passion ? –, une forme de religion, de code, d'aveuglement face au chaos peu probant qu'était la vie, alors le mariage était condamné à la seconde où le couple recouvrait la vue. Il n'en savait rien. Il se demanda combien de gens restaient ensemble par dépit ou par peur de la solitude. Il se demanda combien d'enfants étaient élevés dans des foyers sans amour, où l'on se satisfaisait de l'imitation plutôt que de l'original, où les mots étaient chaleureux alors que les yeux et le cœur étaient froids. Il se demanda pourquoi Sally et lui n'étaient jamais devenus amis. Tout aurait pu être différent.

Plus tard, quand tout fut terminé et qu'il eut cessé de se débattre contre la perte de sa femme et de son fils, quand le temps eut dilué l'amertume qui lui empoisonnait le sang, il s'étonnerait d'avoir été si naïf pendant tant d'années, grossissant ses malheurs pour se prouver qu'ils existaient, comme un gamin. À ce moment-là, le passé serait à moitié enterré dans son imagination et l'avenir se dresserait devant lui, aussi implacable, anonyme et incontrôlable que jamais, à la différence près que désormais, il en était conscient et l'acceptait. Il s'apercevrait que la liberté qu'il avait toujours désirée sans jamais la comprendre était hors de portée, pour lui autant que pour tous, et que l'ensemble de l'humanité la désirait tout autant que lui ; être libéré de la société humaine sans que celle-ci disparaisse ; être libéré de tout lien, de la peur, des problèmes et surtout de la solitude d'être en vie. Alors, il comprendrait que la réussite n'était que temporaire, et que le désir était l'ennemi de la mort.

Alors, il prendrait conscience que toutes les solutions dramatiques que sa douleur lui faisait imaginer ne le satisferaient jamais longtemps, mais que d'un autre côté, elles étaient une forme que prenait le combat qu'il menait depuis sa naissance contre un ennemi invisible : tuer Sally – il se délectait de ce rêve –, assouvir la pulsion meurtrière qu'il nourrissait depuis l'enfance, longtemps après avoir compris qu'il n'avait pas besoin de ce désir pour se protéger ; marcher jusqu'au Golden Gate – ainsi qu'il se voyait, perdu dans l'auto-apitoiement – pour la chute ultime vers l'éternité n'aurait été qu'un acte de vengeance qui n'aurait fait de mal qu'à lui. Il existait encore d'autres possibilités, nées d'un besoin d'agir, un besoin de drame. Il aurait pu devenir cambrioleur professionnel pour se venger de cette société qu'il n'aimait ni ne haïssait plus. Il aurait pu tomber dans la came ou la bibine et retourner ces armes contre sa douleur ; elles fonctionnaient avec certaines personnes, mais il savait qu'avec lui ça ne marcherait pas. Il aurait pu quitter la ville et se choisir un bout de terrain dans les montagnes de l'Ouest et devenir un de ces fermiers solitaires et revêches qui n'ont d'autres amis que les lointains nuages et le sommet des hautes collines – c'est vrai, ce rêve n'avait pas tout à fait perdu de son attrait et ne pouvait pas être complètement abandonné. Il aurait pu aller à la fac, devenir quelqu'un de brillant, faire des affaires, gagner dix millions et leur montrer de quoi il était capable. Il aurait pu devenir poète, mener une existence paisible, accepter de transformer les pertes matérielles en gain spirituel.

Au cours de ces mois de chagrin et d'angoisse, il n'agit pour de bon qu'une seule fois. Caryl Chessman, qui incarna durant douze ans le symbole de l'homme en lutte contre le système, perdit en appel, et Jack rejoignit, avec raideur et timidité, un groupe de jeunes gens qui manifestèrent sur le Golden Gate Bridge, puis sur la longue autoroute qui menait à San Quentin, avant de passer la nuit devant la prison dans une protestation silencieuse contre l'exécution du prisonnier. Pendant cette longue nuit, Jack s'aperçut d'une chose à propos de ces jeunes : ils ne lui ressemblaient pas ; non seulement ils n'appartenaient pas à la même génération, mais ils étaient différents, plus durs, plus confiants dans leurs droits et les droits de l'homme. Ils faisaient même un peu peur à voir. Le lendemain de la mort de Chessman, dans la matinée, tandis qu'ils regagnaient la ville, un groupe d'adolescents vint les charrier, les insulter et se moquer de leur passivité muette, de leur refus de la colère. Jack aurait voulu être comme ses compagnons, ne pas être blessé par ces railleries, mais il en était incapable. L'une des petites frappes lui colla sa tronche pleine d'acné sous le nez et lui cracha dessus ; sans même réfléchir, Jack le cogna à deux reprises dans un accès de rage délicieux, laissant à ses amis le soin de l'éloigner de là alors qu'il était en sang et sans connaissance. Les autres manifestants regardèrent Jack sans lui témoigner la moindre admiration ou sympathie, et personne ne lui adressa la parole jusqu'à la fin du trajet. Il ne pouvait pas leur en vouloir. Le seul espoir qui restait au monde, à Billy, était de se débarrasser de ceux qui avaient le coup de poing facile.

Peut-être y avait-il encore d'autres solutions, plus rationnelles. Il aurait pu se remarier. Il en vint à envisager le mariage non pas comme une institution, ni même comme une idée, mais comme un processus social rationnel dont la fonction était d'élever les enfants correctement. Il pouvait avoir plus d'enfants, et les élever en adultes rationnels. C'était un risque, mais il en valait la peine. L'amour et la dignité n'étaient pas forcément exclus de ce genre de vie. Mais les choses n'étaient pas si simples. Il n'avait pas de travail, pas de profession, pas d'obsession, et il lui arrivait de penser qu'un homme sans métier pouvait investir trop d'énergie dans sa famille et étouffer ses enfants par un excès d'amour et d'attention. Cela serait paralysant, aussi paralysant que l'orphelinat. Le mariage était donc plus une alternative qu'une ambition.

Peu à peu, grâce à ses livres, ses disques, ses longues promenades solitaires et le simple passage du temps, il se mit à accepter sa vie telle qu'elle était. Il se transforma en observateur. Il commença à savourer sa nourriture et à humer l'air. Il voyait les choses et les éprouvait. La terre devint réelle, et parfois, il réussissait à percevoir le plaisir qu'il y avait à être vivant. Il y eut des moments moins plaisants. Certains soirs, quand il pleurait sur son sort après avoir bu un verre de trop, il ne fallait pas grand-chose pour le provoquer. Pour les habitués des bars de North Beach, il devint ce personnage appréciable mais imprévisible, et cela l'amusait de voir la méfiance dans leurs yeux.

Son existence était temporaire. Il continuait de gagner sa vie en garant des voitures, vivait dans des hôtels, prenait ses repas au restaurant, et pour l'instant, cela lui suffisait. Non pas qu'il ait prévu de ne rien y changer. Il ne prévoyait rien du tout.

Quand Sally revint de chez ses parents, la situation évolua. Il n'était pas rare que Jack trouve la vieille baby-sitter chinoise à la maison quand il rentrait du travail, Sally absente. Elle ne réapparaissait que tard, au petit matin la plupart du temps, mais Jack refusait de lui demander où elle était allée. Souvent, il entendait rugir le moteur d'une voiture de sport avant d'entendre la clé tourner dans la serrure. Souvent, elle rentrait ivre, et parfois cela la rendait très affectueuse. Alors Jack faisait semblant de dormir.

Ça ne pouvait plus durer. Un matin où elle rentrait particulièrement soûle, Jack l'entendit chanter, puis Billy se mit à pleurer. Il ouvrit les yeux et alluma la lumière. Sally avait le bébé dans les bras et dansait au pied du lit. Les pleurs du bébé étaient pleins de colère. Jack se leva, reprit Billy et alla le coucher dans son berceau. Sally, debout au milieu de la petite chambre, tanguait doucement, le visage sans expression. Son rouge à lèvres avait bavé et il avait l'impression de la voir pour la première fois. Il se demanda si son ami millionnaire Myron Bronson l'avait raccompagnée.

« Allons dans la cuisine », dit-il.

Elle le suivit en chantonnant.

Il fit du café et après en avoir bu une tasse chacun, il lui dit :

« Ça suffit. Je ne te demanderai pas où tu étais ou ce que tu faisais, mais ça doit s'arrêter. Tu ne peux pas t'occuper de Billy et passer la nuit dehors. Oublie-moi. Pense à lui.

– Tu crois que je n'y pense pas ? » Elle sourit sombrement. « Je pense à lui tout le temps.

– Alors reste à la maison, bordel, et prends soin de lui.

– Tout simplement. Et pourquoi ça ? »

Jack grinça des dents. « *Parce que tu es sa mère !*

– Je ne le sais pas, d'après toi ? Putain, qu'est-ce que t'y connais ?

T'as déjà été obligé de rester dans un taudis pareil en sachant que tu ne pourrais strictement rien faire parce que tu as ce *nourrisson* qui te pend au cou ? Parce que c'est l'impression que ça fait, tu vois. Le bébé est pendu à ton cou et tu ne peux pas le tuer ni l'abandonner, et parfois je m'ennuie tellement que j'en mourrais, et toi, tu sais que dalle de tout ça. Voilà. Ça n'a strictement rien à voir avec toi, c'est juste que tu ne sais pas.

– Tu ne fais que pleurnicher, lui dit Jack. Je pensais que tu valais mieux que ça. Mais tous les poivrots sont pareils, pas vrai ?

– T'as raison. Bon Dieu qu'est-ce que je peux pleurnicher ! Je ne peux pas m'en empêcher. Je vaux mieux que ça ; je vaux mieux que toi. »

Après cet aveu, Jack se sentit supérieur.

« Allez, reprends un peu de café. Écoute, que ça nous plaise ou pas, il faut qu'on tienne le coup. »

Mais à l'instant où il prononçait ces mots, il savait que ce n'était pas vrai. Il se montrait têtu, irrationnel. Il comprit plus tard qu'il n'y avait pas de plus grande punition avec laquelle la torturer : l'obligation de *tenir le coup*.

Mais leur couple survécut étonnamment longtemps à cet épisode. Sally resta à la maison pendant de longues périodes pour « prendre soin du bébé » (qui crapahutait désormais à travers les pièces, le portrait craché de Jack en petit, aussi costaud et avec les mêmes yeux bleus), elle ne sortait pas, tricotait, cuisinait de bons petits plats et offrait l'image de l'épanouissement. Jack aussi faisait des efforts ; il obtint une nuit supplémentaire de repos par semaine, s'imaginant que ce qu'ils perdaient en argent, ils le gagnaient en temps ; et ils sortaient dans des bars, se rendaient à des fêtes données chez d'anciens amis de Sally, dont quelques-uns furent ravis de rencontrer Jack et adoraient lui parler prison ; certains jours, ils partaient en virée, à la plage ou dans les montagnes, Sally et Jack assis à l'avant, et le petit Billy à l'arrière dans son petit siège-auto. Le parfait résumé d'une vie riche et pleine.

Puis il y avait les jours où c'était la baby-sitter chinoise qui l'accueillait quand il rentrait du travail, alors il lâchait un soupir, secrètement satisfait tout en refusant de l'admettre, payait la baby-sitter et attendait Sally. Il ne faisait plus semblant de dormir, parce que quand elle arrivait enfin, tous deux avaient envie d'en découdre. Jack attendait ces affrontements avec impatience parce qu'il gagnait toujours. Après tout, il avait le bébé de son côté, et le seul atout qu'il restait à Sally était de se réfugier dans le rôle de la repentante.

Les disputes étaient à géométrie variable. Parfois, Sally disait que tout était de la faute de Jack parce qu'il avait un mauvais job. Opinion qu'il pouvait contrer. Sur un ton supérieur, il lui expliquait que les postes de directeur de banque ne se libéraient pas facilement pour les ex-taulards sales et méchants dans son genre. Une autre fois, elle lui reprocha de ne même pas essayer de trouver un boulot où il travaillerait la journée, et il lui prouva qu'elle avait tort en se dégotant un job dans un parking du centre-ville. Ce fut un véritable triomphe pour lui (un triomphe teinté de mépris ; mais un triomphe tout de même) ; il travaillait le jour, et pendant ce temps, Sally restait à la maison avec Billy. Le soir, Jack insistait pour qu'ils sortent. S'il ne le proposait pas, elle se chargeait d'insister à sa place. À la fin du mois, Jack découvrit ce qu'il savait depuis le début – il ne leur restait rien pour payer les factures.

Il prit peur.

« Finies les sorties pendant un mois ! s'exclama-t-il. On n'a même pas assez d'argent pour se nourrir !

– Tu vas m'enfermer ici pendant un mois ? fut sa réaction, à la fois scandalisée et victorieuse.

– Mais bon Dieu, on n'a plus un rond ! »

Que répondre à ça ?

« Tu n'as qu'à emprunter à Myron », dit-elle, et avant qu'il ne puisse la rembarrer avec le manque d'« éthique » du procédé, elle ajouta : Cette fois, on en a vraiment besoin. Ce n'est pas comme si on n'allait pas le rembourser. »

Jack se déclara vaincu et finit par appeler Myron Bronson. Sally et lui découvrirent avec horreur que Bronson était à Las Vegas et qu'il ne reviendrait pas avant une semaine.

Heureusement, Jack obtint une avance sur son salaire et ils eurent de quoi manger, mais pas beaucoup plus. Ils restèrent chez eux.

Cela dura deux semaines. Une nuit, Jack rentra à la maison avec sa paye et Sally n'était pas là. Le bébé dormait dans son berceau, mais la baby-sitter chinoise elle non plus n'était pas là. Quand il comprit que Sally avait purement et simplement abandonné l'enfant, ce qui lui restait d'amour pour elle s'évanouit ; et la suite des évènements n'y changea rien. Si sa colère était bien réelle, elle n'était pas motivée par la passion.

Sally appela à 2 heures du matin. Elle avait une voix bizarre, distante, comme si elle se détournait du combiné.

« Qu'est-ce qui se passe ? s'énerva-t-il. T'es où ? Pourquoi t'as laissé le bébé sans surveillance ?

– Je suis… dans une cabine téléphonique, ricana-t-elle.

– *Pourquoi t'as laissé Billy tout seul ?*

– Je ne suis pas… seule, dit-elle en continuant de glousser. On y est tous les deux.

– Qui ça ? Avec qui ?

– Moi et… ce grand *nègre* bien noir. »

Jack entendit un murmure distant, puis Sally :

« Et pourquoi je pourrais pas t'appeler comme ça ? C'est ce que tu es. C'est exactement ce que je voulais. Un grand *nègre*… bien noir.

– Mais qu'est-ce qui se passe, bordel ! hurla Jack.

– On est dans cette cabine, gloussa Sally d'une voix soudain plus forte, le ton familier, la bouche collée au combiné. Et on baise, quoi. »

Jack raccrocha aussitôt. Il pensa à l'homme avec Sally, qui se moquait sans doute de savoir si Sally « l'utilisait » ou pas, du moment qu'il obtenait ce qu'il voulait. Malgré ses efforts, Jack n'arrivait pas à le haïr ni même à le détester. Mais quand Sally rentra des heures plus tard, seule, Jack l'attendait. Il avait fourré pratiquement tous ses vêtements dans son ensemble de valises assorties.

« Tu te casses, dit-il. Pas question que tu restes ici. Je vais m'occuper de Billy. Toi, tu te tires. On va divorcer. Ne reviens pas. Je ne veux plus te voir. »

Elle le regarda bizarrement. Elle avait l'air bien, à peine pompette.

« Qu'est-ce qui se passe ? demanda-t-elle d'une voix rauque.

– Tu as téléphoné, tu te souviens ? »

Elle semblait perplexe.

« Ah bon ?

– Oui. Donc j'ai fait tes valises. Tout est là. Je vais t'appeler un taxi. Tiens, prends cet argent, j'ai reçu ma paye aujourd'hui.

– Mais..., commença-t-elle avant qu'il ne la coupe.

– Tu dégages. Tu ne pourras pas récupérer tes meubles tant que j'en aurai pas acheté d'autres. Allez, dehors. »

Cela marqua la fin de leur mariage. Quand il la jeta dehors, il savait qu'elle avait traversé des choses sans doute pires que tout ce qu'il avait dû affronter, mais cela ne devait pas l'empêcher de terminer ce qu'il avait commencé. Billy aurait pu mourir ; il aurait pu éprouver le vide dont Jack se souvenait si bien, et Jack ne pouvait pas accepter une chose pareille. Sally lui faisait pitié, mais ce n'était pas suffisant.

Jack s'arrangea pour qu'une jeune fille s'occupe de Billy durant la journée, et lui prenait le relais le soir. Il ne sortit pas pendant plusieurs mois. Il savait que ce n'était pas ce qu'il y avait de mieux pour Billy, mais il n'avait pas d'autre solution. Le jour où il reçut les papiers du divorce en provenance de Reno, il ne les contesta pas, personne n'évoqua la question de la pension alimentaire ni ne mentionna l'enfant. Il ne découvrit le pot aux roses qu'à la toute fin, quand ils vinrent récupérer Billy. C'était très simple, expliqua froidement Sally, vêtue d'un tailleur coûteux que Jack n'aurait jamais eu les moyens de lui offrir ; il lui suffisait d'aller au tribunal et ils lui donneraient la garde de l'enfant. Elle allait se remarier, et ce nouveau mari n'était autre que Myron Bronson. Celui-ci se tint légèrement en retrait et garda le silence pendant qu'elle expliquait la situation à Jack. Bronson avait divorcé en même temps qu'elle. Entre un ex-détenu célibataire qui ne gagne que quelques dollars par semaine et l'épouse d'un millionnaire, tu imagines bien qui les tribunaux désigneront comme gardiens légaux. Alors pourquoi ne pas lui confier directement l'enfant ?

Jack était stupéfié.

« Mais je veux le garder. »

Son expression ne changea pas.

« Nous aussi. »

Et les choses en restèrent là. À l'exception d'un verre pris avec Myron Bronson. Parce qu'il était seul à cette époque, Jack s'était installé au Swiss Hotel sur Broadway et avait repris son service de nuit à quelques pâtés de maisons de là. Les deux hommes se retrouvèrent au bar en bas de l'hôtel. Bronson était égal à lui-même : cheveux gris, moustache grise, habillé avec goût, regard doux. Il essaya d'expliquer à Jack :

« Je ne voulais pas faire ça. Sincèrement. Elle est venue me trouver quand tu… l'as jetée dehors. Je suis amoureux d'elle depuis des années. Je suis surpris que tu ne l'aies pas remarqué. »

Jack chercha à se convaincre qu'il haïssait Bronson, mais n'y arriva pas.

« Écoutez, est-ce que Billy va bien ? »

Bronson sourit doucement.

« Oui, il va bien. Je l'aime, moi aussi. Je l'ai toujours aimé. Je veux que tu viennes le voir. Mais s'il te plaît, seulement quand elle n'est pas là.

– D'accord. Je passerai bientôt. J'ai envie de le voir.

– Tu sais, on ne peut pas vraiment lui en vouloir. Elle ne pouvait pas vivre comme ça. Ce n'est pas non plus ta faute. C'est juste que vous n'auriez jamais dû vous rencontrer. »

Il y avait un verre de whisky posé devant lui, mais il n'y toucha pas.

« Tu sais, maintenant qu'elle peut faire tout ce qu'elle veut et qu'on s'occupe du bébé, elle reste à la maison. Sans toute cette pression, les choses ont changé.

– C'est la faute à pas de chance, toujours la même rengaine, dit Jack. Personne n'est jamais responsable de rien. Pas dans votre manière de voir les choses.

– Exact, dit Bronson un peu surpris. J'imagine que ce n'est la faute de personne. Pas vraiment. » Il détourna le regard. « Je voudrais adopter Billy.

– Très bien, allez-y.

– Je ne te donnerai pas d'argent.

– Non. Pas la peine. Si vous m'en donniez, je le prendrais. Écoutez, moi, je suis bon qu'à me battre. Vous comprenez ? Vous voulez pas vous battre avec moi ? Vous accepteriez ?

– Non, je ne veux pas me battre avec toi.

– Est-ce qu'il y a quelque chose que je pourrais dire qui vous ferait accepter de vous battre ? Une insulte que vous ne pourriez pas supporter ?

– Non. Rien. Désolé.

– Alors c'est terminé.

– J'imagine. »

Après le départ de Bronson, Jack tendit la main pour prendre son verre de whisky. Il ne se sentait pas aussi mal qu'il aurait dû. Il resta vissé à son tabouret un long moment et regarda passer les voitures dehors en sirotant l'excellent whisky irlandais de Bronson.

ÉPILOGUE

Sur la plage à Saint-Tropez

1963

Myron Bronson était installé sous un parasol en attendant que ses partenaires de bridge arrivent par bateau. Il faisait une chaleur poisseuse, et malgré ses lunettes de soleil, il souffrait d'un mal de crâne sinusiteux. La chaleur, ajoutée au soleil de fin d'après-midi, donnait à l'eau une couleur bronze qui empêchait les flottilles de navires blancs de se refléter sur cette mer d'huile. Billy jouait sur la plage avec d'autres enfants et Bronson prenait plaisir à l'observer. Les cheveux bouclés de Billy étaient presque blancs à cause de l'exposition constante au soleil, et son corps était quasiment noir tant il était bronzé. On aurait dit un petit Danois. Bronson pensa à sa propre enfance passée entre les Rocheuses et le désert de l'Utah, et se demanda une fois de plus s'il n'était pas temps de rentrer aux États-Unis. S'ils rentraient maintenant, Billy pourrait commencer l'école à l'automne, dans une école publique. Ce ne serait pas évident pour lui au début – il parlait déjà mieux le français que l'anglais –, mais Bronson faisait confiance à la gentillesse de Billy, et sa beauté l'aiderait à surmonter les premières semaines difficiles de l'américanisation. Bronson voulait que Billy grandisse aux États-Unis, dans l'Ouest. Un jour, quand il serait assez grand, il apprendrait qui était son vrai père, et Bronson voulait qu'il soit en mesure de comprendre. Il ne voulait pas que Billy méprise son père, ou pire, qu'il ait pitié de lui.

À soixante ans, Bronson commençait à croire qu'il mourrait avant que Billy n'atteigne l'âge adulte. Il lui arrivait de se réveiller en pleine nuit avec l'impression que tout lui filait entre les doigts. Avec le temps, il avait découvert que son existence ne lui avait enseigné que deux choses : comment gagner de l'argent et comment s'amuser. Il avait toujours eu cette tendance à aller vers la facilité, l'attrait pour ce qui était à la mode, le tape-à-l'œil, le dernier cri ; il avait appris à tourner ce trait de caractère à son avantage, à l'utiliser pour son plaisir plutôt que d'en faire une source de culpabilité. Ce n'était pas rien. Mais ce n'était pas suffisant. Ce qu'il désirait plus que tout était de durer, de vivre toujours. C'était le prix à payer quand on consacrait sa vie au plaisir, à soi-même. On vivait si magnifiquement que lorsque venait la mort…

Mais il y avait Billy. Il espérait que Billy vivrait longtemps après lui. Bien sûr, pour le moment, ce n'était encore qu'un gentil petit garçon, et il était idiot de s'inquiéter autant pour son avenir.

Ce qui ne l'empêchait pas d'éprouver parfois de l'amertume quand il pensait que son Billy grandirait dans un monde où les chances de survie se valaient d'un homme à l'autre ; un monde où pour la première fois de son histoire, les riches n'étaient pas protégés. Bronson savait qu'il n'avait « aucun droit » de réprouver cet état de fait, mais il le réprouvait quand même. D'un autre côté, il était bien obligé de reconnaître qu'il en retirait aussi une certaine satisfaction malsaine. L'humanité, après des millénaires de lutte, avait mis au point une arme assez longue et aiguisée pour transpercer les rangées de soldats d'infanterie et tailler dans la graisse des généraux. Mais peut-être que Billy serait l'un de ces généraux ou de ces politiciens, ou simplement l'un de ces richards au ventre mou, le cigare lui tombant des lèvres à l'instant où il comprendrait pour la première fois que l'abri n'est pas assez profond, l'air pas assez pur, que les réserves de nourriture sont insuffisantes pour survivre à cet ultime suicide terrestre par épuisement et empoisonnement. Ou peut-être que Billy mourrait avant d'être sorti de l'enfance et que Myron Bronson serait obligé de le tenir dans ses bras pendant son agonie…

Un homme obèse au maillot de bain minuscule émergea des flots, dégoulinant, et s'ébroua. Il remonta la plage en direction de la table de Bronson. C'était l'un des joueurs de bridge, un homme dont la fortune familiale reposait sur la production d'ustensiles émaillés imitation granit, et la rumeur courait qu'il allait se présenter comme candidat au fauteuil de sénateur de l'Illinois, son État d'origine. Bronson observa le torse puissant couvert de poils, la panse énorme qui débordait sur l'étroite bande noire de son maillot de bain, les jambes poilues et musclées. Il étudia le visage luisant, la bouche lippue, les tout petits yeux marron. Cet homme était un imbécile fini, imperméable au doute, un affreux partenaire de bridge qui en faisait des tonnes et qui prenait un air de chiot martyrisé quand on le battait, ce qui arrivait presque tout le temps. Il prit place à côté de Bronson et commanda un verre au garçon.

« Laisse-moi reprendre mon souffle, dit-il. Bon sang, faut qu'j'arrête de fumer.

– Tout le monde arrête de fumer, ces temps-ci », remarqua Bronson.

Il regarda Billy courir vers la mer, et vit la gouvernante se lever de table, hésiter, puis se rasseoir en constatant que Billy faisait demi-tour et rejoignait les autres enfants. Billy ne se noierait pas ici, pas à Saint-Tropez. Les enfants y étaient si bien surveillés qu'il ne pouvait absolument rien leur arriver. Personne n'avait à s'inquiéter pour ses enfants. Il avait payé pour ça.

« Sally n'est pas là, aujourd'hui ? » demanda l'homme. Il s'essuyait le visage avec une serviette en évitant le regard de Bronson. Ce dernier l'avait vu l'autre soir se coller à Sally dans un coin du jardin, l'acculer contre un mur, mais ça ne l'avait pas gêné. Il savait que l'homme voulait coucher avec elle, mais n'avait pas non plus oublié la réaction de Sally dans leur chambre quand elle avait grogné : « Je ne voudrais pas de ce gros porc sur moi. » De toute façon, en ce moment, Sally couchait avec son premier mari et n'avait pas de temps à consacrer à qui que ce soit d'autre.

« Elle est à une fête sur un yacht. Elle revient pour l'heure du dîner. »

L'homme grimaça.

« C'est cet acteur, là ? »

Bronson acquiesça. Il se mit à battre les cartes ; les deux autres joueurs sortaient à leur tour de l'eau, et dès qu'ils se seraient séchés, la partie débuterait. Ils jouaient ensemble chaque après-midi. La plupart des gens s'adonnaient au poker, mais ces quatre-là préféraient le bridge.

Bien sûr, la ruse était d'arriver à se débarrasser de Sally tout en obtenant la garde de l'enfant. Elle ne voulait pas rentrer ; elle en avait sa claque de l'Amérique. Elle avait enfin trouvé sa voie, vivait à Paris entourée d'un cercle d'écrivains, d'artistes et de quelques-uns des plus brillants représentants du cinéma français. Elle était heureuse à Paris et refusait que Billy fréquente des écoles américaines. Elle voulait qu'il aille en Suisse, en pension. Elle ne l'appelait même pas Billy ; elle l'appelait Myron. Elle voulait changer son nom légalement, mais Bronson se débrouillait toujours pour reporter la procédure.

C'était vraiment triste pour Sally. À trente-deux ans à peine, elle était devenue tapageuse et outrancière ; ce qui avait été charmant se révélait crispant, du moins pour Bronson. Billy lui aussi avait cessé de l'aimer. Elle choisissait toujours les moments les plus inappropriés pour se montrer maternelle. La seule personne que Billy aimait vraiment était sa gouvernante française. Il souffrirait beaucoup de la séparation. Mais c'était nécessaire. La question était : comment se débarrasser de Sally ? C'était un problème précis. Il faudrait qu'il y réfléchisse très sérieusement. S'assurer d'agir pour le bien de l'enfant et non pour satisfaire un désir quelconque de la blesser elle. Il espérait que ce n'était pas ça.

« Allez, si on coupait pour former les équipes. »

Myron coupa et se retrouva avec le sénateur potentiel. Ce qui réussit à lui gâcher son après-midi. Il avait une vraie passion pour le bridge et détestait voir son partenaire bâcler le jeu.

La traductrice souhaite remercier Myriam Anderson
pour son hospitalité et sa mémoire des noms.

SALE TEMPS POUR LES BRAVES
de Don Carpenter
a été achevé d'imprimer en février 2012
sur les presses de la Nouvelle imprimerie Laballery,
à Clamecy.

Éditions Cambourakis
2, rue du Marché-Popincourt
F-75011 Paris
www.cambourakis.com

N° d'impression : 202238
Dépôt légal : mars 2012.
ISBN : 978-2-916589-89-3
Imprimé en France.